머
더
스

머더스

나가우라 교 장편소설

문지원 옮김

차례

일러두기
본문의 주는 전부 독자의 이해를 돕기 위한 옮긴이 주입니다.

서장

왜일까.

그때 나는 무라오 씨만 바라봤다.

회색 머리, 속쌍꺼풀 진 가느다란 눈, 면도하지 않아 수염으로 덥수룩한 뺨…… 고목처럼 야윈 몸 위에 놓인, 가면을 쓴 듯 표정 없는 얼굴을 한참 동안 바라봤다.

아마도 다른 어느 곳으로도 시선을 돌릴 수 없었기 때문이라고 생각한다.

그래, 나는 두려웠다. 각오는 했지만 온몸이 떨렸고, 그 떨림이 부끄러워서 억지로 웃으려고 했다.

그 상황에 겁을 먹은 것이 아니다.

앞으로 자신이 시작하려는 일이 너무나도 꺼림칙하고 비열해서, 실행 시간이 다가올수록 솟구치는 망설임과 후회에 짓눌려 버릴 것 같았다.

결심은 이미 섰는데…….

혼란을 눈치챈 무라오 씨가 내게 웃어 보였다.

처음으로 보는 그의 미소. 오른손에는 칼을 쥐고 왼발로는 그 남자를 밟고서 고개를 두세 번 살짝 끄덕였다.

어설프게 만들어 낸 입가를 일그러뜨렸을 뿐인 미소지만, 어딘가 사랑스럽고 속절없이 애처로워서 나도 입꼬리를 끌어당겨 미소를 되돌려 줬다.

알몸이나 다름없는 모습으로 묶인 남자는 그런 우리를 보고 바닥에 바짝 엎어진 자세로 협박했다.

"금방 올 거야. 너희도 이제 다 죽었어."

공범자가 있다는 말투. 그러나 거짓말이라는 사실을 안다. 밑에서 노려보는 이 남자, 이사야마 히데오에게 정신 나간 취미를 공유할 공범은 없다.

전부 조사했다.

무라오 씨는 처음에 "알 필요 없어"라고 말했다. 놈의 이름 따위 기억하지 않아도 된다고. 해충을 제거하듯 그저 불쾌한 존재를 없앨 마음가짐이면 된다고.

그래도 알고 싶었다. 자신을 담금질하려고 이름을 듣고, 조사를 적극적으로 돕고, 대상자의 성격과 생활을 조사했다.

이사야마는 이 커다란 단독주택에서 혼자 산다.

공식적으로는 아내도 자식도 없다. 쉰다섯 살이 된 지금도 병적인 결벽을 핑계로 자신의 영역에 연인이나 친척이 드나드는 것을 계속 거부했다.

최근 3개월 동안 자택을 둘러싼 높은 담장 안쪽으로 불려 들어간 사람은 그가 마음에 들어 하는 일흔 넘은 정원사와 일본어를 겨우 떠듬거리는 필리핀인 가사도우미, 그리고 피해자들뿐이었다.

이사야마는 27년 동안 여성 열 명을 자신의 집으로 납치했다.

취향에 맞지 않은 세 명은 죽여서 버리고, 나머지 일곱 명은 오랫동안 감금하며 학대했다. 애완동물이 죽으면 새로운 동물을 한 마리 다시 데려와 키우듯, 피해자가 자살하거나 병으로 죽을 때마다 그 자리를 채울 새 사람을 한 명 잡아 와 지배했다. 경찰은 모른다. 가족과 친구들도 모른다. 세상 그 누구에게도 들키지 않은 채 죄를 거듭하며 피해 여성들의 존재를 숨겨 왔다.

14년 전, 차량 목격 정보가 들어와 단 한 번 사정 청취를 했지만, 범행과 연관 지을 증거는 나오지 않았고, 알리바이도 입증되는 바람에 곧바로 용의 선상에서 벗어나 버렸다.

널찍한 거실 안, 잠긴 문 너머에서 모스 부호처럼 벽을 발로 차는 소리가 새어 나왔다. 밖에서 벌어진 예상하지 못한 변화를 눈치챈 듯했다.

"꺼내 주세요.", "살려 주세요."

가장 최근에 납치된 열 번째 피해자의 목소리가 희미하게 들렸다.

감금된 사람은 도쿄도 무사시노시에 사는 열아홉 살 여성.

한 달 전, 비가 내리던 12월 초 오후. 친구에게 아르바이트하러 간다고 알리고 분쿄구에 있는 여자대학교를 나선 뒤 실종됐다. 함께 사는 부모가 그날 밤에 실종신고를 했다. 경찰은 엿새 전부터 공개수사로 전환하고 전국에 이름과 사진을 공개했다.

"비밀번호는?"

무라오 씨가 이사야마를 밟아 누르며 물었다. 떡갈나무 문에 삼중으로 달린 다이얼식 맹꽁이자물쇠를 풀 숫자를 묻고 있다.

이사야마는 침묵했다. 입을 다문 채 고개를 저었다.

무라오 씨는 몸을 굽히고 칼로 천천히 내리찍었다. 햇빛에 그을린

제모한 엉덩이에 칼끝이 박히고 피가 배어 나왔다. 급소는 피해서 치명상을 입지는 않았다.

이사야마는 고통에 찬 비명을 지르며 몸부림쳤다.

그러나 아무리 고함을 질러도 견고한 방음장치 덕분에 소리가 집 밖으로 새어나가지 않았다. 이 남자에게 희생된 여성들의 비명이 아무에게도 닿지 못했던 것처럼.

무라오 씨는 장딴지와 등을 연달아 찔렀다. 이사야마가 결국 숫자를 실토하자 무라오 씨가 나를 향해 다시 그 미소를 지었다.

왼손을 재킷 안주머니에 넣어 봉투를 꺼내 내밀었다. 피 묻은 손에 쥔 하얀 봉투는 붉게 물들어 있었다.

이만 가라는 신호였다. 자신의 역할은 여기까지, 그렇게 약속했다.

"그 형사인가?"

이사야마는 깨달았다.

마침내 생각이 난 모양이다. 내게 시선을 돌리며 "딸인가"라고 중얼거렸다.

"아니지. 애인? 그 피부색, 외국인인가? 아니면 혼혈?"

고통에 얼굴을 일그러뜨리면서도 목소리만은 억지로 웃음기를 흘렸다.

"입 다물어."

무라오 씨가 경고했다.

이사야마는 다물지 않았다.

"속죄하려고? 멍청하긴."

오히려 도발했다.

"닥쳐."

무라오 씨가 다시 말했다. 그러나 닥치지 않았다.

"잘난 체해봤자 나를 놓쳤다는 사실은 변하지 않아."

하얀 치아를 드러냈다.

"네 놈 눈앞에서 납치됐던 여자도, 지금은 땅속에 있다고."

무라오 씨가 이사야마의 희끗한 머리를 휘어잡았다. 잡아당겨 치켜
든 다음 칼자루로 코를 세게 내리쳤다.

코피가 터진 이사야마가 입을 크게 벌렸다. 그 입에 둥글게 뭉친 팬
티를 쑤셔 넣고 뚜껑을 닫듯 수건으로 묶어서 입을 다물렸다.

무라오 씨는 나를 보며 고개를 끄덕이고 혼미해진 이사야마를 끌고
가기 시작했다. 자유를 빼앗긴 초로의 남자가 융단 위로 질질 끌려갔
다. 거실 끝, 여성의 목소리가 새어 나오는 방으로 향하는 길에 핏자국
이 선을 그었다.

나는 흑단 탁자에 올려 둔 가방을 들고 피로 더러워진 봉투를 넣은
다음 현관으로 향했다. 눈물이 날 것 같지만 울고 있을 여유는 없다.
두 손을 꽉 맞잡고 두고 가는 것은 없는지 다시 한번 되짚었다.

맨손으로 만진 곳은 남김없이 닦아냈다. 이 집의 경보장치도 꺼 두
었다. CCTV의 전원은 망가뜨렸다. 영상 데이터가 저장된 메모리 카
드는 전부 빼내 여분과 함께 가방에 챙겼다. 얇은 스타킹을 신은 탓에
족문足紋이 걱정됐지만, 무라오 씨가 처리해 줄 것이다.

아아, 그렇지. 조금 되돌아가서 베이지 코트를 주워 소매에 팔을 꿰
었다.

평소처럼 행동하려고 해도 역시 평소처럼은 힘들다. 침착하자. 그러
나 세차게 뛰는 심장박동이 목을 타고 올라 머리까지 울렸다. 두근 두
근 두근. 진정이 되지 않는다. 침착할 수 없다면 긴장감에 더욱더 익숙

해지자.

뒤에서 이사야마가 또다시 신음했다.

말하는 골동품 인형이 고장 난 것처럼 입이 틀어막히고도 계속 소리쳤다. 소리를 내지 않을 수 없겠지. 침묵은 죽음의 공포를 부추긴다.

무라오 씨는 이사야마를 잠시만 더 살려 둘 생각이다. 그 남자에게는 그것이 어울린다. 괴롭고 괴로워서, 분해서 온몸을 뒤틀다가 숨이 끊어지는 최후가 바람직하다.

그래, 나는 사람의 죽음을 두려워하지 않는다. 악인은 괴로움에 몸부림치며 죽어야 해……. 생각을 억지로 주입했지만 떨리는 입술은 멈추지 않았다.

'죽음도 살인도, 더 익숙해져야 해.'

현관을 나와 차고를 빙 돌았다.

고급 차 옆을 지나 셔터 옆에 난 문을 열고 밖을 살폈다. 1월 첫째 주, 연말연시 연휴가 막 끝난 평일 낮. 길을 오가는 사람은 없었다.

낯선 동네를, 기억을 더듬어가며 길을 찾아 서둘러 역으로 향했다.

걸음을 재촉하면서 조심스럽게 숨을 토해냈다. 그 집에서 몸 안에 담았던 것들을 전부 내보내듯 다시 한번 크게 숨을 토했다. 하얗게 퍼지는 입김에 눈에 새겨진 피의 붉은 색이 점점 엷어졌다. 자신의 갈색 눈동자와 피부가 눈에 띄지 않도록 머플러를 두르고 안경을 썼다. 또각 또각 또각. 아스팔트를 딛는 구두 굽 소리가 점점 빨라지다가 어느덧 심장이 뛰는 속도를 앞질렀다.

"일찍 왔네."

집으로 돌아온 나를 엄마가 맞았다.

"첫날이잖아. 인사만 했지, 일도 없고."

회사를 쉬었다는 사실도, 쉬고 무엇을 했는지도 물론 알리지 않았다. 이사야마의 집을 나온 뒤, 무라오 씨가 작업장으로 사용하는 임대 창고에 들러 약속한 물건을 회수한 다음 긴자에서 시간을 때웠다.

"레이미도 입고 갔으면 좋았을 텐데."

엄마가 말했다. TV 뉴스 화면에 설빔 차림으로 회사에 출근하는 여성 사원들의 모습이 나왔다.

"요즘 세상에 누가 설빔을 입고 출근한다고. 남들이 웃어."

"하나도 안 이상해. 다들 칭찬하겠지."

"스물다섯이나 먹어서 창피하게."

엄마는 기모노를 입히고 싶어 했다. 정말 예쁘다며 딸바보 기질을 발휘하며 신나 했을 텐데. 하지만 나는 싫다. 한눈에 봐도 혼혈이라는 사실을 눈치챌 수 있는 얼굴이 한층 더 눈에 띄어서다.

엄마는 피가 섞이지 않은 나를 누구보다도 사랑해 준다. 내게도 엄마는 소중한 사람이다. 가장 잃고 싶지 않은 사람. 그러나 이 마음이 가족을 사랑하는 마음인지는 모르겠다. 아니, 사실은 안다. 이는 감사하는 마음으로 순수한 사랑과는 다르다는 사실을.

"속보입니다."

TV 속 캐스터가 말했다.

화면에 하얀 집이 등장했다. 내가 있던 그 장소.

조명이 카메라가 에워싼 커다란 문을 비췄고 감금당하던 여대생을 보호하고 있다는 소식을 전했다.

"찾아서 다행인데."

엄마가 말했다.

"범인도 칼에 찔렸대."

납치 감금 용의자를 찌른 침입자가 직접 119에 신고해서 병원으로 이송됐다고 TV에서 설명했다. 용의자는 심정지 상태라고 했다.

두근 두근 두근. 심장이 뛰기 시작했다. 히터로 훈훈해진 거실이 갑자기 숨이 막혀 화장실로 자리를 피했다.

손을 씻고 클렌징 제품으로 화장을 지웠다.

"아빠도 일찍 오신대. 밥 같이 먹을 거지?"

엄마가 멀리서 물었다.

"응."

수건으로 얼굴을 덮고서 대답했다.

케첩과 육두구 향이 풍겼다. 저녁 메뉴는 엄마의 주특기인 양배추 롤. 분명 긴장을 풀어 주는 향인데, 심장박동이 더욱 빨라졌다. 도망치듯 2층으로 올라갔다.

내 방 문을 닫자마자 TV를 틀고 소리를 낮췄다.

무직 무라오 구니히로 62세

뉴스에 무라오 씨의 얼굴 사진과 자막이 나왔다. 혐의는 가택침입과 살인미수. 사진은 두 달 전까지 근무한 경비 회사가 제공했을 것이다. 회사 신분증과 똑같은 사진이었다. 과거에 도쿄 료고쿠 경찰서 소속 형사였다는 경력과 함께, 여대생 실종을 자체 조사해서 그녀를 감금하고 있던 남자 이사야마를 잡으려고 그의 집에 침입한 것으로 추정된다고 아나운서가 전했다.

이사야마 히데오의 얼굴 사진도 나왔다.

방금 사망을 확인했다고 한다. 이사야마는 유명한 정밀절삭가공기기 기업의 최대주주며, 아버지가 남긴 특허 세 개 덕분에 회사는 안정된 수익을 창출하고 있다는 설명도 흘러나왔다. 자산가였을 뿐 아니라 탤런트나 연예 기획사 사장과도 친분이 있는 것으로 유명한 인물이었다.

아나운서는 무라오 씨의 범행에 대해 '침입', '살해', '체포'라는 단어를 반복했지만, 감금당했던 여성을 '구출했다'고는 말하지 않았다. 무라오 씨와 이사야마가 납치 감금의 공범으로, 내분이 일어났을 가능성을 의심하는 것 같았다.

휴대폰으로 인터넷 뉴스 기사도 읽었다. 현장에 무라오 씨, 이사야마, 감금당한 여성 외에 다른 인물이 있었다는 내용은 적혀 있지 않았다.

'무라오 씨는 약속을 지켰어.'

믿고는 있었지만 새삼 가슴이 뜨거워졌다. 도저히 참을 수 없어서 흐느껴 울었다.

"안녕."

작게 소리를 냈다. 이제 두 번 다시 그 사람을 만날 일은 없다.

화장대 거울을 바라보며 자신을 다잡았다.

앞으로의 일은 전부 혼자서 해나가야 한다. 자신을 도와줄 사람은 없고 누구에게 의지할 마음도 없다. 다른 사람에게 알려지는 순간 모든 것이 끝나 버리기 때문이다.

심장은 여전히 빠르게 뛰었다. 진정할 수 없다면 긴장한 상태에 빠르게 적응해야 한다. 앞으로 끝없이 이어질 긴장에.

TV를 끄고 침대에 앉아 무라오 씨에게 넘겨받은 종이봉투에 손을 넣었다.

큰 봉투가 두 개. 앞으로 자신이 접촉해야 하는 남자와 여자의 경력이 각각 들어 있었다.

내 바람을 들은 무라오 씨가 이 두 사람을 선택했다. 그러나 정작 본인들은 선택받았다는 사실을 모른다.

무라오 씨는 수많은 미제 사건을 추적하고 계속 수사하면서 경찰이 눈치채지 못한 증거를 여러 개 찾아냈다. 그 증거들을 내게 유산으로 물려줬다. 우선 이 두 사람이 어떤 사람인지 시간을 들여 찾아보자. 그리고 어떻게 접점을 만들지 궁리해야 한다.

내가 죄인이 된다고 해도, 누군가를 희생시킨다고 해도 상관없다.

'무슨 일이 있어도 나는 사라진 시간을 되찾을 거야.'

1

5월 둘째 주, 금요일. 밤 9시, 시부야.

스페인식 바의 낮고 어두운 천장에 웃음소리가 울려 퍼졌다.

"네가 잘못했네."

테이블을 사이에 두고 아쿠쓰 기요하루의 앞자리에 앉아 있는 안경 쓴 여자가 말했다.

"심지어 자기가 뭘 잘못했는지도 몰라."

옆자리의 통통한 여자도 전자담배 전원을 켜며 말했다.

두 사람은 회사 선배로, 항상 새 여자 친구가 생기지 않는 기요하루를 놀렸다. 기요하루도 면박을 싫어하지 않고 생글거리는 얼굴로 똑같은 변명을 둘러댔다.

"그래도 나는 나름대로—"

"전혀 노력하지 않는다니까."

차단당했다.

"일은 무난하게 하는데 그 외 일상생활은 전부 나사가 하나 빠진 것 같아.”

“패기가 없어. 듬직하지가 않아. 결혼생활에 희망도 안 보이고.”

“설교예요?”

작은 소리로 말했다.

“닥치고 들어!”

두 사람 모두 테이블을 두드리며 입을 삐죽였다.

기요하루는 시선을 내리며 웃었다. 입가가 자연스럽게 풀어지고 말았다. 이렇게 별 의미 없이 보내는 시간이 싫지 않았다.

연회용 개별실에는 종합상사 닛키메이와의 프로젝트 개발본부 아시아 인프라섹션 8과에 소속된 직원 스물일곱 명 전원이 모여 있었다.

다노우에 과장이 “내 장례식에도 이렇게 다 모이지는 못할 거야”라고 농담 삼아 말했지만 아마도 틀린 말은 아닐 것이다. 8과 소속 스물일곱 명은 항상 국내외로 날아다닌다. 업무와 관계없는 사적인 모임으로 직원 전원이 참석해 얼굴을 맞대는 것은 기요하루도 입사 이래 처음이었다.

“자, 여러분 모이세요.”

후배가 말했다.

단체 사진을 찍는 것처럼 테이블 위에 놓인 태블릿 앞에 스물일곱 명이 나란히 섰다. 화면에 커플이 잡히자마자 “펠리시다드*입니다”라고 스페인어로 축복했다.

—감사합니다.

---

* 스페인어로 행복, 행운, 경사를 의미한다.

태블릿 화면에 비친 남녀가 머리를 숙였다.

화면 저편은 시차가 열네 시간 늦은 멕시코. 두 사람의 결혼 발표를 직접 들으려고 오늘 밤 이곳에 모였다.

남성은 예전에 닛키메이와의 같은 과에서 근무한 직원으로, 4년 전에 퇴사한 뒤 멕시코 현지에 아시아 식품 가공품 회사를 설립했다. 옆에 있는 중국계 여성은 한창 신혼을 만끽하고 있는 신부로 임신 5개월이라고 한다.

―너도 빨리 가.

멕시코에서 신랑이 말했다.

자신에게 하는 말인 줄 몰랐던 기요하루는 뒤에 있던 안경 쓴 선배에게 어깨를 찔렸다.

―결혼 상대 못 찾으면 위험하다, 너.

"아직 스물여덟이에요."

―너처럼 굼뜬 녀석은 결혼 생각이 들고서부터 혼인신고까지 5년은 걸린다고. 그것도 운 좋게 상대를 찾는다면 말이지. 마흔 가까이 돼서 서둘러 봤자 늦으니까 말이야. 부임지에서 자포자기 심정으로 현지 여자와 놀다가 발목 잡혀서 그쪽 친척들의 생활비를 평생 대줘야 할 수도 있다고.

"아뇨, 설마요."

자신도 모르게 까불대는 기요하루에 모두가 웃었다.

―So sorry, You've got the sort of face that suggests trouble with women. (미안해요. 여자 때문에 고생할 관상이에요.)

신부의 말에 모두 함께 웃는 소리가 크게 울려 퍼졌다.

한 시간 후, 기요하루는 가게를 나왔다.

거의 모든 직원이 2차가 열리는 가게로 이동하는 분위기에 혼자서 반대 방향으로 걸음을 옮겼다.

"안 가?"

다노우에 과장이 물었다.

"내일도 출근해요. 리허설 좀 다시 해두려고요."

다가오는 월요일에 집행 담당 임원들을 상대로 진행하는 프레젠테이션이 기다리고 있다.

"무리하지 마."

붙잡는 사람 하나 없이 모두 웃는 얼굴로 손을 흔들었다. 기요하루도 인사한 뒤 걷기 시작했다.

정식으로 정보가 공개되는 시점은 1년 후지만, 기요하루가 소속된 아시아 인프라섹션은 현재 말레이 반도에 개통되는, 국경을 오가는 고속철도 민관 합동 프로젝트에 참가해 중국의 복합기업과 수주권 획득을 은밀하게 다투고 있다. 성공하면 송배전을 포함한 철도 노선 전체의 전기설비를 판매, 설치, 보수 점검하게 된다. 기요하루 본인도 8개월 후인 내년 1월에는 태국으로 해외파견을 나가기로 결정됐다.

일은 고됐다. 회사 안팎을 가리지 않고 치열한 경쟁을 강요당했고, 어떻게든 이기지 못하면 가차 없이 자회사로 전출당하며 밀려났다. 패자는 정년까지 뜻에 맞지 않는 업무를 계속하거나 회사를 그만둘 수밖에 없었다.

그러나 충분히 보람을 느꼈다. 위성에서도 보이는 역사에 남을 건조물을 만들어가는 감격을 맛볼 수 있었다. 온 지구의 사람과 경제를 움직인다는 생각에 가슴이 웅장해졌다.

바람이 살랑살랑 부는 따뜻한 밤.

거리에는 사람이 넘쳐났고 여느 때의 금요일 밤처럼 시끌벅적하고 먼지가 많았다.

그래도 기분이 좋았다. 조금 더 걷고 싶었던 기요하루는 시부야역 방향으로 걷지 않고 미야시타 공원 옆에서 메이지 거리를 건넜다.

자그마한 브랜드숍이 늘어선 뒷골목을 걸었다. 가게는 대부분 이미 문을 닫았다. 목적지였던 지하철 오모테산도역도 지나쳐 뒷골목으로. 좁은 길로 들어가자 인적도 뜸해졌다. 정처 없이 걷기에는 안성맞춤인 밤. 붐비는 전철에 파묻혀 헛되이 보내고 싶지는 않았다.

그런데 도중에 인기척을 느꼈다.

누군가가 뒤를 밟고 있다. 걸음을 재촉했지만 하이힐이 신경질적으로 아스팔트를 두드리는 소리가 떨어지지 않았다.

아쉽지만 밤 산책은 끝이다. 롯폰기 거리가 보이기 시작했다. 저기까지만 걸어가서 곧장 택시를 타자.

그때 비명이 들렸다.

뒤를 돌아보니 가로등 불빛 아래서 남자와 여자가 뒤얽혀 싸우는 중이었다. 양복 차림의 남자는 손에 번쩍이는 물건을 쥐고 있었다. 칼 같았다. 여자는 한쪽 팔을 잡힌 채 칼에 베이면서도 가방으로 내리치며 저항했다.

비명을 들은 몇 사람이 걸음을 멈췄다. 기요하루는 무시하고 지나가려고 했다.

"도와줘요, 기요하루 씨!"

여자가 소리쳤다.

자신의 이름.

"기요하루 씨!"

몇 번이나 불렀다.

'뭐야, 진짜.'

놀라기에 앞서 혀를 찼다. 주위를 둘러봤다. 행인들도 분명히 들었다. 몇 사람이 기요하루에게 시선을 보냈다. 듣지 못한 척 피하기는 글렀다. 순간의 갈등 끝에 몸싸움을 벌이는 두 사람에게 달려갔다.

남자는 몇 번이나 칼로 베었지만 급소를 노리는 것 같지는 않았다.

살인이 목적이 아닌가? 위협? 납치?

들고 있던 가방을 방패 삼아 "이봐!" 하고 소리쳐 주의를 끌었다. 남자는 기요하루를 보더니 서슴없이 칼을 쑥 내밀며 위협했다.

가방을 꿰뚫었다. 그대로 가방을 크게 휘둘렀다. 남자가 놓친 칼이 날아갔다. 그와 동시에 기요하루는 남자의 무릎을 걷어찼다. 남자가 휘청거렸고 여자가 잡힌 팔을 뿌리쳤다.

여자가 바닥을 기다시피 도망쳤다.

남자는 땀으로 범벅이 된 얼굴로 기요하루를 노려보며 곧바로 겉옷 주머니에 손을 넣더니 새 칼을 꺼내 들었다.

이 남자, 싸움이 서투르다. 그래도 철저하게 준비했다. 칼을 몇 개 더 숨겨 놓았겠지. 게다가 찌를 때 망설이지 않는다. 말리려고 끼어든 기요하루에게 분명한 살의를 내뿜고 있었다.

'어떻게 된 일이지?'

남자가 칼을 두세 번 휘두르며 가방을 쥔 기요하루의 오른손과 왼손을 베었다. 피가 튀며 통증이 엄습했다. 기요하루는 가방 모서리로 남자의 얼굴을 후려쳤다.

남자가 두 눈을 감았다. 그 틈을 타서 칼을 쥔 손을 제압하며 목을 움켜쥐었다. 그리고 무릎으로 사타구니를 차올렸다.

"윽!"

남자가 신음했다. 고환을 푹 눌러 찌부러뜨리는 불쾌한 감촉이 무릎에 느껴졌다.

그 순간, 휘발성 냄새가 났다.

기요하루가 황급히 떨어졌다. 남자의 얼굴과 화이트 셔츠가 젖은 이유는 땀 때문이 아니었다.

눈치챈 바로 그 순간, 여자가 뒤에서 남자의 목덜미에 전기 충격기를 들이댔다.

"하지 마!"

기요하루가 소리쳤지만 이미 늦었다. 여자가 전원을 켰다. 파지지직하는 작은 소리와 함께 남자의 몸과 전기 충격기를 든 여자의 오른팔에 불이 붙었다.

"아악!"

남자는 비명을 지르면서도 불길에 휩싸인 채 덤벼들었다. 기요하루는 남자의 몸을 발로 차 쓰러뜨렸다.

그리고 곧바로 겉옷을 벗어 불이 붙은 여자의 오른쪽 소매를 친친 둘러 감은 뒤 두드렸다.

휘청거리는 그녀를 끌어안았다. 어깨와 배, 그 외에도 군데군데 칼에 찔린 듯했다. 원피스가 붉게 물들어 있었다. 피가 흐르는 배에 손수건을 대고 강하게 눌렀다. 최근에 본 적 있다, 이 얼굴…… 기억난다.

커다란 갈색 눈동자, 햇볕에 탄 것과는 다른 갈색 피부. 5개월 전에 누군가의 주선으로 참석한 미팅 비슷한 식사 자리에서 만난 여자. 대화를 잠깐 나누고 명함을 주고받았다.

건설 회사 가메지마구미의 경리부에서 근무한다고 했다. 이름은 분명, 유즈키 레이미.

근처에 있는 바의 점원이 소화기를 들고 달려와 쓰러져 불에 타고 있는 남자에게 뿌렸다. 불은 껐지만 남자는 움직이지 않은 채 신음했다.

"유즈키 레이미 씨."

기요하루가 여자를 불렀다.

여자가 고개를 들었다. 틀림없다.

"저놈은요?"

기요하루가 물었다.

"아, 자……."

거기까지 말하다가 멈췄다. 눈동자도 가늘게 흔들렸다. 황망한 레이미가 즉시 말을 꺼내기 힘들 것이라는 점은 이해하지만, 그래도 재차 물었다.

"저놈은 누굽니까?"

"자회사 직원인데…… 스토킹을……."

"경찰에는?"

"……신고했어요. 변호사와도 상담했고요."

"경찰이 경고하고 변호사가 각서를 받았다? 항상 따라다니던 스토킹이 멈춰서 방심한 모양이네요."

레이미가 고개를 끄덕였다.

"끝난 줄 알았는데. 반년 동안 아무 일도 없었는데……."

남자는 몸에 휘발유를 붓고 옷도 흠뻑 적셨다. 레이미를 칼로 찔러 움직이지 못하게 만든 다음 의식이 있는 상태로 끌어안고 분신자살을 해 저승길 길동무로 삼을 계획이었을 것이다.

그 정도는 쉽게 예측할 수 있었지만, 그녀에게는 말하지 않았다.

"왜 내 뒤를 밟았죠?"

레이미는 대답하지 않았다.

"나를 미행했잖아요."

그녀는 칼에 찔려 피를 흘리고 있었다. 그래도 사정을 봐주지 않았다.

"이유는?"

사람들이 모여들었다.

"괜찮아요?"

편의점 여성 직원이 들여다보며 물었다.

"출혈이 멈추지 않아요."

기요하루가 대답했다.

"어쩌죠. 119에 신고는 했는데."

"추워."

레이미가 눈을 감고 기요하루의 품으로 머리부터 파고들었다.

"음, 저기 휴게실에 담요가 있었던 것 같은데."

편의점 여성이 다급히 되돌아갔다. 몇 사람들이 멀리서 에워싸고 지켜보고 있었다. 사이렌 소리도 들려 왔다.

"기요하루 씨."

레이미가 작게 부르며 무언가를 말하려고 입술을 달싹였다.

그녀를 안은 채 입가에 귀를 가까이 댔다.

"남자 친구인 척해요."

레이미가 속삭였다.

"이런 상황에서는 그게 가장 자연스러워요."

기요하루는 순간 눈을 동그랗게 뜨고 그녀를 정면에서 노려봤다. 코와 코 사이, 불과 몇 센티미터 떨어지지 않은 거리에서 서로 마주 봤다.

레이미는 시선을 피하지 않았다.

"네가 뭔데 명령해."

기요하루는 낮고 작은 목소리로 으르렁거렸다.

"미행한 이유를 말해. 대답 안 하면—"

"나도 죽이게?"

기요하루의 격양된 말을 레이미의 속삭임이 잘라냈다.

적의가 담긴 기요하루의 시선을 갈색 눈동자가 빨아들였다. 경찰차와 구급차, 크고 날카로운 두 사이렌 소리가 서로 섞이며 점점 가까워졌다.

"대답하라고. 말 안 하면……."

레이미가 떨리는 입술로 다시 말했다.

"나도 죽이려고?"

서너 바늘씩 짧게 봉합된 상처가 왼팔에 일곱 군데, 오른팔에는 네 군데.

기요하루는 상처 몇 개를 덮다시피 붙인 반투명 필름과 붕대를 새로 갈았다.

이제 통증은 없다. 다만 아직 실밥을 풀지 않아서 옷을 갈아입을 때 방해가 되고, 상처를 본 사람이 사정을 물으면 어떻게 대답해야 좋을지 몰랐다. 그래서 붕대로 가렸다.

창밖으로 도쿄타워에서 시바우라 연안까지 이어지는 미나토구의 거리가 펼쳐졌다.

5월 17일, 나가타초의 호텔 27층.

엿새 전의 사건 이후 기요하루는 회사의 지시로 이곳에 머물고 있다.

그날 밤, 기요하루와 레이미는 같은 구급차로 이송됐다.

레이미는 좁은 침대에 누우면서도 "휩쓸리게 해서 미안해"라며 눈물을 흘렸고 줄곧 기요하루의 손을 잡고 있었다.

사귀는 척을 하라는 그녀의 강요에 기요하루도 따랐다. 눈물을 닦는 척 얼굴을 바싹 붙이며 서로의 주소, 생년월일, 전화번호를 교환하고 사귄 기간이나 만나게 된 계기 등을 급하게 꾸며냈다.

바보 같은 짓. 그러나 그녀가 무엇을 꾸미고 있는지 알지 못한 채 한 치 앞도 내다볼 수 없는 상황에서는 최선이라고 생각했다.

병원에 도착하자 레이미는 수술실로 이동했다.

기요하루도 치료를 받고 경찰에 진술했다. 서둘러 달려온 레이미의 부모님과 만났지만 두 사람 모두 혼혈 딸을 낳은 부모로는 보이지 않는 일본인의 얼굴이었다.

하라주쿠 경찰서로 이동해 더 자세하게 진술했다. 다음 날 아침에 마중 온 다노우에 과장과 회사 법무 담당자와 함께 경찰서를 나오니 방송국 카메라들이 진작부터 몰려와 잔뜩 벼르고 있었다…….

오늘도 맑은 날이었다.

내리쬐는 햇빛에 눈이 부셔서 커튼을 쳤다. 5월인데도 에어컨을 켜지 않으면 후텁지근하다.

병원에 갈 때만 호텔 밖으로 나가지만 병원 대기실에도 기자라는 사람들이 잠복해서 간호사들에게 폐를 끼쳤다. 홍보팀 소속도, 미디어 관련 부서 근무자도 아닌 자신이 매일 회사의 법무팀으로부터 언론 대응에 대해 메일로 지도를 받았다.

'귀찮아.'

자연스럽게 떠오른 말.

아카바네에 있는 자신의 맨션에도 돌아가지 않았다. 갈아입을 옷을 가지러 간 여동생에게 "아쿠쓰 유마 씨이시죠?"라고 기자가 말을 걸었다고 했다. 동생의 이름뿐 아니라 이혼하고 오랫동안 불륜 관계였던 여성과 재혼한 아버지와 일주기가 막 끝난 돌아가신 어머니도 알고 있었다.

호텔 방에 자료를 들고 와 계속 업무는 하지만 역시 답답했다.

월요일에 예정되어 있었던 사내 프레젠테이션은 연기됐다. 기요하루는 진행 담당에서 빠지고 보조 역할을 하던 일 년 후배가 기요하루의 역할을 대신하게 됐다.

오후 1시 45분. 화이트 셔츠 소매에 팔을 꿰고 넥타이를 맸다.

TV에서는 오후 와이드쇼가 지난주 사건을 전달하고 있었다. 유즈키 레이미를 습격한 범인은 피부와 기도에 중화상을 입고 지금도 혼수상태라고 했다. 범인의 얼굴 사진은 공개되지 않았지만 이름과 프로필은 여과 없이 방송됐다.

후지누마 신고, 34세.

레이미가 근무하는 건설 회사 가메지마구미 그룹 자회사 직원으로 공업기기제어 소프트웨어 개발자였다. 직함은 계장. 우수한 직원이었다고 한다. 과거에 체포된 이력도 없고 문제 행동을 일으킨 적도 없다. 그러나 그날 밤은 휘발유에 향수와 올리브오일을 섞어 머리며 피부며 옷에까지 바른 정황이 경찰 조사를 통해 드러났다. 역시 처음부터 동반 자살을 계획한 것이다.

휴대폰으로 걸려 온 다노우에 과장의 전화를 받고 방을 나왔다.

전용 카드키를 지닌 투숙객만 올라갈 수 있는 이그제큐티브 플로어. 복도에 깔린 카펫의 털도 유난히 길다. 걸을 때마다 발밑이 푹신푹신하게 꺼져서 여전히 적응이 되지 않는다.

엘리베이터 홀에는 호텔 직원과 경비원이 상주했다.

"다녀오십시오."

미소 띤 얼굴로 인사하는 직원을 지나쳐 엘리베이터를 탔다.

로비에서 다노우에 과장을 맞이한 뒤 라운지의 카페 공간에 앉았다.

"레이미 씨는 좀 괜찮아?"

다노우에가 물었다.

"많이 진정됐습니다. 감사합니다."

"실례가 안 된다면 부상 상태를 알려 줄 수 있나?"

"장기 손상은 없고, 후유증도 염려하지 않아도 된답니다. 하지만 칼에 찔린 곳이 많아서 흉터가 남는 건 어쩔 수 없다고 하더라고요. 팔에 입은 화상도 완전히 없어지지는 않을 거라고 합니다."

"여자니까. 심리 치료도 소홀하지 말고. 이번 사건으로 둘 사이를 다시 생각하겠다거나, 그런 건 아니지?"

"물론 아닙니다."

"그럼 다행이고. 섣부른 판단일지 몰라도 자네한테 여자 친구가 있는 것도 놀라운데, 심지어 몸을 던져 지키기까지 했다는 소식을 듣고 우리 과 직원들은 자네를 다시 봤다고. 여자한테 한없이 서툴다는 게 공통된 의견이었으니까 말이야."

"무슨 대답을 원하십니까."

"뭐, 나쁘기만 한 일은 아니라는 뜻이야."

다노우에가 살짝 웃었다.

"조만간 나도 병문안 갈 수 있게 해줘. 여자 친구 부모님께도 직접 찾아뵙고 사과드려야지. 시기를 봐서 말씀 좀 드려."

"아뇨, 그렇게까지 하지 않으셔도 되는데."

"아니야. 회사에서도 성의를 보여야지. 과 전체 회식에 참석했다가 돌아가는 길에 벌어진 일이고, 전국적으로 신문에 실리기도 한 사건이야. 여자 친구가 근무하는 가메지마구미에도 한 번 사과의 말을 전할 필요가 있어. 자넨 우발적인 사건이고 개인적인 문제라고 생각하겠지만 세상 사람들은 꼭 그렇게만 받아들이지는 않거든."

커피가 나왔다. 웨이터가 웃는 얼굴로 자리를 떠나자 다노우에는 "그건 그렇고"라며 오른손과 왼손으로 마주 잡듯 짝 박수를 쳤다. 어려운 문제를 꺼낼 때의 버릇이었다.

"전출을 좀 가야겠어."

다노우에가 말했다. 오늘 아침 사업팀 회의에서 결정되고 승인이 난 사항이라고 했다.

일반인을 대상으로 음식 소매점을 운영하는 메이와 푸드 시스템즈로 한 달 안에……. 주로 해외 브랜드의 국내 체인화를 담당하는 자회사로 소속을 옮기게 되었다.

"과잉 대응이라 미안해. 무슨 수를 써서라도 반드시 3년 안에 본사로 불러들일 거야."

다노우에는 고개를 숙였지만 당연한 처사였다. 기요하루도 이해했다. 개인의 문제로 치부할 수 없는 사건이었다.

닛키메이와가 영업상 다투고 있는 상대 나라를, 일반적인 사고방식으로 접근해서는 안 된다. 미세한 틈이라도 보이면 수단과 방법을 가리지 않고 말끔한 얼굴로 이용하는 철면피들이다. 편견이나 차별이 아니라 그저 사실이기에 상대가 나쁘다고 단정 지을 생각도 없다. 비즈니스는 총성 없는 전멸전이라고, 상사맨이 된 이후로 철저히 주입식 교육을 받았다.

국가 예산에 영향을 미칠 정도의 거대 프로젝트인 만큼 정부의 담당 부처나 관련 기업도 추문에 극도로 예민하다. 현재 기요하루라는 존재는 아주 작은 가시에 불과하지만, 그것을 방치하면 어떠한 플러스 요인도 되지 않는다. 그렇다면 재빨리 뽑아내는 것이 상책이다.

"오히려 제가 죄송하죠."

기요하루도 앉은 자리에서 고개를 숙였다.

실망하지 않았다면 거짓말이지만 반쯤은 각오했던 차라 당황하지 않았다. 유즈키 레이미가 자신을 억지로 끌어들이는 바람에 날벼락을 맞았지만 어쩔 수 없는 일이라고 스스로를 설득하려고 노력했다.

언제부터였을까? 스무 살이 지났을 때부터 이러한 버릇이 생겼다.

이미 일어나 버린 일은 전부 하늘의 섭리처럼 받아들이게 됐다. 때가 되면 배가 고프고 졸리듯. 낮과 밤이 반복되고 사계절이 돌아오듯. 어떠한 나쁜 일이 벌어지든 저항할 수 없다고 믿게 됐다. 아버지가 이혼을 입에 올렸을 때는 몹시 분노했다. 어머니가 암으로 세상을 떠났을 때는 슬펐다. 그러나 어느 기점을 지나자 소용돌이치던 분노와 슬픔이라는 감정이 썰물 빠지듯 사라졌고, 그저 사실만이 어렴풋이 남았다.

좋은 현상인지 나쁜 현상인지 모르겠지만 이 버릇이 싫지 않았다.

증오와 적대감에 불타 험악한 표정을 지을 일도 줄어들었고, 무엇보다 웃을 수 있었다. 그것이 꾸며낸 표정이라고 해도 웃는 얼굴을 하면 진심을 숨길 수 있었다.

기요하루도 다노우에도 감상에 빠지지 않고 담담하게 자회사와 본사의 업무를 인수인계했다.

"같이 나갈까?"

30분이 지나고 다노우에가 일어섰다.

"오늘도 가지?"

"네."

기요하루도 자리에서 일어났다. 사건 이후, 레이미의 병실로 매일 병문안을 간다.

라운지를 나서려는데 호텔 직원이 소곤소곤 말을 걸었다. 직원용 출입구로 안내하겠다고. 정문과 두 번째 출입구 밖에 카메라와 기자들이 진을 치고 있다고 했다.

직원용 통로로 빠져나와 정육업체의 트럭 뒤에서 택시를 탔다.

"동생은 괜찮아?"

다노우에가 물었다.

"네. 새로 이사한 집에는 취재진이 없다는 것 같아요."

"집을 나온 뒤라 다행이었어. 불행 중 다행이야."

동생 유마는 약혼자와 함께 살기 시작했다. 오랫동안 네 식구가 살았던 아카바네의 맨션에 지금은 기요하루 혼자만 남았다.

"이번에야말로 무사히 끝나야 할 텐데."

다노우에가 앞을 바라보며 말했다.

작년 4월에 치렀어야 할 유마의 결혼식은 식 2주 전에 어머니가 돌아가시면서 연기됐다. 어머니가 유방암 진단을 받으면서, 살아생전에 웨딩드레스를 입은 딸을 보여 드리고 싶다고 서둘러 준비하던 것이기에 이제는 식 자체를 급하게 진행할 이유가 사라졌다.

아버지는 결혼식에 참석하지 않는다. 동생이 원하지 않았다.

3년 전. 유마의 취직이 결정되고 대학 졸업에 필요한 학점을 이수하고 나자 아버지는 갑작스럽게 선언했다. 어머니와 헤어지고 오랫동안 만나온 사람과 함께 살겠다고. 너희들의 아버지인 사실은 변하지 않고, 금전적으로도 되도록 계속 도움을 주겠다고 했다. 그러나 앞으로 자신의 삶에 일절 참견하지 말라고 했다.

아버지와 불륜 여성 사이에는 아이도 한 명 있었다.

동생은 일찍이 이상한 낌새를 느낀 듯했지만 기요하루는 눈치채지 못했다. 할아버지에게 물려받은 작은 냉동식품 공장을 경영하는 아버지, 공인회계사 어머니, 방이 네 개 딸린 오래된 맨션. 조금은 유복한 평범한 가족이라고 생각했다. 그러나 자신은 껍데기만 보고 있었다.

아버지와 어머니는 각자 변호사를 내세워 합의를 거쳐 정식으로 이혼했다. 그 직후에 암 선고를 받은 어머니는 1년 동안 고통스러운 투병 생활 끝에 세상을 떠났다.

유마는 어머니의 죽음이 거의 아버지 책임이라며 원망했다. 이제는 아버지라고도, 그 사람이라고도 부르지 않았고, 기요하루가 지적해도 무시하며 인연을 끊기로 작정했다.

"결혼식까지 두 달 정도 남았나."

다노우에가 말을 이었다.

"네. 그런데 아직 피로연 드레스도 못 정했고 참석자 자리 배치도 안 했어요."

"네가 안달복달해서 어쩌려고."

"제가 어떻게 해 줄 수 없으니 더 애가 타죠."

물론 기요하루도 결혼식에 참석한다. 피로연에서는 부모님 대신 인사하기로 했다.

몇 년 전까지 기요하루가 아쿠쓰 가족이라고 믿었던 것들은 무너지고, 갈기갈기 찢어지고, 종래에는 아주 작은 조각밖에 남지 않았다. 그

렇기에 더욱, 마지막 남은 가족으로서 여동생을 남부럽지 않게 보내
주고 싶었다.

"지금은 레이미 씨와 동생만 생각해. 본의 아니겠지만 그것을 위해
서라도 호텔에서 조용히 지내도록 해."

오나리몬에 있는 병원 앞에서 기요하루만 혼자서 택시에서 내렸다.

레이미는 사건 이틀 후, 응급수술을 받았던 병원에서 건설 회사 가메
지마구미 그룹이 운영하는 병원으로 옮겨 지금은 VIP 전용층에 있다.

엘리베이터에서 내리면 문이 있고 경비원이 상주한다. 명단에 이름
을 작성하고 문 앞으로 간다. 일반 병동이라면 항상 열려 있을 병실 문
이 전부 잠겨 있고, 다른 방문객과 입원환자를 복도에서 마주치는 일
도 없다.

노크를 한 다음 문을 열고 안쪽에 쳐진 커튼도 걷었다.

레이미는 침대에 누워서 이쪽을 바라보며 웃었다. 코 삽입관은 제거
했지만, 왼팔에 꽂힌 주삿바늘은 평소처럼 링거팩과 연결되어 있었다.

"통증은?"

기요하루가 물었다.

"조금."

레이미가 말했다.

"진통제에 내성이 생긴 것 같아. 약효가 점점 떨어져."

엿새 전까지 친구조차 아니었던 두 사람. 서로 아무것도 모르고 아
무것도 이해하지 못한 사람끼리 친근하게 이야기를 나눈다. 요전에 연
인 행세를 하면서 이러한 기만에도 거부감이 사라져 버렸다.

그러나 오늘, 드디어 단둘이 있게 되었다.

레이미는 웃고 있지만 오른손 바로 옆에 너스콜 버튼을 놓아두었다. 기요하루 역시 경계했다. 카메라와 마이크를 병실 어딘가에 몰래 설치해 두었을 가능성을 잊지 않았다.

"금요일 밤."

기요하루는 침대 옆에 앉았다.

"미행한 이유가 뭐야?"

"잠깐 기다려."

레이미가 손을 뻗어 너스콜이 아닌 침대 등받이 조절 버튼을 눌렀다. 모터 소리와 함께 상반신이 일으켜지며 그날 밤처럼 서로의 얼굴이 가까워졌다.

"그 전에 구라치 마나미 씨 이야기를 해도 될까?"

레이미가 말했다.

"누구?"

기요하루가 되물었다.

갑작스럽게 튀어나온 이름에 놀라지는 않았다. 그러고는 빤히 들여다보이는 거짓말을 했다. 이 여자가 어디까지 알고 있는지 확인해야 한다.

"모를 리가 없을 텐데."

레이미가 고개를 살짝 흔들었다.

기요하루도 입가를 누그러뜨리며 어깨를 들썩였다.

"그럼 설명을 좀 해볼까. 당신이 초등학교에 입학했을 때, 같이 등교하는 그룹에 있었던 5학년 여자아이. 같은 수영 클럽에도 다녔고. 50미터 평영으로 도쿄 초등학생부 여자 2위를 기록하기도 했잖아?"

유치원에 다닐 적 수영을 잘했는데, 괜한 착각을 한 부모님이 기요하루가 초등학교에 입학하자 본격적인 클럽에 가입시켰다. 관심도 없고 하기 싫었던 탓에 첫 훈련을 하러 가는 셔틀버스에서 불안과 긴장으로 차멀미를 한 나머지 토하고 말았다. 그때 눈물을 닦아 주고 돌봐 준 사람이 뒷자리에 앉았던 구라치였다.

그때부터 둘이 함께 클럽에 다니기 시작했다. 아니, 매번 챙겨 줬다.

2학년이 되고 나서 초등학교 동급생들에게 괴롭힘을 당할 때, 가장 먼저 눈치채고 도와준 사람도 구라치였다.

가족이나 친구를 '좋아한다'는 감정과는 다른 종류의 애정을, 처음으로 품게 된 상대였다.

"성적도 좋았지. 명문 사립중학교 추천 전형에 합격해서 입학도 결정됐어. 하지만 중학생이 되지 못했지."

레이미의 갈색 눈이 기요하루를 응시했다.

"계속할까?"

기요하루는 침묵했다.

레이미가 잠시 기다리더니 다시 이야기를 시작했다.

"초등학교를 졸업하기 전 2월에 살해당했어. 목요일 방과 후에 실종된 뒤 닷새 후 사체로 발견됐지. 기타구 니시가오카의 재건축 공사 전 폐쇄된 빌딩 2층에서. 여섯 개의 자상과 목을 졸린 흔적, 성폭행 흔적도 있었어. 단서는 적었지만 다른 장소에서 살해당한 뒤 옮겨졌다는 사실이 밝혀졌지. 한 명뿐이었지만 실종 당일 목격자도 찾았어."

통증을 느낀 레이미가 얼굴을 찌푸리면서 침대 옆 탁자로 팔을 뻗었다. 노란색 가죽 수첩을 가져와 펼쳤다.

그리고 소리 내어 읽기 시작했다.

"'작업복을 입은 남자와 빠르게 걸어가는 구라치를 기타구 니시가오카 2번가 30번지 근처에서 발견하고 걱정이 돼서 약 2백 미터 따라갔다. 그런데 기타구 가미주조 5번가 8번지 근처 간나나 거리를 건너는 육교에서 놓치고 말았다'라고 조서에 기록돼 있어. 증언한 사람은 당시 여덟 살 남자아이였던 초등학교 2학년 아쿠쓰 기요하루. 20년 전 당신이었지."

기억한다.

좁은 사거리를 가로지르던 구라치의 겁먹은 얼굴. 화난 듯 보이기도 꾀어내는 듯 보이기도 했던 작업복 차림의 남자. 남자에게 팔을 잡힌 구라치의 뒷모습…… 잊을 리가 없다.

"당신은 경찰서에서 참고인들의 사진 중 하나를 지목하며 '함께 걸어가던 사람은 틀림없이 이 사람이에요'라고 진술했지. 집안에서 경영하는 기타구 소재의 건설 회사에 근무하던, 이름은……."

레이미가 수첩을 넘겼다.

"오이시 가나토, 당시 25세. 하지만 체포되지 않았어. 구라치가 실종된 시각에 자신과 함께 있었다고, 경도 지적장애인인 오이시의 형과 그가 다니던 복지지원시설 직원 두 사람이 증언했거든. 구라치의 사망 추정 시각에도 또 다른 친구 두 사람이 오이시와 만났다고 증언했지. 다섯 사람의 증언에 크게 이상한 점은 없었어. 게다가 여덟 살 소년의 관찰력에 의문을 느끼기도 했지. 겨울 저녁 어두운 거리에 있던 사람이 정말로 오이시와 구라치였다고 확신할 수 있을까? 작업복 차림의 오이시가 여자아이를 데리고 2백 미터쯤 되는 거리를 활보했는데, 그 모습을 기억하는 사람이 소년 한 명뿐이라니 너무 적지 않나? 결국 검사도 그 증언을 증거로 채택하지 않았어. 임의 수사를 받던 오이시의 차량에서도 아무것도 발견되지 않았고."

"조사했어?"

기요하루가 물었다.

레이미가 고개를 끄덕였다.

"경찰 조서 내용도? 그렇게 쉽게 열람할 수 있다고?"

"이 사건의 경우는 그랬어. 오이시가 당신 부모에게 민사소송을 걸었으니까. 당신은 당시에 몰랐겠지만, 유괴사건의 참고인 조서가 민사재판에 증거로 제출됐어. 그 결과 합의금 40만 엔을 오이시에게 지급했지. 당신은 학교에서 거짓말쟁이라고 괴롭힘을 당하며 3, 4학년 동안 보건실 등교*를 했어. 사건의 범인은 잡지 못한 채 지금도 미제 사건으로 남아 있고."

"다른 건?"

"응?"

레이미가 되물었다. 침착한 반응이 뜻밖이었던 모양이다. 왜 과거를, 구라치 사건을 자세하게 조사했는지 추궁하리라 생각했겠지.

기요하루는 지금 이 자리에서 추궁할 생각은 없었다. 만약 영상이나 음성으로 기록하고 있다면 강요의 증거로 사용될 위험이 있다. 몰아붙이거나 위협하는 행위는 안전을 확신할 수 있는 장소에서 하면 된다.

그래서 같은 질문을 반복했다.

"또 뭘 알고 있냐고."

레이미가 작게 숨을 토해냈다.

"당신이 살인범이라는 걸 알아."

---

* 아동 학생이 등교 후 항상 보건실에 있거나 특정 수업에는 출석하지 않고 학교에 있는 동안 주로 보건실에 있는 것. 등교 거부를 방지하기 위한 조치다.

그녀는 오른손에 들고 있던 수첩을 내려놓고 너스콜 버튼을 잡았다.

"무슨 뜻이야?"

이번에는 기요하루가 물었다.

"말 그대로야. 당신은 살인범이라고."

기요하루는 마치 웃는 것처럼 눈을 가늘게 떴다. 일부러 그런 표정을 지었다.

레이미가 뺨을 붉히며 말을 이었다.

"구라치 사건으로부터 9년 후, 당신이 고등학교 3학년이던 해 여름. 무슨 일이 있었는지 알잖아. 오이시 가나토가 죽었어. 기타구 내에 도쿄도가 운영하는 도영都營 아파트에서 옥상을 수리하다가 추락사했지. 하지만 사고가 아니야. 당신이 죽였어."

"네 추리야?"

"아니. 무라오 구니히로 씨. 알아?"

전직 형사로, 재직 중 일어난 과거 미제 사건을 쫓던 남자. 그리고 결국…….

"작년에 납치 감금범을 죽였지."

"그래."

레이미가 끄덕였다.

이 여자가 하는 말이 어디까지 진실인지 파악할 수 없었다.

"거짓말도 아니고 미친 것도 아니야."

그녀가 마음을 읽은 듯 말했다.

"무라오 씨는 살해 방법도 자세하게 밝혀냈어."

레이미가 다시 수첩을 펼친 다음 내밀었다. 손으로 쓴 글씨. 무라오가 조사한 자료를 그녀가 옮겨 적은 듯했다.

"소리 내 읽어."

레이미가 도발했다. 기요하루는 수첩을 받아 지시대로 소리 내 읽었다.

"컴퓨터에 무료 음향 소재 파형 편집 프로그램을 다운로드 받아 23 킬로헤르츠 초음파 데이터를 만든다. 차량용품점에서 카 오디오용 초지향성 중고 스피커를 구입한다. 컴퓨터로 오디오 인터페이스에 접속한 다음 초지향성 스피커에도 접속한다. 이것으로 간이 장거리 음향 장치 LRAD(Long Range Acoustic Device)가 만들어진다. 이 음파를 직접 출력했다. 12초 후에는 우선 미미한 위화감을 느낀다. 32초 후에는 가벼운 현기증. 50초에는 평형감각에 약간의 이상 발생. 2분 5초 후에는 평형감각에 분명한 이상을 느낀다. 그리고 간헐적으로 반복해 조사照射한다. 1분씩, 20초 간격을 두고 총 열두 번 조사하자 심각한 두통을 느껴 서 있기 힘들어진다. 개인적인 의견으로는 미국 군용 및 주경찰용에 비할 바는 아니지만 성능은 충분하다. 신체에 열중증*과 비슷한 증상이 나타나도록 할 수 있다."

무라오라는 남자는 자신의 몸에 장치의 효과를 실험한 듯했다.

"계속해."

레이미가 말했다.

"해당 인물은 오이시 가나토의 작업 일정을 조사한 뒤 낮 동안 혼자서 작업하는 시간대를 골라 도영 아파트와 길을 사이에 두고 20미터 떨어진 맨션의 비상계단에 침입. 7층 외부 계단 층계참에 숨어 음파를

---

* 과도하게 높은 온도와 습도로 체온 조절이 흐트러지면서 발생하는 병적 증상의 통칭.

조사했다."

말이 지나치게 빨라지지 않도록 스스로 진정시키며 계속 읽었다.

"오이시의 몸에 변화가 나타나자 철사(세탁소 옷걸이 등)에 폭이 넓은 화물 고정용 고무를 묶어 만든 새총으로 사전에 도영 아파트 작업 현장에서 모아 온 콘크리트 조각을 여러 번 쐈다."

눈을 들어 슬쩍 보니 레이미의 갈색 뺨과 목덜미에 땀이 솟아 있었다.

"괜찮아?"

"신경 쓰지 마. 계속해."

레이미는 힘에 겨운 듯 눈을 내리뜨며 말했다.

"이제 됐어."

기요하루는 수첩을 탁자에 놓고 불쌍히 여기듯 쳐다봤다.

"나도 무라오 씨도 미치지 않았어. 다른 사람은 몰라도 당신이라면 알잖아? 이거 전부 당신이 열일곱 살 여름에 한 짓이니까."

기요하루는 고개를 절레절레 저었다. 레이미가 노려봤다.

"이것뿐만이 아니야. 당신은 8년 동안 오이시의 알리바이를 증언했던 다섯 사람을 죽였어. 그중 두 명을 죽일 때는 그들의 아내와 애인도 휩쓸렸지. 오이시 사건을 포함해 전부 여섯 건, 사망자는 총 여덟 명. 경찰이 사고라고 판단한 사건이 네 건. 두 건은 살인사건이라고 판단했지만 범인을 잡지 못했어. 당신은 중요참고인이 될 만했으나 조사도 받지 않았지. 경찰은 당시 아직 여덟 살이었던 소년이 피도 섞이지 않은 타인의 죽음에 몇 년이나 복수의 칼날을 갈았을 리 없다고 생각했어. 크나큰 착각이었지."

"그 추측을 떠들고 싶었어?"

"아니. 증거도 모았어. 적어도 두 건, 당신이 죽였다는 걸 증명할 수 있는 물증을 갖고 있어. 증거를 수집한 사람은 내가 아니야. 무라오 씨지."

"그게 사실이라고 생각한다면 증거를 들고 경찰에 찾아가."

"지금은 아직 생각 없어. 당신에게 사형을 내리는 게 목적이 아니니까. 상황에 따라서는 들고 있는 증거를 전부 당신에게 넘길 수도 있어."

기요하루는 한숨을 쉬더니 미소를 띠며 물었다.

"그래, 뭘 꾸미는 거야?"

"그런 거 아니야."

레이미는 똑바로 바라보던 시선을 피했다.

"도와주기를 바랄 뿐이야."

노크와 함께 병실 미닫이문이 움직였다.

"체온 재겠습니다."

중년 간호사가 문 안쪽 흰 커튼을 걷었다.

기요하루와 레이미가 서로 가깝게 붙어 있던 몸을 뗐다.

간호사가 레이미에게 체온계를 건네고 혈압측정기의 밴드를 둘렀다. 손끝에도 혈중산소포화도 측정기를 끼었다.

"어머."

간호사가 말했다. 38.4도 혈압도 높았다.

"통증이 심해졌나요?"

"아뇨. 괜찮아요."

"뭐, 두 사람끼리 있으니까요. 열이 오를 만도 하죠."

간호사가 의례적인 미소를 지었다.

"만약 통증이 심해지면 불러 주세요. 진통제와 소염제를 더 드릴게요."

간호사가 밖으로 나갔다. 덕분에 기요하루는 조금 이성을 되찾았다. 자신도 모르는 사이에 흥분한 모양이었다. 얼굴과 목덜미가 뜨겁고 심장박동이 빨랐다.

기요하루는 소형냉장고에서 생수병을 꺼내 뚜껑을 따 레이미에게 건넸다.

"고마워."

거절하지 않고 한 모금 마셨다.

기요하루도 가방에서 차를 꺼내 마시고 겉옷을 벗었다. 넥타이도 풀었다.

아주 잠깐의 인터미션.

그리고 다시, 의심과 적대감만을 품은 두 사람이 서로 마주 봤다.

"우리 언니를 찾아줬으면 좋겠어."

레이미는 강하고 확고한 어조로 말하기 시작했다.

기요하루가 조사한 바로는 지금 레이미에게 형제자매는 없다. 피가 섞인 진짜 가족을 뜻하는 말이겠지.

"친엄마가 죽은 진짜 이유도."

현재 함께 사는 사람은 역시 길러준 어머니였다.

"19년 전 9월. 내가 일곱 살이었을 때 친엄마와 언니가 실종됐어. 엄마는 다섯 달 후에 사체로 발견됐고, 언니는 여전히 행방이 묘연해. 경찰은 엄마가 언니를 죽이고 어딘가에 유기한 다음 스스로 목을 매 자살했을 거라고 했어. 하지만 나는 안 믿어. 절대로 친자 동반 자살이 아니니까."

"그럼 일단 경찰에 재조사를 요청해."

"당연히 했지. 경찰은 딱 한 번 움직였는데 결과는 바뀌지 않았어. 흥신소와 탐정에 의뢰도 했지만 아무런 도움도 되지 않았고. 그래서 당신에게 부탁하는 거야."

"도움이 안 될 거야. 실종자를 수색해 본 적이 없거든."

"찾아본 적은 없어도 미제 사건의 범인이 무슨 생각을 하는지는 누구보다도 잘 알잖아. 당신이 바로 그런 사람이니까. 엄마를 죽이고 언니를 납치한 범인처럼 경찰이 당신을 잡지 못하고 증거조차 찾지 못했잖아."

레이미의 말이 다시 점점 빨라지며 강해졌다.

"당신이라면 경찰이 찾지 못한 것을, 경찰이 간과한 것을 반드시 알아낼 수 있을 거야. 범인이 어떻게 엄마와 언니를 납치하고 엄마를 자살로 위장해 죽였는지. 언니는 지금, 어디서 살고 있는지. 살인자로서 당신의 시각과 사고방식으로 이 사건의 범인에게 이입해서 밝혀 줬으면 좋겠어. 할 수 있지?"

"못해. 게다가 미안하지만 네 언니가 아직—"

"살아 있어. 분명히."

레이미가 말했다.

노크가 울리고 기요하루의 뒤에서 문이 열리는 소리가 났다.

"열려 있네."

레이미의 양어머니가 말했다.

기요하루는 곧바로 뒤를 돌아보고는 머리 숙여 인사했다.

"매일 고마워요."

양어머니도 머리를 숙였다가 들며 "병실, 덥지 않니?"라고 레이미에게 물었다.

"응, 조금."

레이미의 눈에서 독기가 사라지며 딸의 얼굴로 돌아왔다.

어머니가 창문의 환기구를 열었다.

"또 올게."

기요하루는 레이미의 왼손을 잡고 살짝 미소 지었다. 레이미도 웃음으로 화답했다.

최근 며칠 동안 연기해 오던 관계로 돌아갔다. 이렇게 빤히 보이는 행동들이 형식적인 일과가 되어가고 있다.

"나 잠깐 세탁하러 다녀올 테니까, 괜찮으면 조금 더 있어도 돼요."

어머니가 말했다.

"아뇨, 막 나가려던 참이었습니다."

"회사에 들어가 봐야 한대."

레이미의 입에서 자연스럽게 거짓말이 흘러나왔다.

"바쁜데 미안해요."

어머니가 다시 한번 정중하게 머리를 숙였다.

기요하루도 머리를 숙였다. 자신이 어머니를 여의어서는 아니지만, 딸을 진심으로 생각하는, 몸집이 작은 중년 여성 앞에서 거짓말을 하는 것만은 마음에 걸렸다.

"내일 봐."

겉옷을 입는 기요하루의 등에 대고 레이미가 말했다.

어색하게 웃으며 옆모습만 보인 채 끄덕이고는 병실을 나갔다.

2

돌아가는 길에 조금 멀리 돌아 긴자에 들렀다.

호텔 레스토랑과 룸서비스는 이제 질렸다.

저녁 시간 백화점 지하 1층, 넘쳐나는 쇼핑객들 사이를 걸으며 이곳이 일본에서 몹시 멀리 떨어진 곳 같다는 착각에 빠졌다. 취직한 지 어언 6년, 평일 이렇게 이른 시간에 백화점 쇼핑을 한 적은 없다.

자신이 얼마나 바쁘게 일했는지, 게다가 그렇게까지 바쁘게 살고 있다는 사실을 얼마나 자각하지 못하고 살았는지를 생각했다.

무수히 많은 선택지 가운데 결국 고비키초 벤마쓰*의 나무상자 도시락을 샀다. 자신이 얼마나 보수적인지 뼈저리게 깨달았다. 그래도 맛있고 좋아하니까.

18년산 스카치위스키도 샀다. 술과 도시락이 든 종이가방을 한 손에 들고 상품 진열장에 나란히 놓인 반찬들을 바라봤다.

병실에서 유즈키 레이미가 한 말이 가슴 내벽에 끈적하게 들러붙었다. 가장 소중한 이름과 가장 증오하는 이름이, 온통 의심스러운 여자의 입에서 동시에 흘러나왔다. 그 비통함과 괴로움이 뒤섞인 감정은 벗겨내고 싶어도 벗겨낼 수 없었다.

그렇기에 되도록 의미 없는 것들을 떠올리며 익숙하지 않은 백화점 식품관을 이리저리 돌아다녔다. 서투르다고 해야 할까, 정말 어리석다. 그러나 이 방법밖에, 이 고통이 사라질 때까지 시간을 보내는 방법을 떠올릴 수 없었다.

돌아갈 때 택시에서 호텔에 전화를 걸었더니 또 기자로 보이는 사람 몇 명이 정문과 메인 로비를 어슬렁거리고 있다고 했다. 이번에는 '서쪽 8번' 출입구를 이용하라고 권했다. 도심의 대형 호텔은 출입구가 여

---

* 도쿄 긴자의 가부키자 극장 앞에 본점을 둔 유명 도시락 가게. 1868년에 문을 연 전통 있는 가게지만 코로나 19 등의 여파로 경영난을 겪으며 2020년 4월 문을 닫았다.

러 개 있어 편리하다. 열두 개나 되는 직원 전용 출입구를 번갈아 이용하면 '일단 눈에 띄지는 않겠다'고 객실담당자는 말했다.

육중한 철문을 밀며 호텔로 들어갔다.

벨보이의 안내로 일반인 출입금지 구역을 빠져나와 투숙객용 엘리베이터를 탔다.

카드키를 꽂고 자신의 방이 있는 층에서 내리자 직원이 "손님이 기다리고 계십니다"라고 말했다.

복도를 걸어 도착한 곳, 객실 앞에 여자가 서 있었다.

나이는 30대 후반. 어깨에 닿는 검은 머리. 연한 화장. 넓은 어깨에 178센티미터인 기요하루가 약간 내려다볼 정도의 키다. 짙은 남색 바지 정장에 굽 낮은 검은 구두. 검은색 숄더백.

이런 곳에 이런 복장으로 기다릴 사람은 경찰 관계자밖에 없다.

"피곤하신데 죄송합니다."

여자는 웃으며 반으로 접힌 신분증을 펼쳐 보였다.

"잠시 시간 괜찮으십니까?"

벚꽃 엠블럼에 얼굴 사진. 경부보*, 노리모토 아쓰코.

이 얼굴, 본 적 있다…….

기요하루는 문을 열고 객실 창가에 놓인 소파로 안내했다.

여자가 명함을 꺼냈다.

'조직범죄대책 제5과 7계 주임'이라고 적혀 있었다.

작은 원형 탁자를 사이에 두고 기요하루도 소파에 앉았다. 그녀의

---

* 한국 경찰의 경위급.

얼굴을 정면에서 보고 나서야 겨우 기억해냈다.

"예전에 TV에서 뵌 적이 있습니다."

기요하루가 말했다.

"좋지 않은 모양새로 유명세를 치르고 말았습니다."

아쓰코가 익숙한 듯 웃으며 대답했다.

5년 전 그녀는 경시청에서 근무하는 현직 경찰관의 몸으로, 친오빠가 자살하면서 드러난 살인 및 사체 유기 사건의 범인으로 의심받았다.

신문과 TV에 연일 보도되는 와중에 경쟁에 눈이 먼 TV 와이드 뉴스가 그녀의 영상을 수정 없이 내보내며 문제가 되어 프로그램이 폐지되는 소동도 벌어졌다.

그러나 지금도 계속 근무하고 있는 모습을 보니 사건과 관련이 없다고 결론이 난 듯했다.

기요하루의 휴대폰이 울렸다.

"실례하겠습니다."

가방에 손을 넣었다. 메이와 푸드 시스템즈의 도카노라는 과장이 걸어온 전화였다. 오늘 오후에 전출을 통보받은 직후 인사 전화를 했었다. 도카노가 부재중이라 메모를 남겼었는데 그에 대한 전화인 듯했다.

"괜찮습니다. 신경 쓰지 마세요."

아쓰코는 창밖의 야경으로 시선을 돌렸다.

전화를 받았다. 여자라는 말은 듣지 못했기에 목소리를 들었을 때는 조금 당황했다.

도카노는 인사도 일찌감치 했겠다, 내일 회사로 나올 수 있냐고 물었다. 닛키메이와의 다노우에 과장도 승낙했다고. 3개월에 한 번씩 열리는, 간토 지방의 각 지역 매니저가 모이는 전체 회의 자리에서 부임 전인 기요하루를 미리 소개해 두고 싶다고 했다.

내일 아침에 찾아뵙겠다고 대답하고 전화를 끊었다.

아쓰코가 다시 말하기 시작했다.

"유즈키 레이미 씨에 관한 이야기를 들려주십사 방문했습니다."

"상관은 없는데 이유를 알 수 있을까요?"

레이미와의 교제에 관해서 경찰에 진술하는 것은 네 번째였다.

"후지누마 신고의 집을 수색했을 때 몇 가지 의심스러운 물건들을 발견했습니다."

후지누마는 레이미를 습격한 스토커였다. 아쓰코가 말을 이었다.

"하나같이 폭력조직을 통하지 않으면 손에 넣기 힘든 물건들이었습니다. 알고 계실지 모르겠지만 제가 소속된 조직범죄대책 5과 7계는 폭력단 관계자들이 취급하는 불법 물품의 흐름을 찾아내 단속하는 것이 주된 업무입니다. 후지누마가 언제, 어떤 방법으로 불법 물품을 입수했는지. 기요하루 씨와 레이미 씨의 관계가 깊어지는 과정에 초점을 맞춰 자세하게 밝혀내고 싶습니다."

노리모토가 가방에서 큼지막한 메모장을 꺼내 펼쳤다.

"작년 12월 식사 모임에서 아는 사이가 됐고, 올해 1월 말부터 교제를 시작했다. 이 시간 순서에 틀린 점은 없습니까?"

"네."

"그런데 회사 동료들과 친구들은 이번 사건 전까지 교제 사실을 몰랐다는 것 같던데요."

"그냥 말할 기회가 없었습니다. 묻지도 않았는데 나서서 보고하는 것도 이상하고요. 게다가 레이미 씨가 스토커 때문에 대인관계에 예민해서 후지누마 문제를 깔끔하게 정리하고 그녀가 심리적으로 안정을 찾은 다음 알릴까 했습니다."

"나중에는 모두에게 이야기할 생각이었다는 말씀이신가요?"

"네. 결국 뜻대로 되지는 않았지만, 내년 1월에 태국으로 발령받을 예정이었고 레이미 씨도 함께 가고 싶다고 했습니다. 발령지에 함께 가려면 회사에 반드시 보고해야 하고, 당연히 레이미 씨의 부모님께도 인사드리러 찾아뵈어야 했으니까요."

"후지누마가 태국행을 알았을 가능성이 있을까요?"

"단언할 수 없지만 가능성은 작다고 봅니다. 발령 건은 회사에서도 기밀 사항으로 분류돼서 제한된 사람만 알 수 있습니다. 그러니까 여기서 나온 업무 관련 이야기도 부디 다른 곳에 새어나가지 않도록 조심해 주세요."

"물론입니다."

아쓰코가 고개를 끄덕였다.

"그런데 평소에도 레이미 씨라고 부르십니까?"

"아뇨, 평소에는 레이미나 레이짱이라고 부릅니다."

이후로도 한동안 평범한 커플의 일상을 탐색하는 질문이 이어졌고, 15분 정도 지났을 때 비로소 기요하루가 노골적으로 수상하다는 표정을 지었다.

그렇지만 아쓰코는 말끔한 얼굴로 계속 질문하며 때때로 눈을 올려 뜨며 쳐다봤다.

기요하루는 상대가 자신을 관찰하는 동시에 경계한다고 느꼈다. 그래서 거꾸로 물었다.

"진짜 목적이 뭡니까?"

아쓰코가 고개를 들었다.

"그야, 기요하루 씨와 레이미 씨의 관계?"

"거짓말은 그쯤 하시죠."

"거짓말 아니야."

메모장을 덮어 가방에 넣었다.

"그 사건이 일어나기 이틀 전인 지난주 수요일. 레이미가 내게 전화했어. 그전에는 대화를 나눠본 적도 없고, 애초에 전혀 모르는 사이였지."

아쓰코는 갑자기 정색하며 본래의 모습을 드러냈다. 말투와 표정이 달라졌고 어렴풋이 느껴지던 여자다운 모습도 자취를 감췄다.

"자살로 처리된 친모의 진짜 사인을 밝혀내고 실종된 언니를 찾으라더군. 엄마가 언니를 죽였다고 경찰에서 일방적으로 단정 지었다고."

기요하루는 믿지 않았다. 오히려 이 여자와 레이미가 한패일 가능성을 생각했다.

"당신도 같은 이야기를 들었지?"

"아니요."

"그래? 같이 수사하라고 명령하던데."

"그 말을 전하려고 여기 온 겁니까?"

"당신이 어떤 인간이고 어쩔 셈인지 확인하러 왔어. 앞으로 어떻게 처신할지 판단하는 데 참고하려고. 그리고 가능하면 당신이 협박받는 이유도 알고 싶고."

"무슨 말인지 모르겠군요."

"거짓말에 능숙한 얼굴을 하고 있네. 능숙해서 대수롭지 않게 여기는 게 아니라 느슨한 긴장 속에서 줄곧 거짓말을 해온 얼굴. 이런 얼굴을 한 인간이 강하게 부정할 때는 오히려 더 수상한 법이야."

"수사와 관련된 용건이 아니면 이만 돌아가 주시죠."

기요하루가 자리에서 일어났다.

"아주 관계가 없는 것도 아니지. 후지누마가 모친과 함께 사는 맨션에서 불법 물품이 나왔다는 건 사실이야. 9미리 실탄 스무 발. 살상기능이 있는 실물 자동 권총이었지. 상당히 어렵게 입수했을 흉기를 준비해 놓고 범행 현장에는 들고나오지 않은 채 통신판매로 구매한 등산용과 낚시용 칼로 찔렀어. 이상하지 않아?"

주간지와 신문이 왜 자신의 뒤를 쫓는지 알았다. 정보를 단편적으로 쥐고 있겠지. 닛키메이와의 법무팀도 알고 있을 터다. 회사에 불이익을 초래할 법한 정보는 반드시 경찰 간부 출신을 통해 전달받는다. 이러한 불안 요소투성이인 직원을 회사에 가만히 놓아둘 리 없다. 자회사로 발령이 날 만하다.

"돌아가세요. 경찰에 신고하겠습니다."

기요하루가 말했다.

"무슨 혐의로?"

"그건 경찰에 들려준 다음 알아서 판단하게 하죠."

안쪽 주머니에서 소형 녹음기를 꺼냈다.

"나도 녹음했지."

아쓰코도 가방에서 녹음기능을 켜놓은 휴대폰을 꺼냈다.

"당신처럼 나도 진심이라는 걸 잊지 마. 인생이 달렸거든."

기요하루는 방에 설치된 전화기로 손을 뻗었다. 긴급 버튼을 누르면 경찰이 오기 전에 우선 호텔 경비원이 출동한다.

"또 연락하지."

아쓰코가 일어났다.

"아뇨, 다시 만날 생각 없습니다."

"나야말로 가능하면 두 번 다시 만나고 싶지 않아."

"그러면 바람이 실현되도록 서로 노력합시다. 의식적으로 거리를 두고 피하면 두 번 마주칠 일은 없겠죠."

"그러면 좋고."

노리모토 아쓰코는 고개를 까닥이고 돌아갔다.

얼마간 닫힌 문을 응시하며 다시 돌아오지 않는 것을 확인한 뒤 체인을 걸었다. 백화점에서 산 스카치위스키 병을 탁자 위에 올려 두고 겉옷을 침대에 던진 후 넥타이를 풀었다.

귀찮은 일이 계속된다.

잠시 모든 것을 잊고 마시고 싶지만 해야만 하는 일이 생겼다. 노트북을 뒤집어서 나사를 풀고 커버를 벗겨 냈다. 노트북에 끼워 놓은 위장 SSD를, 몰래 가지고 다니는 진짜 SSD로 바꿔 끼운 다음 부팅했다.

사 온 도시락을 먹으며 일단 외국의 유명 프록시 서버로 우회해 검색 사이트 메인 화면에 접속했다. 완벽한 대책은 아니지만 아무런 준비도 없이 접속하는 것보다는 신원을 추적하기 어려우리라.

우선 경시청 근무자 명부를 게시하는 비공식 사이트를 검색했다.

발견한 사이트에는 현재 사무직을 포함한 경시청 근무자 전원의 이름과 소속이 올라와 있었다. '오류가 많다'는 평도 있었지만 특별히 개의치 않았다.

노리모토 아쓰코의 이름은 분명히 있었다. 소속도 조직범죄대책 제5과 7계라고 적혀 있다.

그녀는 여전히 유명인이었다. 성장 과정과 이력이 사이트와 게시판에 자세히 올라와 있었다.

출신은 사이타마현 요노시(지금의 사이타마시). 가족은 어머니와 네 살 터울의 오빠. 아쓰코가 생후 8개월 때 어머니가 그녀의 친아버지와 이혼했다. 외할아버지가 남긴 단독주택에 살았는데, 어머니의 이혼과 결혼으로 두 명의 남자, 내연관계였던 세 명의 남자까지 전부 다섯 명의 혈연관계가 아닌 남자가 바뀌며, 그녀가 열여덟 살이 될 때까지 동거했다.

고등학교 1학년 가을에 자택이 압류되며 오미야시(지금의 사이타마시)에 있는 연립식 현영縣營 주택으로 이사했다. 그리고 고등학교 2학년이 되었을 때 어머니가 실종됐다. 이후 오빠의 수입과 할아버지의 여동생인 대고모의 도움으로 생계를 이어가다가 급부형 장학금*을 받고 도쿄 내 유명 사립대학교에 입학했다. 사격부에 들어가 대학 2학년과 3학년 때 전국체전 에어 라이플 종목에 출전했다.

졸업 후에는 경시청 경찰관이 되어 고토구 내 후카가와 경찰서에 배속된다. 에어 라이플 종목의 올림픽 국가대표 상비군으로 추천받기도 했지만 사퇴했다.

파출소 근무를 거쳐 순사부장**으로 승진 후 스물다섯 살에 형사과로 이동. 스물여섯 살에 대학 시절의 사격부 선배와 결혼해 모테기 아쓰코로 성이 바뀐다. 스물일곱 살에 임신 후 출산휴가에 들어간다. 이때까지 연쇄 빈집털이범이나 날치기범을 체포하며 서장상을 총 세 번 받았다.

이에 따라 자연스럽게 동료들 사이에서 질투의 대상이 됐다. 별명은 '교감'. 규칙에 엄격하고 융통성이 없는 여자라는 평을 받았다고 한다.

조금 전 만난 노리모토 아쓰코는 '교감'이라는 엄격한 선생님이라기

---

* 경제적으로 어려운 학생에게 지급하는 장학금으로 졸업 후 갚지 않아도 된다. 일본의 장학금 제도는 '급부형'과 '대여형'으로 구분된다. 대여형 장학금은 졸업 후 상환해야 한다.
** 한국 경찰의 경사급.

보다 규칙을 바꾸면서라도 자신의 방식을 관철하는 강인하고 기분 나쁜 이미지를 풍겼다. 어느 순간 정반대로 변한 것일까. 아니면 당시에는 본성을 교묘하게 숨기고 있던 것일까.

첫딸을 낳고 육아휴직을 마친 스물아홉 살에 경부보 시험에 합격했고 서른 살에 정식으로 경부보가 됐다. 경찰 내부 사정에 어두운 기요하루도 승진이 빨랐다는 것 정도는 알 수 있었다. 게다가 어린 자녀가 있는 기혼 여성인데도 서른한 살이 되기 직전에 경시청 수사1과 성범죄수사 2계로 발령받았다.

10대 시절과는 정반대로 순탄한 인생. 그러나 이 또한 뒤바뀌었다.

서른세 살, 그녀의 오빠가 편지 두 통을 남기고 자살한다. 한 통은 1년 반 전에 혼인 신고한 아내에게. '결혼하면 이런 나도 안식을 찾을 수 있을 줄 알았는데 고통은 사라지지 않았다'는 내용으로, 죽음으로 도망치는 길을 선택한 것을 사과했다.

나머지 한 통은 경찰에게 보낸 것으로, '자신은 여동생과 공모해 어머니의 내연남들을 죽이고 집 마루 밑에 묻었다'는 범죄 고백이었다.

실제로 연립주택 마루 밑에서 백골 두 구가 발견됐다. 더불어 유서가 있던 장소에서 흉기로 추정되는 부엌칼과 둔기도 나왔다. 부엌칼에서는 피해자뿐 아니라 아쓰코의 DNA와 지문도 단편적으로 채취됐다.

모테기 아쓰코는 용의자가 됐다.

여기까지의 인터넷상 정보는 대부분 신문과 주간지를 그대로 옮겨놓은 것으로 어느 정도는 신빙성이 있었다. 그러나 그다음으로 갈수록 갑자기 신빙성이 떨어지는 정보들이 늘어났다. 사건에 관한 경찰 발표가 현저하게 줄어든 탓이다.

결국 아쓰코는 체포되지 않았다. 임의 동행으로 열일곱 번이나 취조를 받았지만 사건에 연루하지 않았다고 결론 났다고 한다.

수사관계자는 부엌칼의 혈흔과 지문에 관해 '중학생 때부터 당사자
가 전반적인 집안일을 도맡아 했기에, 흉기로 사용했을 가능성이 큰
부엌칼에 그녀의 흔적이 남아 있다고 해도 이상하지 않다'는 견해를 밝
혔다.

검찰에 송치되지 않았으니 검찰 심사회도 움직이지 않았다. 사건은
피의자 사망인 채로 송치되어 그대로 수사 종결됐다. 오빠가 편지를
남긴 이유는 '정신의학상 문제'라며 경찰에서 언급을 피했다.

이후 아쓰코는 '자발적'으로 8개월 동안 휴직한 뒤 직장으로 복귀했
다. 단 형사부 수사1과에서 조직범죄대책 제5과 7계로, 비상식적인 부
서이동을 했고, 개인적으로는 이혼을 했다.

결혼 전 성인 노리모토로 돌아왔고, 외동딸은 남편이 키우고 있다.
애당초 시어머니가 돌보기도 했고 친권 분쟁이 일어나지도 않았다.

경찰로서는 변함없이 유능하다고 한다.

5과 7계로 발령받은 이후에도 마니아가 인터넷을 통해 미국제 권총
을 밀수입한 사건과 3D 프린터로 제작한 살상기능이 있는 총을 밀매
한 사건, 굵직하게 보도된 두 사건의 범인을 거의 혼자서 수사해 체포
하고 해결했다.

기요하루는 가볍게 기지개를 켜며 침대에 던져놓은 겉옷을 옷걸이
에 걸었다.

가라앉으려는 기분을 억지로 끌어올렸다.

유즈키 레이미, 노리모토 아쓰코. 지금까지 아무런 접점도 없었던
두 여자가 평온한 일상을 방해하는 존재임은 분명하다. 분노와 적대감
을 넘어선 살의가 가슴속에서 기어오르기 시작했다.

두 사람을 없애 버리고 싶다.

그러나 지금은 이 흥분을 누르고 발령받은 회사에 내일 들고 갈 선물을 준비하러 호텔 기프트숍에라도 가자. 노트북을 뒤집어서 SSD를 다시 가짜로 바꿔 끼웠다. 빼낸 것을 지갑에 넣고 카드키를 들고 방을 나섰다.

"다녀오세요."

미소 짓는 호텔 직원의 배웅을 받으며 엘리베이터에 탔다.

노리모토 아쓰코는 영업 종료를 알리는 음악을 들으며 긴자 4번가의 백화점을 나왔다.

저녁 7시 55분. 시간이 벌써 이렇게 됐나. 아직 세 군데밖에 못 봤는데. 3번가 백화점은 9시까지 영업하는데 아동복을 팔았나? 근처 길거리에 있는 매장도 폐장 준비를 시작했다.

역시 아쿠쓰 기요하루는 내일 만났어야 했다. 어쩔 수 없군, 집으로 돌아가서 다시 인터넷으로 찾아봐야겠다.

중앙 거리를 걷기 시작했다. 지하철 니혼바시역까지 역 두 개 거리, 걸어가자. 할 수 있을 때 조금씩 운동하지 않으면 정작 중요한 순간에 몸이 마음대로 움직이지 않는 나이가 됐다. 요즘 들어 체포술과 유도 훈련이 힘에 부친다.

딸 미즈키에게 선물할 옷과 구두를 찾아 매장을 이곳저곳 돌았다.

평소에는 절대로 하지 않는 일이다.

4년 전에 이혼한 뒤로는 항상 곁에 있지 못하게 됐다. 그 사실이 못내 미안하지만 그렇다고 조르는 대로 돈을 주거나 물건을 사 준 적은 한 번도 없다.

그러나 이번만은 특별하다.

2주 전, 미즈키가 전화로 상담해 왔다.

―아빠가 식사 자리에 가자는데.

6월 9일 토요일. 전남편이 미즈키에게 분쿄구 혼고에 있는 구사카테라는 독채 프렌치 레스토랑에 가자고 제안했다. 단둘이 가는 것은 아니었다.

―아빠 친구도 불러도 되냐고 물었어.

전남편의 '가장 친한 여자 친구'였다.

그 여자도 이혼 경험이 있고 초등학교 3학년 여자아이를 키우고 있다고 했다. 예전에도 한 번, 외출했을 때 우연히 마주쳐서 전남편과 미즈키, 그녀와 초등학교 3학년 딸 넷이서 차를 마신 적이 있다고 한다. 그렇게 속이 빤히 보이는 우연이 있을 리 없다. 단계를 밟고 싶어 하는 전남편답다. 그런 점이 지금도 짜증 난다.

식사 자리에서 어떤 이야기가 나올지는 미즈키도 눈치챘다. 두 사람이 재혼 의사를 밝힐 테지.

전남편과 그 연인 사이의 일 따위 알 바 아니지만 재혼을 한다면 이야기가 달라진다.

미즈키에게 새엄마와 여동생이 생긴다. 전남편이니까, 서로의 아이를 호적에 올려 진정한 네 가족으로 거듭나려고 할 것이다.

식사 장소인 구사카테는 추억의 장소였다.

하타모토*의 저택을 개조해 꾸민 규모가 큰 레스토랑으로 정원에 커

---

* 에도시대에 쇼군을 알현할 수 있었던 쇼군의 직속 무사.

다란 녹나무가 있다. 전남편과 결혼 전에 즐겨 찾던 곳이다. 미즈키의 돌잔치를 했던 곳이기도 했다.

식당 2층의 가장 안쪽. 가지를 뻗은 녹나무가 창밖으로 보이는 개별 실에서, 시부모와 아직 살아 있던 내 오빠와 우리 남매를 유일하게 아껴준 대고모가 모여 스르르 잠든 미즈키를 바라보며 식사했다. 미즈키는 모유를 먹일 때도 줄곧 눈을 감고 있더니 식당에서 특별히 준비해 준 두유로 만든 이유식 비시수와즈를 입에 넣어 줬을 때만 갑자기 눈을 동그랗게 뜨고 더할 나위 없이 사랑스럽게 웃었다.

그런 장소에서 전남편은 새 가족의 모습을 덧씌우려고 한다.

―갈까? 말까?

망설이는 미즈키에게 "네 나름대로 충분히 생각해 보고 마음에 드는 쪽을 선택하렴"이라고 말했다. 어떠한 답을 내도 누구도 상처받지 않고 아무것도 변하지 않을 테니까 괜찮아……. 부모가 할 수 있는 가장 큰 거짓을 말했다.

일주일 전, 다시 전화가 왔다.

―가기로 했어.

미즈키는 발랄하게 말한 뒤 물었다.

―그날 입고 갈 옷과 구두를 엄마가 골라서 선물해 줄 수 있어?

평소처럼 까불대는 말투와는 완전히 다른, 다소 조심스러운 목소리. 가슴이 미어졌다.

그날 전남편과 그의 연인에게 어떻게 대답할지, 미즈키는 이미 마음을 정했으리라.

두 사람의 재혼을 받아들이고 의붓동생이 될 아이에게 웃으며 인사할 테지. 그런 날에 입고 갈 옷과 구두니까 내가 직접 고르게 해줬다.

내 딸로서 그 중요한 자리에 가기 위해서.

그 아이의 선택은 틀리지 않았다. 분명 자신의 딸일 때보다 행복해질 것이다. 진심으로 그렇게 생각한다. 그래서 비통하다. 미즈키가 다른 누군가의 딸이 되어 내가 그 아이의 엄마일 수 없다면…… 과연 나는 무엇일까?

중앙 거리에서 지하철역으로 내려가려던 참에 휴대폰이 울렸다.

업무상 연락이 아니다. 두 대의 휴대폰 중 개인용 휴대폰이었다.

미즈키가 보낸 메시지.

—제목: 고마워□□

□□는 이모티콘이다. 글자가 깨지니까 제목에 이모티콘을 넣지 말라고 입이 닳도록 말했는데.

메시지를 열었다.

—예뻐□□

또 이모티콘, 못 말려. 그러나 금세 그런 것들은 눈에 들어오지도 않았다.

사진이 네 장 첨부되어 있다.

첫 번째 사진에는 페일핑크색 드레스 원피스를 입고 웃는 미즈키가 찍혀 있었다. 코튼 재질에 꽃무늬. 잘 어울렸다. 배경은 틀림없이 아이의 방이었다.

두 번째 사진에서는 검은색 긴소매 원피스를 입고 있었다. 소매 부근이 금색으로 파이핑된 옷으로, 아이는 점잔 뺀 얼굴로 포즈를 취했다.

세 번째 사진은 두 옷만 늘어놓은 것. 네 번째 사진은 브랜드 태그.

두 가지 모두 프랑스 고급 아동복 브랜드의 옷으로 매우 예쁘지만 몹시 비쌌다.

그런데 자신이 구매한 옷이 아니다. 선택지에는 넣어 놓았지만 가격 탓에 주저했다. 망설이는 사이에 다른 누군가가 멋대로 미즈키에게 보낸 듯했다. 전남편이 한 일도 아니다. 주제넘게 그런 짓을 했다가는 내가 화를 내리라는 것을 안다.

미즈키에게 전화를 걸었다. 평소에는 수신음이 열 번 정도 울려야 받지만 이번에는 금방 받았다.

—엄마, 어때?

미즈키가 들뜬 목소리로 물었다.

"예쁘네. 정말 잘 어울려."

—고마워. 아빠랑 할머니도 멋지대. 그래서 레이미 씨한테도 전화했어.

"뭐라고!?"

—왜 그래?

"아니, 차 소리가 좀 시끄러워서. 더 크게 말해 줄래?"

—레이미 씨한테 전화했다고. 사이즈가 걱정되니까 받으면 연락 한 번 달라는 메시지 카드가 들어 있었거든.

다리가 후들거렸다. 옷에 침이 장치되어 있거나 독극물이 묻어 있지는 않았을까, 위험물이 함께 들어 있지는 않았을까……. 결코 호들갑이 아니다. 가능성은 충분하다.

"오늘 택배로 받았지? 어디서 보낸 거야? 옷 말고 다른 건 안 들어 있었어?"

—니혼바시에 있는 백화점에서 보냈어. 옷이랑 카드랑 들어 있었고, 또 포장 필름이랑 리본 정도?

때마침 그 백화점 앞에 서 있었다. 우연이라고는 해도 기분 나쁜 농담 같았다.

유즈키 레이미는 나를 불안하게 하려고 일부러 백화점에서 보낸 것이다. 쓸데없는 배려에 화가 났다.

—왜?

"재고가 없으면 본사에서 직접 발송해야 해서 시간이 걸리고, 포장도 간단해진다는 말을 들어서. 빨리 받아서 다행이다."

순식간에 거짓말을 뱉었다.

—레이미 씨는 백화점 직원이야?

"그래."

또 거짓말.

—같은 대학 나왔다며. 그런데 아빠는 모르는 사람이래.

"엄마가 졸업하고 나서 한참 뒤에 입학한 사격부 후배야. 아빠랑은 전공도 다르고.

—이 옷 골라 준 사람 레이미 씨지?

"엄마 섭섭하게. 엄마가 골랐어. 조언은 받았지만."

—미안. 평소와 다르게 내가 상상하던 걸 보내줘서.

이제 그만 끊어야지. 계속 거짓말을 하다 보면 말의 앞뒤를 맞추는 데 애를 먹어 대화하기 난처해진다.

"엄마가 고른 건 다 땡이라는 거야?"

—으으응, 조금. 화났어?

"화내고 싶은데 진짜면 어쩔 수 없지. 앞으로 좀 더 분발할게, 센스를 갈고닦아서. 그럼 이만 끊는다."

—벌써?

"응. 아직 일하는 중이야. 잘 어울려서 다행이라는 말만 하려고 전화한 거라서."

―진짜 고마워. 엄마 완전 사랑해, 안녕히 주무세요.

사랑한다니…… 3년 만에 들은 말이다.

"고마워. 엄마도 사랑해. 잘 자."

전화를 끊었다. 서둘러 다음 전화번호를 찾았다.

수신음이 한 번.

―여보세요.

유즈키 레이미는 금방 받았다.

"기다렸어?"

―네.

"옷 받았대. 굉장히 기뻐하더라고."

―저도 전화 받았어요. 문자로 사진도 받았는데, 사이즈 딱 맞는 것
같아서 다행이더군요.

그 아이, 번호까지.

"이봐, 협박하는 거야?"

―아니요.

"협박하는 거잖아. 딸이 어디 사는지 안다고 티를 내고 싶은 거잖아.
비겁한 인간."

목소리가 사나워졌다.

―그럴 생각은 아니었습니다. 앞으로 신세를 질 테니 인사 겸. 아쓰
코 씨 앞으로 보내면 반송할 테니까요. 그래서 미즈키한테 보냈어요.

속 보이는 변명. 도발할 작정으로 보낸 주제에. 그렇다면 가만히 있
을 수 없지.

"딸아이 이름 함부로 부르지 마. 그 아이를 인질로 삼을 셈이지? 아
이를 협박 수단으로 삼다니 부끄럽지도 않아?"

감정에 휩싸인 척 소리를 질렀다. 행인 몇 명이 불쾌한 얼굴로 쳐다봤다.

—그만 하세요. 다 아니까요. 어떻게 나올지 모르는 상대에게는 우선 격한 감정 기복을 보여 주면서 반응을 예측하는 방법이지요.

수법을 훤히 꿰고 있다. 성가신 상대다.

—그런 다음에 갑자기 평소 톤으로 말하면 상대의 감정도 그에 동조해 갑자기 본모습으로 돌아가 말하고 말죠. 상대가 마음의 경계를 푸는 순간, 그 틈을 노리는 방법이잖아요.

각오한 만큼 배짱은 있다. 전과는 없지만 전직 형사에게 경찰과 수사에 관한 지식을 철저하게 교육받았다. 지금까지 상대해 본 적 없는 타입. 까다롭다.

"무라오 구니히로에게 배웠어?"

—네.

"숨기지 않네."

—그럴 필요 없으니까요.

"입원 중인데 옷은 어떻게 보냈지?"

—지난주에 사러 갔는데 사이즈가 없어서 주문해 뒀어요.

미즈키에게 옷을 사 달라고 연락을 받은 바로 그날, 이 여자도 알았다.

—입고되면 찾으러 가서 제가 보낼 계획이었는데 병원에서 나갈 수 없어서 어제 전화로 직접 배송해 달라고 연락했습니다.

"달리 동료가 있나 싶었지."

—없어요.

"앞으로도 계속 나와 미즈키의 대화를 도청할 셈이야? 어떻게 한 거야, 도청? 메시지 내용까지 알고 있는 건 놀라웠어. 나한테 피싱 메시지라도 보낸 거야?"

―뭐든 대답하겠다고는 하지 않았는데요.

"방법은 누가 가르쳐 준 거야? 후지누마 신고? 아니면 후지누마 본인에게 시킨 거야?"

레이미를 습격한 스토커의 이름…….

―재미없는 농담이군요.

"농담 아니었는데."

대화가 도중에 끊겼다. 레이미가 침묵했다.

"이봐, 이 통화 녹음하고 있어?"

―네. 아쓰코 씨도 하고 있죠?

"하고 있지. 그래, 자기한테 일방적으로 불리한 건 말하지 않는구나."

레이미가 다시 입을 다물었다.

"이만 끊지. 입원 중에 실례했어."

―마지막으로 하나만 물을게요. 수사는 언제부터 시작할 건가요?

"아직 생각 중이야."

―전에 말했듯이 앞으로 사흘 안에 움직이지 않으면 당신이 저지른 살인의 증거를 조금씩 발표하겠습니다.

"조금씩 발표하는 건 배려하는 거야?"

―비꼬지 마세요. 무라오 씨가 경찰은 시시한 농담밖에 못 한다고 했는데, 정말 그러네요.

"그래? 왜?"

―기본 습성이 사람 위에 서서 억압하는 걸 즐기는 집단이라서 다른 사람의 마음을 편안하게 해 주는 말을 떠올리지 못한다고 하더군요.

"으스대는 걸 좋아하는 지긋지긋한 인간들이라는 뜻이야?"

—네.

"알려 줘서 고맙네. 기억해 둘게. 그럼 이만. 사흘 안에 연락할게, 할지 말지는 그때."

—안 하면 터뜨릴 거예요. 반드시.

"마음대로 해. 터뜨리면 당신을 죽이고 나도 죽을 테니까."

통화 종료.

몸이 후끈거렸다. 빌딩 사이에서 미지근한 바람이 불어와 열이 더 올랐다.

"어떡하지."

무심코 말이 흘러나왔다. 분명히 망설여지기도 했고 곤혹스럽기도 했다. 그러나 협박을 당해 궁지에 몰렸기 때문이 아니었다. 마음속에서 솟아나는 감정에 당황스러웠다.

유즈키 레이미에게서는 수상한 냄새가 났다. 아직 불씨는 보이지 않아도 머지않아 커다랗게 불타오를 것 같은 연기 냄새가 진동했다. 캐면 반드시 무언가 나올 것이다.

이렇게 느끼는 것도 레이미와 무라오 구니히로가 꾸민 계획의 일부일 테지. 노리모토 아쓰코는 이렇게 도발하고 유도하면 반드시 스스로 움직이리라고. 놈들의 의도대로 움직이는 것은 배알이 꼴리지만…….

마음은 레이미의 친모와 언니 사건을 재수사하는 방향으로 기울었다. 가장 큰 이유는 자신을 지키고 가족을 지키려고, 그 사실은 변하지 않는다.

'역시 지키기 위해서 다시 한번 무모한 짓을 하자.'

결코 허세가 아니다. 무모하다는 것을 알면서도 싸우지 않았다면 자신은 훨씬 전에 그 빌어먹을 쓰레기 같은 새아버지나 엄마의 애인들에게 범해지고, 죽었을 것이다.

두려움에 떨며 다리를 끌어안고만 있지 않았으니까, 이가 부러지고, 머리카락이 뽑히고, 뼈가 부러져도 저항했으니까 지금도 어떻게든 살아 있다.

싸웠으니까 살아 있다니⋯⋯. 과장된 표현이라며 웃고 싶지만, 웃을 수 없다.

어차피 웃을 수 없는 인생이니까 마지막으로 다시 한번 무모한 짓을 저지르고, 최악의 상황에는 유즈키 레미를 길동무로 삼자.

휴대폰을 가방에 던져 넣으며 손을 들어 택시를 잡았다.

전화가 울린다. 휴대폰⋯⋯이 아니다. 객실 전화다.

기요하루는 침대에서 팔을 뻗어 눈을 감은 채 수화기를 들었다.

—기요하루 씨, 쉬시는데 굉장히 죄송합니다. 프론트입니다. 아쓰코 씨가 오셔서 물건을 맡기셨습니다. 지금 가지고 올라가도 될까요?

"아쓰코 씨는요?"

—돌아가셨습니다. 방에 전달해 달라시면서요.

"그렇⋯⋯습니까."

잠시 아무 말 않았다. 프론트 직원은 재촉하지 않고 묵묵히 기다렸다.

"그럼 가져다주실 수 있나요?"

침대에서 나와 조명을 켜고 로브를 찾아 입었다.

시계를 확인했다. 오전 2시 50분. 하품을 한 번. 2분도 지나지 않아 노크 소리가 들렸고 로비 직원이 웃는 얼굴로 두툼한 봉투를 건넸다.

입을 다물고 신중하게 테이프를 벗겨 내용물을 확인했다.

파일철 두 권. 유즈키 레미의 친모와 언니 사건과 관련된 자료였다. 경시청 데이터베이스에서 추출한 것으로 친모의 경력을 포함해 수사 과정과 감식 견해 등이 적혀 있었다.

잠시 생각에 잠겼다가 다시 수화기를 들어 룸서비스로 커피를 주문했다.

책상의 스탠드를 켰다. 눈을 비비며 뺨을 두드리고는 서류를 읽기 시작했다.

유즈키 레이미와 언니 나나미는 아버지가 달랐다.

자매의 어머니, 결혼 전 이름인 마쓰하시 미사토는 도쿄도에 있는 대학을 졸업한 뒤 같은 대학 선배인 유즈키 나오토와 20대에 결혼했다. 그러나 장녀 나나미를 낳고 나서 1년 후에 이혼, 장녀는 미사토가 키우게 된다.

유즈키 나오토는 이혼한 지 불과 5개월 후 네 살 연상 여성과 재혼했다. 그러나 재혼 2년 반 만에 교통사고로 사망했다.

미사토도 이혼 후 스리랑카 국적의 중고차 수출업자와 사귀다가 임신을 계기로 재혼한다. 자얄랏으로 성이 바뀌고 레이미를 낳았다. 그러나 레이미가 20개월 때, 남편인 나말 자얄랏이 갑자기 집으로 돌아오지 않았고, 체포영장을 든 경찰이 들이닥쳤다. 자동차 및 부품 절도에 연루된 나말은 외국으로 도주했으며 현재도 행방을 알 수 없다. 일 가는 한부모 가정이 되어 스미다구에 있는 도영都營아파트단지로 이사한 뒤 미사토가 일을 나가기 시작했다. 어머니는 두 딸을 사랑했으며 가정교육에는 엄격했다고 한다.

언니인 나나미는 말을 잘듣고 공부도 잘했다. 플래시 암산* 전국대회

---

* 컴퓨터 화면에 플래시 방식으로 출제되는 숫자 문제를 주산식 암산으로 푸는 것.

10세 이하 부문의 도쿄 대표로 출전한 적도 있다.

벨이 울렸다.

기요하루는 문을 열고 포트가 놓인 트레이 카트를 직접 방 안으로 옮겼다.

컵에 커피를 따르고 다시 자료를 읽었다.

레이미의 어머니와 언니 사건의 개요는…….

사건 당일 아침, 학교에 적응하지 못하고 괴롭힘을 당했던 1학년 레이미는 학교에 가기 싫다며 평소보다 심하게 떼를 썼다. 어머니가 타일러도 계속 울었다. 초등학교 4학년 언니도 등교를 미루며 달랠 정도였다.

레이미가 학교에 가지 않으면 아이를 돌봐 줄 사람이 없었다. 결국 어머니와 언니가 양옆에서 레이미의 팔을 잡고 억지로 끌어내며 집을 나섰다.

그러나 교문 앞에서 레이미가 어머니와 언니를 뿌리치고 도망갔다.

예전에도 몇 번이나 같은 일이 있었기에 어머니와 언니는 레이미를 쫓았다. 이때 레이미가 한순간 뒤돌아봤던 두 사람의 모습이 살아생전 마지막 모습이었다.

레이미는 근처 맨션의 쓰레기 수거 공간에 숨어 있다가 자신의 집인 도영 아파트단지로 돌아왔다. 그리고 계량기함 속에 숨겨 둔 열쇠로 문을 열었다. 언니 나나미가 열쇠를 잃어버렸을 때를 대비해 여분 열쇠를 넣어뒀다고 어머니가 하던 이야기를 훔쳐 듣고 기억한 것이다.

평소 레이미는 방과 후에 1학년부터 3학년까지 맡아주는 구립 아동복지관의 초등학생 보육 클럽에서 시간을 보내고, 4학년인 언니가 수업을 마치고 데리러 올 때까지 기다렸다가 함께 집으로 돌아갔다. 초등학생 보육 클럽에서도 고학년 학생에게 괴롭힘을 당했는데, 자매인데 피부색과 눈동자 색이 왜 나나미와 다르냐며 놀림 받는 것이 무엇보다 싫었다.

그날 레이미는 이제 학교와 초등학생 클럽에 가지 않겠다고 결심했다. 졸업할 때까지 등교를 거부하겠다고. 억지로 가야 한다면 죽어도 상관없다고 생각했고, 그 결심을 어머니에게 말할 작정이었다.

그런데 조금만 지나면 집으로 돌아오리라 생각했던 어머니가 돌아오지 않았다. 자신을 찾는 것을 포기하고 어머니는 직장에, 언니는 학교에 갔겠거니 생각했다. 그런데 저녁이 되어도 밤이 되어도 돌아오지 않았다. 어떻게 해야 좋을지 몰라 떨고만 있다가 한밤중이 되어서야 혼자서 무서워 견딜 수 없어 밖으로 나가려고 했을 때, 경찰이 찾아왔다.

어머니와 언니의 행방이 묘연한 가운데 레이미는 몇 주 동안 아동복지시설에서 지냈다. 어머니의 오빠인 외삼촌 부부는 초로기치매 진단을 받은 레이미 자매의 외할머니를 간병하느라 여유가 없다며 양육을 거부했지만, 어머니의 전남편인 유즈키 나오토의 동생 부부가 돌보겠다고 나섰다.

실종 약 5개월 후 2월 5일, 어머니 마쓰하시 미사토는 도쿄도 아키루노시에 있는 잡목림에서 사체로 발견됐다.

'기분 나쁜 우연인데.'

2월 5일. 초등학교 2학년 기요하루가 납치되는 구라치 마나미를 놓친 날과 같은 날이었다. 레이미의 언니 나나미와 마나미의 이름이 비슷한 점도 거슬렸다.

고개를 한 번 돌리고 다시 읽기 시작했다.

마쓰하시 미사토의 사체는 거의 백골 상태였고 입고 있는 옷은 헐었지만 실종 당시 입고 있던 옷과 같았다. 목에는 숄의 잔해가 휘감겨 있었으며, 경추를 비롯한 신체 열 몇 군데에 손상이 발견됐다.

언니 나나미는 발견되지 않았지만 어머니의 겉옷 안주머니에 '나나미도 데리고 갑니다'라고 볼펜으로 적은 편지가 작게 접혀 들어 있었다.

레이미는 자식이 없었던 유즈키 부부에게 입양되어 피가 전혀 섞이지 않은 유즈키의 성을 받게 됐다.

어머니의 사체가 발견된 지 18년, 언니 나나미가 살아 있다면 스물여덟 살이다.

기요하루는 빈 컵에 커피를 반쯤 붓고 스카치위스키를 듬뿍 따른 뒤 흑설탕을 섞었다.

두세 모금 마시니 몸이 살짝 따뜻해졌다. 양팔의 꿰맨 상처가 조금 쑤셨다. 얼굴은 달아올랐지만, 반대로 머리는 맑아졌다.

이어서 레이미 어머니의 검안 의견서를 펼쳐 읽기 시작했다.

3

18년 전…….
그해 마지막 수요일, 눈 내리는 밤.

도쿄 아다치구 센주오하시다리 부근.
무라오 구니히로는 갓길에 차를 세우고 운전석에 앉아 약 10미터 앞에 있는 가느다란 샛길과 엇갈린 교차로를 응시했다.

하늘은 벌써 어둡다. 하교하는 중고생들과 퇴근하는 직장인들이 늘어선 가로등 밑을 지나갔다. 엷게 쌓인 눈이 짓밟혀 서벗처럼 녹았다.

눈앞이 흐릿했다. 앞뿐만 아니라 렌터카 안이 온통 하얀 담배 연기로 가득했다. 또 너무 피웠다. 창문을 조금 열었다.

처음에는 경찰서의 출동용 위장 차량을 사용할 계획이었지만 거부당했다. 부서장도 "더 파고들면 처벌하겠다"라며 경고했다. 그러나 무시하기로 했다.

바깥 공기가 흘러들어오자 차 안에 가득한 뿌연 연기가 점점 가셨다. 히터는 껐지만 추위는 느껴지지 않았다. 겨울에 차 안에서 잠복할 때는 발끝이 살짝 얼 정도의 온도가 적당하다. 졸지 않고 긴장을 유지할 수 있다.

경찰서 젊은 놈을 한 명만 데리고 와서 멋대로 잠복을 시작한 지 사흘째.

아직 한참 더…….

석 달 전 아라카와구에서 스물두 살 미혼 여성이 실종됐다.

이틀 후 경시청 수사1과 특수범죄수사 제1계와 아라카와 경찰서 형사과는 돈을 노린 납치일 가능성이 크다는 견해를 내놓았다. 실종된 지 여덟 시간 후와 열 시간 후에 여성의 휴대폰으로 집에 두 번 무언의 전화가 걸려 왔다는 사실을 근거로 들었다. 더욱이 다음날 여성의 어머니 휴대폰으로 '천만 엔을 준비하라'라는 메시지가 온 점이 두 번째 근거였다.

그러나 크나큰 착각이었다.

전화와 메시지는 단순히 위장이었으며 이 납치는 용의자의 이상 성욕에 기인한 사건이었다. 게다가 10년 전부터 불규칙적으로 계속된 납치 사건의 일부일 가능성이 매우 컸다.

무라오는 이 용의자를 몇 년 전부터 DF16이라고 자체적으로 분류하고 범인상과 행동을 추정했다. 이를 프로파일링이라고 부르는 것은 적합하지 않았다. 프로파일링은 배우면 누구나 할 수 있는 단순한 분류지만 이것은 자신만 할 수 있었다.

10년 전, 이바라키현 시모다테시에서 열두 살 초등학생 여자아이가 납치됐다. 그리고 1년 8개월 후, 도치기현 아시카가시에서 열네 살 중학생 여자아이가, 그리고 또 3년 후에는 사이타마현 히가시마쓰야마시에서 열일곱 살 여고생이 납치됐다.

무라오는 이 세 사람의 얼굴과 체형이 매우 닮았다는 점에 주목했다.

자체적으로 의뢰한 성장에 따른 인상 변화 몽타주 역시, 시모다테시 열두 살 피해자의 2년 후 추정 인상이 아시카가시의 열네 살 피해자의 외모와, 열네 살 피해자의 3년 후 추정 인상은 히가시마쓰야마시 열일곱 살 피해자의 외모와, 서로 자매라고 해도 이상하지 않을 정도로 닮았다. 그리고 피해자들이 납치당한 정황에서도 공통점을 발견했다.

피해자들의 모습은 여성 한 사람의 성장 과정과 오버랩됐다.

납치 감금한 열두 살 소녀가 병이나 과실 등으로 사망해서 그 대용품으로 열네 살 소녀를 납치했다. 그러나 그 소녀도 어떠한 이유로 사망했고 그의 대용품으로 열일곱 살 소녀를 납치했다. 무라오는 이렇게 추측했다.

히가시마쓰야마 사건으로부터 5년이 지난 현재, 실종된 스물두 살 여성의 외모도 지금까지의 세 명과 흡사하다. 범인은 피해자 네 명을 망상 속에서 이어 붙여 한 명의 여성으로 간주할 가능성이 컸다.

무라오는 이 분석을 상부에 보고했다. 그러나 돌아온 것은 질책이었다.

관할서 소속 일개 형사가 관할지 밖 사건에, 경시청 수사1과와 해당 사건 관할서가 내놓은 의견에 참견하는 것은 전대미문의 행위라고. 더욱이 아무런 근거도 없지 않느냐며 비웃었다.

근거와 증거 모두 있다. 과거 납치 현장에는 거의 같은 크기의 남성화 밑창 흔적이 남아 있었고, 어떤 남성이 낯선 왜건을 운전하는 모습을 목격했다는 목격자 증언도 공통됐다.

게다가 탐문 수사 결과, 이번 사건 피해자가 평소에 이용하던 지하철 지요다선 마치야역과 그 앞뒤 역인 니시닛포리역, 기타센주역 주변에서 낯선 왜건에 미행을 당했다는 20대 초반 여성들의 증언이 여럿 나왔다.

시모다테시 사건에서는 JR 미토선 주변에서, 아시카가시 사건에서는 JR 료모선 주변에서, 히가시마쓰야마시 사건에서는 도부도조선 주변에서 역에서 집으로 가는 길에 낯선 남자나 차량에 미행당했다는 여러 신고가 접수된 이후에 실제로 납치가 발생했다.

같은 노선 안에서 표적들을 끈질기게 관찰하면서 범위를 좁히고 마침내 실행에 옮기는 것이 이 범인의 특성이라고 무라오는 확신했다.

그러나 의견은 완전히 무시당했고 납치 수사는 이렇다 할 진전 없이 시간만 흘렀다.

설상가상으로 피해 여성의 생존에 불리한 사실만 밝혀졌다. 그녀는 인터넷 만남 사이트를 통해 사실상 성매매를 하고 있었다. 게다가 사무직으로 근무하는 입시학원의 운영비를 동료와 함께 횡령했다는 의혹도 떠올랐다.

이러한 사실들은 범인도 몰랐을 것이다. 그리고 알게 되면 분명 가만두지 않을 것이다.

범인은 스스로에 대한 자신감이 강했고 그러한 자신에게 어울리는 티끌 하나 없는 여성상을 좇았다. 기대를 배신당하면 부정하고 불결하다고 일방적으로 낙인찍고 자신을 속인 죗값을 치르게 할 것이다.

우려한 대로 5주 후, 피해자는 이바라키의 산속에서 사체로 발견됐다.

황당하게도 특수범죄수사 제1계는 해당 사건이 무라오의 자작극이라고 의심해 취조했다. 그러나 곧바로 무라오의 알리바이가 입증되며 그는 혐의를 벗었다. 수사는 완전히 미궁에 빠졌다.

그래도 아직 체포 기회는 사라지지 않았다. 무라오는 확신했다.

범인은 반드시 올해 안에 다시 움직일 것이다.

다시 한번 납치를 계획하고 외모가 비슷한 스물두 살 여성을 납치하려고 시도할 것이다. 안목이 낮아 '불량품'을 데리고 온 자신의 실패를 지워 없애기 위해서.

사체로 발견된 스물두 살 여성은 지하철 지요다선으로 통근했다. 범인은 이 노선 이용객 중에서 사냥감을 물색했으리라. 그리고 한 명을 정하기 전에 분명 두 번째와 세 번째 후보도 찾아났을 것이다.

범인은 마치야역에서 타고내리는 여성을 고집했다.

사건이 일어난 직후라 조심스러운 상황이라도 반드시 노릴 것이다. 경찰에 대한 도전 때문이 아니라, 무슨 일이 있어도 새 먹잇감을 사냥해 자신의 실수를 완전하게 덮고 감춰 바로잡지 않고는 못 배기기 때문이다.

무라오는 역에 뻔질나게 드나들며 새 표적인 될 만한 여성을 자체적으로 추려갔다.

밤이 내려앉고 진눈깨비 위에 새 눈이 쌓이기 시작했다. 역시 스터드리스 타이어*를 끼었으면 좋았을 텐데. 어쩔 수 없다. 달리지 못하면

---

* 빙판길이나 눈길에서 미끄러지지 않도록 방지해 주는 겨울철용 타이어.

버리고 가는 수밖에.

추위로 발끝이 더욱 얼어 꾀죄죄한 담요를 덮었다.

힘들지는 않다. 도리어 즐겁다. 이제 곧 범인을 체포할 수 있으니까.
놈은 반드시 이곳을 기점으로 2백 미터 범위 안에서 일을 벌일 것이다.
나는 안다.

무라오는 경찰관이 되기 훨씬 전, 야마나시현의 고등학생이었을 때
부터 국내의 다양한 미제 사건 정보를 수집, 정리해 분류하고 분석해
왔다. 목표로 한 경시청 소속 경찰관이 되어 료고쿠 경찰서로 발령을
받은 이후에는 경시청 데이터베이스를 활용하면서 더욱 정밀해졌다.
마흔여섯 살이 된 현재는 본인의 분석을 절대적으로 자신한다. 단순한
믿음이 아니다. 과거 열여덟 달 동안만 해도 네리마구 자산가 부녀 살
인사건과 오타구 강도 살인사건의 용의자와 행동을 특정해서 체포에
지대한 공헌을 했다.

그러나 경시청 수사1과와 관할서 사람들은 '이미 판명 났던 일이었을
뿐'이라며 모르는 척 공로 사실을 없었던 일 취급했다.

상사들 가운데 유일하게 인정해 준 료고쿠 경찰서의 부서장도 항상
이렇게 말했다.

"너는 피해자의 고통을 몰라. 유족의 괴로운 심정을 이해하려고 하
지도 않고."

그것이 뭐가 나쁜가. 사건을 해결하는 일이야말로 피해자를 애도하
고 유족을 위로하는 가장 큰 방법 아닌가.

그러나 무라오는 더는 분노하지 않기로 했다. 그날 밤 일어날 수도
있는 범죄 사건의 현행범을 계속 체포하다 보면 압도적인 능력 차이를
누구나 인정할 수밖에 없을 것이다.

새 담뱃갑의 포장 필름을 벗기려던 그때, 휴대폰이 울렸다.

잠복을 도와주는 후배의 전화였다. 센주오하시다리 건너편에서 대기하고 있었다.

—왔어요. 진짜 왔어요.

흥분한 목소리였다.

—지금 막 갓길에 차를 세웠어요.

"거리는?"

—30미터 앞이요. 선배님 말씀대로 다목적차량에 은색. 번호는 미코 313…….

보고를 들으며 무라오도 흥분했다. 그 흥분을 필사적으로 억눌렀다.

—어떻게 할까요? 접근할까요?

후배가 지시를 기다렸다.

"기다려. 그쪽으로 갈게."

라이트를 켜고 변속레버를 드라이브에 넣었다.

—엇, 그런데 슬슬 움직이는 것 같은데요. 운전석에서 뒷좌석으로 이동했어요.

자신이 노리는, 길을 걷는 여성을 차 안으로 끌고 들어갈 작정이겠지. 행동이 빠르다. 확실히 능숙하다.

"얼굴이 보이나?"

—역광인 데다 야구 모자를 쓰고 있어서…… 젠장, 안 보입니다. 그런데 저거 금방 움직일 기세예요.

"그쪽 바로 뒤에 차를 대. 금방 가겠다."

액셀을 밟으며 출발했다.

그런데 갑자기 샛길에서 무언가가 튀어나왔다.

급브레이크를 밟았다. 사람이다. 얼어붙은 길 위를 타이어가 미끄러 졌다. 핸들을 꺾었지만 이미 늦었다. 순간 눈이 마주치며 새파랗게 질 린 얼굴이 또렷이 보였다. 몸을 정면에서 쳤고 머리가 긴 사람이 뱅글 뱅글 돌며 쓰러졌다.

도로에 누워 있는 사람은 여자. 하지만 그냥 여자가 아니다. 아는 여 자였다. 태어나서 처음으로 자신의 눈을 진심으로 의심했다.

곧장 차에서 내려 확인했다. 틀림없다. 사진으로 질릴 정도로 본 얼 굴이다. 5년 전에 히가시마쓰야마에서 납치된 여고생이 성장한 모습 으로 이곳에 있었다. 살아 있었구나.

"살려 주세요."

여자가 말했다.

무라오는 놀란 와중에 오른손을 내밀었다. 여자도 오른팔을 뻗었다. 서로의 손끝이 닿은 순간, 여자가 왼손을 휘둘렀다. 오른쪽 얼굴에 충 격이 가해지며 고개가 휙 돌아갔다.

'당했다.'

쇠망치로 얻어맞았다. 손으로 막으려고 했지만, 여자가 먼저 두 번 세 번 머리를 후려쳤다. 함정이었다. 이 여자는 미끼다. 절대 복종하도 록 오랫동안 교육받은 미끼.

그러나 이제 와서 깨달아 봤자, 후회해 봤자, 이미 늦었다.

시야가 뒤틀리며 서 있지 못하고 쓰러졌지만 도로에 쌓인 차가운 눈 조차 느껴지지 않았다.

'잠복한 줄 알았는데 오히려 잠복당했다니.'

범인은 대체품을 납치하려던 것이 아니다. 5년 동안의 사육으로 자 신감이 붙어 지금 감금하고 있는 피해자의 자매나 친구가 될 여자를 사냥하려던 것이다.

왜건에 붙은 그 녀석은 어떻게 됐지…….

멀리서 다중 추돌 소리가 들렸다. 경적도 울렸다. 역시 다 틀렸나. 체포 실패를 떠나서 또 다른 여성까지 납치되고 말았다.

나는 졌다…….

눈이 부시는 조명, 깨끗한 벽과 커다란 창문. 접수처 여성의 정중한 대응.

노리모토 아쓰코는 처음 방문한 교정 의료 센터에 당황했다. 예전에 방문한 하치오지 의료교도소와는 전혀 다르다. 그곳은 낡고 어두컴컴해서 5분만 있어도 병에 걸릴 것 같은 기분이 들었다. 그러나 이곳은 대기실에 아로마향까지 풍겼다.

쾌적하지만 불안하다. 역시 경찰에게 청결하고 첨단적인 장소는 어울리지 않는다.

5월 18일, 금요일.

아쓰코는 무라오 구니히로와 만나기 위해 이곳에 왔다.

무라오는 수감 직후 췌장암이 악화해 이곳으로 이송된 후 치료를 받으며 복역하고 있다.

담당의에게 문의하니 가족이나 변호사도 아닌 아쓰코에게 병세를 자세하게 이야기해 줄 수 없다고 했다. 다만 "서두르는 편이 좋겠습니다"라고 조언했다.

아쓰코가 소속된 조직범죄대책 제5과 과장에게 허가를 받았다. 직속 상사인 5과 7계 계장 히야마가 설득해 준 덕분이다.

"면회 이유는 아직 밝힐 수 없습니다"라는 일방적인 요청을 히야마는 받아 줬다. 단 건수를 잡으면 정보든 공적이든 반드시 우리 계와 공유해야 한다고 신신당부했다.

5년 전에 살인사건 용의자 취급을 한 데다 불합리한 부서이동을 강요해 켕기는 구석이 있는 탓에 경시청 전체가 아쓰코에게 약했다. 여전히 껄끄러운 존재로 취급받는다. 따라서 보통은 용납되지 않는 개인행동을 계속해도 부장이나 관리관에게 불려간 적은 없다.

그러나 히야마 계장은 그러한 보상심리 때문이 아니라 아니라 순수하게 아쓰코의 형사로서의 능력을 높이 샀다.

작년에 발생한 납치 살인 용의자 이사야마 히데오 살해와 감금 피해 여성 구출 사건은 '경찰이 총력을 다해 해결하지 않았던 납치 사건을 전직 형사가 혼자서 해결한 것이다'라고 무라오가 떠드는 바람에 경찰은 세간에 강한 질타를 받았다. 무라오는 경시청 내부에서도 터부시하는 존재가 됐다. 그럼에도 히야마는 이 면회를 허락하고 문제없이 대화를 나눌 수 있도록 담당 부서에 근무하는 자신의 동기에게 부탁도 넣어 줬다.

아침 햇살이 창문으로 가득 쏟아져 눈을 자극했다.

마음을 진정시키려고 가방에서 무라오의 서류를 꺼내 페이지를 넘겼다.

18년 전, 무라오는 납치범을 놓쳤다.

무라오와 함께 잠복했던 젊은 형사는 피해자를 납치한 차량을 뒤쫓다가 교차로에서 일반 차량과 충돌사고를 일으켰다. 그는 오른쪽 다리에 후유증이 남아 다섯 달 후에 자진 퇴직했다.

무라오 본인은 정체를 알 수 없는 자에게 구타를 당해 길 위에서 정신을 잃은 상태로 발견됐다.

무라오는 히가시마쓰야마에서 납치당한 피해 여성이 공격했다고 진술했지만 다른 목격자는 없었다.

범인의 강요와 세뇌로 피해자가 범죄에 가담했다고 추측했지만, 정말로 피해자 본인이었는지는 결론이 나지 않았다. 눈 위에 사방으로 튄 여성의 것으로 보이는 피도 추후 분석 결과 피처럼 보이는 액체로 밝혀졌다.

가장 큰 문제는 다음 피해자를 예상했으면서도 당사자에게 아무것도 알리지 않은 채 미끼처럼 이용했다는 사실이었다.

무라오는 부득이하게 사직할 수밖에 없었다. 아내와도 이혼하고 외동아들은 아내가 키우게 됐다.

대기업 경비 회사에 재취업한 무라오는 문제의 납치 사건을 포함해 다양한 사건을 자체적으로 계속 분석해 나갔다. 그리고 그 결과 무라오 본인이 납치범을 직접 찔러 죽이는 사건으로 발전한 것이다.

'어리석은 인간.'

취미와 업무를 구분하지 못하고 어느덧 범죄 수사 그 자체가 자신의 인생이자 전부라고 굳게 믿게 된 인간이다. 더욱이 수사 능력이 뛰어나다는 사실을 증명하면서 자신을 다른 사람들보다 몇 단계 우월한 인간이라고 믿게 됐다.

불행의 책임을 전부 주변에 전가하면서 서투른 협상력이나 절망적일 정도로 원만하지 못한 대인관계 등 자신의 단점은 무엇 하나 고치려고 노력하지 않았다.

운 좋게 경찰관이 되지 못했다면 분명 범죄자가 됐을 것이다. 아, 결국 그렇게 됐구나. 마지막에는 살인범이 되었으니까.

무라오는 자신이 일으킨 가택침입 및 살인사건의 공판에서 수사 목적으로 각종 범법행위를 저질렀다는 사실을 솔직하게 인정했다.

인터넷 아이피를 우회해 경찰 수사자료를 훔친 사실이 발각돼 허술한 보안 관리가 문제시되며 대대적으로 보도됐다. 경찰 무선도 디지털로 바뀌었다지만, 일단 서버에 축적된 데이터를 여러 소프트웨어로 공들여 분석하면 결코 읽지 못할 것은 아니라는 사실이 세간에 널리 알려지고 말았다. 한편 감금 피해자를 구출한 무라오를 영웅 대접하는 댓글도 인터넷상 여기저기에 보였다.

아쓰코는 공판 기록 중 무라오의 이 발언에 주목했다.

"그 납치 사건들을 수사하는 것은 의지나 집념을 넘어서 제가 살아가는 이유 그 자체가 되었습니다. 그리고 오랜 시간 추적하면서 아무도 눈치채지 못한 다른 미제 사건의 흔적도 다수 발견했습니다. 확실한 물증과 함께 범인을 찾아낸 사건도 있습니다. 그러나 인력도 없고 살날도 얼마 남지 않은 저는 추적하던 사건의 해결과는 무관한 것들은 냉정하게 잘라 버리고 눈을 감는 수밖에 없었습니다. 하지만 체포되지 않고 사람들 사이에 섞여 살아가는 범죄자 모두가 죗값을 치르게 하고 싶습니다. 이 세상에서 없애 버리고 싶습니다. 그 생각은 지금도 변함없습니다. 제게 더는 그럴 기회가 없다는 사실이 원통해 견딜 수 없습니다."

이후 재판원* 중 한 사람이 이 발언을 언급하며 그것이 사실이라면 왜 경찰에 소상히 알리고 맡기지 않았느냐고 물었다.

---

* 일본에서 2009년부터 시행된 일반 시민이 재판에 참여하는 재판원 제도. 살인, 상해치사, 강도치사상, 현주건조물방화, 위험운전치사상, 유괴 대상으로 한정한다. 시민이 유무죄를, 재판관이 양형을 결정하는 배심원 제도와 달리, 재판원 제도는 시민과 재판관이 함께 유무죄 및 형량을 결정한다는 점에서 차이가 있다.

그러나 무라오는 "암 진통제 효력이 다해서 말이 헛나왔군요. 그냥 망언입니다"라며 발언을 철회했다.

무라오는 징역 17년을 선고받았다. 항소 없이 형이 확정됐다.

교도관이 다가왔다. 이제 면회할 수 있는 듯하다.

엘리베이터에서 내려 전자 잠금장치가 달린 철문과 열쇠 꾸러미로 열어야 하는 쇠창살을 지나자 역시 교도소라는 실감이 났다. 게다가 일반 병원에서 곧잘 들을 수 있는 간호사들의 밝은 목소리가 전혀 들리지 않았다. 간호사와 수감자 사이에 불필요한 대화는 금지다.

면회실이 아닌 감방인 개인 병실로 들어갔다.

환자복을 입은 무라오가 침대에 누워 있었다. 코에 산소 튜브를, 목과 팔에 정맥 주사 링거를 연결한 상태에서 천천히 시선을 돌려 쳐다봤다.

"그대로 있으세요."

아쓰코는 힘겹게 몸을 일으키려는 무라오를 저지했다.

머리맡으로 다가갔다.

약속된 간격보다 훨씬 가까웠지만 무라오를 간호하는 남자 간호사는 문 앞에 서서 바이탈 모니터를 보고 있었다. 담당 교도관도 시선을 내리깔고 고개를 복도 쪽으로 돌리고 있었다.

"감사합니다."

두 사람의 배려에 감사 인사를 하며 무라오에게 다가가 귓가에 속삭였다.

"유즈키 레이미에게 무얼 알려 줬지?"

거두절미. 15분의 면회 시간 동안 최대한 많이 캐물어야 한다.

"두 명이 아니라 세 명이지요."

무라오는 질문을 무시했다.

"당신 어머니는 실종된 게 아닙니다."

천장을 응시하는 무라오가 탁해진 눈을 지그시 감았다. 그러나 발음은 또렷했다.

"남자 두 명에 관해서는 스스로를 지킬 방법이 달리 없었기 때문이었겠죠. 딱하다고 생각합니다. 하지만 당신이 마지막으로 어머니를 처리한 건 자신의 비참했던 10대를 복수하려던 목적이었죠. 불필요한 살인이었습니다."

"그런 이야기나 듣자고 온 게 아니야."

"들어주시죠. 제 유언입니다."

서로의 귀만 바라보며 속삭였다.

"저는 적합한 인간을 찾다가 당신을 발견했습니다. 그러나 당신에게 지시하고 일을 시킬 시간은 남아 있지 않았습니다. 그래서 자그마한 유산을 유즈키 레이미 씨에게 건넨 겁니다. 일방적으로 일을 벌여 죄송하지만 아쿠쓰 기요하루 씨와 협력해서 부디 그녀의 오랜 한을 풀어주세요."

"거절하면?"

"분명 거절할 수도 있지요. 하지만 그녀를 위해 움직이는 편이 훨씬 이롭다는 걸 이미 스스로도 알고 있겠죠. 우선 레이미 씨의 어머니, 마쓰하시 미사토 씨 사건을 기요하루 씨와 다시 검증하세요. 그러면 분명 무언가를 찾아낼 겁니다."

"그 사람이 경찰보다 우수하다는 말인가?"

"그렇습니다."

"그러면 나 빼고 그 사람 혼자서 조사시키면 될 일이야. 그보다 그 아이에게—"

"이만 끝내시죠."

간호사가 밝은 목소리로 말했다.

대화에 집중하느라 깨닫지 못했지만 무라오의 맥박과 혈중산소포화도가 현저하게 떨어졌다.

아직 5분도 채 이야기하지 않았다. 그러나 무라오는 종료를 알리듯 만족스럽게 입가에 긴장을 풀며 서서히 눈을 감았다. 병약한 몸과 얼굴이 더욱 쪼그라들고 사색이 드리워 마치 미라 같았다. 대화를 나누지 않는 것이 아니라 더는 대화를 나눌 수 없는 상태였다.

틀림없이 유언이라는 예감이 들었다.

자신이 반드시 만나러 오리라는 것을 알고 무라오는 이 짧은 대화를 위해 얼마 남지 않은 기력을 긁어모아 한번에 토해 낸 것이다.

무라오의 입에 산소 마스크를 씌었다.

아쓰코는 발걸음을 돌릴 수밖에 없었다.

5월 18일, 오전 8시 30분.

메이와 푸드 시스템즈에 출근한 기요하루를 어제 전화를 걸어온 도카노 다에코가 맞이했다. 마른 체형에 키가 작고 예민해 보이는 마흔가량의 여자. 상냥한 미소 따위 전혀 짓지 않지만 기이하게도 대화하기 불편하지 않다.

도카노 과장이 닛키메이와에서 발령받아 온 직원이라는 사실을 이 자리에서 처음 들었다. 다만 본사의 과장 이상 직급에 오르려는 통과의례 같은 것으로 기요하루의 경우처럼 부정적인 사유로 발령 온 것이 아니었다. 기요하루가 발령받아 왔다는 말은 반대로 도카노는 자연스럽게 반년 이내에 본사로 돌아간다는 뜻이 된다.

동료 직원들을 순서대로 소개받고 오전 9시가 되자 간토 지방 매니저 전원이 모이는 전체 회의에 참석했다.

시작에 앞서 인사한 뒤 지역별 성과를 보고하는 각 테이블을 돌았다. 참석자 전원에게 닛키메이와 본사 명함을 건네고 인사했다.

기요하루는 국내에서 철수하기로 결정된 'Lyman's(라이만스)'라는 미국 해산물 레스토랑 체인의 업무 종료 작업을 맡게 됐다.

정식으로 업무를 시작하는 시기는 3주 후. 상당히 여유가 있다.

갑작스러운 발령으로 메이와 푸드 시스템즈 측도 정식으로 업무 분장을 못 한 상태였다.

그러나 그것은 대외적인 이유고, 사실은 언론에 대비해 한동안 출근을 자제하며 취재진의 움직임을 지켜보자는 본사의 방침에 따른 조치일 것이다.

그렇지 않아도 본사 발령파는 주어진 업무만 착실하게 수행하고 가능하면 얌전히 근무하기를 바라는 분위기다. 물론 그러한 분위기에 따를 생각이다. 주제넘게 나댈 생각은 없다.

인사를 마치고 사무실로 돌아와 중년 여성 직원에게 발령 관련 제출 서류를 건네받았다. 경비를 계좌에 이체하기 위해 통장에 사용한 도장을 찍은 신청서류를 보내야 한다.

도장이라니. 본사 책상에도 호텔에도…… 없다.

아카바네 집에 가야 하나. 뭐, 어쩔 수 없군.

발령 소식을 전달받았을 때보다 이런 설명을 들을 때 자신이 본사를 떠났다는 사실을 더욱 실감했다. 큰일이다. 조금 괴로워졌다.

오전 11시가 넘어 도카노 과장이 전체 회의에서 빠져나와 사무실로 돌아왔다.

"외근 나갈 건데 같이 갑시다."

소바집에서 점심을 먹은 뒤 전철을 타고 가면서 설명을 들었다.

두 달 전에 영업을 종료한 라이만스 호리키리점을 철수하는 과정에서 임차인과 임대인 사이에 문제가 생겼다. 그 문제를 원만하게 해결하라는 지시였다.

'역시 테스트군.'

도카노가 닛키메이와 본사 사람이라는 사실을 들었을 때부터 각오는 했다. 회의에서 인사를 시킨다는 구실로 불러내서 얼마나 쓸 만한지 시험하려는 것이었다.

불쾌한 방법이지만 별수없다. 이러한 혹독한 일들에는 익숙하다. 문제 해결은 발령지 본사 직원의 흔치 않은, 그리고 가장 중요한 업무다.

그래도 이번 사안은 상당히 번거롭다.

운영자인 쓰지부동산 회사에서 메이와 푸드 시스템즈에게 위약금으로 3천 5백만 엔을 요구했다.

당초 계약 기간의 절반도 지나지 않아 나가므로 차액과 배상금을 지급해야 한다고 주장했다. 물론 계약서에 그러한 내용은 없다.

그러나 계약 당시 메이와 측 담당자가 "최소 5년은 임대할 겁니다"라고 웃는 얼굴로 분명히 말하는 장면을 쓰지부동산 회사에서 녹화해 두었고, 도카노가 그 영상을 기요하루에게 보여 줬다.

상대측 담당자는 부동산 업자답지 않을 정도로 대화를 이끌어가는 능력이 뛰어났다. 녹화까지 준비해 둔 점도 철두철미하다. 어쩐지 이상하다고 생각했는데 역시 야쿠자였다.

쓰지부동산 회사는 폭력단이 운영하는 이른바 프론트 기업*으로, 등기상으로는 일반인이 경영하는 회사다. 그러나 수익 대부분이 사실상 모회사인 슈토파 산하 닌와회로 흘러 들어가고 있었다.

"대화 장소는요?"

손잡이를 잡으며 기요하루가 물었다.

"쓰지부동산 회사 사무실."

도카노가 대답했다.

그다지 좋은 장소라고 할 수 없다.

"조직 사무실보다는 낫잖아요."

도카노가 시선을 피했다.

당연하게도 쓰지부동산 회사의 외관은 지극히 평범한 부동산 회사였다.

여직원이 "오셨군요"라고 인사하며 곧바로 사장실로 안내했다.

아무도 없었다. 선 채로 5분 정도 기다리는데 갑자기 문이 열렸다.

세 남자가 들어왔다. 가장 먼저 키가 큰 양복 차림의 남자, 그 뒤로 브이넥 스웨터에 가죽바지를 입은 중년 남자와 트레이닝복에 후드 집업을 입은 젊은 놈이 줄줄이 들어왔다.

양복 차림이 쓰지부동산 회사의 전무인 사이타 다케히코. 마흔다섯 살 정도 됐을까. 본업은 닌와회의 부두목이라고 한다. 사이타 개인적으로도 열네 명으로 구성된 잇신회라는 조직을 이끌고 있다. 그 뒤를 이어 들어온 두 사람은 잘 모르지만 사이타의 부하로 야쿠자임에 틀림

---

* 폭력단이 설립하고 경영에 관여하는 기업. 또는 폭력단과 관계된 자가 경영하고 폭력단에 자금을 제공하면서 조직의 유지와 경영에 적극적으로 협조하는 기업.

없다.

우선 도카노가 기요하루를 소개했다.

"아직 새 명함도 안 나왔는데 벌써 현장으로 끌고 나온 건가. 상사라는 곳도 어지간하군."

사이타는 말투도 행동도 야쿠자임을 숨기지 않았다. 부동산 회사의 전무가 아닌 본래 자신의 신분으로 이곳에 왔다는 시위 행위일 것이다.

"일단 앉자고."

사이타가 소파에 앉았다.

낮은 탁자 건너편에 기요하루와 도카노도 앉았다. 브이넥과 후드 집업은 구석에서 사무용 의자를 끌고 와 기요하루 바로 옆에 앉았다. 흘끔 보니 후드 집업이 팔짱을 끼며 표정 없는 얼굴로 뒤돌아봤다.

"처음 담당자였던 형씨는 좌천됐나?"

"계열사로 옮겨갔습니다."

도카노가 대답했다.

"안 잘리고 딴 곳으로 내뺀 다음 쌩까는 건가. 낙하산으로 들어간 덜 떨어진 손자 놈은 팔자 한번 참 편하구만."

첫 번째 담당자는 도쿄증권거래소 1부 상장 기업 회장의 손자로, 그가 취직한 회사에서 죽을 맛이라고 우는소리를 하며 애원하는 바람에 닛키메이와 본사가 메이와 푸드 시스템즈로 그를 밀어 넣었다. 사람은 나쁘지 않지만 일은 전혀 못 하는 인물이었다.

"요전까지 왔던 통통하게 생긴 두 번째 담당자는? 넉 달 전에 첫 아이가 태어났다며. 아직 다녀?"

"네. 업무만 바뀌었을 뿐 계속 다니고 있습니다."

사이타는 직원들의 이력을 꿰차고 있었다. 그래서 도카노 과장은 정식 발령이 나기 전이기에 그들에게 아직 아무 약점도 잡히지 않은 기요하루를 데리고 온 것이다.

기요하루 옆에서 다리를 쩍 벌리고 앉아 있는 후드 집업 차림의 젊은 놈이 다리를 살짝 움직였다. 낮은 탁자 아래, 기요하루의 오른쪽 가죽 구두에 후드 집업의 운동화가 닿았다.

표정 하나 변하지 않고 오른발을 그대로 둔 기요하루는 이야기하고 있는 사이타의 얼굴만을 응시했다.

쓰지부동산 회사의 여직원이 커피를 내왔다. 컵을 사람들 앞에 놓았다.

사이타가 오른손을 가볍게 들어 손가락 두 개를 쑥 내밀었다.

후드 집업이 곧바로 주머니에 있는 담배갑에서 담배 한 개비를 꺼내 몸을 쭉 뻗었다. 기요하루는 슬며시 오른발을 움직였다. 후드 집업의 운동화가 다시 가죽구두에 닿았다.

후드 집업은 표정을 유지한 채 사이타의 손가락에 담배를 끼우고 라이터로 불을 붙였다.

"그래서, 어쩌겠다고."

사이타가 도카노를 바라봤다.

"오늘은 제가 아니라 기요하루 씨가 설명드리겠습니다."

"과장이 있는데? 여차할 때 부하한테 뒤집어씌우고 도망가지 말라고."

"물론입니다."

"약속했어."

사이타가 이쪽을 보며 턱짓했다.

"시작해."

기요하루는 순간 옆을 보며 후드 집업과의 거리가 여전히 가까워 거슬린다는 표정을 지은 뒤 발치에 놓아둔 가방에서 자료를 꺼냈다.

탁자 밑에서 또다시 기요하루의 구두와 후드 집업의 운동화가 부딪쳤다. 후드 집업이 눈썹을 미세하게 꿈틀거리며 기요하루를 곁눈질했다.

기요하루는 우선 현재까지 양측의 주장과 엇갈리는 부분에 대해 되도록 간략하게 설명했다. 사이타도 이미 알고 있는 내용이라며 재촉하지 않고 우선은 잠자코 들었다.

"방금 말씀드린 사항에 대해 사실과 다르거나 곡해한 부분이 있으십니까?"

"나한테 묻는 거야? 그럼 대답하지. 가장 중요한 부분이 빠졌잖아. 통통한 전임자는 도대체 뭘 한 거야. 인수인계 안 했어? 계약서 내용이니 상식이니 당신네들 방식 따위 알 게 뭐야. 이 동네는 상대방 눈을 보고 약속한 게 가장 중요해. 쌍방 신의라는 놈. 그게 우리의 신의성실이라고. 이 근처 인간들은 옛날 옛적부터 그렇게 거래해 왔어. 이 방식에 트집을 잡는 건 이 바닥에서 장사하는 놈들 얼굴에 전부 똥칠하는 거야."

기요하루의 얼굴에 연기를 내뿜었다.

"강을 두 개나 건너 이 동네까지 왔으면 장사 관습도 완전히 바뀌는 법. 옳지, 그거야. 유대인 보석상과 똑같아. 서로 눈을 보고 악수하면 그걸로 계약 성립이지. 계약서나 규약보다 그 악수가 계약의 증거가 되는 거야."

"알겠습니다."

기요하루가 말했다.

"입으로만 떠들지 말고 행동과 돈으로 보여 줘."

"귀사의 뜻을 잘 알겠다는 의미입니다."

"뭐라고?"

사이코가 잠자코 듣고만 있는 도카노를 노려봤다. 도카노는 몸 둘 바를 몰라 고개를 살짝 숙였다.

기요하루가 말을 이었다.

"이제 저희 측 생각을 말씀드리겠습니다. 방금 말씀하신 '이 부근 방식'이라는 것을 저희 나름대로 이해하려고 노력하고 있습니다. 이견을 좁히려고도 합니다. 그러면 귀사는 어떠십니까. 저희 메이와 푸드 시스템즈의 방식은 지금 말씀하신 것처럼 저희들 방식일지 모릅니다. 하지만 그건 저희 회사를 포함한 우리 업계 모두가 오랫동안 쌓아오고 이어온 방식입니다. 고작 종이 한 장뿐인 계약서를 믿고 목숨까지 걸어 왔습니다. 그게 저희의 신의성실입니다. 귀사는 저희의 방식을 조금이라도 이해하려고 노력하셨습니까? 이견을 좁힐 마음이 조금이라도 있으십니까?"

분위기가 싸늘해졌다. 말하면서 기요하루의 상체가 점점 앞으로 기울었다.

"우리도 노력을 보이란 말인가?"

"실례지만 그렇습니다. 서로의 말에 귀를 기울이고 원만하게 결론을 내도록 노력할 마음이 없으시다면 해결될 것도 해결되지 않습니다. 서로 양보할지 말지 부디 말씀해 주시기 바랍니다."

"번지르르한 말 지껄이지 마. 초등학교 수업시간이 아니라고."

"대답을 듣지 않고는 물러날 수 없습니다. 질문이 마음에 들지 않으시거나, 용서가 안 되시면 원하는 대로 하시죠."

기요하루는 상체를 앞으로 쑥 내밀고 고개를 숙였다. 발이, 이번에는 후드 집업이 신고 있는 운동화를 꾹 밟았다.

순간 후드 집업이 기요하루의 머리를 휘어잡고 세게 잡아당겨 처박

왔다.

무릎과 머리가 바닥에 내동댕이쳐졌다.

"이 새끼가, 작작해!"

후드 집업이 목소리를 짜내며 기요하루의 무릎을 짓밟았다.

브이넥의 중년 남자와 도카노가 달려들어 떼어냈다. 도카노도 걷어차였다. 낮은 탁자 위에 놓인 컵이 미끄러지며 커피가 바닥에 쏟아졌다.

"이 새끼가, 무슨 짓이야!"

사이타가 브이넥에게 고함을 질렀다.

"죄송합니다!"

브이넥이 비명 같은 소리로 사죄하며 후드 집업의 머리를 손바닥으로 후려갈겼다.

"죄송합니다."

흥분한 후드 집업도 고개를 숙였지만 눈으로는 기요하루를 계속 노려봤다.

"이 새끼가 개수작을—"

변명하는 후드 집업을 사이타가 걷어찼다. 후드 집업이 엉덩방아를 찧으며 기요하루 바로 옆에 쓰러졌다.

"꺼져!"

사이타가 다시 노성을 질렀다.

브이넥과 후드 집업이 곧바로 문밖으로 사라졌다.

"이 자식, 잔꾀를 부렸군."

사이타가 겁을 주려는 목적이 아닌 진심이 담긴 눈빛으로 노려봤다.

"우리 젊은 놈을 도발해 이용하다니, 배짱 한번 좋아."

"배짱이라니요. 미련한 거죠."

아팠다. 그러나 이로써 상황이 다소 유리해졌다. 자신에게 손을 대도록 하려고 후드 집업을 도발했고, 예상대로 자신은 바닥에 쓰러졌다.

말과 행동으로 일반인을 협박하고 공포를 심어서 통제하려는 것이 야쿠자의 방식이다. 결국 해결이 보이지 않을 때 사용하는 마지막 수단으로 폭력을 이용했다.

그 비장의 카드를 이렇게나 빨리, 게다가 그다지 중요하지도 않은 상황에서 사용했다. 단순한 타박상이라고는 해도 일반인에게 상해를 입혔다는 사실은 변하지 않는다.

폭력단의 상해사건, 심지어 부동산 계약 갈등으로 발생한 사건이라면 검찰은 재판으로 끌고 가고 싶어 할 것이다. 공판에서는 수양아들인지 의형제인지 모를 부하인 후드 집업이 사이타의 뜻에 반해 멋대로 행동했다는 사실이 입증되겠지. 입증되지 않으면 사이타의 지시에 따른 행동으로 폭행 공범으로 다뤄질 수 있다. 설사 입증한다고 해도 아랫사람이 제멋대로 날뛴 행동을 용납했다는 점에서 사이타는 체면을 구기게 된다. 어떤 쪽이든 이로울 것이 없는 상황이다.

"일단 앉지."

사이타가 말했다.

상사맨이란 이런 인간이다. 사실은 야쿠자와 다르지 않다. 자신들의 신의를 관철하려고 때로는 목숨을 걸기도 한다. 비겁한 짓도 태연하게 하고 멸시받는 짓도 마다하지 않는다.

비즈니스는 총성 없는 전멸전이라는 표현은 비유가 아니다. 남미와 중동이 아니라 이렇게 국내 번화가에서도 얼마든지 위험과 맞닥뜨린다. 망한 공장의 사장에게, 주식으로 파산한 트레이더에게, 대형 쇼핑센터 진출로 쇠퇴한 상점가의 가게 주인에게 "네 놈 탓이다"라는 말을 들으며 목이 졸리고 칼에 찔려 죽은 선배들이 많다. 그러나 그러한 문제조차도 비즈니스에 이용하며 진실이 겉으로 드러나지 않도록 조치할 뿐이다.

"이만큼 창피를 줬으면 체면도 세워 줘야지. 시원치 않으면 가만 안 둘 거야. 어떻게 결론을 낼 작정인가."

"몇 가지 안이 있습니다. 첫 번째는 이번 철수의 배상금으로 저희 측에서 9백만 엔을 일괄 지급하겠습니다."

"9백만 엔의 근거는?"

"모회사에 결재를 올리지 않고 메이와 푸드 시스템즈가 자체적으로 지출할 수 있는 최고한도액입니다."

"두 번째는?"

"귀사를 닛키메이와그룹의 거래처 블랙리스트에 넣지 않겠습니다. 이 리스트는 저희 그룹뿐 아니라 상장된 상사 및 대기업 음식 프랜차이즈들과 공유하기 때문에—"

"그 리스트에 이름을 올리면 유명한 곳들은 우리 건물에 들어오지 않는다는 말인가."

"그렇습니다."

"편의점도?"

"대기업 편의점 체인은 전부 상사 산하에 있으니까요. 하지만 이 문제 자체를 없었던 일로 하면 물론 리스트에 올릴 이유가 없겠죠. 그리고 저희 회사의 진짜 알짜 물건을 최우선으로 소개해 드리겠습니다."

"둘 다 싫다고 하면 재판인가?"

"아뇨, 민사든 형사든 분쟁으로 끌고 갈 생각은 털끝만큼도 없습니다."

사이타가 다리를 높이 들어 올려 다시 꼬았다.

"그러면 두 번째 선택지를 고를 수밖에 없지 않나."

방 밖을 향해 새 커피와 걸레를 가져오라고 소리쳤다. 감돌던 적개심과 희미한 살기가 점점 사라졌다.

"이 자식, 정말 똑바른 놈을 보내라고. 이번이 마지막이야. 앞으로 이런 시답지 않은 수작 부리면 가만두지 않겠다."

사이타가 눈을 보고 말했다.

"알겠습니다. 사이타 님의 상황을 말씀해 주시면 곧바로 담당자를 보내겠습니다."

기요하루도 시선을 맞췄다. 정의와 도덕은 없지만 아무튼 합의를 이끌어 냈다.

"처음부터 그렇게 말했으면 다치지 않고 끝낼 수 있었을 거 아닌가."

기요하루와 도카노가 함께 정중히 고개를 숙였다.

"상사맨이란 것들은 정말."

사이타가 경멸의 눈초리로 쳐다봤다.

"상종 못 할 상놈들이야."

쓰지부동산 회사을 나오자 브이넥과 후드 집업이 기다리고 있었다. 두 사람 모두 말없이 고개를 숙였다. 도카노와 기요하루도 "죄송했습니다" 사과하며 고개를 숙였다.

그러나 후드 집업이 허리를 굽힌 기요하루의 어깨를 잡더니 무릎으로 배를 한 번 올려 찼다.

"윽!"

신음이 나왔다. 후드 집업은 곧장 떨어져 다시 한번 고개를 숙이고 브이넥과 함께 사무실 안으로 돌아갔다.

"괜찮아요?"

도카노가 물었다.

"토할 것 같습니다."

기요하루가 말했다.

이 정도로 끝냈으니 다행이다. 그러나 역시 상처 없이 끝내지는 못했다.

호리키리쇼부엔역으로 들어갔다.

플랫폼으로 올라가서 업무용 휴대폰과 개인용 휴대폰의 전원을 켰다.

유즈키 레이미가 보낸 메시지가 들어왔다.

―오늘도 올 수 있어?

곧바로 답장을 보냈다.

―못 갈 것 같아, 미안.

"한잔하러 갈까요?"

도카노가 말했다. 아직 속이 좋지 않았지만 "네"라고 대답했다. 도카노도 걷어차인 허벅지를 치마 위로 문질렀다.

오후 2시 30분. 우에노의 상가 건물 지하에 있는 바는 벌써 영업을 시작했다.

카운터석에 앉아 가게의 명물이라는 위스키 사워 칵테일을 주문했다. 오래된 인테리어에 어둑한 조명에 음악도 흐르지 않는다.

휴대폰이 울렸다. 또 레이미의 메시지다.

―보고 싶어. 늦어도 괜찮으니 기다릴게요.

답장을 입력했다.

―미안, 못 가. 아카바네 집에 들러야 해.

"여자 친구?"

도카노가 물었다.

"네."

붉은색 마라스키노 체리가 가라앉아 있는 글라스 두 잔이 앞에 놓였다. 마실 때마다 노란색 칵테일 속에서 흔들리는 체리가 고요한 밤하늘에 떠 있는 달 같았다.

"무슨 일이 있었는지는 법무팀에서 들었어요. 하지만 푸드 시스템즈에는 안 알려졌으니까. 만약 누가 물어봐도 억지로 사정을 설명할 필요는 없어. 당분간은 무슨 소리를 들어도 입 다물고 있어요. 주저리주저리 늘어놓는 것도 이상하지만, 귀찮아질 만한 싹은 아예 잘라놓는 게 현명하지."

"감사합니다."

"어깨에 힘 빼고 편하게 해요."

도카노가 글라스를 내밀며 살짝 부딪치더니 붉은 체리를 삼켰다.

4

사쿠라다몬에 있는 경시청 본부 청사로 돌아온 노리모토 아쓰코는 냄새부터 다르다고 생각했다.

이 건물을 사용한 지도 40년 가까이 됐다. 방금 전까지 있던 의료교도소의 신식 시설과 아름다운 외관과는 비교도 되지 않는다. 단순히 케케묵은 냄새가 아니라 남자들의 땀 냄새, 떠도는 헤어 제품의 향, 오랫동안 쌓여온 은원까지 여기저기 배어들어 냄새를 풍겼다.

본청 형사부로 옮겨온 지 7년. 언제부터인가 이곳의 냄새가 자신에게도 배어들어 가장 익숙하고 친숙한 장소가 되었다.

복도 끝, 조직범죄대책 제5과 7계의 문은 평소처럼 활짝 열려 있었다. 들어가기 직전에 뒤에서 남자가 말을 걸었다.

"어이."

목소리뿐 아니라 손도 뻗어왔다.

"노리모토 아쓰코, 기다려."

어깨에 손이 닿기 직전에 물러섰다.

"뭐야 그 태도는."

천박한 목소리와 얼굴. 180이 넘는 장신이 아쓰코를 내려다봤다. 형사부 수사1과 8계 소속 이노하라. 아쓰코보다 선배지만 눈곱만큼도 존경하지 않는다.

본능적으로 혐오스러울 뿐 아니라 합당한 이유도 있다.

이놈은 1과의 권위와 사회가 인식하는 살인의 중대성을 방패 삼아 타인의 사건에까지 끼어들어 수사를 망친다. 예전에 아쓰코에게도 수사 협력을 강요하는 바람에 체포 직전이었던 용의자를 놓친 적이 있다.

"용건 있으십니까?"

눈을 마주치지 않고 물었다.

"무라오 구니히로와 만났다면서?"

이노하라의 가슴팍만 물끄러미 쳐다보며 대답하지 않았다. 황토색 싸구려 넥타이. 나는 이놈을 정말로 싫어하는구나, 새삼스럽게 생각했다.

"왜 갔지? 뭘 물었어?"

복도에 소리가 울렸다. 이노하라의 입에서 튀어나온 침이 역해서 아쓰코는 침묵한 채 한 걸음 뒤로 물러났다.

"아아 잠깐. 내가 지시했어."

7계 계장인 히야마가 안에서 나오며 말했다. 샌들이 탁탁 소리를 내며 다가왔다.

"확인하고 싶은 건이 있어서 보냈지. 그쪽 상태가 그 지경이니까 서두르지 않으면 그렇잖아."

두 사람 사이에 슥 끼어들었다.

"뭘 꾸미고 있으십니까?"

이노하라가 물었다.

"몰래 공을 세울 마음이 아닌 이상 5과가 무라오한테 접촉할 이유가 있습니까?"

"1과가 외부에 공개하지 않는 무라오의 신변 정보를 보여 준다면 우리도 정보를 넘기겠지만."

"비겁하네요. 다른 팀 사건에 갑자기 숟가락 얹으려고 흥정하는 건 아니죠."

"그쪽 사건도 아닌 주제에."

아쓰코는 혼잣말처럼 중얼거렸다.

"뭐라고?"

이노하라가 눈을 부라렸다.

"진즉에 1과의 손을 떠난 사건이고, 우리가 뭘 하든 자유 아닌가 해서요."

"떠났는지 안 떠났는지는 너희가 정할 게 아니야."

"우리도 아직 숟가락을 얹은 건 아니고 말이야."

히야마가 말했다.

"아직 지켜보는 단계야. 이거다 싶을 때 제대로 정보 공유할 거야. 우리끼리 재미 볼 생각은 추호도 없어."

이노하라가 다시 곁눈으로 아쓰코를 노려봤다.

"특별 대우 받는답시고 건방 떨지 마."

"자기 잘못을 솔직하게 인정하지 않는다니 남자답지 못하네요."

"야!"

이노하라가 소리치자 복도가 울렸다.

"기운 넘치네."

지나가던 베테랑 사무직원들이 빈정거렸다.

"거참, 죄송합니다."

히야마가 웃으며 말하고는 이노하라의 어깨를 감싸 안고 복도 끝까지 배웅했다.

아쓰코는 어깨너머로 노려보는 이노하라의 시선을 무시하고 자신의 자리에 앉았다.

샌들 소리를 내며 돌아온 히야마에게 머리를 숙였다. 히야마도 아무 일 없었다는 듯 왼손을 가볍게 흔들었다.

도요다라는 젊은 후배도 웃는 얼굴로 커피를 가져다주었다.

이렇게 외부와 부딪치는 일이 많아도 동료들의 태도는 대체로 호의적이다. 혼자서만 그렇게 생각하는 것일지도 모르지만.

고위층과 수사1과 선임들의 의도대로 하마터면 죄인이 될 뻔한 파란만장한 과거는, 적어도 후배들과 사귈 때는 유리하게 작용한다.

같은 7계 사람들에게 행동을 지적받은 적은 없다. 어떻게 행동하든 범인을 체포하는 성과를 올리면 합당한 평가를 받았다. 모두 나이에 관계없이 본심을 고상하게 포장해 대화할 수 있었다. 폭력단을 상대하는 사이에 자신들의 겉모습까지 야쿠자와 비슷해져 버린 인간들만 있는 수사 5과에서 7계는 오히려 특이한 집단이었다. 7계에는 말투와 외모 모두 평범한 사람들이 모여 있었다. 책상 주변에서 노성이나 질책이 들리지도 않았다.

최근 경시청에는 7계 사람들 같은 부류가 늘고 있다. 이노하라처럼 고압적인 태도로 상하 관계를 강요하는 무리는 점점 사라져 간다.

그러나 근무하기 수월한 환경에서도 아쓰코는 정을 붙일 수 없었다.

'이 자리 주변에는 그 의료교도소 로비와 같은 향기가 감돈다.'

이유를 알고 있다. 아쓰코 자신이 바로 직감과 경험, 본인의 방식을 고집하는 케케묵은 인간이기 때문이다.

오후 5시가 지나자 7계 사무실에도 사람이 점점 줄었다. 보드에 외출지와 미복귀·바로 퇴근이라는 글자가 적혀 있었다.

큰 사건도 없는 주말이니까 당연한 일이다. 불만은 없다.

5시 30분이 지났을 때는 히야마와 당직자도 어디론가 사라지고 아쓰코 혼자만 남았다.

숨을 토해 내고 미지근한 커피를 마셨다.

드디어 기분이 조금 가라앉았다.

기요하루는 아카바네역 서쪽 출구를 나와 평소와 같은 경로로 집으로 돌아갔다.

단지를 가로질러 좁은 골목을 걸었다. 다소 강한 위스키 사워 칵테일을 다섯 잔이나 비운 탓에 몸이 후끈거리고 양팔에 꿰맨 상처가 근질거렸다.

취했다.

그러나 저녁노을에 물든 주택가를 바라보니 기분 좋게 취한 기분이 눈 녹듯 사라졌다. 욕지기 같은 희미한 고통만이 가슴에 남았다.

'역시 틀렸나.'

도카노 과장과 술을 마신 이유는 상사가 제안했기 때문만은 아니었다. 알코올의 힘을 빌리면 조금은 두려워하지 않고 거리를 걸을 수 있을 것 같은 기분이 들었기 때문이다.

이곳에 살면서 일이 바쁘다는 핑계로 오랫동안 일부러 한밤중이나 이른 아침 풍경만 보았다. 지금이라면 조금은 강해진 자신을 확인할 수 있지 않을까 생각했지만, 안타깝게도 아무것도 변하지 않았다.

오후 5시 37분.

20년 전 그날, 다른 곳으로 떠밀려가던 구라치 마나미를 본 순간.

어둑한 곳에 늘어선 집들을 지나쳐 걷다 보면, 서로 스쳐 지나가는 자동차와 자전거 소리를 듣다 보면 금방이라도 비통함이 북받쳐 자신을 용서할 수 없게 된다.

그때 조금만 더 빠르게 걸었다면, 조금만 더 크게 소리쳤다면, 조금만 더 용기가 있었다면, 조금만 더 강했다면, 조금만 더 사람을 의심할 줄 알았다면……. 무엇 하나 없었던 무능함을 지금도 자책한다.

구라치를 죽인 오이시 가나토는 죽었다. 오이시의 죄를 숨기는 것을 도운 다섯 사람도 모두 죽었다.

구라치의 죽음에 대한 원한과 그녀를 구하지 못한 분노를 쏟아내야 할 대상들은 이제 남아 있지 않다.

그래도 아직 누군가를 벌하고 싶다면…… 끌려가는 그녀를 보면서도 아무것도 하지 못한 자기 자신을 벌할 수밖에 없다.

그러나 어떻게 벌해야 좋을지 모르겠다.

큰일 났다. 또 이상한 생각을 하고 말았다. 해 질 녘은 두려워 감정을 제어할 수 없다.

맨션 주변에 기자의 모습은 보이지 않았다.

만약의 사태에 대비해 자동 잠금 장치가 있는 뒷문으로 들어가서 일단 지하주차장으로 내려간 뒤 엘리베이터를 타고 11층까지 올라갔다. 누구와도 마주치지 않았다. 지나치게 경계한 자신이 조금 부끄러웠다.

집 문을 열었다.

우선 현관과 거실에 설치해 둔 카메라와 감지기를 확인했다. 집을 비웠던 일주일 동안 들어온 사람은 동생 유마뿐. 다른 침입자는 없었다.

서랍을 열어 도장을 찾는데 휴대폰이 울렸다.

동생의 메시지.

—뉴스 봤어? 레이미 씨 괜찮아?

첨부된 링크에 접속했다. 레이미를 스토킹한 후지누마 신고의 사망 기사였다. 그 사건이 벌어졌던 밤 이후로 의식은 한 번도 돌아오지 않았다고 한다.

끈질기게 메시지를 보낸 이유가 이 때문인가…….

인터폰이 울렸다. 1층 공동현관의 보안출입문이었다.

모니터를 확인하니 모르는 남자가 서 있었다. 기자라는 사실을 한눈에 알아차렸다.

들어올 때는 아무도 없었는데. 같은 맨션 주민에게 1105호에 누군가 돌아오면 연락을 달라고 돈을 건넨 듯하다.

반응하지 않자 또다시 인터폰이 울려서 음소거했다.

도장을 찾은 뒤 욕조에 온수를 받았다.

너무 앉아서 푹 꺼진 소파에 몸을 묻었다. 일주일 만에 돌아온 집. 조금쯤 마음이 편안해지려던 참에 다시 휴대폰이 울렸다.

동생이 아니다. 레이미의 메시지다.

—아래 있어. 열어 줘.

서둘러 모니터를 확인했다. 현관에 레이미가 서 있었다.

싫지만 도리가 없다.

"11층."

통화 버튼을 누르고 말했다.

—알아.

현관을 반쯤 열어 놓고 기다리자 금세 레이미가 나타났다.

"괜찮아?"

기요하루가 물었다.

"따돌리고 왔어."

레이미가 대답했다.

취재 기자 이야기였다. 호흡이 거칠었다.

"들어가도 돼? 서 있기 힘들어."

어쩔 수 없다. 기요하루는 싫은 기색이 역력한 얼굴로 레이미를 들여보냈다.

"좀 앉을게."

레이미는 거실로 들어가 소파에 앉았다. 숨을 크게 내쉬는 안색이 나빴다.

"뭐 마실래?"

"되도록 따뜻한 걸로."

찬장에서 꿀에 절인 레몬을 꺼내고 주전자로 물을 끓였다.

"병원에는?"

부엌에 선 채로 물었다.

"메모는 남겨 놨어."

"아무한테도 말하지 않고 온 거야?"

레이미가 고개를 끄덕였다.

"아직 외출 허가가 안 나서."

"연락해야겠다."

"괜찮아, 나중에 내가 사과할게."

"그건 아니지."

병원 너스 스테이션에 전화를 걸었더니 아니나 다를까 한바탕 난리가 난 모양이다. "경찰에 신고하려던 참이에요"라고 주임간호사가 신경질적으로 말하며 기요하루의 목소리만으로는 믿을 수 없다고 해, 레이미에게 전화를 넘겼다. VIP층에 입원해 있어서 늦은 밤 면회나 가족이 묵고 가는 것 등은 대부분 허락됐지만, 경비는 삼엄했다.

따뜻한 레몬차를 따른 컵을 그녀 앞에 놓았다.

"고마워."

레이미가 고개를 까딱였다.

"뉴스 때문이지?"

기요하루가 물었다.

"그런 건 내 알 바 아니야."

가방에서 연한 하늘색 봉투를 꺼냈다.

"일단 이걸 봐. 12년 전에 받은 거야."

봉투에는 레이미의 이름과 자택 주소, 그리고 보내는 사람에 여자의 이름이 인쇄되어 있었다.

"우리 언니 살아 있다고 했잖아, 이게 그 증거야."

봉투 속에는 사진이 한 장 들어 있었다.

탁자 위를 찍은 듯했다. 털실과 비즈, 작은 단추, 펠트로 만든 인형이 두 개 놓여 있었다.

"19년 전. 언니가 실종되기 전에 나랑 둘이서 만든 쌍둥이 인형 모조품이야. 이름은 기노포와 구노포, 기노포는 언니가 가지고 있었어. 구노포는 내가 지금도 가지고 있고. 실종된 다음 해부터 이런 식으로 나와 언니와 엄마 세 사람밖에 모르는 추억을 의미심장하게 사진으로 만들어 매년 보내 오고 있어. 12월 1일, 언니 생일에."

"그런데—"

"아직 더 있어. 이것도 봐."

하나 더, 연보랏빛 봉투를 꺼냈다.

"오늘 아침에 집으로 온 거야. 엄마가 다른 편지와 함께 가져다 주셨어."

받는 사람이나 주소지는 연한 하늘색 봉투와 똑같았다. 보내는 사람에는 다른 여자의 이름이 적혀 있었다.

"줄곧 언니 생일에만 왔는데. 이런 적은 처음이야."

봉투 속에는 역시 사진 한 장이 들어 있었다.

땅에 막대기나 다른 무언가로 적은 글자가 찍혀 있었다.

무지개를 띄운 물방울, 이라고 적혀 있었다.

"어렸을 적에 친엄마가 우리 자매에게 만들어 준 노래야."

레이미가 말했다.

무지개를 띄운 물방울에

소원 하나를 빌어 봐요

내일은 웃으며 만날 수 있도록

"괴롭힘을 당하거나 슬픈 일이 있을 때 나랑 언니가 울면 엄마가 함께 부르며 달래 줬어. 이 노래를 아는 사람은 우리 셋뿐이야. 다른 사람 앞에서 부른 적 없거든."

기요하루는 사진을 연보랏빛 봉투에 다시 넣었다.

"내가 습격당했다는 사실을 알고 보낸 거야. 그 이유밖에 없어."

"위로하려는 거 아닐까."

"아니야."

레이미가 고개를 붕붕 저었다.

"다음 가사도 있거든."

오늘 만난 슬픔은

이제 끝

무지개와 함께 흘려 보내요

이제 안 만날 거야

끝이야

손을 흔들며 바이바이

웃으며 바이바이

안녕

자그마한 목소리로 주문을 외듯 불렀다.

"이별 인사."

기요하루는 얼버무리지 않고 분명하게 말했다. 이런 상황에서 배려
랍시고 에둘러 말하는 것은 오히려 상대의 감정을 자극한다.

"그러니까 서둘러야 해. 시간이 없어."

"경찰에 신고하는 게 좋을 것 같아."

"상대해 주지 않을 거야."

"말도 안 해보고 어떻게 알아."

"잘 알면서 그러네. 조서를 쓰고 데이터베이스에 처박아 두면 끝이라는 걸. 예전에 몇 번이나 이야기했지만 결국 아무것도 안 해줬어. 그래서 당신한테 부탁하는 거야. 저기, 왜 하필 이런 타이밍에 보낸 것 같아? 이제 와서 끝내려는 이유가 뭘까? 내가 조사한 걸 눈치채서? 그러면 왜 지금까지 언니가 살아 있다는 힌트를 준 걸까? 당신 생각을 말해 줘. 카메라와 녹음기는 없어. 그러니까 같이 고민했으면 좋겠어."

"평범한 아마추어에게?"

"아마추어 아니잖아. 몇 명이나 죽여 놓고도 안 잡혔잖아. 경찰은 전문가가 아니야. 대학 연구자들도 그렇고. 많은 사람을 만나서 대화를 나눠 보니 알겠더라고. 그 사람들은 범죄 수사나 분석에는 빠삭할지 몰라. 하지만 범죄 그 자체의 전문가는 아니야. 범인의 행동을 자세하게 조사하고 나중에 의견을 내기만 하는 방관자야. 그런데 당신은 달라."

기요하루는 예전에 병실에서 그랬던 것과 똑같이 침묵한 채 고개를 절레절레 흔들었다.

컵에 담긴 레몬차에서 달콤한 김이 피어올랐다.

"못 믿겠어?"

레이미가 자리에서 일어서더니 입고 있던 카디건을 벗었다. 원피스와 스타킹, 캐미솔, 속옷까지 벗은 뒤 들고 온 가방에 옷가지들을 전부 담아 창문을 열고 베란다로 던졌다.

창문을 닫고 양팔로 몸을 감싸 안듯 가리고 기요하루 앞에 섰다.

가슴, 옆구리, 허벅지……. 실밥을 제거하지 않은 꿰맨 상처와 멍이 갈색 피부 여기저기 남아 있다. 팔에는 링거 주삿바늘을 멋대로 빼내

피가 조금 난 흔적도 있다.

"아직도 의심스러우면 마음껏 확인해 봐."

레이미가 말했다.

"아무것도 숨기지 않아. 도청도 도촬도 안 해. 이제 알겠지? 그러니까 진심으로 이야기해."

기요하루는 고개를 돌렸다.

"당신은 최악의 살인자야. 하지만 여기서 나를 덮칠 사람은 아니야. 나를 죽여서 흥분할 변태도 아니고. 알아. 조사해 볼 만큼 해봤으니까."

기요하루는 시선을 돌린 채 침묵했다.

"내 소원은 언니를 만나는 것과 엄마가 살해당한 이유를 아는 것. 당신의 죄를 폭로하는 것에는 관심 없어. 하지만 협조하지 않으면 내가 가진 증거를 경찰에 넘기고 전부 말할 거야. 분명 당신은 체포되고 동생이 무척 슬퍼하겠지."

내 최대 약점을 이 여자는 똑똑히 알고 있다.

"나보다 훨씬 적임자가 있잖아."

"노리모토 아쓰코 씨? 그 사람은 어디까지나 보좌 역할이야. 무라오 씨도 수사를 이끌 수 있는 사람은 당신뿐이라고 했어."

"속은 거야."

"아니. 아무것도 못 하는 척 속이려는 사람은 당신이야. 제발 부탁할게. 계속 머릿속에 박혀 있어. 그날 내가 평소처럼 학교에 갔다면……, 애들이 무시하거나 내 공책을 쓰레기통에 버려도 평소처럼 참고 견뎠다면……, 분명 엄마는 죽지 않고 언니도 실종되지 않았겠지. 그런 후회가 평생 지워지지 않아. 구라치 마나미를 잃은 당신이라면 이 마음 이해하지?"

레이미는 '무지개를 띄운 물방울'이라고 적힌 사진을 들이밀었다.

"매년 보내 오는 사진 탓에 싫어도 자꾸 떠올라. 언니는 살아 있지 않을까 기대하게 돼. 그런데 오늘 갑자기 절연장 같은 걸 한 장 받았어. 이렇게 요동치는 마음도 머릿속을 휘젓는 상념도 이제는 싫어."

"이제 가야 해."

기요하루가 일어났다.

"병원에서 또 혼난다."

레이미가 서서 눈물이 그렁그렁한 갈색 눈동자로 쏘아봤다.

"있고 싶으면 여기 있든가. 열쇠 두고 갈 테니까. 먼저 간다."

기요하루는 베란다에서 레이미의 가방을 주워 그녀의 옆에 놓고 거실을 벗어났다.

자신의 방에 있는 옷장에서 갈아입을 옷을 꺼내 챙기고 호텔로 돌아갈 준비를 했다. 욕조의 마개도 뺐다. 모처럼 따뜻한 물을 받았는데 몸을 담그지도 못했다.

계속 서 있던 레이미가 소파에 앉아 무릎을 끌어안으며 레몬차를 한 모금 마셨다. 화가 나서인지 실망에서 비롯된 슬픔 때문인지, 갈색 피부가 희미하게 붉게 물들고 어깨가 가늘게 떨렸다.

기요하루는 휴대폰으로 택시를 불렀다.

스타킹과 블라우스, 레이미가 옷을 입었다.

10분 후, 아무 말도 없이 두 사람은 함께 현관을 나섰다.

"레이미 씨. 유즈키 레이미 씨."

맨션 입구에는 잡지기자와 카메라맨이 기다리고 있었다.

후지누마의 죽음에 관한 자극적인 질문이 날아왔다. 카메라 플래시도 연달아 터졌다. 그래도 평범한 일반인인 기요하루와 레이미의 앞을 막무가내로 막아서지는 않았다.

대기하고 있던 택시에 탔다. 문이 닫힌 뒤 출발해도 한동안 카메라가 쫓아왔다.

레이미는 말이 없었다. 라디오에서 뉴스가 어렴풋이 흘러나왔다.

하쿠산 거리를 달려 JR 스가모역 앞을 지났을 때 레이미가 몸을 기대왔다.

"미안. 좀 아파서."

기요하루의 팔을 잡고 어깨에 머리를 기댔다.

"옆구리 상처?"

"응."

빨간불이 들어오자 택시가 멈췄다. 레이미의 머리카락이 기요하루의 뺨에 닿았다. 상처가 완전히 낫지 않은 몸으로 돌아다닌 탓인지 레이미의 몸이 차가웠다.

"만약 오이시 가나토에게 공범이 있다면."

레이미가 갑자기 작은 소리로 말했다.

귓구멍을 바늘로 찌르는 듯했다. 실제로 통증이 느껴졌다.

"뭐라고?"

들었지만 다시 한번 물었다.

"구라치에게 그런 짓을 한 인간이, 한 사람이 아니었다면……."

창밖으로 시선을 돌렸다. 흔들리는 눈빛을 들키지 않도록 초록색으로 바뀐 신호를 뚫어져라 응시했다.

"한 명 더 있다면, 어떡할 거야?"

그녀가 다시 속삭였다.

잠시 생각한 뒤, "아무것도 안 해"라며 가볍게 미소 지었다.

기요하루는 생각했다. 오이시의 단독 범행인지 아닌지. 당연히 스스로 나름대로 철저하게 조사했다. 다른 사람이 관여한 증거는 아무것도 나오지 않았다. 경찰도 분명 아무것도 찾아내지 못했다.

그런데…….

이 여자는 지금 이 순간에 비장의 카드를 꺼냈다.

만약 있다면 찾아낸 사람은 무라오 구니히로일까. 하지만 어떻게? 오이시 주변에 범죄를 주도할 만한 지인이 있었던가? 심지어 존재를 전혀 드러내지 않는 치밀한 계획을 세울 만한 놈이. 아니, 그놈 주변에는 멍청한 친구들밖에 없었다.

강한 살의가 솟구쳤다. 지금 이 자리에서 이 여자가 알고 있는 사실을 전부 털어놓을 때까지 찌른다면…… 레이미와 만나면 항상 그렇다. 잊고 있던 충동과 가두어둔 감정을 억지로 끄집어낸다.

상대가 알아차리지 못하도록 필사적으로 진정시켰다. 동생의 결혼식까지 앞으로 두 달. 지루하고 흐리멍덩하게 흘러간다고만 생각했던 나날이 갑자기 다르게 느껴졌다.

"내 부탁을 들어주면 나머지 한 명의 이름도 알려 줄게. 이젠 진짜 마지막이야, 내일 아침까지 답을 줘."

레이미는 다시 입을 다물었다.

기요하루는 정면을 응시했다.

졸개 노릇에 대한 분노와 거부감이 순식간에 사라졌다. 머리가 뜨거웠다. 몸에 닿은 레이미의 차게 식은 몸이 기분 좋았다. 그 기운이 머릿속까지 전해지면서 열이 가라앉았다.

대답은 이미 정해져 있었다.

결정했다.

"고소공포증?"

운전석에서 아쓰코가 물었다.

"아닙니다."

조수석에서 기요하루가 대답했다.

"그럼 번지 점프 해본 적 있어?"

"아뇨."

"스카이다이빙은?"

"없습니다."

"왜?"

"제가 직접 점검하고 관리하지 않은 기구를 달고 목숨을 거는 일 따위 못 하거든요."

"사람을 믿지 못하는군."

아쓰코가 코웃음 쳤다.

잘 모르는 사람이 운전대를 잡고 있어서 긴장한 것이 눈에 보였다. 서로 같은 부류인데 뭘 그러냐며 응수하고 싶었지만 귀찮아질 것 같아 잠자코 있었다.

그래도 차 안 분위기는 생각보다 나쁘지 않았다. 아쓰코는 현역 경찰답게 융통성이 없을 정도로 안전 운전에 충실했고 불필요한 음악도 틀지 않았다. 가끔 알맹이 없는 농담을 나눌 뿐, 침묵을 덮으려고 의미 없는 대화를 고집하지도 않았다.

5월 20일, 일요일.

아쓰코가 운전하는 렌터카를 타고 도쿄도 아키루노시로 향했다.

기요하루는 자기 차를 끌고 갈 생각이었지만 아쓰코가 공무 중이니 안 된다고 했다. 무슨 규정 때문인지는 모르지만 거부할 이유도 없었다.

둘이서 움직이는 것은 이번이 처음이다. 얼굴을 마주하는 것도 아쓰코가 호텔로 취조를 왔을 때 이후로 두 번째.

긴장은 감돌지만 대립하지는 않았다.

각자 비밀이 있다는 사실도, 그것을 들키고 싶어 하지 않는 마음도 안다. 더욱이 두 사람은 친구도, 동료도, 업무로 경쟁하는 사이도 아니다. 레이미 친모의 죽음과 그 진상, 실종된 언니를 찾는다는 목적이 일치할 뿐, 부딪칠 요소는 무엇 하나 없었다.

유치장의 조화……. 아마도 그런 말이었던 것 같다.

형이 확정된 교도소의 죄수들은 서로 명확한 상하 관계를 만든다. 하지만 그 전 단계인 체포되어 경찰서 유치장에 단체로 구류되어 있는 용의자들은 되도록 무난하고 즐겁게 지내려고 서로 배려한다. 길어 봤자 몇 주 동안 어울릴 뿐, 금방 다시 모르는 사이가 된다. 말썽을 일으켜 봤자 죄목만 늘어날 뿐이고 득이 될 일이 전혀 없다는 사실을 알고 있기에 경범죄자도 중범죄자도 일반인도 폭력조직원도 나이와 상황에 관계없이 모두 웃는 얼굴로 이야기하면서 충돌을 피하는 관계를 형성한다.

그런 이해관계만으로 구성된 조화가 지금 이 차 안에서도 형성되었다.

고속도로를 빠져나와 아키루노시를 10분 정도 달린 뒤 유료주차장에 주차했다. 금방이라도 비가 쏟아질 듯 하늘이 흐렸다.

사람이 없는 길을 잠깐 걸으니 대형 맨션으로 둘러싸인 작은 잡목림이 보였다.

18년 전, 저곳에서 유즈키 레이미의 친어머니 마쓰하시 미사토의 사체가 발견됐다.

당시에는 넓은 숲이었다지만 시간이 흐르면서 깎여나가 지금에 와서는 발견 현장 일부만 원한의 기념비처럼 남아 있었다.

철망이 쳐진 공간 안쪽 한가운데에 커다란 너도밤나무가 서 있었다. 이 나무 낮은 곳에 난 가지에 자신의 숄을 묶고 목을 맸다는 것이 경찰의 결론이었다. 자살이라는 이야기였다.

발견 당시에는 땅에 쓰러져 있었는데, 겨울인 2월에도 이미 부패가 진행된 상태였고 뼈가 드러나 있었다. 사망한 지 다섯 달이 지났고 그 전 년도 9월에 실종된 직후 자살했으며, 그 후 무게를 이기지 못한 나뭇가지가 부러지면서 떨어진 것으로 추정했다.

겉옷 안주머니에서 '나나미도 데리고 갑니다'라고 휘갈겨 쓴 편지도 발견됐다. 레이미와 세 살 터울인 언니, 그 나나미였다.

기요하루는 사건 당시 검안 의견서도 훑어봤다.

아쓰코가 경시청 데이터베이스에서 뽑아온 자료로, 보고서에 따르면 까마귀가 쫀 흔적과 동물의 이빨 모양이 남아 있었으나 인위적인 외상은 발견되지 않았으며 성폭행 흔적도 발견되지 않았다고 한다.

타살 가능성이 희박한 상황에서 '나나미도 데리고 갑니다'의 필체가 생전 마쓰하시 미사토의 필체와 일치하면서 자살로 확정이 났다. 결국 사법 해부는 하지 않고 감식 결과와 임상의가 육안으로만 확인하고 판단한 내용으로 사인을 확정했다.

무라오 구니히로는 이 결과를 의심했다.

—기요하루 씨가 다시 검증하게 하세요. 반드시 무언가를 찾아낼 겁니다.

그 복역수가 그렇게 말했다고 아쓰코에게 전해 들었다. 스스로 생각하라고 거드름을 피우며 상대에게 강요하다니. 날벌레가 날아와 손으로 쫓아 버렸다. 나뭇가지가 바람을 막는 탓에 후텁지근했다. 겉옷을 벗고 셔츠 소매도 걷었다. 양팔에 아직 상처가 남아 있지만 실밥도 제거했고 붕대도 풀었다.

물론 경찰은 마쓰하시 미사토의 사망 직전까지의 심리 상태도 조사했다.

미사토의 첫 남편 유즈키 나오토와의 이혼은 남편 측의 일방적인 요구로 시작됐다. 사유는 그가 진정으로 결혼하고 싶었던 여자와 함께 살고 싶어 했기 때문이다.

유즈키 나오토에게는 중학생 시절부터 동경하던 R 씨라는 네 살 연상 여자가 있었다. 그러나 그녀에게는 약혼자가 있었으며 그녀는 유즈키가 대학교 3학년 때 결혼했다. R 씨를 포기한 유즈키 나오토는 예전부터 자신에게 마음이 있던 대학 후배 미사토와 사귀기 시작했고, 미사토가 졸업하고 2년 후에 두 사람도 결혼했다. 첫딸 나나미도 태어났다.

그러나 나나미가 한 살이 되었을 때 R 씨가 이혼. 예전부터 결혼생활을 상담받던 유즈키 나오토는 그녀와 함께하자고 결심한다. 변호사를 선임해서 합의를 거쳐 남편이 완전한 유책배우자로 결론 나며 이혼했다.

미사토는 이혼을 거부할 수도 있었지만 그렇게 하지 않았다. 자신과 결혼한 뒤에도 남편의 마음을 차지하고 있던 사람은 R 씨였다는 사실을 깨달은 듯했다.

유즈키 나오토는 이혼 후 다섯 달 후 R 씨와 재혼했다. 미사토도 2년 반 뒤 스리랑카 국적의 나말 자얄랏과 재혼했다. 하지만 전남편인 유즈키 나오토는 교통사고를 내고 사망했다.

사고는 나나미와 한 달에 한 번 만나는 날에 일어났는데, 마지막으로 만난 상대가 아이의 엄마인 미사토였기에 짧게 취조받았다. 그녀는 당시 아직 아기였던 레이미를 품에 안고 수사관의 질문에 대답했다.

유즈키 나오토가 사망하면서 재혼한 뒤에도 지급되던 나나미의 양육비가 끊겼다. 그로부터 1년이 채 지나지 않아 범죄에 연루된 남편 나말이 외국으로 달아났다. 미사토는 이후 5년 동안 혼자서 두 딸을 길렀다.

이러한 처지에 놓인 그녀가 앞날을 비관하고 자살을 결심했다고 해도 이상하지 않았다.

아쓰코는 당시 경찰의 판단은 타당했다고 잘라 말했다. 기요하루도 기본적인 생각은 다르지 않았다.

그래서 이곳에 왔다.

기요하루와 노리모토가 해야 할 일은 경찰 수사 내용을 검증하는 것이 아니다. 정상인과는 다른 사고방식으로 다시 한번 바라보면서 적확과 적절에서 비어져 나온 부분을 찾아내야 한다. 누구나 하는 말이지만 사체가 있던 장소에 서서 주위를 둘러보기만 해도 많은 것들이 떠오른다.

만약 자살이라면, 자신이 마쓰하시 미사토였다면? 이런 곳에서 죽고 싶었을까. '데리고 갑니다'라고 편지까지 남기면서 다른 곳에 딸의 사체만 유기했을까.

만약 타살이라면, 자신이 범인이었다면? 이곳에 사체를 놓은 이유는? 목을 매 자살한 것으로 위장할 이유가 있었을까? 땅에 묻으면 앞으로도 발견될 위험성은 낮았을 텐데. 오히려 발견되기를 바랐을지도 모른다. 그렇다면 그 이유는? 묻지 마 살인으로 처음부터 아무런 이유도 없었을 가능성도 있다.

몇 가지 생각이 서로 충돌하고 엮이고 다시 분리됐다.

"거기서 뭐 하슈?"

떨어진 곳에서 목소리가 들렸다.

나뭇가지 너머로 추리닝 차림의 중년 남성이 보였다. 근처에 사는 주민이었다.

"허락 없이 들어와서 죄송합니다."

기요하루가 웃으며 고개를 숙였다. 아쓰코가 경찰 신분증을 보여 주며 남자에게 다가갔다.

"날치기 범죄 조사를 하고 있습니다."

도둑맞은 가방 등 증거품이 유기되어 있지 않은지 확인하고 있었다고 설명하자 꺼림칙한 표정을 짓던 남자의 얼굴이 부드러워졌다. 실제로 근처에서 사건이 일어났기에 아쓰코는 처음부터 변명거리로 준비해 두었을 것이다.

지금도 이곳은 사유지인데 주인에게는 오래전부터 금기의 장소가 된 듯하다.

경계심을 푼 중년 남성에게 아쓰코가 덧붙여 묻자 그는 우쭐한 표정으로 말했다.

"딸이 매년 오지."

사체가 발견된 2월 5일에 레이미는 꽃을 들고 이곳을 방문했다.

"올해도 실례하겠다며 소소한 선물을 들고 인사하러 오는데 말이야. 사실 좀 그래. 그만 잊고 싶은데 계속 떠오르게 하니까."

유료주차장으로 돌아와 차를 빼서 이곳에 오는 도중 근처에서 발견한 패밀리 레스토랑으로 들어갔다.

일요일 낮 시간답게 가족 단위 손님으로 북적였다.

메뉴를 고르고 주문했다. 두 사람의 첫 수사 회의가 시작됐다.

"우선 당신 생각을 말해 봐."

아쓰코가 말했다.

"일단은 받았던 검안 의견서와 수사자료를 봤을 때와 다르지 않네요."

"살해당했을 가능성이 있다는 말?"

"적어도 자살 가능성이 타살 가능성을 웃돈다고 생각하지 않습니다. 실종 당시인 19년 전에 마쓰하시 미사토는 스미다구에 살았습니다. 아키루노시까지는 직선거리로 45킬로미터. 전철을 타면 한 시간 반은 걸리죠. 왜 하필 그곳을 죽을 자리로 정했을까요?"

"딱 잘라 말하면 이유는 몰라. 친구가 살지도 않았고 이쪽 지리에 밝지도 않았다는 건 수사로 입증됐는데."

"죽는 날까지 그 잡목림에는 한 번도 간 적 없다는 말이죠?"

"하지만 그런 전례가 없는 건 아니야. 고민하고 고민한 끝에 평소에 이용하지 않는 노선을 타고 한 번도 내려본 적 없는 역에서 내려 자살하는 사람이 있기도 해."

아쓰코가 억지 주장을 하는 것이 아님을 기요하루도 안다. 다양한 각도에서 비판하면서 상대가 내는 의견의 정밀도와 신뢰도를 가늠하려는 것이다.

"하나 더. 마쓰하시 미사토와 딸 나나미가 실종된 날, 스미다구 자택 주변과 집에서 가장 가까운 역 근처를 둘이서 걷는 모습을 목격했다는 사람이 없었어."

"세 사람을 봤다는 목격자는 있어. 학교에 가기 싫어하는 레이미를 미사토와 나나미가 억지로 등교시키려고 끌고 걸어가는 모습은 꽤 많은 사람이 목격했지."

"하지만 레이미가 두 사람을 뿌리치고 도망가서 미사토와 나나미만 남은 순간부터 갑자기 목격자가 없어졌죠. 작은 아이가 혼자서 뛰어

가면 보통은 서둘러 쫓아가거나 소리쳐 부르며 찾으니 인상에 남았을 텐데 말이에요. 등교 시간대고 통학로에는 레이미와 나나미와 같은 초등학생들이 지나가고 있었을 텐데 두 사람의 목소리를 들은 아이도 없다니."

"뭐, 의심할수록 수상한 것밖에 없어. '나나미도 데리고 갑니다'라고 유서는 남겼는데 막상 딸의 사체는 발견되지 않았기도 하고."

"그래도 경찰은 타살이라고 보지 않는 겁니까?"

비난이 아니라 단순한 의문으로 물었다.

"보지 않는다기보다 처리하지 못한 거야. 모든 게 다 정황 증거일 뿐이잖아."

게다가 범인을 구체적으로 가리키는 증거도 없고, 막연하게 의심스럽다고 느낄 만한 것들 뿐이었다.

"하지만 그 처리하지 못하는 범위까지 넓혀가는 것이―"

기요하루는 반쯤은 스스로에게 말하는 심정으로 입을 열었다. 그 말을 아쓰코가 받았다.

"지금 우리가 할 일이지."

세트 메뉴의 샐러드가 나왔다.

"그래서, 돌파구는 어디로 정했어? 역시 사인?"

그릇에 담긴 양상추를 포크로 찌르며 아쓰코가 물었다.

기요하루가 고개를 끄덕였다.

"네. 경추요."

당시 마쓰하시 미사토의 검안 의견서에도 일반적으로 목을 매고 자살한 경우보다 심한 상흔이 경추에 남아 있었다는 기록이 있다.

그러나 개개인의 뼈 강도 차이에 따라 큰 타격을 받는 경우도 드물게 있으며, 사체가 고르지 못한 땅에 떨어졌을 때의 손상도 감안해 수사담당자들은 처음부터 문제 삼지 않았다. 감식 데이터 중 유사 사례를 조회해 봐도 사망 후에 부패가 진행된 상태로 사체가 땅에 떨어졌을 때, 튀어나온 부분에 부딪혔을 가능성이 크다고 판단했다.

"그런데 위를 쳐다보는 형태로 떨어집니까? 이렇게……."

기요하루는 주위를 경계하며 두 손으로 고리 모양을 만들어 목을 매는 몸짓을 했다.

"앞으로 숙인 자세로 매달려 있다가 끈이 끊어지거나 나뭇가지가 꺾이면, 엎드린 자세나 무릎부터 땅 위에 내려앉는 자세가 되지 않나요?"

"매달린 사체의 중심은 끈을 매단 장소와 상태, 입고 있는 옷에 좌우되니까. 두꺼운 코트가 비에 젖으면 몸이 뒤로 젖혀지기도 해."

"다만 목을 매면 목을 맨 끈이나 천으로 목 주변이 오히려 보호된다는 말이죠. 그 상태에서 떨어졌을 때 피부 속에 있는 경추골까지 상처가 남나요?"

"글쎄. 하지만 경추에만 상처가 남은 건 아니야. 무릎 아래 부위에도 네 군데. 그리고 까마귀가 쪼고 쥐가 갉아먹은 흔적이 십수 군데 남아 있었지."

"저는 오히려 그만큼이나 상처가 남은 와중에 경추가 가장 크게 손상되었다는 점이 이상합니다."

"혹시나 해서 묻는데 그 깐깐한 면은 직감이나 예리함에서 오는 거야?"

"아니요. 머릿속으로는 훨씬 논리적으로 정리해 놨는데 막상 입으로는 매끄럽게 설명하기 어렵네요."

"적확하게 설명하기에는 아직 어휘력과 경험치가 부족하다는 말?"

"그런 것 같습니다. 시간이 좀 더 필요해요."

"알겠어. 단 오래 기다릴 생각은 없어."

"그런데 괜찮아요?"

기요하루는 신경이 쓰여 물었다.

"뭐가?"

"제가 주도해서 조사하는 거요."

"무라오 구니히로와 유즈키 레이미가 요구한 거지, 내게 결정권은 없어. 심지어 조금 가망이 있어 보이기도 하고."

그렇게 말하며 가방에 손을 넣었다.

"찾았어요?"

아쓰코가 고개를 끄덕였다.

기요하루는 마쓰시 미사토의 경추 손상과 비슷한 현상이 다른 사건에서도 발견된 적이 있는지 경찰청에서 관리하는 전국 규모의 범죄 데이터에서 검색했다.

두 사람이 주문한 파스타가 나왔다. 점점 멀어지는 웨이트리스를 확인한 뒤 아쓰코가 자료를 꺼냈다.

지금으로부터 5년 전, 당시 스물일곱 살로 네리마구에 거주하던 쓰쓰미 히로아키라는 남성의 실종사건이었다.

아쓰코가 음식을 먹으며 설명했다.

"이케부쿠로에서 근무하던 약사인데 일을 마친 후에 실종됐어. 실종 신고를 한 가족은 실종 이유를 찾을 수 없는 데다 여자관계에 문제가 많았던 점을 고려해 사건 가능성이 크다고 주장했지."

"경찰의 대응은요?"

"항상 똑같지. 쓰쓰미와 관련된 데이터를 입력해 실종자 정보를 전국 경찰에 공유했어. 그게 끝이었고 구체적인 수사는 하지 않았어."

연간 8만 건 넘게 들어오는 방대한 실종 신고 중 하나로, 경찰은 정해진 절차대로 처리했다.

"하지만 실종 2년 후인 지금으로부터 3년 전. 군마현 미나카미마치 마을의 산중에서 백골화된 사체로 발견됐어. 치아와 DNA 분석으로 신분은 밝혔는데, 목에 낡은 나일론 끈이 감겨 있었고 부검 결과 목을 매 자살한 경우에서는 거의 찾아볼 수 없는 경추 손상도 확인됐지."

자살과 타살 두 가지 가능성을 모두 염두에 두고 수사했지만 단서가 부족해서 금방 막다른 골목에 부딪쳤고 지금도 여전히 사인을 밝히지 못한 상태다.

"하나 더 있어. 이것도 5년 전 사건이야. 음식점에 근무하던 마쓰우라 마사야, 당시 스물세 살. 쉬는 날 외출한 뒤 행방불명됐어. 쓰쓰미와 마찬가지로 여자관계가 화려했다더군."

"그쪽도 발견 당시 목을 맨 상태였나요?"

"그래. 실종 8개월 후에 사이타마현 이루마시의 빈집에서 발견됐고, 부검 결과 뚜렷한 경추 손상이 발견됐어. 다만 별다른 단서가 없어서 자살이냐 타살이냐 판가름하지 못한 채 미제 사건으로 남았지."

경찰은 마쓰하시 미사토 사건을 포함한 이 세 사건 사이의 연관성을 인정하지 않았다.

"자세하게 조사해 볼 가치는요?"

기요하루가 물었다.

아쓰코가 고개를 끄덕였다.

"레이미의 친모 사건이 19년 전. 나머지 두 사건은 5년 전. 동일범의 소행이라고 말하기는 어렵지만 같은 수법을 썼을 가능성은 있어."

"서로 다른 인간이 죽인 걸까요? 동일 인물이 다른 사건으로 복역 후

출소해서 범죄를 다시 저질렀을지도 몰라요. 아니면 다른 누군가에게 살해 방법을 가르쳤을 수도 있고."

"가르친 거라면 두 사람 혹은 두 팀 사이에 어떤 연관이 있을까? 부모가 자식에게 수법을 전수했을 가능성도 제로는 아니야."

자신들의 생각에 매몰되지 않도록 이 단계에서는 세세한 부분까지 축소해 나가지 않고 서로 의견을 계속 냈다.

두 사람 모두 수사 방법은 전혀 개의치 않았다.

이것은 경찰의 수사가 아니다. 전례나 관습에 따를 필요는 없다. 기요하루는 프로가 아니고 아쓰코도 지금은 프로라는 입장에서 벗어나 있다. 두 사람이 의견을 나누는 동안에는 상사의 압박이나 질책도, 동료 사이의 경쟁과 질투도, 세간의 비난도 신경 쓰지 않아도 된다.

그러나 결코 경찰의 수사 능력을 무시하지는 않았다.

강도살인을 포함해 돈이 목적인 사건, 치정을 포함해 원한이 원인인 사건에는 풍부한 경험으로 높은 수사력을 발휘할 수 있다. 인해전술을 활용한 탐문 수사 능력도 뛰어나다.

우선 경찰의 수사를 토대로 문제점과 또 다른 시각을 찾아 검증했다. 막다른 길을 만나면 경찰과는 완전히 다른 각도로 사건을 바라봤다.

경찰 수사는 영향력과 주목도가 높은 대형사건일수록 수사의 규모가 커지고 수사를 지휘하는 사람의 능력과 방침이 실제 수사 내용에 큰 영향을 미친다.

그곳에서 누락된 모래알 같은 가능성을 긁어모아서 다시 한번 차근차근 들여다보거나 배열하는 것이 현재 기요하루와 아쓰코가 해야 할 작업이었다.

무라오는 분명 무언가를 찾아냈을 것이다. 기요하루와 아쓰코가 아직 발견하지 못한 것을.

그러나 그 남자에게는 그 사실을 스스로 검증할 만한 체력이 남아 있지 않았기에 가장 죽이고 싶었던 상대인 연쇄 납치 감금범 이사야마 히데오를 죽인 다음, 남은 작업을 기요하루와 아쓰코에게 통째로 넘기고 자신은 누구도 손을 뻗을 수 없는 쇠창살 너머로 몸을 숨겨 버렸다.

한 시간 정도 대화를 나눈 뒤 가게를 나오니 이슬비가 내리기 시작했다. 렌터카에 탔다. 오늘 작업은 아직 끝나지 않았다. 새 보스에게 보고해야 하는 중대한 업무가 남아 있었다.

5

기요하루와 아쓰코는 엘리베이터를 타고 병원 VIP 전용층에서 내렸다.

여러 번 방문한 기요하루도 이번에는 문 앞에서 경비원에게 꼼꼼히 몸수색을 받았다. 아쓰코도 경찰관 신분증을 제시했지만 자세한 조사를 받았다.

방문지가 유즈키 레이미의 병실이었기에 병원 측도 신중했다.

스토커 후지누마 신고의 어머니는 아들이 죽은 후, 레이미를 과잉방위로 형사와 민사 모두 소송하려고 움직였다.

―2부 상장 기업에 근무하면서 상을 받을 만한 소프트웨어를 개발하던 우수한 시스템 엔지니어 팀의 리더가 그런 여자 때문에 지금까지 쌓아온 인생을 날려 버릴 리 없습니다. 아들은 속았습니다.

이 발언이 주간지에 실렸을 뿐 아니라 SNS에 '그 여자가 반드시 대가를 치르게 하겠습니다'라고 게시한 사실이 논란을 불러일으키며 인터넷에서 독한 엄마라고 비난받았다.

저녁 6시 30분.

레이미는 침대를 나와 소파에 앉아 기다리고 있었다.

저녁 식사는 끝낸 모양이다. 왼팔에 링거 바늘이 꽂혀 있지만, 낮 동안에만 튜브와 연결했다. 상처의 실밥도 제거해 평범하게 목욕을 할 수 있었다.

기요하루는 우산을 병실 구석에 세워놓고 겉옷을 옷걸이에 걸었다.

"비와?"

레이미의 물음에 고개를 끄덕였다.

창문에 커튼이 쳐져 있었다. 아침부터 줄곧 그 상태였던 듯했다.

아쓰코는 녹화와 녹음기기가 없는지 병실 안을 주의 깊게 살핀 후 소파에 앉았다.

처음으로 세 사람이 얼굴을 마주했다.

마음이 불편했다. 그러나 요전에 야쿠자를 상대했을 때보다는 낫지 않나 싶었다.

"우선 사체의 경추에 남아 있던 손상에 주목해서 다른 비슷한 케이스가 있는지 찾아봤어."

기요하루가 말을 꺼냈다.

"어떤 의미로 비슷하다는 거야?"

레이미가 물었다.

"살해 방식이 비슷하다는 거야."

아쓰코가 말했다.

"그렇게 직설적인 표현이 더 고맙겠어."

레이미가 기요하루를 쳐다봤다.

"괜히 배려하지 말고."

기요하루는 고개를 끄덕이고 말을 이었다. 5년 전에 발생한 사인 불명의 남성 사망 사건을 두 건 발견했다는 사실을 알리자 레이미의 표정이 미약하게나마 풀렸다.

"만약 수법이 같다고 치면 동일범의 소행인지 각각 다른 사람의 소행인지, 당신 생각은 어때?"

"현재 상황에서 말해 봤자 추론은커녕 그냥 억측에 불과해."

"그래도 상관없어. 부탁해."

"다른 사람 같아. 19년 전과 5년 전의 표적, 그러니까 피해자의 인물상이 너무 달라. 목적도 다르고, 살해 기술만 전수한 것일지도 몰라."

"각각 다른 사람이라면 무슨 관계일까?"

"억측에 억측을 더하는 건 좋지 않아."

"상관없으니까 말해 줘."

"명령이야?"

레이미가 고개를 끄덕였다.

"교도소에서 같은 방을 쓴 사이거나 부모 자식 사이거나 학교 친구나 회사 동료겠지. 어떤 형태든 일정한 신뢰 관계를 쌓을 만한 시간을 가까이에서 보낸 사이라고 생각해."

"선택지는 그것뿐이야?"

"아니, 이것저것 생각하고 있어. 음…… 몇 가지 있긴 해."

본의 아니게 잘난 체하는 말투처럼 들렸다. 그러나 그저 갈피를 잡지 못한 상태였다.

"당신이 원하는 걸 다시 한번 자세하게 설명해 줬으면 좋겠어."

옆에서 아쓰코가 말했다. 기요하루보다 그녀가 더 곤혹스러울 것이다.

이 수사를 시작하기 직전에 레이미가 메일로 주문한 것이 한 가지
있다.

"납득하지 못했나요?"

레이미가 물었다.

"납득이고 뭐고 내 머리로는 이해하기 어려워서."

아쓰코가 말했다.

"하지만 미국과 러시아에서는 현실에서 벌어지는 일이에요."

"그 말은 기요하루도 했어. 나도 조사해 봤고. 하지만 이 사건과 어떤
관련이 있는지 그 메일 내용만으로는 이해할 수 없고 당신의 의도도
모르겠어."

"범죄 아이디어나 기술이 이제는 불특정 다수를 위한 상품이 됐어요."

레이미가 설명했다.

2000년대 초 미국에서는 인터넷으로 개인끼리 음악, 사진, 영상 데
이터를 무료로 주고받는 파일 공유 프로그램과 서비스가 폭발적으로
보급됐다. 그러나 저작권을 위반한 경우가 대다수여서 재판에서 패소
하고 서비스 대부분이 중단됐다.

그러나 2010년대에 들어서며 일부 휴면 처리되거나 방치되었던 파
일 공유 시스템과 서비스가 범죄 거래의 장으로 변모해 이용되고 있다
는 사실이 차례차례 밝혀졌다. 인신매매, 살인, 사체 처리 의뢰 등 중대
한 사건에도 이용되어 큰 문제가 됐다. 대규모 수사를 진행해 적발한
후 사태는 진정됐지만, 그 범죄 행위들 대부분이 현재 토르(TOR·The
Onion Router) 등을 통해 익명으로 접속할 수 있는 '다크웹'에서 계속되
고 있다.

"19년 전에 엄마를 죽인 범인과 5년 전에 그 남자들을 죽인 범인은

일상에서 볼 수 있는 평범한 사이는 아닐지 몰라요. 증거를 남기지 않고 사람을 죽이고 싶어 하는 누군가에게 그 수법을 경험자가 전수하는 선택지도 염두에 두었으면 좋겠어요."

"그럼 인터넷이나 정보 해석 전문가에게 의뢰하는 게 좋을 거야."

아쓰코가 말했다.

이야기를 듣던 기요하루의 머리에 바로 그 전문가인 사망한 후지누마 신고가 떠올랐지만 역시나 잠자코 있었다.

레이미가 고개를 저으며 말을 이었다.

"인터넷은 하나의 예시일 뿐이에요. 직장이나 학교처럼 한정된 장소가 아니라 불특정 다수가 만나도록 이어 주는 특정 프로그램이나 중개인을 이용했을 수도 있다는 말이에요. 게다가 나와 무라오 씨도, 인터넷과 SNS가 아무리 보급됐다고 해도 실제로 살인자와 살인을 하려는 잠재적 범죄자가 서로 쉽게 만날 수 있으리라고는 생각하지 않아요."

"그러니까 어려운 거야. 애당초 인터넷과 정보분석 분야를 잘 모르는데 범위를 거기까지 확대하면 추론이 공상 수준이라 판단력이 흐려진다고."

"하지만 그런 공상을 바라서 당신과 기요하루에게 억지로 부탁한 거예요."

기요하루도 레이미의 의도는 이해했다. 소위 프로 수사관들은 가능성이 작다고 판단한 것들은 잘라 버리거나 뒷전으로 미룰 것이다. 그러나 기요하루와 아쓰코는 가능성과 확률에 구애받을 필요가 없었다.

레이미가 휴대폰을 꺼내 법무성 홈페이지를 열었다.

"아쓰코 씨에게는 새삼스럽게 다시 보여 줄 필요도 없는 것이지만."

범죄백서의 '인지사건*과 발생률' 항목의 도표 자료를 화면에 띄워 보여 줬다.

"최근 10년 동안 전국 각지에서 발생한 살인 인지사건은 10,288건, 평균 검거율은 98퍼센트. 단순하게 계산하면 살인범 208명이 잡히지 않았어요. 연쇄 살인 사건이나 범인이 여럿인 사건도 있을 테니 오차는 약간 있겠지만 20년이나 30년 전으로 거슬러 올라가면 국내에서 살인을 저지르고도 체포되지 않은 사람은 천 명이 넘죠. 심지어 이 수치는 경찰이 인지한 살인사건만 따진 거예요."

"그래, 뭐."

아쓰코가 말했다.

"현재 우리나라에서는 연간 사망자의 약 14퍼센트인 17만 명이 의문사하며 경찰에 신고조차 되지 않아요. 하지만 그중에서도 사건성 여부를 판단하는 사법 해부까지 가는 건 5퍼센트 전후인 약 8천 명. 사건성이 없다고 판단하고 사인을 판정하려고 시행하는 행정 해부를 포함해도 전체의 12퍼센트뿐이에요. 90퍼센트 가까운 원인 모를 사체가 검증되지 않은 채, 임상의가 외견만 관찰해서 사인을 특정하죠. 우리 엄마 사체가 발견된 18년 전 이야기가 아니라 현재 벌어지는 일이에요. 영국의 해부율이 40퍼센트, 오스트레일리아가 55퍼센트, 주마다 차이가 큰 미국도 평균 60퍼센트, 북유럽 중에는 90퍼센트가 넘는 곳도 있어요. 다른 선진국들에 비해 우리는 너무 낮은 편이죠."

항의하는 의미에서 꺼낸 말이 아니라는 사실을 기요하루도 알았다.

---

* 고소가 아닌 신고로 범죄 사실을 인지한 사건.

그렇지만 아쓰코의 표정이 점점 어두워졌다.

"살인이 아니라 병사나 사고사로 처리된 사건. 범인은 체포됐지만 위장 살인을 들키지 않아 과실로 처리된 사건. 실종 상태로 방치된 사건. 이 모든 사건을 종합해 보면 실제 피해자와 가해자 수 전부 몇 배는 늘어날 거예요."

확실히 경찰의 시야를 벗어난 수많은 살인자가 체포되지 않은 채 사람들과 섞여 살아간다.

"이렇게 생각해 줬으면 해요. 살인을 저지르고도 누구에게도 들키지 않고 평범하게 살아가는 '기술'을 전수하고 싶은 인간이 있다. 그 '기술'을 배우고 싶어 하는 인간도 있다. 그런 인간들 사이의 접점을 조사하고 밝혀낸다고."

경찰이 하지 않을 추측, 경찰로서는 생각해 내지 못할 수사를 요구한다. 정상적인 주문이 아니라고는 생각한다. 레이미의 말에서 의문과 모순을 지적하려면 얼마든지 지적할 수 있다.

아쓰코의 미심쩍은 심경이 얼굴에 고스란히 드러났다.

"마음에 안 드세요?"

레이미가 물었다.

"그래도 해야 하잖아?"

"네. 의심하기 전에 움직여서 찾아 주세요."

"그것도 명령이야?"

아쓰코가 물었다.

레이미가 고개를 끄덕였다.

"하나 더 물을게. 어째서 나와 저 남자야? 다른 후보도 있었을 거 아냐. 무라오 혼자 골랐을 뿐 당신은 아무것도 몰라?"

"나중에 알려 드릴게요."

"정말?"

"네."

"약속했다?"

자리에서 일어난 아쓰코가 병실을 나갔다.

기요하루도 뒤를 따르려고 했지만 "당신은 남아"라고 아쓰코가 말했다.

"커플이잖아? 소파로 돌아가. 거치적거리는 경찰 관계자가 나갔는데 둘만의 시간을 보내지 않는다니 그게 더 이상해."

문이 닫히고 기요하루는 병실에 남겨졌다.

"나중이라니, 언제? 왜 지금 안 가르쳐 주지?"

기요하루가 물었다.

레이미는 입을 다문 채 고개를 저었다.

아무 대답도 하지 않을 기세다. 그러면 자신도 더는 할 말이 없다. 그래서 입을 다물고 시간이 흐르기만을 기다렸다.

레이미는 자리에 앉아 커튼을 응시했다.

기요하루가 일어섰다.

"자, 그럼."

한 마디 꺼내자 레이미가 고개를 살짝 끄덕였다.

병실을 나왔다. 그러나 잠시 복도를 걷다가 갑자기 떠오른 척 병실로 되돌아가 문을 열었다.

"두고 갔네."

소리를 내며 병실 내부 가림용 흰 커튼을 세차게 젖혔다.

소파에 앉아 있던 레이미가 당황하며 고개를 들자 눈이 마주쳤다.

눈물을 흘리고 있었다. 곧바로 시선을 피한 그녀는 무릎을 가늘게 떨고 있었다.

"우산을 두고 가서."

기요하루가 말했다.

구석에 남색 우산이 세워져 있었다. 순간의 반응을 보려고 일부러 놓고 갔다.

"괴롭히는 거야? 내가 안 가르쳐 줘서?"

레이미가 말했다.

"아니."

아니긴. 작은 복수의 의미도 있었고, 협박과 위협을 연상시키는 행동을 하면 그녀가 어떻게 나올지 확인하고 싶기도 했다.

"무서워?"

기요하루가 물었다.

레이미가 바닥을 응시한 채로 고개를 끄덕였다. 무릎은 여전히 떨고 있었다.

"왜?"

"당연히 당신들의 정체를 알고 있으니까 그렇지. 특히 당신이 무서워. 분명 정상이 아닐 테니까."

"말이 심하네."

"당신이 한 짓은 복수라고 부르지 않아. 오이시 가나토뿐 아니라 오이시의 알리바이를 증언한 다섯 명까지 죽였으면서 조금도 지나쳤다고 생각하지 않잖아. 우연히 함께 있던 아내와 연인까지 죽였고. 그야말로 복수의 탈을 쓴 연쇄 살인 아니야?"

반박할 생각은 없었다. 우산을 들고 돌아섰다.

"지금 이렇게 대화하는 것 자체가 사실은 정말 무섭다고."

"그럼 다음부터는 되도록 네가 무서워하는 일을 만들지 않도록 해야겠네."

레이미는 고개를 들어 노려봤다.

"그런 거 바란 적 없어."

기요하루는 병실을 나왔다.

"나도 네가 무서워."

문이 완전히 닫히기 전에 말했다.

기요하루가 샤워를 하고 나오자 객실 전화가 울렸다.

"아쓰코 씨가 맡기신 물건이 있습니다."

호텔 1층 직원의 전화였다.

가져다 달라고 부탁하고 금방 옷을 갈아입었다. 낮에 회의한 대로 아쓰코 본인이 객실까지 직접 들고 오지 않아서 다행이다. 오늘은 더 이상 만나고 싶지 않았다.

함께 있던 한나절 동안 감독관에게 평가받는 기분이 들었다. 업무로 만난 고객이나 거래처 사람처럼 이해관계로 얽힌 상대에게 느끼는 압박감과는 완전히 달랐다. 무의식중에 상대에게 위압감을 주는 경찰 특유의 시선과 말투도 피곤했다.

그녀의 예전 별명인 '교감'의 의미를 알 것 같았다. 무라오와 레이미는 아쓰코의 타고난 기질까지 고려해서 그녀를 또 한 명의 수사원으로 선택했으리라.

봉투에는 자료 수십 장과 외장하드가 들어 있었다.

자료는 무라오와 레이미의 만남에 관한 조사 보고서에 무라오가 저지른 이사야마 히데오 살인사건의 공판 기록까지 담고 있었다. 기요하루와 아쓰코는 고용인으로 얌전히 명령대로만 움직일 마음이 없었다. 도리어 하루라도 빨리 레이미를 제어할 수 있는 약점을 찾아내자고 합의했다.

레이미와 무라오가 처음 만난 것은 2년 반 전.

무라오가 근무하던 종합경비 회사에서 후원하는 비영리법인 활동에 레이미가 참가하면서부터였다.

법인 이름은 '범죄피해자와 그 가족을 지원하는 네트워크', 통칭 펠리컨 네트워크. 무라오는 후원 회사의 자원봉사자로서 그곳에 파견됐다.

레이미는 다른 단체에서 운영하는 모임에도 참가하고 있었지만, 피해자와 유족의 심리 치료를 중심으로 한 운영 방식에 반발해 여러 번 마찰을 빚었다. 그녀 혼자만이 추구하는 방향이 달랐을 것이다. 펠리컨 네트워크에서도 레이미는 미제 사건 수사 주력을 촉구하는 모임을 움직여 경찰에게 압력을 넣으려고 해 다른 자원봉사자들과 갈등을 빚었다.

정보는 그뿐이었지만 이후의 일은 쉽게 상상이 간다.

단체를 떠난 레이미에게 무라오는 가족처럼 다가갔으리라. 분명 전직 경찰 입장에서 구체적인 조언도 해 주었을 것이다. 이 만남 자체가 정말 우연한 만남이었는지도 의심스럽다.

보고서와 공판 기록을 전부 읽고 나서 곧바로 잘게 찢어 재떨이에서 태운 뒤 재는 변기에 흘려보냈다.

봉투에 함께 들어 있던 외장하드를 꺼냈다.

평소처럼 노트북의 SSD를 교체한 다음 접속했다. 노트북은 인터넷에 접속하는 계정의 데이터를 전부 삭제한 완전한 오프라인 상태였다.

아쓰코와 미리 정해 둔 비밀번호를 입력했다. 외장하드에는 경찰청의 데이터 뱅크에서 추출한 방대한 범죄기록과 수사기록이 담겨 있었다.

어제 산 스카치위스키를 글라스에 따랐다. 병은 벌써 반 이상이 비어 있었다. 아마도 마시다가 병이 비어 모자를 듯하다.

모니터를 바라보며 기록을 확인했다. 이렇게 데이터 중에서 새 단서를 찾아내는 것이 우선 기요하루가 해야 할 일이다. 아쓰코는 내일부터 탐문 수사를 시작한다.

'경추'와 '손상' 두 단어를 검색해서 해당하는 내용을 자세하게 조사했다.

스카치위스키 병을 거의 비워갈 즈음, 꿈을 꿨다.

정확히는 환청일 것이다.

목소리가 들린다. 모니터에서 눈을 들자 평소와 같은 객실이 보일 뿐 아무도 없었다.

—나를 위해서였어?

하지만 들린다. 묻는다. 여자의 목소리가…….

—날 위해서 한 일이야?

창문을 때리는 빗소리 사이로 들려 온다.

음악 파일을 찾아 곡을 재생했다.

차이코프스키 '바이올린 협주곡 D장조'.

클래식 애호가는 아니다. 파일 중에서 가장 먼저 눈에 들어온 곡일 뿐이다. 플레이어가 실행되며 노트북의 빈약한 스피커에서 오케스트라 연주가 흘러나왔다.

—아니면 네 자신을 위해서였어?

연주 소리가 울려 퍼지는 와중에도 목소리는 사라지지 않았다.

귀를 막아 봤다. 그래도 바로 앞에서 속삭이는 것처럼 구라치가 물었다. 처음이었다. 이렇게 그녀의 목소리를 들은 적은 한 번도 없었다.

—나를 위해서 한 일이야? 그냥 네가 하고 싶었을 뿐이야?

구라치의 목소리가 점점 가스러졌다. 바이올린의 솔로 연주가 울려 퍼졌다.

—말해. 대답해 기요하루.

아무 말 없이 자리에서 일어나 얼굴을 두드렸다. 방 안에 소리가 울려 퍼지며 머릿속에서 울리는 목소리를 지웠다. 계속 두드렸다. 손바닥과 뺨이 얼얼했다. 개의치 않고 계속 두드렸다.

구라치 마나미는 오래전에 죽었다. 이런 환청에 대답해 봤자 아무 의미도 없다.

'정신 차리자.'

입술과 손이 축축했다.

정신을 차려 보니 코피가 흐르고 있었다. 커튼 사이로, 여전히 비가 쏟아지는 어두컴컴한 창문에 자신의 얼굴이 비쳤다. 양쪽 콧구멍에서 흐르는 붉은 피가 뺨에 묻어 있었다.

그 멍청한 모습에 무심코 웃음이 나왔다.

6

5월 21일, 월요일.

JR 기치조지역에서 15분 거리에 있는 주택가. 오래된 단독주택의 현관문을 열고 노리모토 아쓰코는 밖으로 나왔다. 양손에 든 것은 커다란 종이봉투.

"꼭 연락 주세요."

머리가 하얗게 센 여성이 배웅하며 말했다.

5년 전 실종되었다가 8개월 후에 사이타마현 이루마시의 빈집에서 목을 매 부패한 사체로 발견된 마쓰우라 마사야의 집이었다. 마쓰우라의 어머니는 아들이 살해당했다고 믿었다.

종이봉투에는 마쓰우라가 생전에 사용했던 컴퓨터와 휴대폰, 수첩, 졸업 앨범의 학생명단 사본 등이 담겨 있었다. 경찰에 한 번 제출한 적이 있는 것들뿐이었지만 다시 한번 조사해 볼 생각이다. 어머니는 마쓰우라의 방에도 들여보내 주며 '필요한 것은 무엇이든 빌려 드리겠다'고 했다.

조금 걸어가서 유료주차장에 세워 둔 차에 종이봉투를 실었다.

뒷좌석에도 똑같은 종이봉투가 세 개 더.

마찬가지로 5년 전에 실종되어 3년 전 군마현 미나카미마치 마을에서 백골 사체로 발견된 쓰쓰미 히로아키가 생전에 사용했던 전자기기 등이 들어 있었다.

오전에는 사이타마현 가와구치시에 있는 쓰쓰미의 본가를 방문했다.

철공소를 운영하는 쓰쓰미의 부모는 쓰쓰미가 살던 아파트의 물건들을 전부 보관하고 있었다. '아들 녀석은 바보 같아서 자살할 배짱 따위 절대로 없다'고 거듭 말하며 타살을 주장했다.

차를 빼려는데 개인용 휴대폰이 울렸다. 딸 미즈키의 문자다.

—어때?

쇼핑 사이트에서 가방을 영상으로 찍어 보내왔다.

아빠의 여자 친구와 식사하는 자리에 나가면서 옷과 구두뿐 아니라

가방도 사 달라고 했다. 안 된다고 했지만 포기를 몰랐다.

심지어 지금은 아직 학교에 있을 시간이다. 미즈키가 다니는 초등학교는 휴대폰 사용을 금지하며 등하교 때만 전원을 켤 수 있다.

다음에 또 학교에서 문자를 보내면 구두도 사 주지 않고 원피스도 압수하겠다고 보내야지.

아쓰코는 일단 경시청으로 돌아갔다.

경시청 5과 7계 사무실에서 대기하던 후배 도요다에게 마쓰우라와 쓰쓰미의 유족에게 받아온 전자기기를 건넸다.

무라오 구니히로를 면회한 건으로 수사1과 8계의 이노하라뿐 아니라 같은 5과의 다른 계 사람들도 무엇을 쫓고 있냐며 떠봤다. 하지만 히야마가 얼버무리며 따돌려 주었다. 정식 증거품이 나오면 본청 사람들과 어느 정도 정보를 공유해야 한다.

그러나 이 증거품은 어디까지나 아쓰코가 개인적으로 받아온 것이다.

우선 마쓰우라와 쓰쓰미의 휴대폰, 컴퓨터, 수첩 등에 기록된 모든 전화번호와 메일주소를 목록으로 만들었다. 피해자가 생전에 가지고 있거나 기록했던 것뿐 아니라 전화 회사에 남아 있는 통신기록까지 포함했다.

그리고 그 목록을 각 통신 회사에 보내 모든 전화번호와 메일주소를 계약할 당시의 계약자명과 주소를 찾아 간결하게 정리해 보내 달라고 요청했다.

양이 많아서 꼬박 하루가 걸리겠지만 작업 자체는 어렵지 않다. 경시청을 통해 요청하면 통신 회사도 거절하지 않고 데이터를 넘겨줄 것이다. 수사 관계 사항 조회서를 요구하지 않을 테고, 서로 입을 맞추기도 쉽다.

법과 윤리에 반하는 수사지만 아쓰코는 개의치 않았다.

우선 조사하고 나서 만약 체포나 송치해야 할 중요한 증거를 발견하면 그때 영장을 신청할 것이다. 더 좋은 결과를 얻는 것을 최우선으로 삼고 자잘한 절차는 나중에 밟아도 된다.

이렇게 찾아낸 물증은 진위 여부를 철저하게 조사하지만, 일단 증명이 되면 조작이 아닌 이상 입수 과정까지 신경 쓰는 사람은 거의 없다.

아쓰코에게 수사란 이런 것이다. 경찰은 그런 인식을 바탕으로 이루어진 조직이다. 피해자, 변호사, 언론에 알려지지 않았다는 확신이 있고 내부에서 처리할 수 있는 일이라면 약간의 위법행위나 부도덕한 행위도 허용된다……

아쓰코가 갓 경찰이 되었을 때 근무했던 파출소에 각성제 중독자가 약에 취한 상태로 자수하러 온 적이 있다. 상사였던 50대 순사부장은 자신이 수상한 사람을 불심 검문해서 각성제 상습 복용을 인정했다고 허위로 보고했다. 남자의 정신상태가 불안정했던 탓에 관할서와 지방검찰청의 취조에서도 허위 보고는 들통나지 않았고 그대로 재판도 끝난 결과, 순사부장은 작은 공적을 쌓았다.

순사부장이 비겁한 놈이었으면 그나마 납득했을지도 모른다. 그러나 순사부장은 파출소에서 오래 근무한 사람치고는 드물게 정중하고 부하에게 친절한, 주변 사람을 돌볼 줄 아는 인물이었다.

아쓰코는 당시 충격을 받았지만 지금은 당연한 일이었다고 생각한다. 심지어 경시청 내부에서도 1, 2등을 다툴 정도로 약삭빠른 수법에 능숙한 인간이 되어 버렸다.

밤이 되고 경시청을 나왔을 때 휴대폰이 울렸다.

전남편의 문자다.

미즈키가 학교에서 휴대폰을 압수당했다고 했다. 저녁에 훈계 문자를 보냈는데 변명하는 답장이 오지 않아서 걱정되던 참이기는 했다.

담임교사에게 어떤 주의를 받았는지 전남편이 문자로 구구절절 적어 보냈다. '내가 잘 처리했어'라며 자못 생색을 내는 것도 잊지 않았다.

정말 짜증 난다. 가볍게 뭐라도 먹으러 갈까 생각했는데 그럴 마음도 사라졌다.

편의점에서 산 영양 젤리를 들이마시며 아쿠쓰 기요하루가 묵고 있는 나가타초의 호텔까지 걸어갔다.

도중에 국회의사당 앞 교차로에 멈춰 서서 혐오스러운 전남편에게 답장을 보냈다.

'뭘 하는 거지?'

문득 생각했다.

그 사람과 미즈키와 셋이서 행복하게 살았을지도 모르는데 언제부터 잘못된 걸까? 크게 어긋나기 시작한 것은…… 고등학교 1학년 3월 종업식 전날, 오빠와 둘이서 나이프와 부엌칼을 손에 단단히 쥐었을 때부터일까?

아니다. 그런 집에서 그런 엄마의 딸로 태어났을 때부터다.

이런 운명은 바꿀 수 없다. 이 몸에 흐르는 피도 바꿀 수 없다. 어떤 길을 걸어도 분명 나는 이렇게 이런 마음으로 이곳에 서 있다…….

호텔로 들어가 엘리베이터로 향했다.

아쓰코는 어제 기요하루가 한 말을 떠올렸다.

"범인마다 빈집에 침입하는 방법에 특징이 있죠? 유리를 달궈서 자르거나 칼로 자르는 것뿐 아니라 창문의 어느 부분을 부수는지에도 제

각각 방식이 달라요. 그것과 마찬가지라고 생각합니다."

그 남자는 살해 방법에도 개성이 드러난다고 말했다.

"같은 방법으로 살해당해도 경추의 똑같은 부분이 손상된다고는 생각하기 어려워요. 하물며 이 사건들은 자살로 처리되거나 수사가 중단돼 모두 재판까지 가지도 않았죠. 제삼자가 공판에서 범행 내용을 듣고 모방했을 리 없어요. 살해 방법과 범행에 이르는 순서를 남모르게 하나부터 열까지 전수했을 가능성은 있을 것 같습니다."

경찰은 일단 이런 식으로 생각하지 않는다.

짧은 기간에 일어나는 연쇄 묻지 마 사건이나 연쇄 납치 살인사건 등은 당연히 피해자에게 남아 있는 상처의 상태를 심사숙고한다. 그러나 이번 사건은 사체의 성별과 연령이 다르고 발견 장소도 떨어져 있으며 무엇보다 발생 시점에 십수 년이나 차이가 난다. 이렇게 제각각인 사건을 손상 위치가 같다는 사실 하나 때문에 연관 지으려고 하지 않는다. 게다가 칼에 찔린 상처처럼 분명한 흔적이 아닌 우연히 생겼을 가능성마저 있는 뼈에 남은 흔적……

가재는 게 편이라서가 아니라 경찰은 관직에 있는 존재로 효율을 매우 중요시한다. 무언가 행동으로 옮기려면 전례와 가능성이라는 '핑계'가 필요하다.

만약 과거 30년 동안 이러한 모방범죄와 비슷한 사례가 세 건, 아니 두 건이라도 일어났다면 수사담당자들도 관련성을 조사하려고 했을 것이다.

경찰은 가능성 없는 사건에 머리를 쥐어짜지 않도록 교육받는다. 상상은 망상을 불러오며 사실을 왜곡한다. 근거가 없는 생각은 진실에 도달하는 데 지장을 주므로 멀리해야 한다고 아쓰코도 주입식 교육을 받았다.

그래서 오히려 아쿠쓰 기요하루에게 흥미를 느꼈다. 그 남자가 무엇을 생각하는지, 무엇을 하는지 조금 더 지켜보고 싶다.

벨을 누르자 기요하루가 곧바로 문을 열었다.

"뭐 좀 마실래요?"

티셔츠에 청바지 차림의 그가 물었다.

아쓰코는 고개를 젓고 가방에서 캔맥주를 꺼냈다.

"마실래?"

물었더니 기요하루도 고개를 끄덕이며 객실 냉장고에서 맥주를 꺼내 왔다.

"찾았어?"

아쓰코가 맥주를 마시며 물었다.

"네, 두 개요."

기요하루는 호텔에서 사건 데이터를 선별한 끝에 경추 손상과 관련해서 레이미의 친모 한 건, 마쓰우라 마사야와 쓰쓰미 히로아키 두 건에 이어 유사한 새 사건 두 개를 뽑아냈다.

"전부 4년 전 사건이에요. 자살 가능성이 없는 분명한 살인이죠."

모니터에 띄우고 손가락으로 가리켰다.

"알아요?"

아쓰코가 고개를 끄덕였다.

4년 전, 도쿄도 가쓰시카구. 아라카와강 하천부지에 매장된 부패한 사체가 발견되었는데, 부검 결과 3주 전에 실종 신고된 대학생 아유사와 사토시(당시 22세)라는 사실이 밝혀졌다. 일대를 수색하자 같은 하천부지 안에서 약 2백 미터 거슬러 올라간 곳에 반백골 상태가 된 또 다른 사체가 무언가로 둘둘 싸인 채 발견됐다. 음식점에서 근무하던 아카이와 다쿠(당시 28세)라는 사실을 치과 치료 기록으로 밝혀냈다.

이과로 유명한 사립대학의 학생이었던 아유사와. 긴시초를 중심으로 유흥가 스카우트맨*으로 일했던 아카이와. 범행 시기가 1년 정도 차이 나서 처음에는 각각 다른 사건으로 간주했지만, 두 사체의 경추와 각 부위에서 타박상으로 인한 골절을 발견했다. 더욱이 두 사람 모두 이케부쿠로에 있는 같은 바의 단골손님이었기에 동일범의 소행일 가능성이 제기됐다.

그러나 수사는 난항을 겪었다. 수사 대상자가 너무 많아서였다.

아유사와는 이른바 난봉꾼으로, 사기나 다름없는 수법으로 상대를 계속 바꿔가며 성적 관계를 맺은 탓에 많은 여성에게 원한을 샀다. 한편 아카이와도 유흥점과 성인 비디오 회사에 여성들을 팔아넘기며 부당계약으로 묶어 착취했다. 게다가 애인 관계가 복잡한 게이였다는 사실이 도중에 밝혀지면서 수사는 더욱 복잡해졌다.

사정 청취 대상자는 날마다 늘어서 좁힐 수 없을 지경이었고, 동일범의 소행인지 아닌지조차 불투명한 상태에서 수사는 미궁에 빠졌다.

사건은 여전히 해결되지 않은 상태다.

"조사할 가치가 있어 보여요?"

"충분히. 당신은 어떻게 생각해?"

"저도 그렇게 생각합니다."

지금까지 두 사람이 수사 대상으로 삼은 다섯 사건을 기요하루가 모

* 유흥업소에서 일할 여성을 모집하는 사람.

니터에 띄워 나열했다.

- 18년 전, 목을 매고 자살했다고 경찰이 판단한 레이미의 어머니, 마쓰하시 미사토.
- 5년 전에 실종 후 2년 뒤에 산속에서 백골 사체로 발견된 쓰쓰미 히로아키.
자살인지 타살인지 판명되지 않음.
- 5년 전에 실종 후 8개월 뒤에 빈집에서 목을 맨 상태로 발견된 마쓰우리 마사야.
자살인지 타살인지 판명되지 않음.
- 4년 전에 실종 3주 후, 아라카와강 하천부지에 묻힌 부패한 사체로 발견된 아유사와 사토시. 타살로 추정.
- 4년 전에 아라카와강 하천부지에서 둘둘 싸여 매장되어 반백골 사체로 발견된 아카이와 다쿠. 타살로 추정.

다음으로 기요하루는 각 사체의 경추 사진도 모니터에 띄운 뒤 나란히 늘어놓았다.

"아마추어가 보기에도 손상 상태가 비슷해 보이는데요."

기요하루가 말했다.

"비슷하지만 나도 단언할 수 없어. 내일 최대한 빨리 과학수사연구원 전문가에게 물어볼게."

"이대로 수사를 진행해도 괜찮죠?"

기요하루가 물었다.

"왜?"

"한 번도 해본 적 없는 작업을 하려니 확인하고 싶어서요."

"괜찮은 것 같은데. 하지만 불안하다고 매번 내게 확인하지는 마. 수사 상식이나 기법을 물으면 경험자로서 대답해 주겠지만 나머지는 전부 피장파장이야. 당신은 내 부하가 아니야."

아쓰코는 느낀 점을 솔직하게 말하자마자 이렇게 강경하게 말할 필요는 없었다고 생각했다. 과잉 반응인가? 이 남자와 가까워지기 싫어서?

"죄송합니다. 의지하지 않도록 하겠습니다."

"불만 있는 표정인데. 이의 있으면 쌓아 두지 말고 지금 말해."

또다시 가시 돋친 말투다. 왜지?

"그냥 궁금해서요. 방에 들어왔을 때는 지친 얼굴이었는데 수사 이야기를 할 때는 즐거워 보였거든요."

"내가?"

"네. 그러고 나서 다시 불쾌한 얼굴로 돌아갔지만. 사건을 풀어가는 일에 재미를 느끼는 것 같다고 생각했습니다. 그게 솔직히 싫었어요."

정곡을 찔렸다. 하지만 거짓말을 했다.

"난 그런 생각은 없었는데. 그냥 피곤했던 참에 맥주를 마셔서 기분이 좋아졌던 거 아닐까? 그런데 설령 즐거웠다고 해도 무슨 문제 있어?"

"일을 좋아하는 사람은 괜찮지만, 일을 즐기는 사람은 생각지도 못한 곳에서 반드시 큰 실수를 해요. 제가 회사에서 일하면서 배운 교훈이죠. 그게 보였거든요."

"다른 직종의 충고로 받아들일게."

'이 녀석이 무섭다.'

솔직히 그렇게 생각했다. 그러나 관심도 있었다. 정말 이 느낌은 뭘까?

아쓰코는 빈 캔을 가방에 넣었다. 조금이라도 불리해질 만한 것을 이 방에 남기고 싶지 않았다. 호텔의 CCTV 영상과 대화 녹음은 얼마든지 둘러댈 수 있다. 그러나 남겨진 지문으로 범죄증거를 조작하면 형세는 단번에 불리해진다. 레이미뿐 아니라 기요하루의 명령까지 받아야 할 수도 있다.

객실에 들어왔을 때와 마찬가지로 몸으로 가리고 손잡이를 손수건으로 감싸 문을 열었다.

복도를 걸어가며 기요하루에 대해 생각했다.

저 녀석은 무슨 약점을 잡혀서 이 수사에 끌려 들어왔을까.

궁금하다. 미즈키와 자신의 미래를 최우선으로 생각하며 수사와 무관한 타인의 사정에는 일절 참견하지 말자고 결심해 놓고서.

아쓰코는 마음속에서 솟구치는 감정을 주체하지 못한 채 엘리베이터에 탔다.

택시가 좌회전하며 오이즈미 거리로 진입했다.

기요하루 옆에는 레이미가 앉아 있었다. 스토커 후지누마 신고의 습격 사건이 발생하고 11일 지난 5월 22일 화요일. 잠깐 집에 들르는 레이미를 돕게 됐다.

집에 갔다 오도록 정해졌을 때 레이미가 '집에 함께 가 달라'고 말했다.

그래, 이 여자를 지켜야 한다.

레이미가 죽으면 그녀가 무라오 구니히로에게 받은 자료는 어떻게 되는지. 기요하루는 모른다. 사망 직후에 인터넷에 정보가 퍼지는 등 불특정 다수에게 공개될 가능성도 있다. 어지간한 바보가 아닌 이상 그 정도 안전장치는 마련해 놓고 자신을 지키려 할 것이다.

게다가 지금 죽으면 구라치 마나미를 죽인 범인 중 나머지 한 명이 누군지 알 기회를 영영 잃을지도 모른다.

원래는 레이미의 어머니도 함께 택시를 탈 예정이었는데 이상한 배려로 둘이서만 타고 가게 됐다.

꽉 막힌 오이즈미 거리를 느릿느릿 나아갔다.

오나리몬에서 네리마구 오이즈미까지 먼 거리를 이동하는 동안 두 사람은 거의 대화를 나누지 않았다. 처음에는 말을 걸어온 택시 기사도 입을 다물었다. 라디오도 켜지 않았다.

택시는 아카시아가 우거진 정원 앞에 섰다. 옷을 담은 가방을 트렁크에서 꺼내 집으로 들어간 다음 곧바로 2층에 있는 레이미의 방으로 향했다.

레이미의 아버지는 출근하지 않은 듯한데 집에는 없었다. 어머니도 아직 도착하지 않았다.

"차 내올게."

한마디를 남긴 레이미는 문을 열어 둔 채 아래층으로 내려갔다.

휴대폰이 울렸다. 오늘 밤 만나자는 노리모토 아쓰코의 문자. 수사에 진전이 있는 모양이다. 답장을 보냈다. 저녁 8시에 만나기로 했다.

레이미가 찻주전자와 잔을 쟁반에 받쳐들고 돌아왔다.

"마셔."

홍차를 권했지만 기요하루는 손을 대지 않았다.

레이미는 개의치 않고 옷장에서 보석함을 꺼냈다. 상자 바닥에 설치된 이중덮개를 벗겨 내 숨겨 둔 사진과 봉투를 침대 위에 늘어놓았다.

지금까지 레이미가 정체 모를 발신자에게 받은 사진과 그 사진이 담겨 있던 봉투였다.

언니 나나미가 실종되고 어머니 미사토가 사체로 발견된 이후 매년 언니의 생일날마다 받은 사진 열여덟 장. 얼마 전 레이미가 입원한 이후에 갑자기 보내 온 것까지 포함해 전부 열아홉 장이었다.

봉투에는 간토 지방 각 지역의 소인이 찍혀 있었고 색상과 모양도 전부 달랐다.

인쇄된 발신자 이름은 저마다 달랐지만 전부 가명이고 짚이는 바는 없다고 했다. 미용실이나 양복점에서 보내는 생일축하 우편물로 가장한 것도 섞여 있었다. 레이미의 부모가 아니라 확실하게 레이미 본인이 열어보도록 궁리한 결과물이겠지.

사진은 폴라로이드 사진과 인쇄한 사진 두 종류였다.

"처음에는 경찰도 증거품이라고 판단해 지문 검출도 시도했어. 하지만 아무것도 나오지 않은 채 3, 4년이 지나자 '악질적인 장난 같다' 하더라고."

기요하루는 이 사진들의 주제가 무엇인지 한 장씩 물었다.

18년 전에 처음으로 받은 것은 해바라기 두 송이를 꺾어 나란히 놓은 사진이었다.

"실종되기 두 달 전, 군마에 갔을 때 해바라기밭을 봤거든. 정말 예쁘다며 흥분하니까 꽃 농장 사람이 들어와도 된다고 하면서 꽃밭을 구경시켜 줬어. 그리고 마지막에는 해바라기를 한 송이씩 받아 왔는데, 엄마가 운전하는 렌터카를 타고 돌아가는 길에 꽃향기가 났어."

그 밖에 마멀레이드와 크림을 뿌린 팬케이크. 강변에 쌓은 돌. 수족관처럼 커다란 수조와 물고기에 곁들인 커다란 꽃송이……

전부 그런 식으로 레이미에게는 언니와 함께 보낸 강렬한 추억이지만, 다른 사람들에게는 막연한 것들뿐이었다.

확실히 증거라고 하기에는 충분하지 못하다. 그러나 그렇기에 오히려 다른 사람들에게 들키지 않고 레이미에게만 보내는 메시지로서 이보다 적당한 것은 없었다.

레이미는 양부모에게는 말하지 말라고 신신당부했다.

스무 살이 넘어서부터는 사진이 오지 않았다고 거짓말을 했다고 한다. 걱정을 끼치지 않으려는 것인지 수색에 간섭을 받고 싶지 않은 것인지는 모르지만, 물론 굳이 말할 생각은 없다.

"호의보다는 적의가 느껴지네."

기요하루는 늘어놓은 사진들을 바라보며 말했다.

"아마추어 주제에 미안."

"아니야. 나도 그렇게 느끼니까."

처음으로 의견이 일치했다.

"그리고 또 뭘 느꼈어? 말해 줘."

레이미가 말했다.

"마구 때리기보다 날카로운 것으로 찌르는 듯한 느낌이야. 여성적이라고 해야 하나."

"나도 여자가 찍은 사진이라고 생각해. 그래서 언니가 살아 있을 가능성을 무시할 수 없는 거야. 언니는 이미 오래전에 죽었고, 범인이 어떻게 알아낸 추억을 소재 삼아 계속 사진을 보낸다는 가설도 난 안 믿어."

기요하루는 고개를 끄덕였다. 레이미의 감정에 동화되어서가 아니다. 열아홉 장의 사진을 한꺼번에 보자 레이미의 언니가 살아 있을 가능성을 자신도 어렴풋이 느끼기 시작했다. 육감이나 직감 같은 것과는 분명히 다르다. 말로는 설명할 수 없고 객관적으로 증명하기도 어렵다. 그러나 이 사진 열아홉 장 자체가 명백한 증거고, 직접 본 사람만이 느낄 수 있는 감각이다.

감각이라니……, 그런 어중간한 표현은 싫어하는데. 레이미가 자신을 억지로 집까지 데리고 온 이유를 이해했다.

허락을 구한 뒤 사진 열아홉 장을 휴대폰으로 찍으며 기요하루가 물었다.

"언니와 사이는 어땠어?"

"나는 언니를 정말 좋아했고, 사이도 좋았어."

화장대 거울을 멍하니 바라보며 레이미가 말을 이었다.

"늘 내게 상냥했어. 읽지 못하는 한자도 금방 가르쳐 주고 TV도 내가 보고 싶어 하는 걸 보여 줬지. 과자도 혼자가 아닌 둘이서 나눠 먹을 때가 훨씬 더 맛있었고. 언니는 항상 공부하거나 무언가를 배웠어. 그리고 창밖을 바라봤어. 밖에는 좁은 길을 사이에 두고 양옆에 세워진 커다란 맨션의 비상계단과 벽밖에 안 보였는데 말이야. 낮이고 밤이고 시도 때도 없이 커튼 사이를 바라봤어. 마치 저 멀리 날아갈 수 있다는 눈빛으로."

아래층에서 목소리가 들렸다. 어디에서 만났는지 부모님이 함께 돌아왔다. 레이미가 곧바로 침대 위에 있는 사진과 봉투를 보석함에 담아 옷장에 넣었다.

"잠깐만."

문을 열어 둔 채로 아래층으로 내려갔다가 금방 셋이서 돌아왔다.

"정말 고마워요."

레이미의 아버지가 머리 숙여 인사했다. 스토커 사건이 벌어졌던 밤 이후에 처음 만나는 것이다. 거짓말을 사죄하는 마음을 담아 기요하루도 정중하게 고개를 숙였다.

레이미의 어머니가 남편의 소매를 잡아당겨 방에서 데리고 나가면서 미소를 지으며 문을 닫았다.

기요하루는 방문 너머로 두 사람의 기척이 완전히 사라진 것을 확인하고 나서야 수사 진척 상황과 어제 아쓰코와 나눈 대화 내용을 보고했다.

"고마워."

전부 듣고 난 레이미가 말했다.

"지금까지 작업에 대한 평가라고 받아들이면 돼?"

레이미가 고개를 끄덕였다.

"그리고, 미안해."

병실에서 '무섭다'며 비난한 일을 사과했다.

"생각이 바뀌었어?"

"아니. 반성했어. 감정에 휘둘려 몹시 실례되는 말을 했으니까. 미안하지만 무서운 건 진심이야. 하지만 당신 앞에서 굳이 말로 꺼낼 필요는 없었어. 게다가 이렇게 결과를 내 주는데 감사 인사도 안 했잖아."

"빈말이라도 제대로 인사를 해 주니 기쁘네."

"진심이야. 역시 기분 나쁘지? 난 마음을 표현하는 게 서툴러서 상대방에게 의도치 않게 오해를 사는 경우가 많거든."

"불쾌하다기보다 네 이중잣대를 이해할 수 없었어. 만약 내가 살인범이라서 비난하는 거라면 똑같은 살인범인 무라오 구니히로는 왜 용납하는지 모르겠거든."

레이미는 반박하지 않았다. 기요하루는 약간 도발하듯 말을 이었다.

"내가 복수하려고 아무런 죄도 없는 사람들까지 말려들게 했다지만, 살해당한 이사야마 히데오도 경찰을 진작에 그만둔 무라오에게는 생판 남이야. 이사야마가 아무리 연쇄살인범이라고 해도 그를 심판하는 것은 법이지, 무라오라는 아무 권한도 없는 개인이 아니야. 형사 시절에 당한 치욕을 씻으려고 죽였다면 개인적인 원한은커녕 그냥 완전히 자기만족일 뿐이잖아?"

"그럴지도 몰라."

레이미가 말했다.

염려에서 비롯된 말이라고 해도 뜻밖의 반응이었다.

"그래도 나는 무라오 씨를 믿어."

레이미는 시선을 피하며 병원으로 돌아갈 준비를 했다. 가방에 갈아입을 옷을 챙겼다.

그것으로 두 사람의 대화는 끝이었다.

저녁 6시까지 병원에 돌아가야 한다. 택시를 부르기 직전에 레이미와 그녀의 부모 사이에 작은 설전이 벌어졌다.

길이 막히니 전철을 타겠다는 레이미와 위험하니까 안 된다는 부모. 스토커 후지누마 신고가 죽은 사실도, 그 후지누마의 어머니가 계속해서 찜찜한 발언을 하는 것도 레이미의 부모는 알고 있다. 결국 아버지가 운전하는 차를 타고 돌아가기로 했다.

뒷좌석에 레이미와 나란히 앉았다.

운전석의 아버지와 조수석의 어머니에게 레이미의 어릴 적 이야기를 들으며 자신의 어린 시절 이야기도 들려줬다. 길이 막히는 저녁 시간인 탓에 차는 좀처럼 속력을 내지 못했다.

즐거운 듯 옛날이야기를 하는 레이미의 어머니에게 멋쩍은 얼굴로 핀잔주는 레이미.

흔한 광경이다. 그러나 기요하루는 비뚤어진 생각을 했다.

레이미가 배신하거나 관계가 틀어져서 아무런 정보도 끄집어내지 못하게 되면, 부모를 죽이겠다고 협박해서 협상 재료로 쓰자고 생각했다. 하지만 무리일 듯하다.

막다른 길에 몰리면 이 여자는 부모까지 희생시킬 것이다.

양친이 쏟아붓는 깊은 애정에 등을 돌리고 그대로 죽게 내버려 두는 쪽을 선택하겠지. 자신의 목숨과 마찬가지로 아버지와 어머니의 목숨까지 모든 것을 버릴 각오를 했다.

다소 버릇없는 딸을 연기하는 얼굴과 과거의 사건을 집요하게 추적하는 얼굴. 두 얼굴을 순식간에 자유자재로 바꾸는 모습을 보니 똑똑히 알 수 있었다.

'나도 네가 무서워.'

요전에 병실을 나올 때 했던 말은 일부러 괴롭히려던 말이 아니었다.

옆좌석에서 교통체증에 지루해하는 여자가 품은 집념이, 정말로 무서웠다.

7

아침, 아쓰코는 지하철 이타바시혼조역에서 기다리고 있었다.

'너무 멀끔해.'

통근하는 승객들 사이를 뚫고 개찰구를 나온 기요하루를 보고 생각했다.

머리를 너무 깔끔하게 정리했고 양복도 비싸 보인다. 저렴한 옷을 입으라고 입이 닳도록 말했는데. 지나치게 청결한 모습은 수사 대상에게 적대감과 경계심을 품게 한다. 경찰은 상대에게 만만해 보이는 편이 좋다.

"최선을 다했습니다."

아쓰코의 표정을 눈치챈 기요하루가 잽싸게 말했다.

"넥타이 풀어. 기분 나쁜 엘리트 냄새가 확 나니까."

"집에 돌아갈 수 없어서 어쩔 수 없었어요. 그래서 오기 싫다니까."

기요하루가 변명했다.

아쓰코는 입에서 튀어나오려는 잔소리를 집어삼키며 걷기 시작했다.

어젯밤에 술집에서 수사 회의를 할 때, 회사의 지시로 호텔에서 대기하고 있는 기요하루에게 이 탐문 수사를 억지로 권했다.

두 사람은 이미 자체적으로 중요참고인을 추려 놓았다.

5년 전에 실종되어 3년 전 산속에서 백골 사체로 발견된 쓰쓰미 히로아키. 마찬가지로 5년 전에 실종되어 4년 전 빈집에서 목을 맨 상태로 발견된 마쓰우라 마사야.

두 사람의 생전 소지품에 남아 있던 모든 전화번호와 이메일의 계약자 정보를 다시 조사한 결과 중복되는 이름을 하나 찾아냈다.

모로에 미나코. 29세, 독신.

쓰쓰미의 컴퓨터와 마쓰우라의 휴대폰에서 뽑아낸 각각의 이메일의 사용자 이름은 달랐지만 계약자는 모두 모로에였다. 현재는 전부 해지된 상태지만 본인 확인용 보험증과 면허증 사본이 남아 있어 가명이 아니라 실제 이름이라는 사실을 확인했다.

모로에의 이름은 다른 사건의 조서에도 남아 있다.

4년 전에 실종되어 3주 뒤 아라카와강 하천부지에서 부패한 사체로 발견된 아유사와 사토시. 마찬가지로 4년 전 실종되어 같은 하천부지에서 반백골 사체로 발견된 아카이와 다쿠.

당시 아유사와와 아카이와가 단골이었던 이케부쿠로의 바에 모로에도 드나들었다.

게다가 아유사와는 얼굴도 아는 사이로 실종 전날에 바에서 둘이 이야기를 나누는 모습을 목격한 사람도 있었다. 경찰에서 사정 청취를 할 때는 아유사와의 사망 소식을 듣고 도쿄에 있는 그의 본가에 분향을 갔었다는 사실도 밝혀졌다.

그러나 모로에 관련 수사는 더 이상 진행되지 않았다. 남녀 관계가 아닌 단순한 친구 사이였고 동기를 찾을 수 없었다. 더욱이 의심스러운 사람이 그녀 외에도 여럿 있었기 때문이었다.

그러나 새삼스럽게 지금에 와서야 모로에 미나코라는 존재를 중심으로 피해자 네 명에게 이어지는 선이 어렴풋이 보이기 시작했다…….

지금부터 모로에가 사는 맨션으로 향한다.

아쓰코는 걸어가며 설명했다.

"혼자 살아. 전화번호와 주소 모두 바뀌어서 4년 전에 아유사와 사건으로 사정 청취를 했을 때와는 달라. 직장도 당시에는 시부야에 있었는데 지금은 이케부쿠로에 있는 같은 패션 브랜드 계열점으로 바뀌었고. 가게 위치도 근무 일정도 다 조사해 놨어."

"확실히 지금 집에 있는 거죠?"

기요하루가 물었다. 모로에가 아침 이 시간에 집에 있다는 사실을 어떻게 확인했는지 알고 싶으리라.

"본점에서 발신 상태와 거처를 조사해 놨어."

본점이란 경시청 내 5과 7계 사무실을 뜻하는 말로, 그쪽에서 대기하고 있는 사람이 휴대폰 데이터의 발신 상태와 GPS 위치 정보를 하나하나 감시하고 있다.

"모로에의 휴대폰에 GPS 기능이 켜져 있으면 그대로 추적하면 돼. 꺼져 있으면 원격으로 GPS를 켜고 2초 정도 사이에 정보를 얻은 뒤 다시 꺼 놓지."

그런 식이면 휴대폰 주인이 눈치챌 일은 거의 없을 것이다. 그러나 불법 수사다.

"본점에서 전화로 우리가 찾아간다는 사실을 알린 직후에 방문할 거야. 내가 말할 테니까 당신은 그냥 웃고만 있으면 돼."

아쓰코는 모로에의 맨션 출입구와 주변 현장에 도착했다는 문자를 경시청 본부에 보냈다.

8분 후, 답장이 왔다.

모로에와 통화가 끝났다는 연락. 4년 전에 사망한 아유사와 사토시 건으로 수사담당자가 찾아뵙겠다고 본인과 직접 통화했다고 한다.

맨션 1층에서 카메라가 달린 인터폰으로 호출하자 모로에가 금방 받았다.

아쓰코는 엘리베이터를 탔고, 기요하루에게는 5층까지 계단으로 오라고 지시했다.

집 앞에 서서 초인종을 누르려는데 문이 열렸다. 도어스코프로 보고 있던 모양이다.

"여기서 말씀 좀 나눌 수 있을까요? 나가셔야 한다면 역까지 걸어가면서 이야기를 나눠도 괜찮고요."

부드러운 목소리로, 그러나 거절할 틈을 주지 않으며 물었다.

"10분이면 되나요?"

모로에가 되물었다.

"네."

아쓰코는 웃으며 대답했다. 가르친 대로 기요하루도 미소 띤 얼굴로 뒤에 서 있었다.

"그럼 여기서 하시죠."

모로에는 화장을 하는 중이었다. 실내복 차림으로, 막 출근 준비를 시작한 듯했다. 놀랐지만 긴장은 하지 않는 기색이었다.

"모로에 씨가 이케부쿠로의 'SELAN(셀란)'이라는 바에서 마지막으로 아유사와 씨를 만난 뒤 휴대폰으로 총 두 번 통화했다는 기록이 최근에 밝혀졌습니다."

최근이라는 점은 거짓이지만 기록 자체는 3년 반 전에 실제로 밝혀진 사실이다.

"예전에 경찰에 이야기했을 때, 제가 그 전화에 대해 아무 말도 안 했었나요?"

"바에서 만난 이야기는 하셨지만, 전화 건은 기록에 없습니다."

"그래요? 잊어버렸나? 죄송합니다."

"통화 사실을 파악하지 못한 저희 잘못입니다. 어떤 이야기를 나누었습니까?"

"그날 밤은 아유사와 씨가 먼저 집으로 돌아갔는데, 제 몫까지 계산했다는 말을 점원에게 들었어요. 그 사람은 학생이고, 저보다 어린 사람에게 얻어먹는 것도 싫어서 곧장 전화를 걸었는데 전철이라고 하더라고요. 그래서 일단 끊고 저도 바를 나와서 그 사람이 전철에서 내릴 시간에 맞춰 다시 한번 전화를 걸었어요. 내 몫은 내가 계산했으니까 당신에게 돌려줄 돈은 바에 맡겨 놨다고 말하고 금방 끊었던 것 같아요."

"그렇군요. 첫 번째는 20초, 두 번째는 1분 17초 통화하셨더군요."

"통화 시간은 알면서 내용은 모르나요?"

"알 수 없습니다. 안타깝게도."

문자나 SNS 등 문자 데이터와 영상 등은 일정 기간 확실하게 보존하지만, 일본 통신 회사가 일반 음성 통화 내용을 녹음해서 보존하는 경우는 거의 없다.

"문자를 보낼 수도 있었는데 왜 전화를 했습니까?"

"취해서 그랬나? 전 남자한테 얻어먹는 걸 정말 싫어해서. 곧바로 갚아야겠다는 마음을 표현하고 싶었던 것 같아요. 문자는 언제 읽을지 모르니까요."

"그 기분은 좀 알 것 같네요."

아쓰코의 입이 호를 그렸다.

모로에도 화답하듯 표정을 조금 풀며 고개를 끄덕였다.

"그럼 그때 아유사와 씨는 왜 계산을 한 거죠?"

"그전에 아유사와 씨의 부탁으로 제가 우리 회사 계열사에서 수입하는 이탈리아 브랜드의 힐을 직원가로 사 준 적이 있거든요. 바의 점원에게도 그 답례라고 말했다더라고요."

"여자에게 줄 선물로? 여자 친구였나요?"

"모르겠어요. 자세한 건 안 물어봤으니까."

모로에가 집 안으로 시선을 돌렸다. 시간을 확인하려는 듯했다. 곧 약속한 10분이다.

"아카이와 다쿠 씨는 아십니까?"

"모르는 사람이었어요. 다른 피해자 맞죠?"

"네. 같은 바를 즐겨 찾던 단골손님이었다더군요."

"사정 청취 때 들었어요. 마주친 적은 있을지 모르지만 기억에는 없어서."

"알겠습니다. 감사합니다."

아쓰코가 머리를 숙이자 기요하루도 그에 맞춰 머리를 숙였다.

"나중에 또 연락 드릴 수도 있습니다."

명함을 내밀었다.

"생각 나는 게 있으시면 언제든지 연락 주세요."

두 사람은 문 앞에서 물러났다.

"끝인가요?"

맨션을 나오자 기요하루가 물었다.

"오늘은 일단."

걸어가며 대답한 뒤 휴대폰을 꺼내 본청에 청취가 끝났다는 문자를 보냈다.

"부탁이 있는데요."

기요하루가 말했다.

"모로에의 옛날 사진을 구할 수 있을까요?"

"성형 때문에?"

아쓰코가 물었다.

"네."

모로에의 두 눈에 절개한 흔적이 있었다. 수술 솜씨가 좋아서 거의 티가 나지는 않지만, 직업 특성상 몇천 명의 얼굴을 관찰해 온 아쓰코 역시 눈치챘다.

"번거롭게 해서 죄송합니다."

"사과 안 해도 돼. 네가 보스잖아."

이유는 묻지 않았다. 옛날 사진을 구해 주면 결코 헛되게 쓰지는 않을 것이다……. 이 남자의 능력을 믿는 마음이 싹트기 시작했다.

"이후 일정은?"

아쓰코가 물었다.

"회사에 나갑니다. 발령 전에 자리를 정리하러. 7시 이후에는 퇴근할 생각이에요."

"그럼 호텔에서 기다려. 사진을 입수하면 일단 전화할게. 그 후에 만나서 이야기하고 싶으니까."

기요하루가 고개를 끄덕였고, 두 사람은 그 자리에서 헤어졌다. 기요하루는 구두 굽 소리를 내며 빠른 걸음으로 점점 멀어졌다.

'데려오기를 잘했어.'

그렇게 생각했다. 완전히 감추지 못한 엘리트 분위기와 건방진 점을 제외하면 역시 우수한 수사관이다. 종종 지나치게 날카로워지는 아쓰코의 말투와 시선을 회사원다운 부드러운 미소로 희석시켰다. 저 남자도 역시 프로다.

지금까지 여러 남자 수사관과 콤비로 일해 봤지만 방해만 된다는 느낌이 항상 따라다녔다. 특히 젊은 여성을 탐문 수사할 때 본청 수사관들과 관할서 사람들은 몹시 비굴하게 웃거나 이상하게 쌀쌀맞아졌다. 험악한 범죄자들만 상대한 부작용으로 여성을 대하는 방식이 완전히 서툴렀다.

그러나 기요하루는 달랐다. 요전에 아키루노시 사건 현장에서 중년 남성이 말을 걸었을 때도 느꼈지만, 누구를 대하든 상대에 따라 대응 방법을 바꾸고, 부드러운 언어로 말한다. 더욱이 둘이서 움직일 때 잡담은 나누지만, 수사 내용으로 대립하지는 않는다.

'마음에 드는 파트너다.'

이러한 생각에 당황했다. 그 남자는 경찰은커녕 중대한 범죄를 숨기며 살아가는 것과 다름없는 사람이니까.

한편으로는 '그래도……'라는 생각이 들었다. 이미 열 몇 시간이나 함께 보냈지만, 그에게서는 죄를 저지른 인간이 풍기는 냄새가 전혀 느껴지지 않았다.

범죄자의 '냄새'는 결코 이렇지 않다.

우수한 수사관이라면 누구나 안다. 분명 상대의 언어, 몸짓, 행동에서 감지하는 비유 비슷한 표현이지만, 진범과 마주하면 그가 아무리 선량한 사람인 척 연기해도 정말로 콧속에서 형언할 수 없는 불쾌한 냄새가 퍼진다.

왜 그 냄새가 느껴지지 않는 것일까?

아쓰코는 다시 기요하루로 생각이 뻗어 나가는 것을 머리를 흔들어 털어낸 뒤 다음 업무를 하러 움직였다.

피해자들이 생전에 근무했던 직장을 돌며 탐문 수사를 하니 어느새 오후가 되었다. 본청의 도요다에게 연락이 왔다. 모로에가 빨리도 움직였다…….

아쓰코는 밤 10시가 넘어 기요하루가 묵는 호텔에 도착했다.

한 손에 커피를 들고 방으로 들어가자 바닥에는 펼친 캐리어가, 침대에는 다림질한 화이트셔츠와 실내복이 나란히 놓여 있었다. 짐을 정리하던 듯했다.

"집으로 돌아가게 됐어요. 아무 데나 적당한 곳에 앉으세요."

기요하루가 말했다.

"모로에가 두 군데에 연락했어."

아쓰코가 선 채로 말했다.

"출근한 뒤 낮 휴식 시간에. 오후 2시 20분과 32분. 본인 휴대폰이 아니라 사무실 전화로. 두 군데 모두 적어도 최근 넉 달 동안은 한 번도 연락한 적 없는 번호야."

"상대는요?"

"자세하게 파악하는 데 시간이 걸려. 모로에가 다니는 의류 회사에서 법인으로 계약한 회선으로 통화해서."

"유명 기업이라서 통신 회사도 몸을 사리는 건가요?"

"그렇다고 할 수 있지. 그래도 내일 중으로는 알 수 있을 거야. 수신인은 법인이 아닌 개인 계약 번호 같으니까."

"빨리 움직였는데요."

"응. 너무 빨라. 뭔가 있는 것 같아?"

"아뇨. 계략이나 말맞추기 이전에 결단이 너무 빠른 점이 거슬려요. 아침에 탐문갔을 때 모로에는 침착했죠."

'역시 감이 좋군.'

아쓰코는 생각하며 고개를 끄덕였다.

"연기라기보다 이미 각오한 듯한 모습 같았어요."

"진상이 밝혀졌을 때를 대비해 마음의 준비를 해 두었다는 뜻이야?"

"네."

아쓰코는 소파에 앉아 컵을 입으로 가져갔다. 기요하루도 냉장고에서 생수를 꺼내 한 모금 마신 뒤 말을 이었다.

"모로에는 당황해서 전화한 게 아니라 이런 상황이 닥쳤을 때를 대비해 생각해 둔 대로 행동했다…… 아니, 이건 추리도 아니잖아. 근거 없는 이야기를 해서 죄송합니다."

"감으로 이야기하는 게 싫어?"

"싫습니다. 하는 것도 듣는 것도. 근거가 없는 말은 하고 싶지 않은데…… 글렀네요, 생각에 확신이 생기기도 전에 입이 먼저 움직이다니."

"괜찮아. 아무렇게나 말하는 거 아니니까. 아직 핵심은 못 잡았지만 지난번 패밀리 레스토랑 때보다는 좋아. 통찰력에서 비롯된 근거 있는 말이라는 걸 알겠거든."

기요하루가 순간 입을 다물자 아쓰코가 물었다.

"기분 나빠?"

"아, 네. 칭찬받으면 기분이 이상해요."

"하지만 진심이야. 괜히 듣기 좋은 말을 할 사이도 아니잖아. 옛날 사진 이야기를 꺼낸 것도 훌륭했어."

아쓰코는 가방에서 얼굴 사진 두 장을 꺼내 낮은 탁자에 나란히 놓았다.

"둘 다 모로에의 옛날 사진이야. 본가 주소를 알아내 그 지역 운전면허센터에서 받았지."

낮에 봤던 얼굴과는 다르다. 성형했다는 것을 분명하게 알 수 있었다.

"이게 열여덟 살 때. 고향인 도야마에서 자동차운전면허를 땄을 때 사진이야. 이건 도쿄에 와서 처음으로 면허를 갱신한 스물한 살 때 사진이고."

그 사이에 외모가 상당히 바뀌었다.

"또 있어."

가방에서 또 다른 사진 두 장을 꺼냈다.

"그로부터 2년 후인 스물세 살 때 찍은 여권 사진이야. 그리고 스물네 살 때 면허를 다시 갱신했을 때 사진."

얼굴이 단계를 거치며 크게 바뀌었는데 스물네 살 시점에 이상적인 얼굴로 완성된 듯하다. 오늘 아침에 본 얼굴과 크게 다르지 않았다.

다만 열여덟 살 당시의 모로에도 결코 못생긴 얼굴은 아니었다. 순박하고 귀엽다. 이후에 성형으로 얼굴이 예뻐졌다기보다 달라졌다는 인상이 강했다.

"이 네 장의 사진을 넣어 동영상 검색을 해 봤어. 그리고 걸린 게 이거."

다시 새 사진 한 장을 꺼냈다.

열여덟 살 때 얼굴인 모로에 미나코가 알몸으로 침대에 누워 있는 사진이었다.

"포르노 업로드 사이트 몇 군데에 올라온 동영상과 일치했어. 원본 영상도 가져왔는데 볼래?"

아쓰코가 휴대폰을 꺼냈다.

장소는 러브호텔. 상대 남자의 얼굴, 그리고 어깨와 허리를 가렸다. 특정 인물을 추측할 수 있는 문신이나 흉터가 있는 듯했다. 모로에는 성기를 포함해 전신이 찍혔다.

아쓰코가 말했다.

"11년 전에 도야마시 내 경찰서에 지금 본 것처럼 리벤지 포르노 피해를 당했다고 신고했어. 모로에는 이 남자가 틀림없이 헤어진 남자 친구라고 증언했어. 일단 수사를 하긴 했는데 영상이 업로드된 곳이 도야마가 아니라 나고야에 있는 인터넷 카페였고 그 시각에 다카야마라고 하는 전 남자 친구에게는 알리바이가 있었어."

"아무것도 할 수 없었겠네요?"

기요하루가 물었다.

아쓰코가 고개를 끄덕였다.

동영상에서 열여덟 살의 모로에가 내는 어설픈 신음소리가 새어 나왔다.

"변호사를 통해 사이트에 삭제 요청을 한 내용이 당시 수사보고서에 적혀 있어. 하지만 영상을 삭제해도 다른 누군가가 계속 업로드해 지금도 계속 인터넷에 남아 있지."

"전 남친 다카야마는 지금 뭐 합니까?"

"소재 불명. 7년 전에 연락이 끊긴 뒤 부모가 실종신고를 했어."

아쓰코가 동영상을 중지했다.

"네 추론을 듣고 싶은데."

"영상 때문에 고향에서 살 수 없었던 모로에는 도쿄로 올라와 얼굴을 바꾸고 새로운 인생을 시작했어요. 그 후에도 여러 번 성형을 해서 본래 얼굴을 없애고 과거의 괴로운 기억도 지워 버렸죠. 그런데 그때 전 남친이 다시 나타난 거예요. '그 영상 속 여자가 모로에의 옛 모습이고, 지금 얼굴은 성형한 것'이라고 폭로하겠다고 협박했겠죠. 아니면 반대로, 진심으로 반성하고 있으니 다시 한번 기회를 달라고 빌었을지도 모르고요."

"나쁘지 않아. 그래서?"

"어느 쪽이든 모로에에게는 난처하고 용서할 수 없는 일이었을 거예요. 그리고 누군가에게 상담했을 겁니다. 그런데 상담해 준 상대는 나쁜 인간이거나 정상이 아닌 사람이었겠죠. 도와준 사람이 남자였다면 한 명. 여자였다면 여러 명. 보통 여성이라면 적어도 셋 이상이 덮쳐야 자신들이 다치지 않고 성인 남성을 수월하게 죽일 수 있어요."

"모로에의 전 남친이 최초 피해자였겠지. 공범자가 있다는 의견에도 동의해."

아쓰코는 컵에 입을 대면서 기요하루를 쳐다봤다.

"하지만 그 공범자와 어떤 관계인지 지금 단계에서는 전혀 모르겠어. 나는 모로에를 좀 더 추적해 볼게. GPS를 이용한 위치 추적도 계속할 테지만, 그것도 하루 이틀 사이에 결과가 나오는 건 아니니까."

"어떻게 쫓을 겁니까?"

"15분 간격으로 모로에의 휴대폰 위치 정보를 파악하고, 그 사이에 이루어진 통화와 문자, SNS 통신기록을 조회해서 행동을 분석할 거야."

"그것도 불법이죠?"

"뭐 그렇지. 내가 추적하는 동안 당신도 해 줘야 할 일이 있어."

두꺼운 파일에서 서류 한 장을 빼서 기요하루의 앞에 놓았다.

과학수사연구원이 제출한 보고서였다. 레이미 친모의 사체, 남성 네 명의 사체에서 공통으로 나타난 경추 손상에 대한 견해가 적혀 있었다.

① 다섯 건에 유사성이 있다고 판단한다.

② 충격의 정도로 추정컨대 즉사하지 않고 의식이 있는 상태로 목 아래가 마비되었거나, 의식을 잃었다가 정신을 차렸을 때 목 아래를 자유롭게 움직이지 못하는 상태였을 것이다.

"전문가의 소견으로는 보자마자 눈치챌 수 있을 정도로 닮았대. 그런데 다른 의문도 제기됐어."

③ 같은 종류의 손상이 발견된 사례가 한 건 더 있다.

과학수사연수원의 데이터에 손상 흔적이 비슷한 살인사건이 하나 더 기록되어 있었다. 피해자는 중년 여성이었다.

"그 피해자에 대해 조사해 줘."

아쓰코는 커피를 한 방울도 남기지 않고 조용히 단숨에 들이켰다.

"좋은 아침입니다, 기요하루 씨."

예약 시간에 맞춰 아침 8시 30분에 객실 담당 직원이 캐리어를 가지러 왔다. 짐을 집까지 택배로 보낼 계획이다.

날씨가 화창했다. 객실의 열리지 않는 창문 너머로 펼쳐진 풍경을 더는 바라보지 않아도 된다고 생각하니 역시나 기분이 좋았다. 양복을 입고 넥타이를 맨 뒤 방을 나왔다.

체크아웃할 때, 리셉션 매니저가 "손님께서 저희 호텔을 당분간 이용하실 일이 없기를 진심으로 기원합니다"라며 뒷문으로 배웅해 주었다.

5월 24일, 목요일.

오늘부터 한동안 지금까지 거래해 온 거래처를 돌며 자회사 발령 소식을 알린다.

오전에는 하청 업체를 방문해 화과자를 건네고 급작스러운 이동으로 업무에 불편을 주어 죄송하다고 사과했다.

"아쉽네."

전장품 기업의 주임이 말했다.

"기요하루 씨, 좋은 의미로 상사맨 같지 않았거든요. 일하기 편했는데."

불안한 듯 이야기하면서 후임자와의 관계를 염려했다.

알고는 있었지만, 자신이 쉽게 대체할 수 있는 인간이라는 사실을 뼈저리게 느끼는 것은 역시 기분이 좋지 않다.

두 번째 회사로 향하는 중에 메이와 푸드 시스템즈의 도카노 과장에게 문자가 왔다.

개인 업무 계획표를 제출하라고 적혀 있었다.

앞으로 1년간의 개인 업무 목표를 금액까지 포함해 구체적으로 작성해서 관리자에게 제출하는 것으로, 내용은 소속 부서 내에 공유된다. 개인의 문제 해결 능력과 매니지먼트 능력을 어필할 수 있는 중요한 기회이므로 닛키메이와 그룹의 직원이라면 누구나 힘을 잔뜩 주어 작성한다.

유능한 면을 적당히 내보이라는 말이다. 전출된 회사에서 지나치게 두드러진 성과를 보여도 환영받지 못하지만, 그렇다고 마치 능력 없는 듯 굴었다가는 무시하며 상대해 주지 않는다.

'그래. 내 본업은 상사 회사 직원이다.'

멍하니 생각하는 스스로에게 허무함을 느꼈다.

오후 3시에 방문 일정을 끝내고 JR 소부선을 탔다.

과학수사연구원 데이터에 남아 있는 여섯 번째 사건의 현장으로 향한다.

9년 전, 에도가와구 기타코이와에 있는 단독주택에서, 거주자인 어머니는 목이 졸려 살해되고 딸은 행방불명됐다.

다키모토 유코, 당시 42세. 다키모토 마야, 14세. 단 두 식구였다.

우선 유코의 직장에서 직원에게 연락이 닿지 않는다며 고이와 경찰서에 신고했다. 그리고 마야가 다니던 중학교에서도 학생이 무단결석을 하는데 보호자에게 연락이 닿지 않는다고 신고했다. 경찰이 다키모토 모녀의 집을 찾아갔더니 현관은 잠겨 있었고 유코는 집 안에서 사망한 상태였다.

사건 현장이 된 집은 지금은 남아 있지 않다.

4년 전에 대규모 재개발이 시행됐고 일대는 전부 상가와 맨션으로 구성된 복합시설로 바뀌었다. 평일 오후, 길거리를 오가는 사람이 제법 많다. 스무 군데쯤 되는 상가 공간은 이미 가득 차 있었지만, 사건이 일어난 집이 있던 한 군데만은 셔터가 내려가 있었다.

교살당한 다키모토 유코는 가스 회사 영업소에서 근무했고, 직장에서는 조용한 사람이었다.

그러나 생활비 때문에 여러 남자들과 애인 계약을 맺고 매달 일정 금액을 받고 있었다는 사실이 밝혀졌다. 그 때문에 행방불명된 딸 다키모토 마야와도 몇 번이나 부딪혔다고 한다.

언론에는 발표되지 않았지만 다키모토 유코의 목에는 전기 코드선이 감겨 있었다. 목을 매고 자살한 것처럼 꾸미려다가 몸을 허공으로 끌어올리지 못하고 도중에 포기하는 바람에 두 다리로 선 채로 죽은 기묘한 상태로 발견되었다.

이 사건에는 중요참고인이 두 명 있었다.

기요하루는 다음 목적지로 걸어가면서 이 남자들에 대해 생각했다.

한 명은 다도코로 에이타. 당시 서른 살의 기혼자로 평소에 유코와 연락하고 지냈으며 사건 당일에도 만날 예정이었다. 그러나 근무지인 공장을 나온 뒤 행방불명됐다.

사건과 직접적인 관계는 없지만, 과거 대학 시절에 교사의 꿈이 좌절된 적 있는 남자다.

초등학교에서 교생 실습을 할 때 5학년 여학생이 가정 폭력을 당한다는 사실을 눈치챘다. 그 니키 이치카라는 학생의 가족은 부모와 남동생, 여동생까지 다섯 식구였다. 동생들은 모두 중증의 유전자 장애를 안고 있어 스물네 시간 돌봐야 했다.

부모는 이치카에게도 지나칠 정도로 동생들의 간호를 강요했고 싫어하는 기색이라도 내비치면 체벌을 가했다. 그런 이치카의 가슴과 배에서 수많은 구타의 흔적이 발견되어 이치카는 아동보호시설로 보내졌고 부모는 경찰의 취조를 받게 됐다.

그러나 부모는 오히려 다도코로가 딸을 성희롱해서 상처를 발견했다며 고소했다. 피해 증거는 전혀 없었지만 다도코로도 취조를 받았고 보호자들이 불안하다며 항의하는 바람에 실습도 중단됐다. 그리고 복귀하지 못한 채 사실상 교원 자격을 취득할 수 없게 됐다.

이치카의 부모는 불구속기소 되었고 집행유예를 선고받았다. 이치카도 반년 동안 보호시설에서 생활한 뒤, 집으로 돌아갔다. 이후 동생들은 병세가 악화해 연달아 사망했다.

그리고 이치카는 부모와 함께 이사했다. 그러나 아쓰코가 구청에서 전출입 기록을 조회한 결과 신고 이력이 없으며 세 가족의 행방을 파악할 수 없었다.

기요하루는 지금도 운영하는 오래된 아동복지관 앞에 서 있었다.

또 다른 중요참고인, 도가시 요시미가 근무했던 곳이다.

사건 당시 26세, 독신.

행방불명된 다키모토 마야도 초등학생 시절 방과 후에 아무도 없는 집으로 돌아가지 않고 평일에는 거의 매일 이 아동복지관에서 시간을 보냈다.

도가시와 마야는 사이가 좋아 서로 이메일과 전화번호도 주고받았다. 그 사실을 안 수사관이 사정 청취를 요청했고 도가시는 순순히 응했다.

그러나 청취 당일, 도가시는 부모와 함께 살던 지바현 이치카와시의 맨션을 나선 뒤 행방불명됐다. 실종 9개월 전, 도가시는 대장암 수술을 받았다. 초기인 데다 예후도 좋았지만, 거액의 치료비로 본인은 물론 부모가 모아 둔 돈까지 바닥나 생계가 곤란해졌다.

도가시의 방에서는 마야의 지문이 묻은 만화책과 땀이 묻은 손수건도 발견됐다.

기요하루는 수상한 사람이라고 의심받지 않도록 걸어가면서 곁눈으로 아동복지관을 관찰했다.

학년을 불문하고 많은 초등학생이 드나들었다. 창문 안쪽에서 아이들과 놀아 주는 운동복 차림의 직원들도 보였다.

만약 내가 범인이라면…….

돈과 애정이 뒤엉켜 유코를 우발적으로 죽였는데 그녀의 딸 마야가 범행을 목격했다면? 그 자리에서 딸도 죽였겠지. 소란스러워질 위험을 감수하면서까지 굳이 집 밖으로 데리고 나갈 이유가 없다.

반대로 마야를 납치하려는데 유코가 집으로 돌아왔다면? 유코를 죽여도 그 죽음을 자살로 꾸밀 여유 따위 없었을 것이다. 그 사이에 마야가 소란을 피우거나 도망칠 수 있다. 애당초 현장에는 다툰 흔적이 전혀 없었다.

돈이 아무리 궁하다고 해도 편모 가정의 자녀를 돈을 노리고 유괴하지는 않는다. 차별성 발언 같아도 그것이 현실이다.

살해된 엄마와 유괴된 딸이라는 두 가지 사건을 우연히 같은 날 각각 다른 범인이 저지른 사건이라고는 도저히 생각할 수 없다. 단 지금까지의 경찰 조사에서는 평소 다도코로와 도가시 사이에 접점은 발견되지 않았다.

그 이후 TV 등 매체에 마야의 사진과 인상착의가 공개됐지만 여전히 행방을 찾을 수 없다. 그녀의 아버지는 10년도 더 전에 재혼해 새 가정을 꾸렸기에 사건에 적극 관여하려 하지 않았다.

누가 누구를 위해 죽였고 왜 세 사람은 모습을 감췄는지. 몇 번이나 거듭 생각했다.

한 가지 극단적인……, 다른 사람에게 말하면 비웃기는커녕 무시당할 법한 이야기가 기요하루의 머릿속에서는 서서히 뚜렷한 형태를 잡아가기 시작했다.

날이 저문다. 슬슬 가봐야 한다.

아쓰코가 저녁 7시에 아카바네에 있는 기요하루의 집에 오기로 했다. 그다지 달갑지는 않지만 호텔을 나온 지금 주변을 경계하지 않으면서 만날 수 있는 장소가 달리 없었다.

기요하루는 온 길을 되돌아갔다. 조금 전에 지나온 복합시설 사이를 지나갔다.

패스트푸드점과 드럭스토어 앞을 지나 셔터가 내려진 사건 현장 터에 접어들었을 때, 머리 위로 갈색의 무언가가 몇 개 보였다.

저녁노을에 물들어 빛나며 떨어졌다. 새 떼가 아니다. 맥주병이었다.

즉시 몇 걸음 물러났다.

맥주병이 근처에 차례로 떨어져 메마른 소리를 내며 깨졌다. 길바닥에 부딪혀 튀기는 소나기 방울처럼 잘게 부서진 유리 조각들이 바지로 날아왔다. 옆에서 아이를 데리고 있던 엄마가 비명을 질렀다.

맨션 위에서 떨어진 것은 분명하다. 베란다나 외부 계단을 빠르게 훑었지만 눈에 띄는 모습은 없었다. 다시 메마른 소리가 울려 퍼졌다. 조금 전보다 가까운 곳에서 병이 산산조각 났다. 기요하루는 곧바로 근처에 있는 아케이드 밑으로 뛰어들었다.

맥주병이 계속 떨어졌고 겁먹은 행인들은 지붕 밑이나 상점 안에서 하늘을 올려다보며 경찰에 신고했다.

기분 나쁜 장난? 경고? 아니, 그런 시답잖은 것이 아니다. 직접 맞았으면 목숨이 위험할 뻔했다.

기요하루는 뒤도 돌아보지 않고 서둘러 역으로 향했다.

전철 안에서도 주위를 경계했다.

자신을 지켜보며 노리는 사람이 있다……. 그 증거가 처음으로 거칠게 드러났다.

사라지지 않고 미열처럼 이어지는 짜증을 안고 아카바네역 서쪽 출구를 빠져나왔다.

저녁 7시, 싫어하는 시간대였다. 퇴근이나 하교하는 인파가 개찰구를 지나 거리로 흩어지며 제각각 돌아갈 곳으로 발걸음을 옮겼다.

비참한 패배감과 염치없는 후회가 다시금 가슴속에서 기어 올라왔다. 그 감정을 억지로 내리누르며 맨션으로 걸음을 재촉했다.

걸음이 점점 빨라졌다. 빠르게 걸으면 마치 슬픔을 억지로 벗겨 내거리에 버려 두고 갈 수 있을 것처럼. 그러나 과거부터 이어진 마음의 짐은 계속 따라왔다. 마음속 죄의식은 결코 사라지지 않는다.

맨션 앞 도로 건너편, 전봇대의 으슥한 곳에 왜건이 서 있었다.

입구로 들어가려고 하자 비디오카메라를 든 남자가 차에서 내려 다가왔다.

남자는 주간지 기자라며 말을 걸었지만, 기요하루는 눈길도 주지 않고 자동 잠금 문으로 들어갔다. 택배함에 도착한 캐리어를 꺼낸 뒤 엘리베이터로 향했다.

처음 보는 사람이 엘리베이터 홀 구석에 있는 것을 발견하고 걸음을 멈췄다.

"안녕하세요."

초로의 여인이 다가왔다.

"누구신지……."

말하는 도중 깨달았다. 후지누마 노리코, 레이미를 습격했던 죽은 스토커 후지누마 신고의 어머니. 다른 맨션 거주자 사이에 숨어들어 왔나? 기요하루는 곧바로 등을 돌렸다.

"무슨 일이 있어도 하고 싶은 말이 있어요. 아들은 그 여자에게 이용 당했어요."

"죄송하지만, 할 말이 있으시면 변호사를 통해서."

"변호사를 통하면 들어는 주고? 안 들어줄 거잖아요? 그래서 온 거예요. 실례인 줄은 알아요. 하지만 목숨이 달린 일이에요. 다음에는 당신이 위험하다고요."

맨션 밖, 닫힌 자동 잠금 문 너머가 환했다.

기자가 조명을 비추며 촬영하고 있었다.

기요하루는 엘리베이터 버튼을 눌렀다. 그 팔을 후지누마 노리코가 잡았다. 노인이라고는 생각할 수 없는 힘. 뿌리치고 싶었지만 카메라가 찍고 있었다. 거칠게 행동할 수 없었다.

"유즈키 레이미가 아들을 모함했어요."

후지누마의 호흡이 점점 거칠어졌다.

"당신도 속고 있어요. 지금이라도 정신 차려요. 그리고 그 여자가 죗 값을 치르게 합시다."

누군가 밖에서 문을 두드렸다.

아쓰코였다.

기요하루는 팔을 잡힌 채 후지누마를 질질 끌 듯 걸어가 문을 열었다. 아쓰코는 들어오자마자 경찰 신분증을 꺼내 뒤따라 들어오려는 기자들을 저지했다.

 "불법 침입입니다."

 강경하게 말한 뒤 곧바로 후지누마에게 고개를 돌렸다.

 "그 사람한테 떨어지세요. 폭행 현행범으로 체포할 수도 있습니다."

 "이야기만 좀 하고 싶을 뿐입니다."

 "떨어지세요. 상처를 입히면 상해죄도 성립됩니다."

 "그러려는 게 아니라!"

 기요하루는 큰 소리로 말하는 후지누마 노리코를 뿌리치고 엘리베이터에 탔다. 후지누마를 막으며 아쓰코도 탔다.

 "고맙습니다."

 기요하루가 말했다.

 "별말씀을."

 아쓰코가 말했다.

 "그보다 어땠어?"

 기타코이와의 일을 물었다. 맥주병에 맞을 뻔한 이야기를 하면서 엘리베이터에서 내렸다.

 "나한테도 미니밴이 붙었어."

 크림색 도요타 알파드가 미행하기에 차량번호를 조회했는데 위조 번호판이었다고 한다.

 두 사람의 수사를 누군가가 몹시 싫어하고 있다…….

 기요하루는 현관문에 설치한 잠금장치 두 개를 열쇠로 열었다.

 "잠시 기다려 주시겠어요?"

혼자서 집으로 들어가 이상이 없는지 확인했다.

집으로 돌아온 것은 레이미가 갑자기 찾아온 날 이후로 처음이다. 거실의 낮은 탁자에는 레이미가 다 마신 레몬차 컵이 그대로 놓여 있었다.

현관 신발장 부근과 복도에 문제는 없었다. 그러나 침실에 숨겨 둔 비디오카메라가 꺼져 있었고 메모리 카드도 사라진 상태였다.

사라진 것은 영상 데이터뿐. 어지럽히지도 않았고 창문도 깨지 않았다. 문을 따거나 복제 열쇠로 열고 들어왔나? 하지만 프로의 솜씨라고 보기는 어려웠다.

됐다. 확인해 보면 금세 알 수 있다.

그밖에 숨겨 놓은 카메라 두 대와 무선으로 미러링해 둔 데이터는 무사했다.

현관문을 조금 열고 안에서 고개를 젓자 아쓰코는 그것만으로도 상황을 이해했다. 복도로 나와 휴대폰으로 택시를 불렀다.

"침입자로 짐작 가는 놈은?"

아쓰코가 소곤거렸다.

"지금은 아직 아무것도요."

캐리어를 끌며 다시 엘리베이터를 탔다. 이번에는 지하 1층에 내려 주차장을 빠져나와 뒷문으로 돌아갔다.

택시에 타기 직전에 다시 후지누마 노리코와 기자에게 들켰지만 택시 기사는 매정할 정도로 단박에 문을 닫았다.

"그 여자가 뭐라고 했는지 알려 줘요. 악행을 폭로하고 싶어요!"

후지누마의 말을 끝으로 택시는 출발했다. 기자의 카메라가 그 모습을 전부 찍었다. 후지누마의 모습이 점점 작아졌다.

아카바네 자연 관찰 공원 옆을 지나쳐갔다. 한숨이 새어 나오는 동시에 배가 꼬르륵거렸다. 아침부터 아무것도 먹지 않았다.

택시가 교차로에서 천천히 우회전했다. 순간, 격심한 충격이 몸을 관통했다.

사고다. 뒷좌석 왼쪽, 아쓰코의 옆에 있는 문이 움푹 찌그러지고 창문이 깨졌으며 차체가 옆으로 미끄러졌다. 반대 차선에서 신호를 기다리던 트럭의 짐을 싣는 부분에 심하게 부딪쳤고 기요하루도 창문에 머리를 부딪쳤다.

"윽, 이런."

택시 기사가 에어백에 얼굴을 묻고 말했다.

신호를 무시한 미니밴이 속도를 줄이지 않고 들이받았다. 그러고는 운전자가 튀어나오더니 저 멀리 사라졌다.

"구급차 불러!"

아쓰코가 찌그러진 문을 발로 차서 열고 그 뒤를 쫓았다.

미니밴의 차종은 도요타 알파드, 색상은 크림색……. 아쓰코를 미행한 차다.

기요하루는 즉시 주위를 둘러보며 경계하면서 119에 연락했다.

"괜찮으세요?"

택시 기사에게 물었다.

"손님이야말로 괜찮아요?"

고통스러운 목소리로 되물었다.

차에서 내려 다시 한번 주위를 경계했다. 창문에 부딪힌 머리가 아팠다. 정면이 부서진 알파드의 헤드라이트가 이쪽을 강하게 비추고 있었다.

구급차와 경찰차보다 더 빨리, 기자들이 탄 왜건이 달려와 비디오카메라로 또다시 기요하루를 찍었다.

기요하루가 호텔로 돌아갔을 때는 밤 1시가 넘은 시간이었다.

아침에 막 체크아웃했는데 똑같은 캐리어를 끌고 다시 체크인을 한다. 안전하게 묵을 곳이 달리 떠오르지 않았다.

"다녀오셨습니까."

호텔 직원이 웃는 얼굴로 맞았다. 그 배려에 오히려 비참한 기분이 들었다.

사고 후 경찰 조사를 받고 나서, 택시 기사와 택시 회사에서 간절하게 권하는 탓에 어쩔 수 없이 병원에서 엑스레이를 찍었다.

아쓰코는 '머물 곳을 알려 줘. 나중에 만나러 갈게'라고 문자를 보냈다. 수사에 대해 의견을 나누려고 했는데 사건 사고가 거듭 일어나면서 아직 한마디도 나누지 못했다.

새 객실로 들어가 집에서 가져온 영상 데이터를 확인했다.

침입자는 금방 나타났다.

약간 뚱뚱하고 은테 안경을 낀 마흔 전후의 남성이었다. 영상을 검색하니 4년 전 체포 당시 영상과 판결을 받을 때의 뉴스 영상이 여럿 나왔다.

남자의 이름은 미야지마 츠카사. 전직 성형외과 의사로 권총과 실탄을 불법 소지한 죄로 체포되어 징역 3년 6개월 실형을 선고받았다.

동생 유마에게는 사고 직후에 연락해서 무사하다고 알렸다. 후지누마 노리코가 숨어서 기다릴지 모르니 당분간 아카바네의 맨션에는 가지 말라고 했다.

택시 창문에 부딪힌 머리가 아팠다. 목과 어깨도 쑤신다. 여전히 아무것도 먹지 않은 상태지만 식욕은 사라졌다.

벨이 울렸다. 아쓰코다.

"미야지마는요?"

기요하루는 문을 열며 곧바로 물었다.

"놓쳤어."

아쓰코는 미야지마의 이름을 듣고도 놀라지 않고 대답했다. 이마에는 거즈를 붙이고 팔에는 붕대를 감았다. 사고가 났을 때 유리에 찔린 듯했다.

"4년 전 미야지마 사건, 담당했었죠?"

"내가 체포했어."

아쓰코가 고개를 끄덕였다.

"당신 집에 침입한 인간도 그놈이지?"

기요하루는 노트북 화면을 보여 줬다. 미야지마가 도청기를 설치하려고 집 안을 확보했다. 그러나 카메라 렌즈를 발견하고는 당황하며 전원을 끈 뒤 메모리 카드를 꺼내는 장면으로 화면은 꺼졌다.

"완전 아마추어네."

아쓰코가 말했다.

오늘 밤 사고는 경고겠지. 진심으로 죽일 생각이었으면 택시에 타고 있을 때를 노리지는 않았을 것이다. 밤길에 숨어 있다가 칼로 찔렀으리라.

앞으로 어떻게 나올지 모르겠다. 첫 경고로 상대를 공포로 몰아넣은 뒤 살해한 사례도 적지 않다. 미야지마가 훈련받지 않은 아마추어라고 해도 혼란한 틈을 타 뒤에서 접근해 필사적으로 칼을 겨누면 피할 도리가 없다.

그리고 하나 더. 미야지마의 존재만큼이나 커다란 문제가 있다.

"교차로를 돈 직후에 맞춰 속도를 줄이지 않고 그대로 들이받는 건 누군가의 신호를 받지 않은 이상 어려울 겁니다. 우리 집에도 현관문을 부수지 않고 침입했죠. 잠금장치 두 개를 열 수 있는 복제 열쇠를 쉽게 구할 수 있을 것 같지도 않고요."

아쓰코가 고개를 끄덕였다.

공범이 있을 텐데 누군지 모르겠다.

"어쩌다 원한을 샀어요?"

기요하루가 물었다.

"모르겠어. 다른 사건으로 체포한 총기 마니아의 컴퓨터에 있던 암호화된 목록을 풀었더니 미야지마 츠카사가 나왔어. 체포하고 병원도 폐쇄시켰지. 이후에 이혼했고 자식도 만나지 못한다는 것 같아. 하지만 그런 걸로 원한을 샀다고 한다면 지금까지 내가 체포한 모든 사람에게 원한을 샀다고 할 수 있지."

자기 잘못으로 체포당했는데 오히려 경찰에게 원한을 품는다. 미야지마의 원한을 누군가가 자극해서 이용했을지도 모른다.

"다만 미련은 있어."

아쓰코가 말했다.

"미야지마의 휴대폰에서 이번에는 마니아들에게 총기를 유통한 브로커인 폭력조직원 이름이 나온 거야. 임의 출석시켜서 체포할 계획이었지. 그런데 수사1과 8계에서 요청이 들어왔어. 브로커가 유통한 총이 범행 도구로 사용된 다른 살인사건을 쫓고 있으니까 범인을 며칠 놔두고 행동 범위를 살펴보라고. 처음에는 거절했지. 하지만 위에서 명령이 떨어지는 바람에 따를 수밖에 없었어."

"브로커가 도망갔군요."

"응, 외국으로. 1과는 살인 용의자를 체포했고. 그 일을 누군가가 알아내서 미야지마에게 바람을 넣었을 가능성도 있어. 넌 잡혔지만 네게 총을 판 더 나쁜 놈은 보란 듯이 도망쳤다고."

"미야지마와 모로에 미나코가 아는 사이일 가능성은 없을까요?"

"없어, 아직까지는. 자, 드디어 본론이네……."

늦은 밤 수사 회의가 시작됐다.

"어제, 모로에 미나코가 회사 전화로 연락한 두 곳의 전화번호와 계약명의자의 이름을 알아냈어. 오노지마 시즈카, 시게미쓰 마도카. 둘 다 30대 여성이야. 학력과 경력에 모로에와 공통점은 없고."

"세 사람의 관계는요?"

기요하루가 물었다.

"아직 확실히는 몰라. 다만 모로에가 전화한 뒤 오노지마와 시게미쓰가 서로 문자를 주고받았으니까 아는 사이인 건 틀림없어. 문자 내용도 확인할 수 있도록 지금 알아보고 있어."

"부주의하다고도 할 수 있고, 일부러 드러냈다고도 할 수 있겠네요."

"모로에의 행동이? 나도 그렇게 생각해."

"그 여자는 본인의 죄가 드러나는 걸 두려워하지 않아요. 도리어 발각되면 이제 끝이라며 안도할 겁니다."

기요하루가 말했다.

말이 아니라 행동으로 드러나는 죄의 고백. 그것은 죄책감에서 비롯된 것일까? 주범은 오노지마와 시게미쓰, 모로에는 어디까지나 종범으로 죄가 가볍다고 생각하기 때문일까?

"뭐, 그 태도를 포함해 모로에의 행동은 전부 계략이고 우리를 속이려는 걸지도 모르지만."

"우리를 속여서 어쩌려는 건데요?"

"그것도 아직 몰라."

"알아내려면 시간이 좀 더 필요한가요?"

"응. 모로에, 오노지마, 시게미쓰. 세 사람의 관계를 밝혀낼 실마리가 될 정보를 아직 전혀 모으지 못했으니까. 당분간은 상황을 지켜봐야지."

"열흘 정도?"

"아니, 그보다 더. 아무리 빨라도 한 달."

"번거롭네요. 그런데 모처럼 경찰과 다른 방식으로 수사하기로 했으니까 한번 시험해 볼래요?"

"제안이야?"

"네."

기요하루는 다소 과격한 계획을 설명하기 시작했다.

8

기요하루는 침대에 누웠다.

두 눈을 뜨고 객실의 천장을 멍하니 바라봤다.

새벽 5시 20분. 창밖으로 벌써 동이 텄다.

보름 전까지는 이 시간이면 출근 준비를 시작했다. 평일에는 오전 7시부터 시작하는 회의가 사흘, 남은 이틀도 이른 아침부터 사내 강의와 교류 모임이 있었다. 이런 주간 일정이 일상이었고 힘들다고 생각한 적도 없다.

몸은 여전히 그때의 사이클대로 움직인다. 그러나 이 시간에 일어나도 할 일이 없다.

5월 29일, 화요일.

지난주부터 거래처를 돌며 발령 사실을 보고하고 있어도 호텔을 나서는 시간은 아무리 빨라도 오전 9시다. 매일, 아침이 길다.

택시 충돌사고가 난 지도 벌써 5일이 지났다. 창문에 부딪힌 이마의 부기도 빠졌고 약 덕분에 목의 통증도 사라졌다. 아카바네 맨션에는 돌아가지 않았다. 카메라와 경보장치를 더 설치해야 한다고는 생각했지만 도둑맞으면 안 되는 물건이 없다는 사실을 깨닫고 그만두었다.

기타코이와의 맨션에서 맥주병을 던진 사건은 TV 와이드쇼에서 여러 번 보도되었고 경찰도 계속 수사하고 있다. 그러나 범인은 잡히지 않은 상태다.

휴대폰이 울렸다. 다노우에 과장이었다.

―오늘 집으로 돌아가지?

"네. 차로 데려다주려고요."

유즈키 레이미의 이야기였다. 오늘 퇴원한다.

―회사에서 쾌유를 축하하는 선물을 보내고 싶어. 상품권 10만 엔, 자네가 준비해 줘.

"알겠습니다. 감사합니다."

쾌유 축하 선물은 핑계다. 과장은 내가 풀이 죽었는지 확인하고 격려하려고 굳이 이런 시간에 전화를 걸었을 것이다.

택시 충돌사고와 후지누마 노리코의 잠복 사건은 진작에 문자로 보고했는데, "법무팀에서 대응할 테니 자네는 가만히 있어"라고 했다. 거

래처의 혐오스러운 중역이 성희롱으로 좌천됐다는 소식을 들었을 때
는 절로 웃음이 터져 나왔다.

전화를 끊고 침대에서 일어나 커튼을 걷었다.

하늘이 맑다. 기분이 조금은 갰다.

병원 현관 앞 정차 공간에 세워 둔 렌터카에 레이미가 탔다.

캐미솔과 흰 블라우스, 카디건, 면바지. 입원했을 때와는 달리 엷게
화장도 했다. 수수하고 튀지 않는 복장이 오히려 단정한 용모를 돋보
이게 했다.

도요타 코롤라 악시오를 빌려 왔는데 짐은 숄더백과 캐리어 하나뿐.
예상했던 것보다 훨씬 적었다. 필요 없는 것들은 레이미의 아버지가
미리 옮겨놓은 듯했다.

"천천히 와도 돼."

레이미의 어머니가 레이미에게 말했다. 둘이서 드라이브라도 하고
오라는 뜻이다.

배웅하는 간호사에게 고개를 까닥하며 인사하고 출발했다.

여전히 경계를 늦추지 않았다. 택시 충돌사고를 일으킨 미야지마 츠
카사의 행방을 아직 모른다. 미행이나 잠복에 주의하며 일단 고속도로
를 탔다가 다시 일반도로로 빠져나왔다.

기요하루가 자신의 차가 아닌 렌터카를 빌려온 이유를 레이미도 알
고 있다. 미야지마라는 전혀 달갑지 않은 새 등장인물의 이야기를 전
해 들었다. 후지누마의 어머니 노리코는 병원 특실에서 나온 레이미에
게 이전보다 더 집요하게 들러붙을 것이다.

오전 햇빛이 정면 창문으로 가득 들이쳐서 마치 여름처럼 눈이 부셨다.

노리모토 아쓰코는 약속대로 메지로 거리의 교차로에서 기다리고 있었다.

아쓰코가 멈춰 선 토롤라 악시오의 뒷좌석에 타자 차 안이라는 밀실을 활용한 회의가 시작됐다.

"우선 모로에 미나코에 대해 이야기할게."

아쓰코가 입을 뗐다.

"이 여자의 어떤 점이 수상한지는 이미 들었지?"

"네."

레이미가 고개를 끄덕였다.

"행적을 추적했더니 지난주 모로에의 집에 탐문갔던 그날 오후, 모로에는 본인의 직장에서 두 군데에 전화를 걸었어. 그 상대가 오노지마 시즈카와 시게미쓰 마도카야."

기요하루는 전방을 주시하며 운전에 집중했다.

"전화 두 건 외에 모로에에게 평소와 다른 움직임은 없었죠?"

레이미가 물었다.

"응. 평소와 같은 시간에 출근해서 일이 끝나면 바로 집으로 돌아갔어. 친구와 밥을 먹거나 술을 마시러 가지도 않았고, 남자가 있는 낌새도 전혀 없어. 재미없는 생활 패턴이 오히려 수상해 보일 지경이야."

"그러면……."

"함정이라고 말하고 싶은 거지? 당신이 뭘 생각하는지 알아. 우리도 오노지마와 시게미쓰에게 관심을 돌리려고 일부러 연락했을 가능성을 의심했거든. 최근 일주일 동안 오노지마와 시게미쓰의 신변도 조사했으니까 그걸 보고 당신은 어떻게 생각하는지 듣고 싶어."

레이미는 아쓰코가 건넨 자료를 읽었다. 자료에는 약간 뚱뚱하고 수수한 차림을 한 여자의 얼굴과 전신사진이 첨부되어 있었다.

"오노지마 시즈카, 37세. 미혼에 자녀 없음. 신나카노의 맨션에서 혼자 거주. 여성복 수선 전문점 '파인 리메이크'의 주임. 모로에와 같은 의류 관련 일을 하지만 업무상 교류나 접점은 없음. 전화 연락 외에 최근 반년 동안 모로에와 오노지마가 직접 만난 행적도 현재로서는 발견되지 않았음."

아쓰코가 추가로 자료를 건넸다. 이 자료에도 뚱뚱하고 안경을 쓴 여자의 얼굴과 전신사진이 첨부되어 있었다. 프릴이 달린 드레스 원피스를 입고 치장했지만 결코 미인이라고는 할 수 없는 인물이었다.

"시게미쓰 마도카, 39세. 이혼, 자녀 없음. 사망한 부친에게 상속받은 에코다의 단독주택에 혼자 거주. 직업은 점쟁이. 신주쿠 맨션에 개인 타로점 살롱을 개업. TV 등 매체에는 전혀 노출하지 않고 입소문만으로 손님을 모으는 신뢰감과 부드러운 말투로 인기가 많음. 일주일에 손님 50명 이상을 받고 있으며 단골도 많음. 오노지마와 똑같이 과거 반년 동안에 모로에와 직접 만난 행적은 없음."

"두 사람과 모로에 사이에 문자나 SNS를 주고받은 흔적도 없어."

아쓰코가 말했다.

"모로에를 제외한 오노지마와 시게미쓰의 관계는 어떤가요?"

"문제는 그쪽이야. 모로에의 연락을 받은 직후부터 두 사람은 몇 번이나 연락을 주고받고 있어. 어제까지 6일 동안 통화한 횟수는 열한 번, 문자도 두 사람 모두 합쳐서 스물네 통. 직접 만난 횟수는 세 번. 게다가 만날 때는 공중전화로 휴대폰에 전화를 걸어 접선 장소와 시간을 정했어."

"통화 내용은요?"

"현재는 몰라. 문자는 인터넷 서비스 회사한테 받았는데, 자, 이거……."

누구나 아는 동요의 가사를 잘라 붙여 늘어놓은 문장이었다.

"두 사람만의 암호일까요?"

"그렇겠지. 모로에가 오노지마와 시게미쓰를 희생양으로 삼으려고 계획했을지도 모르지만, 이 두 사람도 그저 힘없는 양이 아니라 남모르는 어둠을 품고 있을 가능성이 있다는 말이야."

"암호를 풀 수는 없을까요?"

"풀려면 두 사람의 문자를 적어도 앞으로 한 달 동안 기록하고 전문가까지 섭외해서 세세하게 분석해야 해."

"통화 도청은요?"

"직접 통화할 때는 중요한 이야기는 하지 않는 것 같아. 두 사람이 실제로 만날 때는 지금 우리처럼 시게미쓰가 자신의 왜건으로 오노지마를 픽업해서 어디에도 내리지 않고 계속 차 안에서 시간을 보내. 두세 시간 계속 달리다가 오노지마 혼자서 내린 다음 각자 집으로 돌아가지. 지금까지 세 번 만나는 동안 줄곧 이런 패턴이야."

"왜건에 도청 장치를 설치하는 건요?"

"어떻게 설치할 건데? 시게미쓰의 차가 멈춰 있는 건 자신의 집에 딸린 차 한 대 공간의 셔터 달린 주차장이야. 잠입하는 건 리스크가 너무 커. 그리고 주유소? 협조 요청 따위 못 해."

"그럼 어쩌면—"

"마음이 급한 건 알겠어. 다음 설명은 기요하루가 할 거야."

"문장 분석이나 도청보다 좀 더 직접적인 방법이 좋을 것 같아."

기요하루가 운전하며 말했다.

"네가 모로에 미나코를 만나서 진실을 알려 달라고 부탁했으면 해."

레이미는 조금 놀랐지만 금세 표정을 수습했다.

"잘 될 가능성은 작지만 실패해도 손해는 아니야. 오히려 모로에가 경계하면서 지금까지와는 다른 움직임을 보일지도 몰라."

"어떻게 해야 할지 구체적으로 알려 줘."

"너 혼자 만날 거야. 초소형 마이크를 장착하고서. 나와 아쓰코 씨도 근처에서 대화를 듣고 있을 거야. 단 무슨 일이 벌어졌을 때 반드시 구하러 간다는 기대는 하지 마. 못 본 척할 생각은 아닌데 극단적인 가정이지만 그 자리에서 갑자기 모로에가—"

"칼로 찌를지도 모르지."

레이미가 말했다.

"위험하다는 건 알아. 계속해."

"만나면 어머니의 죽음과 언니의 실종에 대해 전부 진실을 이야기해. 그리고 오노지마와 시게미쓰와의 관계를 알고 있다는 사실도. 단 나와 아쓰코 씨에 대해서는 처음부터 밝히지 않았으면 좋겠어."

"협력자가 있다는 사실을 드러내지 않는 게 좋겠다는 말이야?"

"그래."

"알겠어. 말하지 않을게."

몸을 사리는 것이 아니라 상대가 공연히 경계하지 않도록 하려는 의도라고 이해해 준 모양이다.

"하고 싶은 말을 모두 전한다고 해도 그 자리에서 당장 대답을 바라지 말고 모로에에게 적어도 일주일은 생각할 시간을 주도록 해."

"기다려도 아무런 이야기도 안 해 줄 수도 있잖아."

"그렇지."

"알겠어."

레이미가 말했다.

"가자."

"지금 당장?"

"가능하면 서두르고 싶고, 사실을 말하는 것뿐이라면 계획을 짤 필요
도 없으니까."

뒷좌석을 돌아보며 아쓰코에게 물었다.

"그 여자, 오늘도 출근하죠?"

"응. GPS로 계속 확인하고 있어. 주시하고 있는데 이동했다는 보고
는 없어."

아쓰코도 찬성하는 듯했다.

기요하루가 왼쪽 깜빡이를 켰다. 골목을 지나며 내비게이션으로 이
케부쿠로로 가는 최단 경로를 검색했다.

"아쓰코 씨."

레이미가 불렀다.

"모로에가 이야기해 줄 때를 대비해 확인해 두고 싶은 게 있어요."

"얼마든지, 말해."

"모로에가 하는 이야기 속에 만약 우리 엄마의 죽음과 언니의 실종
외에 제2, 제3의 사건과 연관된 정보가 섞여 있다고 해도, 그걸 근거로
모로에를 체포하거나 임의 동행하지 말아 주세요."

"다른 사건과 관련된 자백을 해도 전부 못 들은 척하라는 말이야?"

"네."

"약속 못 하겠는데."

"아뇨, 해 주세요."

"할 리가 없잖아."

아쓰코의 말투가 거칠어지며 차 안의 분위기가 바뀌었다.

"모로에의 입에서 나온 말로 당신 어머니가 살해당한 이유와 언니의 행방을 알게 되고 그것이 어떤 결과를 낳든 나는 절대로 참견하지 않을 거야. 하지만 말이야, 다른 사건의 진상이 드러난다면 그건 이야기가 다르지. 무시 못 해. 경찰이니까."

"그런 직업의식도 버리세요."

"왜 버려야 하지?"

"언니를 감금하고 있는 범인이 만약 경찰이 모로에를 수사하기 시작했다는 사실을 알게 되면 극단적으로 행동할 수도 있으니까요."

"그 감금범이 정말로 존재한다면 우리의 움직임을 진즉에 눈치챘을 테고, 죽일 생각이면 벌써 죽였을 거야. 아무도 모르게 한 사람을 19년 동안이나 사육하다니 어지간히 똑똑한 놈이 아니고서야 못 할 짓이지. 그런 놈이 경찰 수사 따위를 무서워하겠어?"

"그래도 눈감아주겠다고 약속하세요."

"자기가 무슨 소리를 하는지 알아? 당신과 똑같이 미제 사건으로 고통받는 가족들을 구원할 기회를 찾아도 그걸 짓밟으라고 말하고 있다고."

기요하루는 목구멍으로 숨을 삼키는 레이미의 옆모습을 곁눈질했다.

아쓰코가 말을 이었다.

"내가 당신과 맺은 빌어먹을 계약에도 분명 배려한다는 조항이 있을 텐데? 나는 확실히 내 한 몸이 가장 중요한 사람이야. 하지만 혼자 마음 편하자고 몇 명이나 되는 유족들의 염원을 짓밟는 짓은 절대 안 해."

"그런 배려나 선의는—"

"아니. 배려도 선의도 아닌, 그냥 내 신조야. 그러니까 양보 못 해."

레이미가 입을 다물었다.

"듣고 있어?"

아쓰코가 물었다.

"듣고 있어요."

차는 가나메초 3번가 교차로를 지나 빨간 신호를 받고 멈췄다.

"그럼 제가 조금 양보하죠."

레이미가 말했다.

"제 부탁을 들어준다면 무라오 구니히로 씨가 제게 맡긴 것 중 일부를 두 분께 넘기겠어요."

아쓰코의 목소리가 끊어졌다.

운전대를 잡은 기요하루의 손도 움찔했다.

"듣고 있어요?"

이번에는 레이미가 물었다.

"듣고 있어."

아쓰코가 대답했다.

"왜 나뿐만이 아니라 기요하루까지 둘이야?"

"제가 그러고 싶으니까요."

"힘을 과시하고 싶은 거야? 아니면 빈정대는 거야?"

둘 다 아니라는 것은 기요하루도 안다. 진짜 속셈은 다른 사람을 끌어들이면 상대를 조종하기 더 쉬우니까.

억지로 짊어진 다른 사람 몫의 이해관계를 아쓰코는 저버리지 못한다. '본인이 가장 중요하다'고 아무리 말해도 봉사형 인간은 의무가 아닌 일을 의무라고 느끼고 만다. 약점이라도 잡히면 가장 다루기 쉬운 부류의 인간일 것이다.

"계약 속에 다른 계약을 억지로 끼워 넣다니, 상당히 비겁하네."

"제안을 하나 했을 뿐이에요. 공정이니 비겁이니 하는 도덕론으로 은근슬쩍 논점을 흐리지 마세요."

"일단 해보실래요?"

기요하루가 끼어들었다. 그리고 에어컨을 틀었다.

"어떻게 될지 모르는데 아직 벌어지지도 않은 일로 입씨름해 봤자 소용없잖아요. 일단 모로에와 만나고 무슨 말이라도 나오면 그때 다시 의논하기로 하죠."

당연한 제안이었지만 레이미와 아쓰코는 우선 입을 다물었다.

이케부쿠로역 서쪽 출구 앞에서부터 교통체증이 계속됐다.

"먼저 내려서 전에 말한 물건 좀 사와 주실래요?"

기요하루가 아쓰코에게 말했다.

"통화용 핸즈프리 이어폰?"

"네. 초소형으로, 이어폰과 마이크가 분리되는 광범위 집음용 두 개요. 역 앞에 줄지어 있는 가전제품매장 어디서든 팔 거예요. 잘 모르겠으면 연락 주세요."

"왜 내가?"

백미러 너머로 아쓰코가 노려보았다. 레이미를 시키라고 말하고 있었다.

"너무 어린애 같네요. 방금 막 퇴원한 사람이잖아요."

아쓰코는 싫다는 표정을 지으면서도 다음 빨간 신호에 차에서 내렸다.

"고마워."

레이미가 말했다.

"당신 좋으라고 한 일 아냐."

"당신이 어떤 의도에서 그랬건 이번에는 도움을 받았으니까."

"그럼 감사 인사는 필요 없으니 반성하고 행동이나 좀 고쳐. 빌어먹을 경위로 모이긴 했어도 지금 우리 세 사람은 같은 목적을 향해 움직이는 한 팀이잖아. 게다가 조만간 중요한 작업도 해야 하고. 이럴 때 팀워크를 망칠 만한 말을 꺼내서 무슨 도움이 되겠어? 나와 아쓰코 씨를 싫어하는 건 괜찮아. 그냥 도구로 생각하는 것도 상관없고. 하지만 지금 우리를 끌어들여서 움직이게 하는 사람은 너 자신이라는 사실을 좀 더 분명히 깨닫도록 해. 도구를 정중하게, 더 능숙하게 다뤄야 한다는 마음가짐을 잊지 마. 진심으로 사건을 해결하고 싶다면."

기요하루는 말을 끝낸 뒤 내비게이션으로 주차장을 검색했다. 서쪽 출구 지하주차장까지 가는 것보다 그전에 있는 유료주차장에 주차하는 편이 빠를 것 같았다.

"시노자키 다쓰미."

레이미가 갑자기 말을 꺼냈다.

"기억나?"

"몰라."

기요하루가 대답했다.

"오이시 가나토의 중학교 동창. 오이시가 구라치 마나미를 살해한 혐의로 조사받을 때, 사망 추정 시각에 '오이시와 함께 아카바네역 앞에 있는 대형 마트 이토요카도에 있었다'고 시노자키가 증언했어. 확실히 남자 둘이 CCTV에 찍혔지만 해상도가 낮아서 오이시와 시노자키라고는 단정할 수 없었지. 그래도 시노자키의 증언이 증거로 채택됐어."

기요하루는 정면을 응시했다. 파란 신호로 바뀌었지만 교통 체증 탓에 십여 미터밖에 못 가서 다시 빨간 신호로 바뀌었다.

"하지만 오이시가 추락사한 2년 뒤에 시노자키도 아내인 마리와 함

께 죽었어. 지금으로부터 9년 전, 당신이 대학교 2학년이었을 때. 도쿄
도 기타구에서 일어난 부부살해사건. 11월 비가 내리던 밤이었는데 목
격자도 나오지 않았고 사건은 아직도 해결되지 않았어."

레이미의 눈이 기요하루의 옆모습을 바라봤다.

"개조한 부엌칼로 두 사람을 죽인 사람은 기요하루, 바로 당신이지.
시노자키의 부인은 아무 잘못 없었는데 망설이지 않고 함께 죽였어.
무라오 씨와 난 알아. 증거도 갖고 있어."

개조한 부엌칼이라고 레이미가 말했다.

"언론에는 발표되지 않았지만 시노자키의 몸속에서 작은 칼날 조각
이 검출됐어. 당신은 물론 알고 있겠지만. 가지고 간 부엌칼을 버리기
전에 확인했을 테지. 찔러 죽이기 쉽도록 부엌칼을 갈아서 개조했다는
사실도 무라오 씨가 알아냈어. 고토구에 있는 마트에서 샀다는 것도
알고. 점원을 매수해서 당일 CCTV 영상도 입수했어. 못 믿겠어? 하지
만 사실이야. 사건 발생 후를 추적한 게 아니라 예전 사건들로부터 유
추해서 당신이 어떻게 움직일지 먼저 예측했거든."

내비게이션의 지시에 따라 기요하루는 갓길로 운전대를 꺾었다. 조
금 전에 공차 표시가 뜬 유료주차장이 보였다.

레이미가 말을 이었다.

"여전히 무라오 씨를 좋아하지만, 내가 봐도 무서웠어. 이상했지. 먹
는 것과 자는 것도 잊고 자신이 마치 기계라도 되는 양 수사를 멈추지
않았으니까. 오로지 집념만으로 살아가는 사람이었어. 그러니까 그 사
람은 경찰이 포착하지 못한 것도 발견할 수 있던 거야."

사건 현장의 모습은 기요하루의 머리에도 분명히 남아 있다.

메이지 거리와 오구바시 거리가 엇갈리는 사거리 직전에 우회전해

서 곧바로 또 우회전. 낡은 아파트 뒤에 자전거가 방치된, 언뜻 봐서는 지나갈 수 없어 보이는 골목을 술에 취한 남녀가 걸어왔다. 녹슨 가로 등. 비가 섞인 찬바람. 시퍼렇게 날이 선 부엌칼⋯⋯.

"만약 아쓰코 씨가 멋대로 움직이면 제지해 줬으면 좋겠어. 내 부탁을 들어주면 시노자키 부부 사건의 증거를 넘길게."

'그런 것보다⋯⋯.'

기요하루는 생각했다.

구라치 마나미를 죽인 또 다른 범인 한 명이 누구인지 지금 당장 알고 싶었다. 알아내면 해야 할 일은 단 하나.

안 되지. 동생 유마의 결혼식 피로연이 끝날 때까지는 무슨 일이 있어도 얌전히 지내야 한다.

마음속 맹세가 점점 무너져 간다. 완전히 무너져 버렸을 때는 어떻게 될지 자신도 모르겠다.

주차장에 주차한 기요하루와 레이미는 이케부쿠로역 동쪽 출구로 걸어갔다.

파르코(PARCO)* 입구 앞, 물건을 사 온 아쓰코가 복권 판매점 옆에서 기다리고 있었다.

간단히 설명을 들은 레이미가 일단 화장실로 갔다.

마이크 두 개를 레이미의 휴대폰에 연결한 다음 하나는 가방에, 하나는 블라우스의 가슴팍에 숨겨 놓았다. 세 사람의 휴대폰을 그룹 통화

---

* 이케부쿠로에 있는 백화점.

상태로 놓고 레이미의 휴대폰만 음소거로 설정했다.

화장실에서 돌아온 레이미가 시험해 봤다.

마이크를 장착한 채 복권 판매점에서 복권 3천 엔어치를 사면서 긁는 방법을 물어봤다. 방범용 투명 아크릴 너머에 있는 판매원의 목소리도 문제없이 들렸다.

다만 사소한 해프닝이 벌어졌다. 레이미가 10만 엔에 당첨된 것이다.

"축하합니다. 행운이 찾아왔네요."

판매원이 말했다.

얄궂은 행운에 기요하루는 웃지 못했다. 이런 우연을 만든 놈을 원망하고 싶은데 누구를 원망해야 할까?

레이미가 파르코로 들어갔다. 에스컬레이터에 올라서는 모습을 바라보며 기요하루와 아쓰코는 서로 모르는 사람처럼 떨어져 기다렸다.

6분 후, 휴대폰에서 레이미의 목소리가 들렸다.

―처음 뵙겠습니다.

구두굽 소리가 울리며 매장 안으로 들어갔다.

―어서오세요.

모로에 미나코의 목소리가 들렸다.

막 문을 연 평일 낮. 다른 손님의 기척은 느껴지지 않았다. 이 시간대에 매장에는 모로에밖에 없다는 사실도 이미 알고 있었다.

―저기요.

레이미가 모로에를 불렀다.

―네, 손님.

모로에가 밝은 목소리로 대답하며 힐을 울리며 다가왔다.

―갑작스럽게 죄송합니다. 저는 유즈키 레이미라고 합니다.

어색한 인사 뒤에 따라오는 순간의 침묵. 레이미가 신분을 증명하려고 사원증과 면허증을 꺼내는 듯하다.

—저, 무슨 일이시죠?

모로에가 물었다.

—직원 채용 지원이라면 여기가 아니라 본사로 가서야 합니다.

—아뇨. 그게 아니라. 잠시만 제 이야기를 들어주셨으면 좋겠습니다.

—네?

—그리고 괜찮으시면 알려 주셨으면 하는 게 있어요.

—무슨 말씀을 하시는지 모르겠네요.

모로에의 목소리에 완전히 경계심이 어렸다.

—일하시는 데 방해하지 않을게요. 제 이야기를 다 들어주신 다음에는 옷도 사겠습니다.

모로에는 침묵했다.

—잠시만요. 경비원을 부르지 마세요. 절대로 당신을 해치지도 난동을 부리지도 않을 거예요.

모로에는 여전히 말이 없었지만 레이미는 19년 전 엄마와 언니의 사건을 설명하기 시작했다.

—그런데, 저기, 19년 전에 저는 열 살이었어요. 뭘 알 나이는 아니죠.

모로에가 작게 말했다.

—사람 부르지 마세요. 신고도 하지 말고요. 부탁드립니다.

옷이 살짝 스치는 소리와 힐이 또각거리는 소리가 들리고 나서 레이미가 말했다.

—사람을 부르면 찌르겠습니다. 지금 여기서.

모로에에게 칼을 겨누었나? 매장 밖에서는 보이지 않도록 레이미는 자신의 몸을 거칠게 들이밀며 협박하는 듯했다.

'선을 넘는군.'

매장으로 보내기 전에 소지품을 확인했어야 했다. 자신의 안이한 처신을 후회했지만 떨어져 서 있는 아쓰코는 표정 하나 변하지 않았다.

이 정도 사태는 예측, 아니, 각오했을지도 모른다.

—알겠어요. 안 부를게요.

모로에가 말했다.

—고맙습니다.

레이미가 대답했다.

—제 용건만 전하면 곧바로 돌아가겠습니다. 그러니까 진정하고 제 말 좀 들어주세요.

두 사람의 대화가 끊겼다. 매장에서 흘러나오는 음악만 들렸다.

—듣긴 하겠는데.

모로에가 말을 꺼냈다.

—그전에 우선 당신부터 좀 진정하는 게 좋겠군요.

—그렇죠?

다소 부드러워진 목소리로 레이미가 말했다.

—그래서, 저기, 어떻게 하면 되죠?

—손님을 상대하는 것처럼 가까이 서 있기만 하세요.

—그런데 그건 역시 무섭네요.

칼을 꼬집는 말이다.

—그것 좀 넣어 줄래요? 아무도 안 부르고 소리도 안 지를 테니까.

—약속할 수 있어요?

—응. 약속하죠.

모로에가 깊게 숨을 내뱉었다. 레이미가 칼을 집어넣은 듯했다.

레이미가 사건을 자세하게 설명했다. 기요하루와 아쓰코라는 협력자 두 사람이 있다는 사실은 제외하고 복역수 무라오 구니히로와의 인연을 포함해 전부 숨김없이 말했다.

겨우겨우 큰 문제 없이 여기까지 진행됐다.

그러나 기요하루는 모로에의 목소리가 의심스러웠다. 오랫동안 많은 고객을 상대하며 쌓은 경험이 저절로 발휘되는 것일지도 모르지만, 이러한 상황에서도 당황하지 않았다. 칼을 꺼냈을 때 겁먹은 모습도 왜인지 연기 같았다.

진정한 죽음의 공포와 맞닥뜨린 인간의 목소리를, 기요하루는 알고 있다.

그래, 몇 번이나 들었다……. 아무리 센 척을 하고 냉정한 척을 해도 결코 이렇게까지 평온하게 말하지 못한다.

—가족 일은 정말 안타깝지만. 내가 할 수 있는 일은 없어 보이네요.

모로에가 말했다.

—아뇨, 분명 실마리를 주실 수 있을 거예요. 우리는 모로에 씨와 오노지마 시즈카 씨, 시게미쓰 마도카 씨가 서로 아는 사이라는 사실도 알고 있습니다.

—그게 무슨 상관이죠?

모로에는 딱히 놀라지도 않으며 물었다.

레이미는 피해자의 사체에 남아 있는 경추 손상에 대해 이야기한 다음, "알려 주신 비밀은 반드시 지키겠습니다. 보답으로 제 비밀도 알려 드릴게요"라고 말했다.

자기 비밀. 레이미가 예정에 없던 말을 꺼냈다.

―그래도 내가 할 수 있는 일은 없어요. 경찰 조사를 받은 적은 있지만 정말 그뿐이에요. 아유사와 씨와 어떤 남자 한 명이 살해당한 사건에 대해서는 아무것도 몰라요.

―지금 당장 대답하지 않으셔도 괜찮아요.

레이미가 연락처를 건넨 듯했다.

―부디 천천히 생각하시고 말해도 되겠다 싶으면 연락 주세요. 부탁드립니다.

―아니, 글쎄.

―주제넘은 말이지만, 조금이라도 마음이 쓰인다면 제 가족 사건을 알아보세요. 거짓말이 아니라는 걸 금방 아실 거예요. 진실을 알고 싶을 뿐입니다. 모로에 씨가 절 믿게 할 수 있다면 어떤 일이라도 하겠어요.

―알겠습니다.

모로에가 상냥한 목소리로 말했다.

―약속대로 옷도 사겠습니다.

―괜찮아요.

―그래도.

―정말 괜찮아요. 자, 어서 가요.

―연락 기다리겠습니다.

―머리 숙이지 마요. 당신은 손님이잖아요?

모로에의 말이 배려심에서 비롯됐는지, 이상한 여자를 빨리 내쫓고 싶은 마음에서 비롯됐는지는 모르지만, 마지막에는 "감사합니다"라고 말하며 레이미를 배웅했다.

두 사람이 얼굴을 맞댄 시간은 15분. 기요하루의 목덜미에 땀이 조금 맺혔다.

휴대폰에 아쓰코의 문자가 들어왔다.

―먼저 돌아갈게.

역으로 걸어가기 시작한 아쓰코의 모습이 보였다.

현명하다. 이곳에 더 이상 용건은 없으니까. 남아 있어 봤자 레이미와 다시 반목할 뿐이다.

아쓰코와 교대하듯 레이미가 돌아왔다.

"미안해."

레이미가 말했다.

"도망칠 것 같았어."

가방 속을 보여 줬다. 작은 최루 스프레이와 함께 접이식 잭나이프가 들어 있었다.

"이제 그런 짓은 하지 마."

기요하루가 말했다.

레이미가 고개를 끄덕였다. 안색이 나쁘다. 역시 지친 듯하다.

유료주차장으로 걸어가는 사이에도 안색이 점점 나빠졌다.

"병원으로 돌아갈까?"

차를 꺼내기 전에 기요하루가 물었다.

조수석에 늘어진 레이미는 불과 두 시간 전까지 온몸에 부상을 입어 입원했던 환자다.

"집으로 돌아갈래."

레이미가 말했다.

"내 침대에 눕고 싶어."

레이미를 바래다준 기요하루는 그녀의 집에서 피곤한 식사 자리에

초대받았다.

"사실은 여기서 자고 갔으면 했는데."

레이미의 어머니가 이렇게 말했을 때는 렌터카를 빌려와 다행이라고 진심으로 생각했다.

호텔로 돌아와서 침대에 쓰러졌다.

진이 빠지고 한숨이 새어 나왔다. 그러나 눈 붙일 틈도 없이 휴대폰이 울렸다.

레이미의 문자였다.

─연락이 왔어. 잠깐 이야기했어.

모로에 미나코가 전화를 했다.

무엇을 묻고 어떤 이야기를 나눴는지도, 상대의 목소리 상태도 모른다. 하지만 모로에도 레이미의 진의를 알고 싶어 한다는 사실만은 알수 있었다. 아직 희망이 있다.

그런데 이렇게 빨리 연락하다니 역시 수상하다.

밤 10시. 모로에가 레이미와 처음 만나고 나서 이제 열한 시간. 호의가 아니라 레이미를 속이려는 목적이라고 해도 조금 더 생각하고 망설일 것이다. 자신의 인생에서 가장 큰 비밀이 걸린 일이니까.

늦은 밤, 기요하루는 다시 환영을 봤다.

객실 옷장 앞을 지나갔을 때 어깨너머로 사람 그림자가 보였다. 그 자리에 서서 거울을 들여다봤더니 자신의 뒤에 구라치 마나미가 서 있었다.

곧바로 뒤를 돌아 주위를 둘러봤다. 당연히 아무도 없다.

구라치는 거울 속에만 있었다. 그리고 잠시 서로를 바라보다가 말을 걸었다.

—기요하루, 괴로우면 그만해.

구라치가 미소지었다.

—전부 말하고 편해져. 다 날 위해서 한 일이라는 걸 알아.

자수하라고 권한다. 숨기지 말고 말하라고 한다.

숨기다니, 무엇을? 말하라니, 누구에게? 싸구려 동정심을 늘어놓으며 회유하는 모습에 화가 났다. 구라치는 이렇게 얄팍한 인간이 아니다. 더 지적이고 멋진 사람이다.

"꺼져, 가짜."

거칠게 말했다. 환영은 슬픈 표정을 지으며 무너져내리듯 사라졌고 거울 속에는 자신의 모습만 남았다.

조명을 끄고 담요를 덮었다. 기요하루는 금세 잠들었다.

뒷골목에서 메이지 거리로 막 나왔을 때, 비가 내리기 시작했다.

기요하루와 아쓰코는 비닐우산을 펼쳤다. 가느다란 빗줄기가 우산을 때렸다.

6월 4일, 월요일. 오후 4시 40분.

기요하루는 휴대폰을 확인했지만 오늘은 아직 레이미에게서 연락이 없었다.

6일 전, 레이미가 모로에 미나코를 만난 이후로 두 사람은 세 번의 전화와 여섯 번의 문자를 주고받았다. 레이미는 매번 통화와 문자 내용을 알려 왔다. 그 보고 내용을 신뢰한다면 두 사람의 거리는 조금씩 가까워지고 있다고 느꼈다.

택시와 충돌사고를 일으킨 전직 성형외과 의사 미야지마 츠카사는 아직 체포되지 않았다. 사고를 일으킨 미니밴은 역시 도난차량이었기에 절도범으로도 수배 중이지만 행방을 찾지 못하는 상태였다.

해가 기울고 우산을 때리던 비가 점점 거세졌다.

다키모토 유코와 마야 모녀 사건의 탐문 수사를 시작한 지 엿새째. 실종된 중요참고인 두 사람, 다도코로 에이타와 도가시 요시미의 가족과 관계자를 돌아가며 방문하고 있다.

소식이 끊긴 지 9년이 지난 지금에도 두 사람의 평판은 좋았다.

다도코로가 근무한 판금 공장의 경영자는 그리운 듯 아련한 눈으로 그의 기술과 인성을 칭찬했다. 다도코로는 아이가 있는 여성과 결혼했다. 실종 확정 후에 이혼 신청이 접수됐는데, 전처는 "지금도 고마운 마음이에요. 보고 싶어요"라며 자신을 버린 남자를 떠올리며 눈물을 흘렸다. 그는 피가 섞이지 않은 아들에게도 친자식처럼 애정을 쏟았다.

도가시도 방과후 학교 지도사로서 높은 평가를 받았다. 도가시가 돌보았던 아동들과 보호자들은 그 사람은 아이에게 해를 끼칠 사람이 아니라고 강하게 말했다.

"좀 쉬었다 가자."

아쓰코가 말했다.

도부 히키후네역 빌딩에 있는 카페로 들어가는데 아쓰코의 휴대폰이 울렸다.

"드디어 왔네."

문자가 왔다. 기다리던 히라마 준코에 관한 자료가 도착했다.

결혼해서 성은 바뀌었지만 도가시 요시미의 친누나로, 9년 전 사건 당시 부모와 도가시와 함께 이치카와시의 맨션에 살았다.

현재 서른여덟 살. 남편과 초등학생 딸 두 명과 사이타마현 가조시에 살고 있다. 낮에는 시내에 있는 복지 센터에서 근무한다.

히라마 준코의 수상한 점을 눈치챈 사람은 아쓰코였다.

이 사건의 피해자와 용의자에 가까운 사람들의 통신 기록을 사건 당시뿐 아니라 현재 기록까지 재검토하자 올해 5월 중순, 기요하루가 레이미와 다시 만나 후지누마 신고 스토커 사건에 휘말린 직후부터 히라마의 휴대폰에 공중전화와 통화한 내역이 갑자기 늘었다는 사실을 발견했다.

히라마가 근무하는 복지 센터에서 근무표를 받아 5월 하순의 근무 일정이 그 이전 시기와 크게 달라졌다는 사실도 확인했다. 누군가와 빈번하게 연락하고 만났을 가능성이 있다.

"역시."

전송받은 동영상을 본 아쓰코가 말했다.

기요하루에게 화면을 보여 주며 스크롤을 내렸다.

공중전화 박스에서 말하고 있는 히라마 준코의 영상이 여섯 개. 선명하지 않지만 몸집이 크고 안경을 쓴 모습이 그녀라는 것을 충분히 알 수 있다. 가조의 관할서에서 보내 온 외부 CCTV 영상을 경시청 5과 7계에서 분석한 파일이었다.

"모두 히라마의 자택 맨션에서 5백 미터 안에 있는 공중전화야. 공중전화 자체가 적으니까 위치를 추리는 건 어렵지 않았어. 하지만 통화 상대는 아직 몰라."

20분 뒤 자리에서 일어나 도부 히키후네역 개찰구를 지났다. 구간 준급행 열차와 특급 열차를 갈아타며 50분 정도 이동해 가조역에 도착했다.

지금부터 히라마 준코의 퇴근 시간을 노려 만나러 간다.

최근 일주일 동안 두 번, 아쓰코가 혼자 방문했지만 인터폰 상으로 문전박대당했다. 그러나 그것도 전략 중 하나였다. 그다음 수로 이번에는 기요하루가 함께 왔다.

히라마가 가족과 함께 사는 맨션의 입구는 두 군데. 전부 자동으로 잠기는 문이므로 들어갈 때 잠금 해제를 해야 한다. 그 순간을 노릴 계획이다.

"내가 뒷문으로 갈게. 당신은 앞문을 맡아."

정면 입구에서 기다리는데 히라마가 돌아왔다. 주변에 같은 맨션 주민이 없는 것을 확인하고 말을 걸었다.

"히라마 씨."

히라마가 뒤를 돌아보며 안경 너머의 눈이 기요하루를 쳐다봤다.

"갑작스럽게 죄송합니다. 아쿠쓰 기요하루라고 합니다. 요전에 경시청의 노리모토 아쓰코가 찾아뵌 줄로 압니다만, 같은 용건으로—"

히라마는 순간 겁먹은 표정을 짓더니 금세 강하게 말했다.

"볼일 없습니다."

"5분 정도면 끝납니다. 부탁드립니다."

"싫어요."

"의심하는 게 아닙니다. 우리는 도가시 씨가 아무 일도 안 했다는 것을 증명하려는 겁니다."

자동문을 지나 안으로 들어가는 등에 대고 말했다. 히라마가 순간 멈춰 섰지만 결국 엘리베이터에 올라탔다.

대화 못 했습니다. 아쓰코에게 보고하자 "그만하면 훌륭해"라고 말했다.

그래, 아직 끝나지 않았다.

"한 시간 뒤에 입구 모니터폰을 눌러."

"제가요?"

아쓰코가 고개를 끄덕였다.

"고집 센 중년 여자의 마음을 여는 데는 또래 여자의 설득보다는 젊은 남자의 저돌적인 눈빛이지."

천격스러운 주장이지만 맞는 말이다.

저녁 7시 30분. 기요하루는 모니터폰에 히라마의 집 호수를 눌렀다.

—네.

히라마의 목소리. 기요하루의 얼굴이 화면에 나올 것이다. 그런데도 응답했다.

"거듭 죄송합니다."

—정말 민폐네요.

"한 번만 기회를 주세요. 어떤 결과가 나오더라도 반드시 이번이 마지막일 겁니다."

잠시간 정적.

—기다리세요. 내려갈게요.

그녀가 말했다.

약간 놀라 아쓰코를 바라보자 그녀는 의기양양한 표정을 지어 보였다.

히라마는 인상이 험악한 중년 남자와 함께 엘리베이터를 타고 정말로 내려왔다.

"남편이야."

아쓰코가 속삭였다. 키 170센티미터 전후, 다소 뚱뚱한 체격. 비슷하게 생긴 부부가 걸어왔다.

"감사합니다."

아쓰코와 기요하루가 정중하게 머리를 숙였다.

"협조하러 온 거 아닙니다."

히라마의 남편은 아쓰코와 기요하루를 맨션에서 조금 떨어진 국도 변까지 데리고 갔다. 히라마도 남편 뒤에 숨듯 따라갔다.

"이게 형사님들 일이라는 건 압니다. 그래도 이제 그만하셨으면 합니다."

남편이 말했다.

"단 한 번이라는 말은 진심입니다. 더는 폐를 끼치지 않겠습니다."

기요하루가 말했다.

"9년 전에도 그렇게 말했지만, 안사람은 각종 매체와 경찰에 몹시 시달렸습니다. 심한 말도 들었고, 경찰은 비록 말투는 정중했지만 완전히 용의자를 감싸는 가족으로 취급했죠. 나도 곁에서 지켜봤으니 잘 압니다. 결혼 직전이었는데 결국 피로연도 중지해야 했고. 이 사람이 더는 그런 일을 겪게 하고 싶지 않습니다. 게다가 지금은 아이들도 있어요."

"우리는 도가시 요시미 씨를 유괴범이라고 생각하지 않습니다. 다키모토 마야를 억지로 끌고 가지도, 물론 죽였다고도 생각하지 않고요."

기요하루는 거부당하기 전에 빠르게 말을 이었다.

"도가시 씨는 오히려 마야를 구한 게 아닌가 생각합니다."

스쳐 지나가는 이동식 트레이 소리가 목소리를 지워 버렸다. 히라마를 바라보며 크게 말했다.

"마야는 지금도 어딘가에 살아 있을 가능성이 큽니다. 이게 가설이 아니라는 걸 입증하면서 도가시 씨를 향한 의혹을 풀고 진범을 찾고 싶습니다. 그러려면 반드시 히라마 준코 씨의 도움이 필요합니다."

기요하루가 머리를 숙였다. 아쓰코도 명함을 내민 다음 머리를 숙였다.

히라마의 통통한 남편은 명함을 숨기듯 청바지 주머니에 욱여넣었다. 히라마는 계속 침묵을 지켰다. 부부는 뒤돌아 집으로 돌아갔다.

"이걸로 됐나요?"

기요하루가 물었다.

"훌륭해. 내가 캔커피 정도는 사도 될 정도로 잘했어."

아쓰코가 말했다.

"됐습니다, 그런 건."

도쿄로 돌아가는 특급 열차에서 기요하루의 휴대폰이 울렸다.

레이미의 문자였다.

—내일 만날 수 있다는 연락을 받았어. 오전 11시, 이케부쿠로역 동쪽 출구 파출소.

아쓰코에게 보여 주는 사이에 또 문자가 왔다.

—가겠다고 답했어. 당신도 와.

"본청으로 돌아갈 테니 함께 다녀와."

아쓰코가 화면을 보더니 말했다.

"무선기기를 하나 줄 테니까 오이즈미에 있는 레이미의 집까지 들고 가. 사용법은 함께 챙겨 줄게. 그 아이네 집 우편함 커?"

"직접 건네는 게 아니라 우편함에 넣어 두려고요?"

"그래. 바로 꺼내 가라고 해. 당신도 직접 만나지는 말고 금방 돌아오고. 내일 아침에 허둥지둥 준비해서 상대가 우리 움직임을 알아채게 하지 말고, 되도록 오늘 밤에 익혀 두는 게 좋을 거야."

"알아챈다니, 누가요?"

"당연히 오노지마 시즈카와 시게미쓰 마도카지. 거기에 플러스알파.

역시 아까 말한 캔커피는 취소야."

"그러니까 그런 거 필요 없다고 했잖아요."

"모로에가 레이미에게 호의적이라고는 생각 안 해. 오히려 뭔가 꿍꿍이가 있을 가능성이 현재로서는 크지."

"알아요."

"흠, 내일, 모로에의 칼에 찔려 사망으로 끝나면 그건 그거대로 좋겠지만."

아니다, 좋지 않다. 아쓰코도 알면서 악담을 퍼붓는 것이다.

'당신도 와'라는 문자는 함께 가서 자신을 지켜 달라는 뜻이다. 현재 기요하루는 좋든 싫든 따를 수밖에 없다. 레이미가 죽었을 때 자신의 신변에 무슨 일이 일어날지 모르기 때문이다.

기타센주역에서 지하철로 갈아탄 두 사람은 경시청 본청과 가장 가까운 사쿠라다몬역으로 향했다.

오테마치역을 지났을 때, 이번에는 아쓰코의 휴대폰이 울렸다.

착신 번호를 확인한 아쓰코가 서둘러 전화를 받았다.

"노리모토 아쓰코입니다. 전화 주셔서 감사합니다. 네네, 지금 전철입니다. 아뇨, 괜찮습니다. 곧 내릴 테니 잠시만 기다려 주세요."

빠르게 말을 쏟아낸 다음 송화구를 막고 기요하루의 귓가에 소곤거렸다.

"히라마 준코."

기요하루는 느낌이 싸했다.

레이미가 모로에 미나코와 만나기로 한 직후에, 대화조차 거부하던 도가시 요시미의 누나가 갑자기 연락해 오다니. 우연일 리가 없다. 세상은 그렇게 뜻밖의 일로 가득 찬 곳이 아니다.

니주바시마에역에서 문이 열리자 두 사람은 곧바로 플랫폼으로 내렸다.

"내일 오전 10시에 오야마에서요?"

아쓰코가 말하며 기요하루에게 시선을 돌렸다.

"11시라면 시간을 맞출 수 있을 것 같습니다. 그러세요? 감사합니다. 그런데 규정상 수사관은 두 사람 이상이 함께 움직여야 해서요. 네, 그 부분은 거의 예외가 없다고 보시면 됩니다."

히라마 준코 역시 약속을 통보했다. 히라마와의 협상은 계속됐다. 그러나 결론은 이미 정해졌다. 아쓰코와 기요하루에게는 선택권이 없었기 때문이다.

아쓰코가 전화를 끊었다.

"도치기현 오야마시, 당신 혼자 가. 그게 조건이야. 당신 말을 듣고 조금 믿어 볼 마음이 생겼대."

어디까지가 진실인지 모르겠다.

"수사에서 단독행동은 용납되지 않는다고 설명했는데도 일대일 대면을 고수했어. 내일 비번인 당신이 경찰로서가 아니라 일반인 신분으로 만나러 간다는 설정이야."

"그런데 형사는 명색이 정시 출퇴근에 내근직이잖아요?"

"숙직한 다음 날 아침 8시 30분부터는 비번이야. 근무를 끝내고 바로 만나러 간 걸로 하면 될 거야. 오야마까지 두 시간 반이면 가잖아?"

"경찰 수첩은 어떡하죠?"

"다들 비번 중에도 들고 다니지는 않아. 항상 지니고 다니는 건 나이 많은 사람들이나 수사1과의 꼰대 스타일 녀석들뿐이야. 젊은 경찰들은 반 이상은 청 내에 두고 다니니까."

의미 모를 한숨이 나왔다. 그래, 진절머리가 났다.

"당신만 그런 거 아냐."

아쓰코도 한숨을 쉬었다. 내일 레이미와 모로에 미나코의 만남을 지켜보는 역할은 아쓰코가 맡기로 했기 때문이다.

"두 시간 뒤에 히비야 공원에서 만나죠. 준비 좀 도와주세요."

내일 약속 시간까지 열세 시간.

역시 자신이 충분히 준비하지 못할 시간을 노렸다는 생각밖에 들지 않았다.

기요하루는 혼자서 니주바시마에역 개찰구를 빠져나갔다.

9

오전 8시 30분, 기요하루는 호텔을 나섰다.

도쿄역에서 신칸센을 타고 42분 지나자 도치기현 오야마역에 도착했다.

처음 온 도시. 역 앞에서 렌터카를 빌려 지금, 시모카와라다라는 마을을 달리고 있다. 현재 오전 10시 25분. 약속한 11시까지는 아직 이르지만 적당하다.

갓길에 차를 세웠다. 이따금 지나가는 차는 있지만 걸어가는 사람의 모습은 보이지 않았다.

하늘이 약간 흐렸다. 저 멀리 오래된 단층 시영市營주택이 늘어서 있었다.

요양사무소의 미니버스가 멈춰서자 허리가 휜 노인들이 도움을 받으며 버스에 올라탔다. 도가시 요시미와 히라마 준코의 어머니였다. 복지 시설에서 데이 서비스를 받는다는 사실을 사전 조사로 이미 파악했다.

출발한 버스를 향해 히라마가 손을 흔들었다.

9년 전, 도가시가 살인사건의 중요참고인이 되면서 이치카와시에 살기 어려워지자 도가시의 부모는 이곳으로 이사 왔다. 현재 아버지는 사망했고 어머니 혼자 살고 있다. 히라마는 사이타마현 가조시에서 일주일에 두세 번 차로 오가며 어머니를 돌본다.

스스로도 느낄 수 있을 정도로 긴장됐다.

바싹 마른 목을 큼큼거려 침을 삼키며 약속 시간이 오기를 기다렸다.

오전 10시 35분.

아쓰코는 편의점 앞에 있는 재떨이 옆에 서서 담배를 물었다.

꺼림칙하기도 한 듯도 하고 애타게 기다리는 듯도 한 기분으로 불을 붙였다. 연기를 빨아 마시자 지친 몸이 순식간에 각성했다.

평소에는 피우지 않는다. 결혼해서 임신을 계획하고서부터 주저 없이 끊었다. 하지만 이혼하고 나서는 잠복할 때만 피운다. 편의점 앞에서 어엿한 성인이 멍하니 서 있으면서도 의심을 사지 않을 때는 담배를 피우는 동안 정도다. 스스로에게 변명하면서 구름이 많은 하늘을 향해 천천히 연기를 내뱉었다.

도로 건너편, 이케부쿠로역 동쪽 출구 파출소 앞에 유즈키 레이미가 서 있었다. 얼마 전, 여기 이케부쿠로에서 부딪친 이후에 직접 대화를 나눈 적은 없다.

그러나 '불쾌감을 주지 않을 정도로 꾸미고 와'라고 문자로 지시한 사항은 따라 주었다.

어두운 남색 블라우스에 긴 하얀색 랩스커트. 스타일이 좋은 점이 돋보였고 어두운 남색과 하얀색이 갈색 피부에 잘 어울렸다.

미인이 눈에 띄지 않으려고 억지로 수수하게 꾸미면 오히려 나쁜 의미로 눈에 띄어 버린다. 예쁘장한 여자답게 꾸미는 편이 사람들이 정확한 인상착의를 기억하기 어렵다.

출근과 등교 시간대가 지나자 길거리가 한산해졌다.

레이미가 작게 헛기침을 했다.

그 소리가 아쓰코의 이어폰으로도 분명하게 들렸다.

레이미의 몸에 장착한 경시청 비품 초소형 마이크 세 개는 크기 1.7 센티미터, 두께 2미리미터다. 레이미의 가방 속에 넣어 둔 휴대폰으로 가장한 무선기 송수신용 증폭기를 경유해 아쓰코의 귀까지 미세한 소리까지 놓치지 않고 전달됐다. 일전에 급하게 준비했던 것보다 훨씬 성능이 좋았다. 이용 신청을 해도 언제나 히야마 계장이 선선히 내놓지 않으려고 하는 고가 기기이기는 하다.

10시 45분. 모로에 미나코가 나타났다. 약속보다 10분 이상 빨랐다.

"정말 감사합니다."

레이미도 금세 알아차리고 머리를 숙였다.

"저야말로 불러내서 미안해요. 컨디션은 어때요?"

레이미가 스토커에게 공격을 당해 입원했었다는 사실을 모로에는 이미 알고 있었다.

두 사람이 걷기 시작했다. 긴장한 레이미의 목소리와, 반대로 평온한 모로에의 목소리가 감도 높은 마이크로 전해졌다.

모로에는 분홍색 라운드 스웨터에 아이보리색 바지를 입었다. 멀리서 봐도 명품이라는 것을 알 수 있었다. 의류매장 근무자답게 패션에는 돈을 아끼지 않는 듯했다.

나란히 걸어가는 두 사람을 스쳐 지나가는 남자들의 시선이 뒤따랐다.

선샤인 시티로 들어갔다. 두 사람은 커피를 사서 3층으로 올라갔다.

들리는 소리로 유추했다. 헬로 워크* 옆에 있는 벤치에 앉은 모양이다. 사람들이 두 사람 근처를 끊임없이 지나갔다.

아쓰코는 더는 접근할 수 없었다. 모로에가 자신의 얼굴을 알기 때문이다. 들키면 끝장이다. 그래서 한 층 아래에서 음성만 들을 수밖에 없었다.

"정말로 내가 해 주는 이야기로 당신 어머니 사건의 진상에 다가갈 수 있어요?"

모로에가 부드러운 목소리로 물었다.

"저는 그렇다고 믿어요."

"정말 당신뿐이에요?"

모로에가 돌다리를 두드리듯 물었다.

"네."

"또 듣고 있는 사람 없어요?"

"네."

기분 나쁜 예감이 엄습했다.

"알겠어요."

---

* 일본 각 지자체 노동국에서 운영하는 공공직업안정소로 채용 상담과 직업소개 등을 제공하는 곳.

모로에가 말했다.

"도움이 될지 모르지만 약속대로 이야기할게요."

"잠시만요."

레이미가 말했다.

마이크를 만지는 소리가 나더니 바로 목소리가 끊겼다.

'이 여자가.'

아쓰코는 곧바로 가방 속에 있는 리시버를 확인했다. 연결 해제를 알리는 붉은 불빛이 들어와 있었다. 고장이나 방전이 아니다. 레이미가 마이크 전원을 끈 것이다.

'배신하다니.'

그렇게나 들려주기 싫은 것일까. 녹음하지도 않고 제삼자에게 중계하지도 않는다. 약속은 지켰는데.

자신을 얼마나 믿지 않고 존중하지 않는지를 뼈저리게 느꼈다. 휴대폰으로 레이미에게 전화를 걸었지만 금세 부재중 서비스로 넘어갔다. 휴대폰 전원도 끈 것이다.

'경비견 취급을 당했군.'

혼자서 모로에를 만나러 나갔다가 오노지마 시즈카와 시계미쓰 마도카에게 납치될지도 몰랐다. 그 자리에서 습격을 받고 죽을 가능성도 제로는 아니었다. 그러나 레이미는 자신이 위험하지 않다는 사실을 확인하자 가장 중요한 장면이 시작되기 직전에 아쓰코를 헌신짝 버리듯 내팽개쳤다.

레이미가 전원을 끈 이유는 아쓰코에게서 자신들을 지키기 위해서일 테다.

모로에가 말할 내용은 높은 확률로 자신이 저지른 죄의 고백일 것이다. 만약 아쓰코가 멋대로 기록해 둔다면 충분히 체포 증거가 될 수 있다.

또 다른 이유는 신뢰를 증명하기 위해 레이미가 모로에에게 털어놓을 비밀을 무슨 일이 있어도 아쓰코가 듣지 않기를 바랐기 때문이었다. 그 비밀은 모로에가 충분히 마음을 열어 이야기를 털어놓고 싶어질 만큼 중대한 것인 동시에 레이미 본인을 궁지로 몰 수 있을 정도로 위험한 것일 테니까.

처음부터 두 가지 리스크를 전부 충분히 예측했을 것이다. 레이미는 모든 것을 드러낼 각오로 이 자리에 있는 것이라고 아쓰코는 멋대로 생각했다.

'동정심이 어느새 방심으로 변했어.'

어머니에 대한 괴로운 기억에 질질 끌려다니는 아쓰코는, 어떠한 거친 방법을 사용해서라도 가족의 과거를 밝혀내려는 레이미의 마음에 조금은 공감했다.

솔직히 불쌍하다고도 생각했다.

아무도 눈길을 주지 않는 레이미에게 느끼는 연민은 아쓰코가 수사를 하는 동기가 되기도 했다.

'하지만 그런 감정도 전부 사라져 버렸다.'

억지로라도 레이미의 몸에 마이크를 장착했어야 했다. 그랬으면 레이미가 눈치채지 못하는 사이에 예비 마이크를 숨겨 둘 수 있었을 텐데.

후회도 하고 반성도 했다. 그러나 분노와 원망은 없다.

오히려 이로써 결심이 섰다. 그러니까 지금은 두 사람이 있는 곳으로 달려가 이 만남을 망치려는 생각은 없다. 레이미의 뜻대로 진행되고 있다고 믿는 편이 낫다.

그사이에 자신도 본래의 방식으로 계획을 진행하자. 그래, 다른 사람보다 먼저 앞질러 불의의 습격을 날리는 것에는 누구보다 자신 있다.

우선 히야마 계장의 허락을 받아야 한다. 혐오스러운 수사1과 8계의 이노하라에게도 언질을 줄 필요가 있다. 아쿠쓰 기요하루와는 당분간 연락을 주고받을 수 없을지도 모르겠다.

경시청 전체가 소동에 휘말리게 될 것이다.

"하지만 그전에 담배 한 대 태우고 싶네."

허탈감에 휩싸여 지금 느끼는 기분을 흘려보내려고 혼잣말을 중얼거렸다.

아쓰코는 라이터를 꽉 쥐고 펌프스 굽을 또각거리며 재떨이가 있는 곳을 찾았다.

기요하루는 렌터카 안에서 무릎을 잘게 떨었다.

주차 공간을 찾아 잠시 달렸지만 결국 찾지 못하고 히라마 준코가 지정한 장소 근처의 갓길에 차를 세웠다.

기다리고 있는 사람은 히라마뿐만이 아닐지도 모른다. 그래서 준비는 해 왔다. 합성 섬유로 만든 속옷, 울 재질의 여름 스웨터와 치노 팬츠. 고무 짜기로 만든 신축성 좋은 양말에 합성 섬유 재질의 고무 밑창이 달린 신발을 신었다.

그래도 긴장은 풀리지 않았다.

바지에 감싸인 허벅지를, 스웨터에 감싸인 두 팔을, 두 손으로 몇 번이나 문질렀다.

오전 10시 55분. 이제 곧 약속한 시간이다.

글러브박스를 열어 말랑말랑한 흰 고무 재질의 보호 커버를 씌운 휴대폰, 그와 크기가 같은 플라스틱 케이스, 그리고 명함 케이스처럼 얇은 케이스를 꺼냈다.

두 케이스를 케이블로 연결한 뒤 허리에 있는 홀더에 넣었다.

익숙한 가죽 가방을 한 손에 들고 차에서 내렸다.

늘어선 목조 단층 시영주택으로 다가갔다. 대부분의 우편함에 쓰레기를 버리지 마시오, 라고 적힌 종이가 붙어 있었다. 주민이 얼마 남지 않은 듯했다.

비슷하게 생긴 현관문 중 하나에서 히라마가 나왔다.

"먼 곳까지 오시라고 해서 죄송합니다."

고개를 숙였다. 스웨터에 치마, 발목까지 오는 레깅스. 안경과 화장으로도 감추지 못한 피로가 얼굴에 떠올랐다.

"만나 주셔서 저야말로 감사하죠."

기요하루가 머리를 숙였다.

"나이도 먹을 만큼 먹은 어른이 언제까지 어리광을 부릴 거냐고 생각하겠지만 솔직히 지금도 괴로워요. 세상이 냉정하고 혹독하다는 것을 그 난리를 겪으면서 뼈저리게 느꼈습니다."

기요하루는 히라마와 함께 집으로 들어갔다.

현관 옆에 부엌이 있고 다다미방 두 개가 트여 있었다. 방을 나누는 맹장지*를 없애 안쪽에 있는 세 평짜리 방에는 환자용 침대를 놓았다.

이 집에서 혼자 사는 히라마의 어머니는 4년 전에 치매 초기 진단을 받은 직후 자전거에 치이는 바람에 걷지 못하게 됐다.

"저, 일단 그쪽의 생각을 다시 한번 들어보고 싶군요."

---

* 나무 틀에 종이 천을 두껍게 싸 바른 문.

"저와 아쓰코 씨는 도가시 요시미 씨가 유괴범이 아니고 살인에도 관여하지 않았다고 생각합니다. 추측이긴 하지만, 도가시 씨가 당시 상황에서 도망치고 싶어 한 다키모토 마야를 도와 안전한 곳으로 피신시킨 것 아닌가 생각합니다."

히라마는 고개를 끄덕이고는 "동생이 남긴 메모와 옛날 휴대폰, 컴퓨터가 있어요"라며 안쪽을 가리켰다.

환자용 침대 옆의 사이드 테이블에 오래된 휴대폰과 노트북이 놓여 있었다. 그 옆에는 일기로 보이는 가죽 수첩과 주소록 몇 권도 있었다.

9년 전, 도가시는 경찰서에서 조사를 받기로 한 바로 그날 실종됐다. 아직 참고인 단계였고 가택수사도 준비했지만 실행하지는 못했다.

도가시가 교묘하게 도주하자 그를 마크하던 합동수사본부는 당황해 허둥지둥 임의로 가택수사를 실시했다. 그때 방에 있던 컴퓨터와 메모 등을 '제출'이라는 명목하에 압수했다.

"그것과는 다른 거예요."

"경찰 수사를 받지 않은 것들이라는 뜻인가요?"

"네. 죄송합니다."

히라마는 한마디를 꺼낸 뒤 고개를 숙였다.

"아뇨, 탓할 생각은 없습니다. 오히려 용기를 내 보여 주셔서 감사할 따름입니다. 하지만 왜죠? 누가 숨겨 놓은 건가요?"

"요시미가 실종된 그날 어머니가 집에서 들고 나와 당시 일하던 직장에 숨겨 놓으셨다고 합니다. 아마 돌아가신 아버지도 알고 계셨을 거예요."

"그렇다는 말씀은 어머님과 아버님도 어떠한 사정을 알고 계셨다는 뜻인가요?"

"그럴지도 모르고, 단순히 아들을 감싸려던 것뿐이었을지도 모릅니다. 유치한 변명처럼 들리겠지만, 어머니의 치매를 알아차릴 만한 상태가 될 때까지 저는 이런 것이 있는지도 몰랐어요."

"이걸 발견한 건 구체적으로 언제쯤이죠?"

"4년 전이요. 환자용 침대를 들여놓으려고 방을 정리할 때, 벽장 깊숙한 곳에 숨겨 둔 걸 발견했어요. 왜 이런 게 여기 있냐고 추궁했더니 '경찰이 발견하면 요시미가 더욱 의심받을 거야. 나쁜 놈으로 만들어 버릴 거야'라고 하시더군요. 전 이걸 몇 번이나 경찰에 제출하려고 했어요. 하지만 어머니가 '죽어도 못 줘'라고 하셨어요. 심지어 최근에는 치매 증상이 심해져서 조금이라도 만지려고 하면 몹시 화를 내고 흥분하셔서요. 그래서……."

"어머님이 데이 서비스에 간 사이에 이쪽으로 부르신 거군요."

히라마가 고개를 끄덕였다.

"봐도 될까요?"

"물론입니다."

기요하루는 탁자에 있는 휴대폰으로 손을 뻗었다. 그러나 집어 들기 직전에 손을 멈추고 뒤를 돌아봤다.

바로 뒤에 서 있던 히라마가 깜짝 놀라 순간 당황스러운 표정을 지었지만 금세 표정을 바꾸며 웃어 보였다. 기요하루도 미소로 화답했다.

다시 탁자 위 휴대폰에 시선을 돌리고 손을 뻗었다.

그 순간, 기요하루의 얼굴 앞에 히라마가 무언가를 들이밀었다.

히라마가 작은 스프레이를 뿌렸다. 기요하루는 팔을 치켜들며 몸을 비틀어 피했지만 왼쪽 눈은 미처 막지 못했다. 날카로운 통증이 엄습했다. 머스터드 가스다.

히라마는 스프레이를 뿌리면서 나머지 손을 침대 옆 수건 밑으로 찔러 넣으며 숨겨 놓은 것을 꺼내 들었다. 손 망치. 몸을 숙여 기요하루가 치켜든 팔 밑으로 빠져나간 히라마가 기요하루의 옆구리를 손 망치로 때렸다. 그러나 거의 동시에 기요하루가 오른손을 뻗어 히라마의 목을 잡았다.

그 순간 두 사람의 몸이 튕겨 날아갔다.

기요하루는 미리 대비해 놓았다. 휴대폰으로 가장한 배터리를 절연용 비닐 케이스로 감싸서, 배터리에서 높은 전압을 출력하는 승압 회로에 연결해 합성 섬유 속옷 위의 울 재질 스웨터와 치노 팬츠에 흘려보내 대전체 상태로 만들었다. 신발은 합성 섬유와 고무 밑창으로 만들어진 제품이다. 집 안으로 들어왔을 때를 대비해 양말도 고무 짜기로 만든 절연용 제품을 이중으로 신었다. 전부 가전제품 매장과 할인점에서 구입했다.

배터리는 공기총용 배터리를 직렬로 연결했다. 승압 회로는 시중에서 판매하는 방전기가 아니라 전기제품을 분해해 빼낸 부품으로 자체 제작했다.

상대가 갑자기 몸을 잡으면 정전기를 일으킨다. 원리는 옛날 옛적 장난감과 비슷하지만, 전압은 1만 볼트 이상이었다.

기요하루는 쓰러진 히라마를 밟고, 날뛰는 몸 위에 올라타 주머니에서 꺼낸 케이블타이로 묶었다. 집에 있는 거즈 수건을 입에 쑤셔 넣어 틀어막았다.

가방에서 페트병을 꺼내 따가운 눈을 물로 씻어냈다. 어제 만난 히라마의 남편이나 다른 인물이 숨어 있을까 경계했지만 다른 사람의 기척은 느껴지지 않았다. 이 여자 혼자였다.

침침한 눈으로 탁자에 있는 휴대폰과 노트북을 찾아 가방에 밀어 넣었다.

결박당한 히라마가 몸부림칠 때마다 몇 번 발로 차서 얌전하게 만들었다. 걷어찰 때의 충격이 손 망치에 맞은 왼쪽 옆구리까지 전해져 욱신거렸다. 온몸이 저리고 몹시 무거웠다.

통증에 얼굴을 찌푸리며 도가시의 일기장을 넘겼다.

아마추어인 기요하루로서는 단언할 수 없지만 아쓰코가 보여 준 자료에 있던 도가시의 필적과 비슷했다. 경찰의 압수를 피해 다른 사람의 눈에 띄지 않게 보관한 수첩도 몇 권 있었다.

히라마가 진짜를 준비한 이유는 만약 이번에 덮칠 기회를 놓쳐도 이 진짜 일기에 적힌 내용과 휴대폰에 남아 있는 문자 내용을 핑계로 앞으로 기요하루를 두 번이고 세 번이고 불러낼 수 있기 때문일 것이다. 가짜라는 사실을 들키는 순간 다시 만날 기회는 사라진다. 이 여자는 동생이 남긴 진짜 물건을 미끼로 내놓으면서까지 기요하루를 습격해 진심으로 죽이려고 했다.

히라마의 목에 전기충격기를 누르며 입을 막은 수건을 빼냈다.

"누구에게 말했지?"

히라마는 대답하지 않았다. 충격을 주었다.

"하지 마, 가짜 형사 주제에!"

히라마가 소리쳤다.

"누가 지시했지?"

입에 다시 수건을 밀어 넣고 다시 한번 충격을 주었다.

"공중전화로 연락을 주고받은 인간은 누구야?"

"살인자. 연쇄살인범!"

수건 틈새로 기요하루를 비난하는 말이 새어 나왔다.

"그건 누가 알려 준 거지? 요시미?"

히라마는 충혈된 눈을 부라리며 "살인자"라는 말만 반복했다.

"말하지 않으면 죽이겠다."

"죽여 봐!"

"널 죽이겠다는 게 아니야. 두 딸을 죽이겠다는 말이다. 지금 카메라 숨겨 놓고 녹화하고 있지? 네 남편에게 보여 준 다음 편집해서 인터넷에 뿌리지. 네 가족을 빼앗아 주겠다."

목구멍이 막힌 히라마가 씩씩거리더니 "사람도 아니야"라며 신음했다.

"도가시 요시미는 어디 있지? 다도코로 에이타는?"

히라마가 눈물을 글썽이며 고개를 붕붕 저었다.

"다키모토 유코를 죽인 사람은 마야지? 너도 도왔어? 어디에 숨겨 줬지?"

어머니 유코를 죽인 사람은 딸 마야와 다도코로이며, 요시미가 마야를 유괴한 것이 아니라 사건이 드러나지 않도록 어딘가에 숨겨 준 것이라고 기요하루와 아쓰코는 추측했다.

히라마는 "몰라. 말 못 해"라며 계속 고개를 저었다.

"그럼 딸들을 죽이지."

히라마의 머리채를 휘어잡고 힘껏 눌렀다.

그러나 히라마는 머리카락이 빠지는 것도 개의치 않은 채 고개를 쳐들었다. 안경이 깨지며 기요하루의 코와 눈을 들이받았다. 그러고 나서 입에서 피를 내뿜었다. 혀를 깨문 듯했다.

기요하루는 코피를 흘리며 입을 억지로 열고 다시 전기충격기를 들이밀었다.

전기가 통하자 히라마의 몸이 요동쳤고, 다다미가 젖었다. 실금한 모양이다.

"요시미…… 미안……."

헛소리 같은 말을 흘렸다.

"어디 있냐고."

"몰라. 정말로 어디 있는지 몰라…… 그러니까 애들은……."

고개를 저으며 부정했다.

시간이 없다. 몇 명 안된다고는 해도 주변에 주민들이 살고 있다. 계속 소란을 피우면 수상하게 여길 것이다. 심상치 않은 낌새를 감지하고 경찰에 신고할 수도 있다.

더 캐묻고 싶었지만 히라마의 동공이 풀려 있었다. 기요하루도 옆구리와 얼굴이 아파서 점점 정신이 혼미해졌다. 코피도 멎지 않았다. 지금 누군가에게 습격을 받으면 도망칠 수 없을 것이다.

휘청거리며 집 안을 뒤졌다. 역시 있다. 천장과 장롱 열쇠 구멍에 설치된 카메라가 두 개, 컵 받침처럼 생긴 얇은 마이크도 세 개 발견했다. 카메라와 마이크는 그대로 두고 무선 리시버와 기록기 본체, 메모리 카드를 챙겼다.

"다른 사람한테 말하면 진짜로 딸들을 죽이겠다. 전부 인터넷에 뿌려서 너희 가족들을 망가뜨리겠어. 내가 잡히거나 살해당해도 반드시 내 동료가 그렇게 할 거야."

기요하루는 히라마의 입에 다시 거즈 수건을 욱여넣었다. 이 자리에서 죽여 버리고 싶었지만 지금은 그럴 시간조차 아까웠다.

집을 나와 주위를 경계하며 렌터카로 돌아갔다.

전리품은 챙겼다. 경찰이 수사하지 못한 도가시의 컴퓨터와 일기를 손에 넣었다. 그러나 싸움에 져서 달아나는 비참한 기분이었다.

운전석에 앉자 조금 진정됐는지 옆구리, 코, 왼쪽 눈에 엄청난 고통이 엄습했다. 페트병에 남은 물로 눈을 씻어내고 손수건으로 닦아낸 뒤 곧바로 시동을 걸었다.

오야마역에서 렌터카를 반납하고 신칸센을 타는 것이 이 도시에서 벗어나는 가장 빠른 방법이지만, 이 상태로는 차에서 내리는 것조차 버겁다. 내비게이션을 응시하며 간신히 사유 인터체인지로 진입해 서비스 제공 지역으로 들어갔다.

자판기에서 생수를 세 병 사서 화장실 칸에 들어가 눈과 코를 닦아냈다. 스웨터를 걷어 올리니 옆구리가 부어올라 있었다. 구역질이 올라와 참지 못하고 변기에 구토했다. 토할 때마다 옆구리가 욱신거렸다.

히라마 준코는 손 망치를 사용했다.

목덜미를 노리고 후려칠 계획이었을 것이다.

그러나 초조한 나머지 서두른 탓에 등 뒤로 너무 가까이 다가왔다. 아마도 살인에 익숙하지 않은 탓이겠지. 게다가 기요하루가 뒤를 돌아봤을 때 더욱 당황해서 시야를 흐트러뜨리려고 최루 스프레이를 꺼내 들었다.

기요하루는 왼쪽 갈비뼈가 부러졌지만 죽지는 않았다.

히라마를 지시한 사람은 누구일까?

계속 생각하려고 했지만 누르고 있는 휴지에 코피가 흘러내렸다. 코뼈도 부러진 것 같다. 후지누마 신고에게 입은 상처가 아직 팔에 남아 있는데. 이번에는 옆구리와 얼굴을 다쳤다.

다시 몸을 구부리며 구토했다.

우선은 여기서 어떻게 돌아갈 것인지부터 생각해야 한다.

도쿄까지 운전해 호텔로 돌아가는 것이 가장 안전하다. 렌터카는 도쿄 반납으로 계약 변경하면 그만이다. 그러나 도쿄까지 운전할 수 있을 것 같지가 않다.

노리모토 아쓰코에게 전화를 걸었지만 받지 않았다. 부재중 전화 서비스로 넘어가기에 메시지를 남겼다. '긴급 연락 요망'이라고 문자를 보냈다.

오후 12시 15분. 레이미가 아직 모로에를 만나고 있을지도 모르지만, 그래도 연락을 하면 곧바로 나와 주기로 서로 약속했는데.

앓는 소리를 내며 일어나 필사적으로 렌터카로 돌아갔다. 다시 전화를 걸었지만 역시 받지 않았다.

두 가지뿐인 선택지 중 하나를 쓸 수 없으니 남은 하나를 선택하는 수밖에.

레이미에게 전화를 걸었더니 금세 받았다.

"끝났어?"

기요하루가 물었다.

—응. 약속대로 전부 말해 줬어. 그쪽은?

"끝났어. 새 자료를 입수했어."

—잘됐다. 지금 아직 이케부쿠로인데, 자세한 이야기는 만나서 하고 싶거든.

"그런데 아쓰코 씨는? 전화해도 안 받는데."

—모르겠어. 먼저 돌아간 것 같아.

"돌아간 것 같다니? 같이 있는 거 아냐?"

—모로에 씨와 이야기를 끝냈을 때는 벌써 사라진 뒤였어.

"무슨 일이야? 또 한 판 했어?"

기요하루가 거칠게 물었다.

―모로에 씨와 대화를 시작하기 직전에 내가 마이크 전원을 껐어.

한숨이 나왔다.

"정보를 공유하지 않으면 의미가 없어. 그것 때문에 아쓰코 씨는."

더 비난하고 싶었지만 말이 나오지 않았다. 그 대신 "곤란하게 됐네"

라는 말이 흘러나왔다.

―무슨 일 있어?

레이미의 목소리가 험악해졌다.

"맞아서 골절된 것 같아."

―왜 먼저 말하지 않은 거야. 큰일이잖아.

"네가 한 말이 더 큰일이야."

―지금 어디야? 움직일 수 있어?

기요하루가 상황을 설명했다.

―내가 갈게.

레이미가 말했다.

"면허 있어?"

―있기는 한데 4년 동안 운전 안 했어.

일말의 여지도 남기지 않은 채 전화가 끊겼다.

다시 한번 아쓰코에게 연락해 봤지만 역시 받지 않았다. 부재중 전화 서비스에 "상황 설명은 들었습니다. 무사한지만이라도 연락 주세요"라고 남긴 뒤 문자도 보냈다.

아쓰코는 화풀이 비슷한 감정으로 연락을 주지 않는 것일까? 아니, 그런 단순한 이유가 아닐 것이다.

아마 단독 행동을 시작하려는 듯하다.

머리가 무겁고 상처는 아프다. 잠깐 눈이라도 붙이고 싶지만 이곳이 안전하다고 확실히 보증할 수 없었다. 구름은 흐르고 햇빛은 내리쬐었다. 차 안이 따뜻해 졸음이 몰려왔다.

정신을 차리려고 빼앗아 온 도가시 요시미의 일기를 펼쳤다.

일기에는 매일매일의 기록과 휘갈겨 쓴 비망록, 자기계발 같은 문장이 뒤섞여 있었으며 '선생님과 전화'나 '선생님과 이야기했다. 회복됐다' 같은 문장도 있었다.

'역시 있었군.'

아쓰코가 보여 준 도가시의 수사자료를 떠올렸다.

9년 전 사건 직후, 당시 수사담당자도 압수한 물건 여기저기에서 '선생님'에 대한 내용을 발견했다. 그러나 그것이 같은 아동복지관에서 근무하는 상사나 아동복지사를 가리키는 말이라고 생각한 듯했다. '암 치료로 마음이 불안해 상담받았다'와 '업무상 고충을 이야기했다' 처럼 근거가 될 만한 글들이 있어 중요시하지 않았다. 경찰은 당초 도가시의 행동과 사건을 어디까지나 소녀를 대상으로 한 성범죄라는 흐름에서 수사하려고 했다.

그러나 기요하루와 아쓰코의 견해는 전혀 달랐다.

선생님. 무엇을 가리키는 말일까.

학교 교사, 학원 강사, 비유적 의미로 가르침을 바라는 존재, 평범한 별명……. 이리저리 궁리하려고 했으나 머리와 눈꺼풀이 점점 무거워졌다.

큰일이다, 긴장을 풀면 안 돼. 스스로를 채찍질하며 흥분시키려고 했지만…… 그런 말조차 더는 나오지 않았다.

처음에는 콩콩하고 작은 소리가 났고, 다음에는 쿵쿵하고 크게 울렸다. 기요하루가 눈을 떴다.

잠들어 버렸다.

운전석에 앉은 채로 올려다보니 레이미가 묘한 표정으로 내려다보고 있었다. 그만큼 기요하루가 많이 다쳤다는 뜻일 테다.

차 밖으로 나가는 것도 귀찮아서 몸을 비틀어 기어 시프트 레버를 넘어가려고 했지만 마치 왼쪽 옆구리를 짓이기는 듯 고통스러웠다. 왼쪽 눈도 뜨겁고 아팠다.

"괜찮아?"

레이미가 운전석에 앉았다.

"아파."

고개를 저었다.

레이미가 차를 출발시키며 고속도로로 들어섰다.

"고속도로 운전해 본 적 있어?"

"5년 전에, 이번이 두 번째야."

레이미가 정면을 응시한 채 말했다.

가뜩이나 몸 상태도 나쁜데. 스릴 넘치는 드라이브가 될 것 같다.

"히라마 준코와는 만났어? 무슨 이야기 했어?"

레이미가 물었다.

"이야기하기도 전에 이 지경이 됐어. 그래도 전화로 말한 것처럼 이건 가져왔지."

끙끙거리며 발밑에 있는 가방을 꺼내 도가시의 노트북과 수첩류를 보여 줬다. 그리고 일어났던 일을 설명했다.

"히라마 혼자서 그런 거야? 여러 명에게 습격당해서 필사적으로 도망친 줄 알았어. 그래서 서둘러 왔는데."

레이미는 어이없다는 표정으로 기요하루를 흘끗 쳐다봤다.

"손 망치로 때리고 최루 스프레이를 뿌렸어."

유치한 변명. 하지만 평범한 회사원더러 어쩌란 말인가. 게다가 후지누마 신고에게 죽을 뻔한 너를 구해 준 사람은 누구였지? 벌써 잊은 거야?

빈정거리고 싶었지만 말을 삼켰다. 이렇게 아픈 상황에서 도대체 나는 무얼 하고 있는 거지.

"그런데 히라마는 자기 혼자 판단해서 당신을 공격한 거야? 중년 여성이 혼자서 20대 남자를 공격하는 건 꽤 무모한 짓이잖아."

"누가 지시했을 거야. 손 망치로 목덜미를 노린 것도 쓰쓰미와 아유사와 등 피해자 네 명을 죽인 방식을 연상시키는 데다 당신과 아쓰코 씨에게 보내는 경고의 의미도 있을 거야."

"만약 당신이 살해당했다면 다음은 내 차례였다는—"

"그럴지도 모른다는 말이야. 하지만 지시를 내린 사람이 정확히 누구인지는 아직 몰라. 게다가 습격 방법도 확실히 조잡하고."

"준비할 만한 시간적 여유가 없었다고 한다면? 내가 모로에 씨와 만나는 시간과 당신이 히라마를 만나는 시간을 어떻게든 맞추고 싶었던 거지."

"그렇다면 모로에는 처음부터 당신과 만나는 일정을 더 늦게 잡았거나 나중에 바꿀 수도 있었어. 우리에게 결정권은 없으니까."

"그러네."

"그런데 지금은 그런 걸 생각하기보다 네 변명을 듣고 싶은데."

시트에 파묻은 몸을 억지로 일으켰다.

"왜 마이크 전원을 껐지?"

"아쓰코 씨가 멋대로 녹음이라도 하면 곤란하니까."

"변호할 마음은 없지만 아쓰코 씨는 절대 그 상황에서 그런 짓을 할 사람이 아니야. 나보다 네가 더 잘 알잖아."

"절대라는 건 없어. 만약 배신 비슷한 걸 당하면 두 번 다시 모로에 씨의 이야기를 들을 수 없기도 하고."

"아무래도 신뢰할 수 없다면 처음부터 위험을 감수하고 혼자서 갔어야 했어. 어중간하게 호위 취급하면 누구나 반발하고 적의를 품을 거야. 당신은 아쓰코 씨에게 너무 빡빡하게 굴어."

"그건 아쓰코 씨가 경찰로서의 편협한 생각을 고집해서 수사에 지장을—"

"경찰한테는 빡빡하게 굴라고 무라오 구니히로가 세뇌했어?"

기요하루가 강하게 말했다.

"틈을 보이면 그 틈을 타 우위에 서려고 한다. 주종관계를 확실하게 인식시키지 않으면 놈들은 금세 멋대로 휘두르려고 든다. 그렇게 교육받았어?"

레이미가 입을 다물었다. 그 옆모습을 쳐다보며 말을 이었다.

"내가 봐도 고집을 부리는 사람은 너 같아. 무라오에 대한 마음을 비난할 생각은 없고, 어떤 관계였는지도 관심 없어. 하지만 그 사람 말에 너무 얽매이고 있어."

레이미는 정면을 응시하고 운전대를 잡고 있었다.

"무라오의 수사 능력은 분명 이상할 정도로 뛰어나. 그의 의견에 따르는 것도 당연하다고 생각하고. 하지만 수사 외의 일에서는 성격파탄자야. 직장에서 동료도 만들지 못하는 걸 일방적으로 주변 탓만 하고, 자신이 유능하니까 사람들이 자기를 따돌렸다는 식으로 태도가 돌변

했지."

앞에서 가는 트럭과 차간거리가 좁혀졌다. 운전이 난폭해졌다.

"경찰이면서 경찰을 미워하고 시샘한 남자에게 배운 건 오히려 의사
소통에 방해만 될 뿐이야."

기요하루는 헛된 짓이라고 생각하면서도 말했다.

레이미에게 파트너는 오직 무라오뿐이다. 소외당한 인간들이 서로
를 이해하는 유일한 사람을 발견한 인연은 무슨 일이 있어도 끊을 수
없다. 도리어 무슨 말을 갖다 붙이건 레이미에게 기요하루와 아쓰코는
도구에 불과하다.

"엄청 기분 나쁘네. 하지만 앞으로는 조심할게. 당신이 충고해 준 거
니까. 그 여자와 부드럽게 대화하도록 노력할게."

레이미가 말했다.

"고마워."

"단, 당신도 잠시 내 말에 따라. 모로에 씨가 해 준 이야기를 알려 줄
테니 의견을 말해 줬으면 좋겠어."

요구를 받아들이겠으니 이 자리에서는 너도 양보하라는 뜻이다.

"명령이지?"

비꼬듯 말했다.

"응. 당신은 따라야 해."

레이미가 보고하기 시작했다.

증오스럽다. 진심으로 이 여자를 죽이고 싶다.

"경추에 똑같은 손상이 있는 사체. 마쓰우라 마사야, 쓰쓰미 히로아
키, 아유사와 사토시, 아카이와 다쿠 네 사람, 거기에 모로에 씨의 전
남친 다카야마도. 납치한 건 자신들이라고 분명하게 말했어."

11년 전, 모로에는 고향 도야마에서 다카야마에게 리벤지 포르노 피해를 당했다. 고향에 있을 수 없게 된 그녀는 도쿄로 상경해 성형수술로 얼굴을 바꾸고 새로운 인생을 시작했다.

"당신이 전에 추측한 것처럼 시작은 다카야마였어. 7년 전에 다카야마가 모로에의 거처를 알아낸 뒤 재결합하자고 했어. 계속 무시했더니 동영상을 직장에 보내고 성형 사실도 폭로하겠다고 협박했지. 그래서 모로에 씨는 오노지마 시즈카에게 상담했어."

그러나 아쓰코를 비롯한 경찰들이 조사했을 때는 모로에와 오노지마 사이에 업무든 사생활이든 어떠한 접점도 발견하지 못했다.

"8년 전 클레임이 들어와서 급하게 치수를 고쳐야 했는데 그때 선배에게 소개받은 곳이 오노지마가 일하던 '파인 리메이크'였대."

그 이후에도 여러 번 일을 의뢰했는데 작업이 어려워도 항상 웃는 얼굴로 맡아 주는 오노지마와 친해져서 깊은 이야기도 나누게 되었다.

"오노지마는 왜 모로에에게 친절했을까?"

"친엄마에게 학대당하며 자랐고, 10대 무렵에는 남자들에게 외모로 조롱당했대. 그래서 다른 사람을 상처 주는 걸 극도로 두려워하게 되었대. 고민하고 괴로워하는 여자를 보면 아무래도 자신의 모습과 겹쳐 보여서 가만히 두고 볼 수 없었다고."

기요하루는 이 두 여자가 함께 행동하는 점에 위화감을 느꼈다.

모로에와, 사진으로 본 오노지마는 외모도 옷차림도 완전히 다르다. 설령 궁지에 몰린 상황이라고 해도 살인처럼 중대한 작업을 함께 할 사이처럼 보이지 않았다.

모로에는 스포트라이트를 받는 부류. 오노지마는 조명은커녕 무대 가장자리에도 오르지 못한 부류. 학창시절을 보낸 적이 있는 사람은 누구나 알고 있듯이 두 부류 사이에는 잔혹하기까지 할 정도로 커다란, 넘을 수 없는 간격이 있다.

그러나 지금은 그 점을 지적하지 않고 잠자코 이야기를 들었다.

"모로에 씨가 협박당했다는 이야기를 했을 때도 오노지마는 가족처럼 걱정해 줬어. '경찰에 신고하면 그 사람이 욱해서 체포될 걸 각오하고서라도 영상을 풀 거예요'라고 조언하면서 '우리끼리 해결하는 수밖에 없어요'라고 설득했대."

오노지마는 비참한 상황에서 벗어나려면 나쁜 남자를 퇴치할 수밖에 없다는 전래 동화 같은 망상에 사로잡혀 있었다고 모로에는 말했다. 그러고는 "하지만 달리 의지할 사람이 없었어"라며 자조 섞인 웃음을 지었다고 했다.

"시게미쓰 마도카는 오노지마가 소개해 줬대. 셋이서 몇 번 만났고 다카야마를 어떻게 '퇴치'할지 계획을 들었다더라고. 오노지마와 시게미쓰가 동요 같은 암호를 사용한 것도 모로에 씨가 들었대. '다람쥐'니 '벽돌 쌓기'니 하는. 하지만 모로에 씨는 굳이 그 의미를 알려고 하지 않았고 두 사람도 알려 주지 않았어."

오노지마와 시게미쓰에게 모로에는 같은 생각을 공유할 동료라기보다 중요한 '도구'였을 것이다. 지금의 기요하루와 아쓰코의 입장과 크게 다르지 않다.

"그리고 당시에 모로에 씨도 다카야마가 눈앞에서 사라지기만을 바랐어."

그래서 오노지마의 지시대로 다카야마에게 '한 번쯤은 만나서 이야기하자'고 연락한 뒤 시게미쓰가 준비한 왜건을 운전해서 데리러 갔다.

밤중의 도로를 달리는 도중 다카야마가 편의점에 음료를 사러 간 사이에 오노지마와 시게미쓰가 왜건에 숨어들었다. 모로에는 그들을 싣고 어두운 항구 중에서도 사람들의 눈에 띄지 않는 곳까지 달렸다.

그리고 실행했다.

"사전에 말한 대로 두 사람은 시트를 젖히고 이야기하기 시작했고, 정해 놓은 시간이 되자 다카야마에게 울며 매달리며 그를 제압했다. 시게미쓰도 금세 머리를 단단히 눌렀고, 오노지마가 조수석 헤드레스트 틈으로 다카야마의 목덜미에 가스 타정기를 쐈대. 어떤 기계인지 알아?"

공사할 때 사용하는 못을 박는 이동식 장비로 압축 공기를 사용해 못을 박는다. 무게는 4, 5킬로그램 정도인데 '총포·도검류 소지 등 단속법' 대상에 속하지 않기에 소지해도 죄를 묻지 않는다.

목덜미를 꽉 누르고 쏘면 힘이 약한 여성이라도 경추를 부술 수 있을 것이다. 출혈도 적어서 차 안이나 옷이 더럽혀질 가능성도 작다. 제압할 사람이 여럿 필요하지만 상대를 순식간에 움직이지 못하게 만들 수 있다.

"다카야마는 죽었어?"

"심한 모습으로 눈을 몇 번 깜빡이더니 움직이지 않았대. 죽었는지는 안 물어봤어."

모로에를 차에서 내리게 한 뒤 시게미쓰가 운전해 의식이 없는 다카야마를 데리고 떠났다.

오노지마와 시게미쓰가 왜 이런 방법으로 다카야마를 공격했는지 파헤쳐 밝혀내면 레이미의 친모가 죽은 이유를 아는 자, 혹은 그녀를 죽인 자에 접근할 수 있을지 모른다.

두 사람을 '퇴치'라는 극단적인 행위로 몰아넣은 것은 무엇일까? 동요 같은 암호는 자신들이 생각해 낸 것일까? 가스 타정기는 누가 맡겠다고 나섰을까? 애당초 친구도 직장 동료도 아닌 두 사람이 엮이게 된 이유는 무엇일까?

"모로에는 왜 시게미쓰가 '퇴치'에 가담했는지 직접 물어봤대?"

기요하루는 해가 저무는 풍경을 바라보며 물었다.

"아니. 하지만 시게미쓰가 독백처럼 한 말은 알려 줬어. '내게 오는 죄 없는 인간들을 돕는 데 한계를 느껴서 괴로웠어. 하지만 계시의 음성을 듣고 구원받았어'라고 했대. 돕는다는 건 타로점으로 상담해 주는 걸 말하는 것 같아. 그런데 계시의 음성은 비유인지, 아니면 구체적인 누군가의 목소리인지 모르겠어."

누군가의 목소리? 도가시 요시미의 일기에 적혀 있던 '선생님'이라는 단어가 기요하루의 머릿속에 떠올랐다.

"다카야마를 죽인 뒤 두 번째 범행을 제안한 사람은 오노지마야, 시게미쓰야?"

"오노지마. 남자들 앞에 우연인 척 나타나서 꾀어내 줬으면 좋겠다고 해서 도왔대. '이제 우리는 운명 공동체잖아'라고 간절히 부탁하기에 거절하지 못했다더라고. 모로에 씨가 이케부쿠로의 'SELAN(셀란)'이라는 바의 단골이 된 것도, 그곳에서 납치당한 아유사와 사토시와 아카이와 다쿠와 안면을 트게 된 것도 모두 우연이 아니었어. 오노지마의 지시였지."

화를 못 참아서 벌어진 우발적인 살인이 아니다. 역시 계획된 연쇄 살인이었다.

"남자들을 납치하는 이유는 들었대?"

"매번 들었대. 특히 오노지마에게. 그 남자가 한 짓 때문에 얼마나 여자들이 몹시 괴로워하는지를."

"남자들이 살해당하는 장면은 한 번도 본 적이 없는 거지?"

"본 적 없대. 그들이 실신이라고 해야 하나, 움직이지 못하게 되는 시점에 매번 차에서 내리게 했대."

"정체를 들키지 않으려는 냄새가 나는데."

일부러 혼잣말하듯 말했다.

레이미는 반론하지 않고 계속 설명했다.

"아유사와의 사체가 발견된 뒤 모로에 씨가 아유사와의 집에 향을 올리러 갔잖아? 이유를 물어보니 '자신이 무슨 일에 가담했는지 직접 깨달으려고' 그랬대. 모른 체하지 않은 거야. 살인을 도왔다는 사실을 분명하게 자각했어. 향을 올리고 어떤 느낌이 들었는지도 물었어. 두려움은 전혀 없었대. 자신과 똑같은 고통을 겪은 여자가 또 한 명 도움을 받았다는 생각에 성취감이 솟구쳤다더라고."

그러나 그 뿌듯함도 회를 거듭할수록 익숙해져 점점 둔해지고 오히려 이 행위가 발각되지는 않을까 불안감이 더 커졌다고 한다. 게다가 나이도 서른에 가까워지면서 남자들을 꾀어내기도 어려워져서 이제 그만하고 싶었다. 하지만 후회는 하지 않는다고.

"우리 엄마랑 기타코이와에 살던 중년 여성의 죽음에 대해서는 아쉽게도 정말 아무것도 모르더라고. 같은 수법을 쓰는 인간에 대해서도 짐작 가는 게 없대. 다만 오노지마와 시게미쓰는 무언가 알고 있을지도 모른다고 했어."

"모로에가 왜 네게 말할 마음을 먹었다고 생각해?"

"속죄. 마음속에 쌓인 죄책감을 조금이라도 덜어 보려고. 자기 이야기를 듣고 내 마음이 조금이라도 구원받을 수 있다면 그게 자신의 속

죄로 이어질 것 같다고 생각했대."

과연 그뿐일까?

레이미 씨가 언니를 찾기를 기도하겠습니다. 모로에는 마지막에 그렇게 말했다고 한다.

렌터카는 하스다 서비스 구역을 지나고 있었다. 레이미의 난폭한 운전에도 점점 익숙해졌다. 옆구리는 여전히 아팠다. 그래도 구토감은 상당히 없어졌다.

기요하루는 생각했다.

오노지마 시즈카, 시게미쓰 마도카, 모로에 미나코. 세 사람은 악인이 아니다. 오히려 다정한 사람들이었다. 설령 그것이 제멋대로인 다정함이라고 해도 다른 여성들의 고통을 자신의 일처럼 느끼는 자비로운 마음이 있었다. 그래서 남자들을 죽였다.

이 사건뿐만이 아니다. 다키모토 유코가 살해당하고 딸인 마야가 실종된 기타코이와 사건도 마찬가지다. 도가시 요시미는 다정한 사람이었다. 히라마 준코도 그랬다. 조금 전에 막 얻어맞고 그렇게 생각하기는 힘들지만, 지금은 억지로라도 분노를 지우고 생각했다. 역시 그 여자도 다정하다.

그렇기에 고통스러워하는 주변 사람들을 구하고 싶어 했다. 그러나 다정하기에 그들을 구할 수 있는 최선의 방법을 단행하지 못하고 있었다.

그때 누군가가 결단할 이유와 용기를 준 것이다.

크고 강한 다정함은 쉽게 크고 강한 광기로 변한다. 선의와 정의가 흉기인 것과 마찬가지로 자기중심적인 결심이 뒷받침된 다정함은 잔학한 행위를 부추긴다.

누군가가 다정함을 교묘하게 자극해 세 사람을 조종했다.

누구일까? '선생'일지도 모른다.

도가시 요시미, 히라마 준코. 오노지마 시즈카, 시게미쓰 마도카, 모로에 미나코. 목을 맨 사체로 발견된 레이미의 어머니, 마쓰하시 미사토. 다키모토 유코 살해 용의자로 지목된 다도코로 에이타까지 포함해도 될지 모른다. 이 사람들과 공통된 존재인 선생.

생각하면서 예전에 레이미가 했던 말을 떠올렸다.

—이렇게 생각해 줬으면 해요. 살인을 저지르고도 아무에게도 들키지 않고 평범하게 살아가는 '기술'을 전수하고 싶은 인간이 있다. 그 '기술'을 배우고 싶어 하는 인간도 있다. 그런 인간들 사이의 접점을 조사하고 밝혀낸다고.

"네가 한 말이 맞을지 몰라."

기요하루는 흘러가는 풍경을 바라보며 말했다.

도호쿠자동차도로가 끝나고 렌터카는 수도고속도로로 진입했다.

10

"요전에 당신이 한 말은 증거로 채택될 수 있습니다."

아쓰코가 말했다.

"네."

모로에 미나코가 고개를 끄덕였다.

이타바시혼초역 근처 주차장에 주차한 밴의 뒷좌석에 나란히 앉아 있었다. 5과 7계의 도요다와 히야마 계장도 함께 탑승해 있었다.

"어디까지 아나요?"

모로에가 물었다.

그 한마디로 그녀가 이미 각오했다는 사실을 알 수 있었다.

"시게미쓰 마도카가 예전에 탔던 은색 왜건, 아시죠?"

아쓰코가 말했다.

"폐차한 거 아니었나요?"

"시게미쓰는 그럴 생각으로 업자에게 넘겼습니다. 폐차 비용도 물론 지급했고요. 그런데 악덕 업자가 아직 상품 가치가 있다고 판단한 뒤 멋대로 개조해 되팔았습니다. 그걸 찾았습니다."

"조사도 벌써 끝내셨군요."

"네. 현재 차주에게 협조받았습니다. 표백제와 소독제로 공을 들여 청소했지만, 조수석을 중심으로 총 일곱 명분의 혈액이 나왔습니다."

"좌석의 가죽 커버를 바꿨을 텐데요."

"그런 것 같더군요. 하지만 도어 포켓과 안전 벨트에 튄 혈흔을 확인 했습니다. 일곱 명 중에서 당신이 즐겨 찾던 바의 단골이었던 아유사 와 사토시와 아카이와 다쿠의 혈흔도 있었습니다. 4년 전, 아라카와강 하천부지에서 사체로 발견된 두 사람 말입니다."

"그래서, 저에게만 먼저 찾아오신 이유가 뭔가요?"

"저희는 오노지마 시즈카와 시게미쓰 마도카가 틀림없이 체포, 기소 되리라 믿습니다만, 범행을 부인하거나 묵비권을 행사할 가능성이 커 서 취조와 재판에 시간이 걸릴 것이라고 예상합니다. 하지만 당신의 증언과 그를 근거로 찾아낸 증거품이 있으면 그 시간을 훨씬 단축할 수 있고, 유족에게도 빠른 판결을 전해 줄 수 있습니다."

대화를 나누는 사람은 아쓰코와 모로에뿐. 다른 남자들은 묵묵히 듣고만 있었다.

"두 사람이 내 증언을 반박하는 증거를 들이밀어서 오히려 내 형이 무거워질 일은 없겠죠?"

"네, 그럴 일은 없습니다."

"알겠습니다. 개정형사소송법 적용을 부탁합니다."

사법 거래를 이용하겠다는 의미다.

"형식일 뿐이지만, 잠시 수갑을 채우겠습니다."

아쓰코가 말했다.

경광등을 올린 뒤 밴이 사이렌을 울리며 출발했다.

3년 전부터 사기나 약물 사범 등을 대상으로 개정형사소송법이 실시됐다. 그리고 살인과 강도에도 추가 적용된 지 1년 반.

살인사건에 적용되는 것은 이번이 처음이다.

"형사님, 사건과 관계없는 걸 여쭤도 되나요?"

"네. 대답할 수 있을지는 모르겠지만요."

"유즈키 레이미 씨를 아시나요?"

놀리는 건가? 슬쩍 떠보는 건가? 의도를 파악하지 못했는데 모로에가 다시 물었다.

"스리랑카인과 일본인 사이에서 태어난 혼혈인이고 가메지마구미에서 근무합니다."

"모릅니다. 그분은 왜?"

"아는 사람인데 형사님과 매우 닮았습니다. 친척이나 자매가 아닐까 생각했어요. 남인데도 우연히 닮았네요, 죄송합니다. 이상한 걸 물어서."

매우 닮았다니, 무시하는 거야?

모로에를 체포했다. 그러나 바싹 추격해서 잡았다는 기분이 들지 않았다. 오히려 입을 벌리고 있는데 감이 뚝 떨어진 기분이었다.

의료교도소의 침대에 누워 있는 무라오 구니히로처럼 이 여자에게도 누구도 손댈 수 없는 안식의 땅을 제공했을지 모른다.

그래도 이로써 피해자의 유족들에게 조금이나마 위안을 줄 수 있을 것이다.

개운치 않은 마음을 떨쳐 버리며 창밖으로 시선을 돌렸다.

조금 전에도 봤던 광경. 밴은 미야지마 츠카사가 택시 충돌사고를 일으켰던 그 교차로를 지나가는 중이었다.

휴대폰이 울리자 진통제 때문에 멍했던 기요하루가 눈을 떴다.

밤 1시 30분. 마침내 아쓰코에게 연락이 왔다.

—깨워서 미안.

"아뇨, 아파서 잠이 안 오기도 했고. 연락이 올 줄 알았거든요."

병원에서 엑스레이를 찍어 보니 갈비뼈 두 대와 코뼈에 금이 가 있었다. 처방받은 진통제를 먹고 미니바에 있는 진을 단숨에 들이켰는데 붓기도 고통도 가시지 않았다.

오야마에서 히라마 준코와 무슨 일이 있었는지는 진작에 문자로 전해 놓았다. 레이미에게 들은 모로에와의 대화도 글로 정리해 보내 두었다.

—읽었어. 우선 무슨 이야기를 했는지는 알겠어. 그 계집애가 꾸며 낸 이야기일지도 모르지만.

아쓰코가 빈정거렸다.

기요하루는 빼앗아 온 도가시 요시미의 오래된 노트북, 휴대폰, 일기 등에 관해서도 이야기했다.

—그 데이터도 받았어. 앞으로 철저하게 조사할 거야. 가스 타정기, 모로에를 포함한 여자 세 명의 접점, 그리고 선생도. 나중에 확인했는데 어제 그 오야마의 시영주택 일대에서 경찰이나 소방서로 접수된 신고는 없었어. 히라마가 피해 신고를 한 행적도 지금 시점에는 없고. 경찰 기록상에는 아무 일도 일어나지 않았어.

"고맙습니다."

기요하루는 일단 말을 멈추고 조명을 켠 뒤 계속했다.

"지금까지 뭘 하셨습니까?"

—연락이 늦은 건 솔직히 미안해. 하지만 그 사정에 관해서는 조금만 더 시간을 줬으면 해. 상황이 정리되면 자세하게 이야기해 줄 테니까. 뭐 예상은 했겠지만.

"기다리겠습니다. 대신 수사와 관계없는 이야기를 해도 되나요? 지금까지 함께 작업해서 나쁘지 않은 성과를 내고 있죠?"

—뭐야 그 으스대는 말투는. 아파서 너무 마신 거 아냐?

"가벼운 말로 화제를 돌리려는 건 어른이 하기엔 교활한 행동이에요."

—그렇지. 계속해.

"본의 아니게 공동 작업을 하게 됐는데 수사에 관해서는 서로 숨기는 것 없이 전력으로 노력했어요. 저는 그렇게 생각하는데. 어떻게 생각하세요?"

—이견은 없어.

"많은 비밀을 숨기고 있어도 사건에 대해서는 무엇 하나 거짓 없이 서로 의견을 내놓았어요. 무라오를 칭찬하자니 아니꼽지만 역시 상대가 아쓰코 씨여서 가능했다고 생각해요."

—지금 붙잡는 거야?

"맞아요."

—다음에 레이미가 데리고 올 상대와 처음부터 다시 관계를 만들어가는 데 들여야 할 수고가 아까울 뿐이잖아?

"물론 그런 이유도 있어요. 하지만 그게 가장 큰 이유는 아니에요."

—고마워. 솔직한 평가라고 받아들일게. 전에 내가 칭찬했을 때 당신이 기분이 이상하다고 했는데 말이야. 나는 기분이 나쁘지 않네.

"그러면 부디 신중하게 행동해 주세요."

—물론 그럴 생각이야. 레이미 때문에 체포되고 싶지도 않고 앞으로도 계속 수사하고 싶으니까. 나도 모호한 말밖에 못하지만 지금은 이정도로 봐줘.

"레이미에게 마이크를 돌려받았습니다. 이거 어떻게 할까요?"

—보관해 줄래? 비싼 비품이라 잃어버리면 계장이 절망할 거야.

"알겠습니다. 이런 걸로 인생을 망치는 건 바보짓이죠. 설령 대단한 가치가 없는 인생이라 해도."

—내 생각도 그래. 그러니까 서로, 되도록 원만하게 잘 하자고.

전화를 끊었다.

코와 옆구리의 붓기가 빠지지 않는다. 캔맥주를 따고 다시 진통제를 먹은 뒤 도가시의 노트북과 휴대폰에서 추출한 데이터를 조사하기 시작했다.

우선 일반 유료 프로그램을 사용해 봤다. 파일을 불법 개조했는지 검사하는 툴, 숨겨진 파일과 폴더를 찾아내는 툴 등을 순서대로 시험했다.

도가시가 실종된 9년 전에서 지금까지 기술이 진보했다는 사실을 새삼스럽게 깨달았다.

당시에는 감쪽같이 숨겨져 있었는데, 지금은 한 시간 만에 수상한 파일 열네 개를 찾아냈다.

표면상으로는 엑셀과 워드 파일로, '여름 축제 예산표'나 '아동복지관 캠프수련회 공지' 등 내용에도 수상한 점은 없었다. 그러나 UTP(under the page)라는 프로그램을 사용한 것으로, 파일에 진짜 데이터가 숨겨져 있었다. 그러나 진짜 데이터를 표시하려면 비밀번호가 필요해 비밀번호 초기화나 재설정 툴을 사용해 봤지만 합법 프로그램으로는 열리지 않았다.

다크웹에 접속해 불법 분석 툴을 살까 고민하다가 그만두었다. 지금은 수사와 체포로 이어질 가능성이 있는 요소를 더는 늘리고 싶지 않았다.

열네 개의 수상한 파일은 아쓰코의 공무용 이메일로 보내기로 했다. 다음은 경찰 전문가에게 맡기면 된다.

그러나 앞으로도 아쓰코와 계속 수사할 수 있을지 모르겠다. 결정권은 아쓰코가 아니라 레이미에게 있으며 기요하루가 할 수 있는 일은 아무것도 없다.

통증 탓에 잠들 수 없었다. 술을 더 마시고 싶었으나 객실에 알코올은 남아 있지 않았다.

다시 휴대폰이 울렸다.

휴대폰을 잡으려고 팔을 뻗은 순간 옆구리에 둔통이 엄습하며 순식간에 정신이 들었다.

전화, 레이미다.

―인터넷 뉴스 봐봐. 하천부지 사건이 떴어.

일단 전화를 끊고 검색 사이트 메인 페이지의 국내 뉴스 항목을 살폈다.

'사체 유기로 여성 두 명 수사'

제목 다음에 이어지는 기사는 '아라카와 하천부지에서 발견된 남성 두 명의 유기 사체와 관련해 도쿄에 거주하는 30대 여성 두 명이 현재 가쓰시카 경찰서에서 임의 수사를 받고 있다'고 전했다.

두 명의 유기 사체는 아유사와 사토시와 아카이와 다쿠가 틀림없다.

입력 날짜는 6월 6일, 오전 0시.

현재 오전 10시. 해 뜰 무렵까지 작업하다가 통증과 피로로 이 시간까지 잠들고 말았다. 레이미가 다시 전화를 걸어왔다.

―이게 무슨 일이야!?

목소리가 성이 나 있었다.

―당신도 알고 있었어?

"몰랐어. 예상은 했지만."

―이거, 내 탓이야?

"무라오 구니히로 탓이야."

기요하루는 진심으로 그렇게 생각했다.

레이미가 잠시 침묵한 뒤 목소리를 한 톤 낮춰 물었다.

―경찰이 언제부터 움직였다고 생각해?

"모로에를 탐문해 오노지마와 시게미쓰의 이름이 처음으로 나온 게 5월 23일이야. 그 후에 단숨에 은밀히 조사했을 거라고 봐. 아쓰코 씨한테도 연락했어?"

―당연하지. 그런데 전화도 문자도 답이 없어. 모로에 씨한테도 연락했는데 아무런 답이 없고.

"나도 해 볼게. 뭐라도 알게 되면 꼭 연락할게."

―다시 한번 묻겠는데 정말로 그 여자와 짠 거 아니야?

아쓰코를 가리키는 말이다.

"안 짰어."

―알겠어. 그리고 주기로 했던 증거는 못 줘. 당신 탓은 아니지만 애초에 그렇게 약속했으니까.

전화가 끊겼다.

수사를 주도한 사람은 분명히 노리모토 아쓰코다.

오노지마와 시게미쓰의 이름이 밝혀진 단계에서 아쓰코 자신과 사건의 연관성은 교묘하게 숨기고 경시청 내부와 관할서에 정보를 공유해 수십 명 규모의 수사를 진행했을 것이다.

아쓰코에게 속았다는 기분은 들지 않았다.

오히려 모로에 미나코의 손바닥 안에서 놀아났다는 생각이 강했다. 감쪽같이 속아 넘어간 것에 가까울지 모른다.

모로에는 역시 남성 납치 살해에서 발을 빼고 오노지마와 시게미쓰와의 관계를 끊어내고 싶었을 것이다.

그래서 수사가 좁혀올 때, 예전부터 생각해 둔 자신의 피해를 최소화하면서 관계를 잘라내는 시나리오에 따라 움직이기 시작했다. 기요하루를 포함한 세 사람은 그 의도대로 보기 좋게 놀아났다.

모로에는 레이미의 배후에 경찰 관계자가 있다는 사실을 당연히 눈치챘을 것이다. 그래서 역으로 레이미를 이용해 경찰의 관심이 자신에게 향하도록 유도했다. 그러나 마지막으로 가장 중요한 범죄의 고백만은 외부로 새어나가지 않도록 차단한 뒤 레이미에게만 모든 것을 털어놓았다.

다른 사람이 듣지 못하도록 막은 것은 레이미 본인의 의사지만 그 역시 교묘하게 유도했을 것이다.

가장 중요한 자백을 입수하지 못한 아쓰코 측은 다른 방법을 내놓았다.

임의 동행 후, 우수한 변호사를 소개하고 앞으로의 안전을 보장하는 대신 사법 거래에 응하도록 요청했다.

그것이야말로 모로에 미나코가 바라 마지않던 일이었으리라.

그러나 어제, 레이미가 모로에와 대화를 시작하기 직전에 마이크 전원을 끄지 않았으면 시나리오는 완전히 달라졌을지도 모른다.

아쓰코는 모로에의 자백을 단서로 삼으면서도 그것을 가슴속 깊이 묻고, 오노지마와 시게미쓰 두 사람만 체포하는 방법을 찾아내지 않았을까. 모로에를 배려해서가 아니다. 담장 안으로 보내는 것보다 담장 밖에서 계속 생활하는 편이 모로에에게 더 괴로울 테니까.

이 모든 것은 기요하루가 제멋대로 상상한 것에 불과하지만 말이다.

오후 12시.

TV 뉴스에서 유기 사건이 속보로 흘러나왔다.

임의 수사를 받은 두 사람은 체포되었고, 얼굴 사진은 공개되지 않았지만 '도쿄 거주 오노지마 시즈카 37세', '도쿄 거주 시게미쓰 마도카 39세'라고 자막이 나갔다. 피해자인 아유사와 사토시와 아카이와 다쿠의 이름도 방송됐다.

미제로 남아 있었던 사건은 기요하루 일행의 손을 떠난 곳에서도 활발하게 움직이기 시작했다.

오후가 되자 기요하루는 억지로 외출했다.

서쪽으로 기울었지만 강하게 내리쬐는 햇빛 탓에 저녁이 되어도 덥다.

사이타마현 가조시의 맨션 주차장에 히라마 준코가 탄 스쿠터가 들어왔다.

기요하루의 모습을 발견한 순간 바이저에 가려진 얼굴이 굳었지만 도망가지는 않았다. 헬멧을 벗고 커다란 장바구니 두 개를 내린 뒤 맨션 입구로 걸음을 재촉했다.

역시 쉬지 않고 출근했다. 히라마의 얼굴에 눈에 띄는 상처는 없지만 목에 붕대를 감고 있었다. 기요하루에게 목을 졸려 멍이 남은 모양이다. 서로 뒤엉켜 싸울 때 스스로 혀를 깨물었지만 그런 일로 죽지는 않을뿐더러 꼬박 하루가 지나면 그럭저럭 말할 수 있다.

기요하루는 주차장에 다른 사람이 없는 것을 확인하고 나서 히라마에게 다가갔다.

"이걸 돌려주러 왔습니다."

히라마가 입을 열기 전에 말했다.

도가시의 노트북과 수첩이 든 종이가방을 내밀었다.

"고마워요."

히라마 준코가 봉투를 받아들었다.

"어머니가 난리를 피우기 시작했어요. 겨우 얼버무렸는데 이렇게 되돌려 받아서 다행이네."

"요시미 씨와 선생에 대해 묻고 싶습니다. 시간 좀 내주시겠어요?"

"6시 30분에 아이들이 돌아와. 서두르죠."

히라마가 자동 잠금 문을 열며 말했다. 딸들은 지금 초등학교의 풋살 동아리에서 연습하고 있다.

"서로 모르는 척해요."

엘리베이터에서 히라마가 소곤거렸다. 남자와 함께 있는 모습을 같은 맨션 주민들에게 보이기 몹시 꺼리는 모습이었다.

그래도 집 안으로 들어가는 것을 거절하지는 않았다. 도청이나 도촬의 위험을 피해 단둘이 대화할 수 있는 장소로 달리 떠오르는 곳이 없었던 듯하다.

"움직이지 마요. 몸을 수색할 테니."

현관에서 말했다.

"가방은 그대로 내려놔요. 들고 들어오지 말고."

기요하루는 청바지와 스웨터 위로 히라마에게 철저히 확인받고 나서야 운동화를 벗었다.

히라마가 장바구니를 식탁에 털썩 놓았다.

"여기 앉아요."

식탁을 둘러싼 의자 중 하나에 앉았다. 평소에는 이 자리에 가족 누군가가 앉을 테지.

"아무한테도 말 안 할 거야. 남편과 아이들은 건드리지 마요."

히라마의 눈이 검붉게 멍이 남은 기요하루의 코를 쳐다봤다.

"당신만 입 다물고 있으면 아무 짓도 안 해. 하지만 쓸데없는 짓을 하면 용서는 없어."

"살인자 주제에."

히라마가 노려봤다.

"사람을 죽이려고 한 주제에."

기요하루도 받아쳤다.

"날 죽인 다음에 어떻게 하려고 했어? 자수할 생각이었어? 아니면 토막이라도 낼 생각이었어?"

히라마가 고개를 돌렸다.

"도가시 요시미는 어디 있습니까?"

기요하루가 물었다.

"진짜 몰라."

화가 났는지 겁을 먹었는지 짐작할 수 없는 눈빛이었다.

"왜 그렇게 알고 싶어 하는 거야?"

"도가시 요시미가 어떤 납치사건을 해결할 증거를 쥐고 있을 가능성이 크기 때문입니다."

"다키모토 마야와는 다른 사건?"

"네. 실종된 19년 전 당시 피해자는 초등학교 4학년이었습니다."

"설마. 19년 전에 요시미는 고등학교 1학년이었어."

"요시미 씨가 범인이라는 말이 아닙니다. 19년 전 스미다구에서 발생한 그 납치사건과 9년 전에 다키모토 마야 실종사건에 관여한 사람들은 완전 다릅니다. 하지만 실행범은 달라도 지시한 인간은 같을지 모릅니다. 우리는 그 가능성을 쫓고 있습니다."

"그 지시를 내린 사람이 선생이라고…… 생각하는 거야?"

기요하루는 고개를 끄덕이고 물었다.

"당신이 선생을 안 것은 언제입니까?"

"4년 전."

"어머님이 요시미 씨의 물건을 숨겨 두었다는 사실을 처음으로 알아차렸을 때?"

히라마가 고개를 끄덕였다.

"진짜야. 그 아이의 행방을 알 단서를 찾아서 엄마가 숨겨 둔 것들을 하나하나 조사했어. 그때 일기에 '선생님'이라는 단어가 여러 번 나오는 걸 발견했지. 그냥 그 아이의 코치 같은 존재였겠거니 했고, 불안정한 시기를 지탱해 줬다는 사실에 감사한 마음까지 들었어. 하지만 아는 건 그것뿐이야. 물론 만난 적도 없고."

"그럼 당신에게 아쿠쓰 기요하루가 살인자라고 알려 준 사람은 누구입니까?"

히라마가 자리에서 일어나 다른 방으로 사라졌다.

다시 돌아온 그녀가 내민 것은 편지 여섯 통이었다.

전부 히라마 준코 앞으로 온 것으로 가장 오래된 편지는 8년 전, 가장 최근에 온 편지에는 2주 전 소인이 찍혀 있었다. 봉투에 적힌 우편번호와 주소 모두 인쇄되어 있다. 보내는 사람에는 모르는 여자 이름이 적혀 있는데 가명일 것이다.

"읽어 봐."

히라마가 말했다.

가장 오래된 편지부터 펼쳤다. 편지 내용도 손으로 쓰지 않고 인쇄되어 있었다.

—안심해, 아무도 해치지 않았어.

그 한 줄을 시작으로 갑자기 모습을 감춘 일을 사과하면서 암이 재발하지 않고 건강하게 지낸다는 내용, 부모님의 건강을 걱정하는 내용 등이 적혀 있었다. 틀림없이 도가시가 보낸 편지다. 그러나 납치나 살인의 고백, 거처를 유추할 만한 내용은 없다.

"8년 전에 결혼해서 남편과 살기 시작한 아파트로 갑자기 편지가 왔어."

히라마가 말했다.

기요하루는 두 통, 세 통 차례로 펼쳐서 읽었다.

편지는 1년에서 1년 반 간격으로 왔으며, 아버지의 장례에 참석하지 못한 점에 대해 용서를 빌고, 어머니의 치매를 걱정하는 내용이었다. 히라마의 딸들의 성장에 대해서도 '나도 기뻐'라고 적혀 있었다. 도가시는 눈에 띄지 않는 곳에서 부모와 누나 가족의 생활을 지켜보고 있었다.

그러나 2주 전에 도착한 가장 최근 편지 한 통만은 이전까지 보내 온 다섯 통과는 다르게 경고의 내용을 담고 있었다.

아쿠쓰 기요하루와 노리모토 아쓰코라는, 살인을 저질러 놓고도 체포되지 않은 악인들이 히라마 가족에게 '접근하고 있어'. 그러니까 '조심해'라는 내용이 반복됐다.

게다가 편지 후반에는 기요하루를 '제거'할 방법을 구체적으로 설명했다. '분명 잘할 수 있을 거야'라며 응원하고 격려하는 말도 곁들였다.

표현이나 문체는 지난 다섯 통의 편지와 똑같다. 이 한 통의 편지만 다른 사람이 쓴 것 같지는 않았다.

그래도 역시 위화감을 느꼈다.

오랫동안 숨어 살던 도가시가 기요하루의 갑작스러운 등장에 아무리 놀랐다고 해도, 과연 임시방편처럼 느닷없이 공격하라는 명령을 할까? 도가시는 누나의 신체 능력과 성격도 잘 안다. 성공을 노린 것이 아니라 양동 작전을 펼칠 셈이었을까? 가능성이 없는 이야기는 아니어도 너무 단순하다.

"이걸 믿었습니까?"

기요하루는 편지지를 다시 봉투에 넣으며 물었다.

히라마가 고개를 끄덕였다.

"편지를 받은 다음에 전화까지 왔는걸."

5월 말부터 시작된 공중전화를 이용한 통화를 가리키는 말이다.

"당신도 알잖아?"

기요하루는 고개를 끄덕였다.

"9년 만에 목소리를 들었어. 기뻤지."

눈물이 맺히기 시작했다.

그 눈을 바라보는 기요하루에게 히라마는 "우스워 보이겠지, 마음대로 생각해"라고 말했다.

"그렇지 않습니다."

"당신 여동생 있지? 요시미가 알려 줬어."

"그게 무슨 상관이죠?"

"이렇게 감상적인 남매 관계는 당신은 상상할 수 없을 거야. 그저 동생을 예뻐하기만 하는 누나로 보일지 모르겠지만 그 아이는 옛날부터 남달랐어. 다정하고 영리했지. 선의나 정의의 의미를 누구보다도 잘 이해했지. 너무 다정해서 남보다 갑절은 더 상처받을 때도 있었어."

히라마가 기요하루의 손에서 봉투를 가져가며 말을 이었다.

"요시미와 함께 살아 본 적 없는 사람은 전혀 이해 못 할 거야. 하지만 다른 사람의 고통을 자신의 고통처럼 느끼며 고치려고 한 아이야."

"세상은 이해하지 못해도 도가시는 옳은 일을 하고 있어. 그런 생각에 돕고 싶었습니까?"

기요하루가 물었다.

히라마가 고개를 끄덕였다.

"그래서 당신은 나를 공격했다?"

"요시미가 한 말이잖아, 난 믿어. 지금까지 한 번도 남을 해친 적이 없는 아이가 진심으로 '제거'하기를 바랐으니까. 당신은 여덟 명이나 죽였는데 경찰한테 잡히지도 않았다며. 평범한 사람인 척 진짜 모습을 감추고 있지. 당신 같은 괴물이 시치미를 떼며 살아가는 걸 용납해서는 안 돼."

"제정신이 아니야."

"다른 누구보다 미친 당신이 할 말은 아니지."

"다시 한번 말하겠습니다."

기요하루는 눈에 힘을 주었다.

"조금이라도 이상한 행동을 하면 두 딸과 남편을 죽이겠습니다. 그렇게 되고 싶지 않으면 전부 잊어요."

"못 잊어."

"그럼 경고한 대로 실행하겠습니다. 우선 오야마에서 입수한, 나를 공격하는 영상을 인터넷에 뿌리겠습니다. 그리고……."

기요하루는 탁자에 놓인 장바구니의 식료품 사이에서 아까 넣어 놓은 작은 칩을 빼냈다.

어제 레이미에게 받아 온 경시청 비품 초소형 마이크였다.

"전부 녹음했습니다."

기요하루가 말했다.

"어디에서? 엘리베이터에서 넣은 거지?"

히라마는 기요하루의 가방을 빼앗으려고 현관으로 달려갔다.

"녹음기는 없습니다. 휴대폰을 경유해 외부로 음성 데이터를 보내고 있으니까요. 전혀 다른 곳에 저장되고 있습니다."

히라마가 뒤를 돌아 노려봤다.

"이 데이터도 편집해서 당신이 도가시와 여러 번 연락을 주고받았다고 말한 부분을 인터넷에 뿌리겠습니다. 경찰도 주목하겠죠."

"경찰에 불려 가면 당신 이야기도 하겠어."

"좋을 대로 하세요. 나도 상해죄로 당신을 고소하겠습니다. 폭행 현장을 찍은 영상증거가 남아 있는 당신과 나, 경찰은 과연 어느 쪽의 손을 들어 줄까요? 같이 죽어도 상관없고요."

기요하루는 강한 어조로 말을 이었다.

"딸들은 학교에 갈 수 없을 테고, 당신은 신문에 범죄자로 이름이 실리며 뒤에서 손가락질받겠죠. 이곳을 떠나 이사해야 할 겁니다. 남편도 직장에 나갈 수 없게 될지도 모르고요."

"사람도 아니야."

"마지막으로 하나만 더 묻겠습니다. 솔직하게 대답해 준다면 지금 녹음한 파일을 드릴 수도 있어요."

"갖고 노는 거야?"

"진심입니다. 가지고 노는 것도 아니고요. 2주 전에 당신에게 편지를 보내고 공중전화로 연락해 온 사람은 누구입니까?"

히라마가 숨을 토해 냈다.

"누구입니까?"

다시 물었다.

"요시미."

기요하루가 고개를 저었다.

히라마가 침묵했다.

"가족과 그 사람, 누구를 지켜야 할지 생각하세요."

기요하루는 생각할 시간을 줬다.

"다키모토 마야."

히라마가 말했다.

"감사합니다. 오늘 녹음한 파일과 오야마에서 찍힌 영상을 정말로 드리겠습니다. 당신과도 두 번 다시 만나지 않을 겁니다. 그러나 앞으로 또 우리를 방해하면 죽이겠습니다. 가족을 박살내 드리죠."

기요하루는 가방을 들고 밖으로 나갔다.

기요하루는 어둑한 히비야 공원에서 빈 벤치를 찾았다. 화단 주변에 늘어선 벤치는 전부 커플로 가득했다.

가조시에서 도쿄로 돌아오던 중 아쓰코에게 '만나자'라는 연락을 받고 이곳에서 만나기로 했다. 가로등 밑에서 히라마의 집에서 느낀 의문을 멍하니 생각했다.

다키모토 마야가 위조해 히라마에게 보낸 편지에는 아쓰코와 기요하루가 악인이라고 적혀 있었다. 그런데 실제로 죽이라고 지시한 대상은 기요하루 한 사람뿐이다.

'왜 아쓰코는 제외했을까?'

단순히 순서 문제일까? 기요하루를 죽일 가능성이 컸으니까? 아니면 아쓰코를 죽이는 담당자는 역시 미야지마 츠카사일까?

우두커니 서서 생각하고 있으니 통증이 다시 심해졌다.

휴대폰이라도 보면서 정신을 분산시키자.

검색 사이트 메인 페이지에는 오노지마 시즈카와 시게미쓰 마도카의 살인 및 사체 유기 사건과 관련된 뉴스가 줄줄이 떠 있었다. 두 사람은 이미 체포되어 이름 뒤에 용의자라는 단어가 붙어 있었다.

각 TV 방송국에서 보도하는 뉴스에는 오노지마의 동료가 체포 사실에 놀라며 그가 평소에 얼마나 친절한 사람이었는지 말하는 장면이 나왔다. 시게미쓰의 타로점 고객은 "분명 아닐 거예요"라고 화를 내면서 눈시울을 붉혔다.

아쓰코가 도착했다. 자주색으로 변한 코를 보고 "얼굴이"라며 입꼬리를 씰룩였다.

"미안."

"점잖은 얼굴로 걱정을 듣는 것보다 웃는 게 낫네요."

그녀가 진심으로 웃는 얼굴은 처음 봤다.

기요하루는 구모가타연못 근처까지 걸어가 벤치에 앉더니 맡아 두었던 초소형 마이크를 건넸다.

"잠시 빌려 썼습니다."

"어디에?"

"가조시에 가서 히라마 준코와 만났어요. 공중전화로 연락을 주고받은 사람은 역시 동생인 도가시 요시미가 아니었습니다."

"다키모토 마야?"

기요하루가 고개를 끄덕였다.

"네 추측이 맞았네."

"하지만 히라마의 말뿐이고 어떤 실마리도 잡지 못해서."

"나도 건네줄 게 있어."

아쓰코가 가방에서 USB를 꺼냈다.

"당신이 준 도가시의 노트북과 휴대폰에서 찾아낸 파일 열네 개를 넣어 놨어. 암호는 전부 해제했고. 나는 파일을 통째로 넘기기만 했고 비밀번호를 분석한 사람은 후배와 과학수사연구원의 지인이지만."

"봤어요?"

"응. 꽤 여러 가지를 알게 됐어. 자세히 말하지는 않을게. 선입견 없이 봐 줬으면 하니까. 그리고 내일 니시신주쿠에 있는 '생명의 전화'라는 법인 사무국에 가줬으면 좋겠어."

"아아."

자신도 모르게 목소리가 흘러나왔다.

'도가시는 전화를 사이에 두고 상담원과 만났다.'

"……그렇군요."

"눈치챘어? 거기 자료실을 조사했으면 해. 당신뿐 아니라 유즈키 레이미도 함께. 레이미에게는 신분증과 펠리컨 네트워크의 회원증을 꼭 가지고 오라고 해."

정식 명칭 '범죄피해자와 그 가족을 지원하는 네트워크'. 무라오 구니히로와 레이미가 참가했고 두 사람이 만나게 된 계기가 된 비영리법인이다.

"'생명의 전화'와 '펠리컨 네트워크'는 별개의 조직이죠?"

"응. 하지만 정보를 공유하거나 같은 이벤트를 협찬해서 유대가 깊어."

"레이미가 꼭 필요해요?"

"없으면 '생명의 전화' 사무국에 들어가기 어려워. 여전히 반권력 분위기가 버젓이 통용되는 곳이라 내가 경찰이라는 사실 하나만으로 싫어할 테고 상사맨인 당신도 경계할 거야."

"좌경화된 곳이라는 뜻인가요?"

"사전 예약도 하지 않고 정보를 들여다보려면 그 계집애가 움직여야 해."

"안 간다고 하면요?"

"알고 싶어 하는 진실에 다가가고 있으니까 군말 말고 나오라고 말해. 짜증 나는 역할을 네게 떠맡겼지만, 공짜로 하라고는 안 할게. 레이미의 은행 계좌와 관련된 새로운 정보를 끄집어낼 수 있을 것 같아."

"변호사 사무실에 대해서 말입니까?"

아쓰코가 고개를 끄덕였다.

"아마도 알아낼 수 있을 거야."

"알겠습니다. 해볼게요."

중요한 용건이 끝나자 아쓰코가 벤치에서 일어났다.

"사법 거래죠?"

기요하루가 물었다.

아쓰코가 고개를 끄덕였다.

"쓸데없는 참견이지만 말은 해야겠어요. 아쓰코 씨가 사실 모로에를 어떻게 처리하려고 했는지 레이미에게 말해야 하는 거 아닌가요? 쓸데없는 감정싸움이 지금보다는 줄어들 것 같은데요."

"나는 그 반대라고 생각해. 레이미는 현실만 보고, 다른 건 보고 싶어 하지 않아. 그런 상대에게 '하고 싶었던 일'과 '실제로 한 일' 사이에 존재하는 생각이나 과정 따위를 설명해 봤자 그거야말로 자신을 회유하려 드는 거냐며 곡해하면서 무시할 거야."

"원리주의자 같네요."

"친구 없이 10대를 보낸 여자는 모두 원리주의자라고. 의지를 다지고 완고해지는 것으로 겨우겨우 버텨 왔으니까."

"그럼 아쓰코 씨도 그런 원리주의라는 말이네요?"

"그래서 열 받는 거야."

아쓰코는 미소지으며 손을 가볍게 흔들고 뒤돌아섰다.

"고마워. 기분전환이 됐어."

호텔 객실 문을 닫은 기요하루는 우선 진통제를 먹었다.

그리고 아쓰코에게 받은 USB를 열었다.

텍스트 문서가 한 개. 인터넷 URL 하나와 알파벳이 섞인 열 자리 수열이 열네 개 나열되어 있었다.

URL에 접속하자 'Miło mi pnią poznać'이라는 글자와 아이콘이 나란히 있는 메인 페이지가 나왔다. 렌탈 서버 같았다. 조사해 보니 글자는 폴란드어로 의미는 '처음 뵙겠습니다'. 미우오 미 파니옹 포즈나치라고 읽는다고 한다.

열 자리 수열 중 하나를 빈칸에 입력하고 엔터키를 눌렀다. 일본어 문장이 표시됐다. 도가시 요시미가 작성한 것이었다.

선생님과 대화를 나누고 다시 곰곰이 생각했다. 폭력은 절대로 안 된다고 외치는 사람들이 있다. 이 세상의 모든 폭력은 악이라고 주장한다. 그러나 자신들의 신앙을 짓밟고 잔혹하게 탄압하는 중국 군인을 향해 목숨 걸고 권총 한 자루 들고 뛰어드는 티벳 사람들에게도 '테러리스트'라는 낙인을 찍을 수 있을까. 나치군에게 끌려갈 때 그 팔을 뿌리치려고 발버둥 치며 군인을 발로 차던 유대인 소년에게, 그들은 뭐라고 할까.

한 줄 띄우고 문장이 이어졌다.

어제, 복지관의 같은 반 아이들에게 말과 행동으로 몇 달이나 괴롭힘을 당하던 소년이, 자신의 필통이 망가져 버려진 것을 본 순간 굳게 마음을 먹고 따돌림을 주도하던 아이에게 덤벼들었다. 나는 그 아이를 말리지 않았다. 그러나 직원들은 두 아이를 떼어놓으며 덤벼든 아이에게 폭력적이라고 주의를 줬다. 원인을 제공한 사람은 용서받고, 해결방법이 폭력밖에 없었던 약자는 훈계를 받았다. 폭력은 정말로 무엇이든 전부 나쁜 것일까. 선생님의 말씀은 정반대였다. 궁지에 몰린 약자가 휘두르는 그것은, 살기 위한 권리이자 정의라고.

강렬한 궤변. 따돌림 문제를 폭력으로 해결하는 것의 옳고 그름에만 주목하고 그것이 마치 유일하게 옳은 방법인 양 장려한다.

감사 인사는 필요 없다고 선생님은 말씀하셨다. 그 고마운 마음을 내가 아닌, 도움이 당장 절실하게 필요한 누군가를 돕는 힘으로 바꿔 자네 앞에 있는 그 사람을 구해 줬으면 좋겠다고 하셨다.

'선생', 역시다.
그 선생과 여러 번 통화하면서 느끼고 깨달은 '가르침'을 기록한 것 같다.
다른 수열도 입력해 봤는데 전부 같았다. 도가시는 감화됐다기보다 의존하고 있다는 사실을 알 수 있었다.
'정상이 아니야.'
일기라는 사실을 감안해도 그러했다.
한편으로는 그의 여린 마음도 느껴졌다.
선생은 방황하는 도가시의 약해진 마음의 틈을 비집고 들어가 지나치게 착실한 면을 역이용했다. 이는 비단 도가시에게만 국한된 것은 아닐 것이다. 고민을 들어주고 천천히 사상을 주입하며 유도하면 누구나 뒤틀린 생각을 하게 되고 홀리게 된다.

어떤 이야기가 떠올랐다.

'불모의 황야에서 추위와 굶주림에 죽어 가는 남자가 있다.

마침 그곳을 지나가던 사람이 불을 피워 몸을 녹여 주고 음식과 담요를 주면 그 사람은 남자에게 평생의 은인이 된다.

음식과 담요뿐 아니라 지위와 직을 부여해 수행하게 하면 그 사람은 남자에게 평생의 주인이 된다.

평생 추위에 떠는 일도 굶주리는 일도 없는 안식의 땅으로 이끌면

남자는 그 사람을 신으로 숭배한다.'

실종된 도가시 요시미와 다키모토 마야에게 '선생'이 준 것은 무엇일까?

문장 속에는 대화를 나눈 날짜와 시간, 전화번호도 적혀 있었다.

1977년부터 현재까지 이어온 고민 상담소 '생명의 전화'의 번호였다.

아쓰코가 소속된 경시청 수사5과 7계는 도가시의 옛날 휴대폰에서 삭제된 발신 이력을 복원한 뒤 이 서버의 글과 대조해 도가시가 10년 전, 그러니까 다키모토 유코 살해사건과 다키모토 마야 실종사건이 일어나기 1년 전인 10월부터 11월, 화요일과 토요일 밤 9시 전후에 '생명의 전화'에 전화를 건 사실도 밝혀냈다.

그날, 그 시간대에, 누가 상담원으로서 전화 응대를 했는지 알아내면 '선생'의 범위를 상당히 좁힐 수 있다.

인터넷에서 '생명의 전화'에 대해 조사했다. 자살 방지 관련 단체로 1975년에 사단법인으로 등록됐다.

1999년까지는 라디오로 인생 상담도 했고 단체 이름으로 출판한 서

적도 스무 권이 넘는다. 일반 시민에게 널리 알려진 단체다. 과거에는 전화를 걸었던 여성이 상담 후 영아 사체 유기 용의로 체포되어 경찰이 대화 내용을 제공하라고 요청하기도 했다. 그러나 상담자의 인권 보호를 방패 삼아 계속 거부한 끝에 재판으로 이어졌다. 마찬가지로 생활고로 고령의 어머니를 살해하고 행방불명된 상담자에 대한 개인 정보 공개를 거부한 사건으로도 경찰과 충돌했다.

선생은 망상이 아니다. 상상의 산물이 아니다. 실존하는 인물이다.

그리고 지금, 분명히 선생과 가까워지고 있다. 그런데 왜일까, 오히려 자신이 쫓기는 기분이 들었다. 정체 없는 불안이 바닥을 기어서 바싹 다가오는 것처럼.

심야가 다 되어 커튼을 치려고 캄캄한 창문 앞에 섰다.

코에 푸른 멍을 달고 피곤한 눈을 한 자신 옆에 희미한 윤곽이 하나 더 떠올랐다. 구라치인 줄 알았는데 그 얼굴과 눈이 마주친 순간, 흠칫하며 허리를 곧추세웠다.

어머니였다.

20대부터 50대까지, 기요하루의 기억 속에 남아 있는 어머니의 다양한 얼굴을 이리저리 긁어모아 모자이크처럼 붙인 듯한 기묘한 얼굴이었다. 그러나 확실히 어머니였다.

매우 다정한 표정을 짓고 있었다. 아무리 나쁜 짓을 해도 약한 소리를 뱉어도 울며 소리쳐도, 전부 받아 주고 안아 주고 위로해 줄 것처럼.

'필요 없어.'

어둠에 물든 창문에 나란히 떠 있는 자신과 어머니를 바라보며 생각했다.

의지할 존재 따위 바라지 않는다. 누군가에게 기대고 싶은 마음의 틈을 비집고 '선생' 같은 존재가 소리 없이 다가와 숨어드는 법이다.

창문 속 어머니는 슬픈 듯 웃으며 눈을 내리뜨고는 서서히 사라졌다.

하품을 한 번. 도수 높은 술이 간절했지만 생각을 접었다.

침대에 누워 태아처럼 몸을 둥글게 말고 잠들었다.

이 시간에 밖에 나오니 아직 으슬으슬하다. 아쓰코는 카디건을 팔에 꿰었다.

6월 7일, 목요일. 오전 4시 56분. 고쿄*의 어두운 숲에서 흘러나오는 바람에 머리가 흩날렸다.

곧 첫차가 들어오지만 사쿠라다몬역을 그대로 통과하므로 히가시긴자까지 빠른 걸음으로 걷기로 했다.

자신을 노리는 사람이 있다는 사실을 알지만 그것을 운동 부족의 핑계로 삼고 싶지는 않았다. 다만 숨이 찼다. 담배 탓이다. 한번 피우기 시작하자 몸무게가 훅 빠지는 대신 피부가 너덜너덜해졌다. 더 이상 노안이 되고 싶지는 않으니 참아야지.

히가시긴자역에서 지하철을 탔다. 집에서 가장 가까운 게이세이선 시바마타역까지 약 35분.

머리를 비우려고 해도 일이 계속 떠올랐다.

오노지마 시즈카와 시게미쓰 마도카 사건은 체포와 거의 동시에 가택수사를 시작했다. 시게미쓰가 사는 에고타의 단독주택 정원에서는 벌써 사람 뼈로 추정되는 것을 여러 개 발굴해 냈다.

* 일본 천황과 가족들이 거주하는 궁성.

가스 타정기도 두 개 찾아냈다. 연쇄 살인을 백 퍼센트 확신할 수 있는 증거를 얻어낸 시점에 언론에 두 번째 수사 정보가 발표됐다.

오늘 두 사람의 신병이 도쿄지검에 송치 후 구류 신청되어, 내일 도쿄지방법원에서 구류 여부 심사를 앞두고 있다.

모레 이후 본격적으로 시작되는 취조가 승부처다. 그때까지 이틀 동안 앞으로 두 사람을 어떻게 무너뜨리고 신속하게 자백으로 이끌지 철저하게 전략을 짜야 한다. 아쓰코도 그 대책 회의에 참석한다. 수사 주체는 이미 경시청 수사1과로 옮겨갔지만, 이 연쇄 살인을 밝혀낸 조직범죄대책 제5과 7계도 합동수사본부에 포함되어 있다.

일단 집으로 돌아가지만 샤워를 하고 잠깐 눈을 붙이다가 금방 다시 나와야 한다.

니시신주쿠에서 기요하루와 레이미와 합류해 '생명의 전화' 사무국을 방문한 다음 본청으로 돌아간다. 늦은 밤까지 일정이 빽빽하다.

시바마타역 개찰구를 나와 다이샤쿠텐 참배길의 반대 방향으로 걸었다.

자신이 사는 아파트가 점점 가까워졌다. 바깥 계단으로 2층에 올라가 집 문에 보이지 않게 설치한 여분 잠금장치까지 총 세 개를 열쇠로 열었다.

지은 지 16년 된 원룸.

현관으로 들어가 신발장 위의 감시카메라로 활용하는 오래된 휴대폰을 확인했다. 이상 없음.

그러나 신발을 벗고 한 발짝 들어가자마자 눈치챘다.

부엌 끝, 거실에 있는 낮은 탁자 위에 무언가 있다.

한 걸음 물러나 다시 구두를 신고 가방에서 접이식 경찰봉을 꺼내 오른손에 쥐었다. 왼손에는 곧바로 신고할 수 있도록 휴대폰을 쥐었다. 집 안에 인기척은 없다. 설치된 장치도 없다.

탁자에는 사진이 있었는데 그 위에 여러 가지가 꽂혀 있었다.

부엌칼, 나이프, 잭나이프, 컴퍼스, 가위, 바늘핀, 벌어진 안전핀, 가느다란 일자 드라이버…… 전부 집 안에 있던 것들이다. 아쓰코가 평소에 사용하던 것들부터 단 한 번 사용하고 어디에 두었는지조차 잊고 있던 송곳과 와인오프너까지 있었다.

사진은 침대 옆 액자에 꽂아 두었던 딸 미즈키의 사진이었다.

전부 그 아이의 얼굴을 꿰뚫으며 탁자에 꽂혀 있었다.

무의식적으로 미즈키에게 전화를 걸었다.

신호가 이어졌다. "지금은 전화를 받을 수 없어……"라는 안내음으로 연결됐다.

곧바로 전남편에게 전화를 걸었다. 신호가 이어졌다.

—무슨 일이야?

평소처럼 불퉁한 목소리였다.

"아침부터 미안해."

—오늘 약속 때문이지? 또 바꾸는 거야? 그런 건 문자로…….

"아니, 미즈키는 뭐해? 전화를 안 받아."

—아직 자.

"자는지 좀 보고 와."

성질낼 테니 싫다는 전남편에게 끈질기게 부탁했다. 구시렁거리는 목소리와 계단을 올라가 미즈키의 방으로 향하는 발소리가 들렸다.

—자고 있었어. 졸려서 나오기 싫다고 할 말이 있으면 나보고 물어보래.

"정말 미안해. 이상하게 불안해서."

솔직하게 사과했다.

―당신 예감 따위 믿을 게 못 돼. 시답지 않은 이유로 아침부터 시간 좀 뺏지 않았으면 좋겠어.

전화가 끊어졌다.

호흡을 가다듬고 냉정하게 집 안을 다시 확인했다.

침대 위 베개에 작은 메모지가 놓여 있었다.

오늘은 이만하지. 다음에는 용서란 없어.

수사를 계속한다면 미즈키의 신변에 무슨 일이 일어날 것이다. 이렇게 말하고 싶은 것이다.

정갈한 글씨. 필적 감정으로 신분이 밝혀져도 상관없다는 각오일지도 모른다. 메모지와 볼펜 모두 아쓰코가 평소에 사용하던 집에 있던 물건이었다.

우선 집 안 상황을 휴대폰으로 촬영했다.

다음으로 증거품을 하나하나 손수건으로 집어 지퍼백에 넣었다.

미즈키의 사진에 꽂혀 있는 부엌칼과 가위를 투명한 봉투에 넣다가 보니 까닭 없이 슬퍼졌다. 전부 빼낸 다음 구멍투성이가 된 사진을 봤을 때는 눈물이 흐를 것 같았다.

머리와 무릎을 두드렸다. 그 아이를 지킬 사람은 나뿐이라며 스스로를 다독였다.

거실에 숨겨 놓은 비디오카메라는 메모리 카드가 바뀌어 있었으며 본체의 데이터도 삭제되었다. 창문과 현관을 살폈지만 역시 억지로 연

흔적은 없었다.

커다란 가방에 갈아입을 옷을 챙기고 증거품도 넣었다.

당분간 이 집에는 돌아오지 못할 것 같다.

아쓰코는 전기 차단기를 내리고 수도와 가스 밸브도 잠근 뒤 집을 나왔다.

11

기요하루는 호텔 로비에서 레이미와 만났다.

출근길에 레이미를 태워다 준 그녀의 아버지를 배웅한 뒤 곧바로 택시를 타고 니시신주쿠로 향했다.

약속 장소에 서 있던 아쓰코는 재킷에 드물게 무릎 아래로 내려오는 치마 차림이었다.

"안녕."

아쓰코가 먼저 인사했고 레이미도 인사했다.

그러나 눈은 마주치지 않았다. 마치 서로의 존재를 부정하는 것처럼 거리를 유지하면서 표정 없이 걸었다.

24층짜리 오피스 빌딩 중 6층 전체를 사단법인 '생명의 전화' 사무국에서 사용했다.

"갑작스럽게 죄송합니다."

아쓰코가 신분증과 명함을 내밀었다.

"경찰 쪽에서 사전에 연락을 주셔서 방문 목적을 검토하기로 되어 있습니다."

접수처 여성은 노골적으로 차갑게 대응했다.

그러나 레이미가 '펠리컨 네트워크'의 회원증과 범죄피해로 부모를 잃은 아이를 지원하는 모임의 자원봉사 신분증명서를 보여 주자 태도가 변했다.

"19년 전, 제가 일곱 살이었을 때 실종된 언니를 수색하는 일을 여기 계신 아쓰코 씨가 도와주고 계십니다. 오늘은 그 사건과 관련해 여기서 관리하시는 자료실과 아카이브를 확인하고 싶어서 제 약혼자와 셋이서 방문했습니다."

거짓 설명. 그러나 레이미의 친어머니가 19년 전에 이곳에 전화했을 가능성은 있다.

접수처 여성이 카운터 뒤에 있는 문으로 들어갔다가 금세 돌아왔다.

"담당 직원이 왔습니다."

안경을 쓴 중년 남자가 인계받아 대응했는데, 레이미에게만 말을 걸고 기요하루와 아쓰코는 없는 사람 취급했다.

"어머니가 돌아가시기 전에 이곳에 전화를 걸었다는 사실을 알았습니다. 가족이나 친구에게도 고민을 털어놓지 못한 분이셨기에 당시 담당하셨던 분을 뵈면 뭐라도 알게 되지 않을까 하고. 상담내용 기록 같은 게 있으면 그것도 보여 주셨으면 해요."

"상담 담당자들은 당시에도 연세가 꽤 있으신 분들이 많아서 이미 돌아가신 분들도 계십니다."

"물론 그 정도는 각오했습니다."

세 사람 모두 개인 정보 유출 금지 계약서에 서명하고 복도 안쪽에 있는 자료실로 향했다.

자료실은 초등학교 도서실 정도 크기였는데 문제는 대부분 전산화

되어 있지 않다는 점이었다.

천으로 만든 표지로 엮은 책자가 서가에 즐비했다. 날짜가 적혀 있고 연도 순서대로 꽂혀 있다는 점과 조사해야 할 시기가 정해져 있다는 점이 그나마 위안이었다.

도가시 요시미가 전화한 10년 전 10월부터 11월, 화요일과 목요일 밤.

자료를 꺼내 열람 테이블에 나란히 앉았다.

세 사람뿐, 다른 사람은 없다.

잠시 책장을 넘기는 소리가 들리다가 레이미가 입을 열었다.

"모로에 씨는 어디 있어요?"

시선은 자료를 향한 채 공격적인 말투로 아쓰코에게 물었다.

"하루미."

아쓰코가 지체하지 않고 대답했다.

도쿄 주오구 하루미에 있는, 예전에는 기동대의 기숙사였던 건물이 개정형사소송법이 도입되면서 사법 거래 대상자용 임시 보호시설로 개조되었다. 모로에는 현재 그곳에 머문다고 한다.

"다른 사람에게는 절대 말하지 마. 누설하면 여기 있는 셋 다 체포되니까."

다시 책장을 넘기는 소리만 들리다가 레이미가 "거짓말쟁이"라고 조그맣게 말했다.

"피차일반."

아쓰코도 조그맣게 대꾸했다.

"나랑 당신은 다르지. 나는 거짓말 따위 안 해요."

"하고 있잖아? 부모에게, 회사에, 세상에. 당신은 후지누마 신고의 휴대폰에 몇 번이나 연락했어. 그런데 그 남자는 산 채로 불에 타고 스토커라는 누명을 쓴 채 죽었지."

"무슨 말을 하는지 모르겠네."

"그럼 설명해 주지. 무라오 구니히로는 죽은 동년배 남자의 면허증을 위조해 휴대폰 번호를 여러 개 개통했어. 그 번호 중 하나로 후지누마에게 열여덟 번이나 전화를 걸었다는 사실을 알아냈지. 하지만 전화를 건 사람은 무라오가 아니지? 물론 통화 내용까지 알 수는 없지만, 당시 발신 자료는 남아 있어. 언제 어디서 걸었는지 조사하면 후지누마와 통화한 사람이 무라오에게 휴대폰을 빌린 당신이었다는 사실이 밝혀질 거야."

아쓰코가 말한 내용은 사실이었다.

죽기 전 1년 동안 후지누마의 전화와 문자 내역을 전부 조사해서 상대방의 신상을 제출하도록 통신 회사에 요청했다. 그리고 신상 정보 중 면허증과 여권 등 방대한 증명사진을 몇 주에 걸쳐 얼굴 인증 프로그램에 검색해서 이 사실을 찾아냈다.

"아무런 증거도 못 돼요."

레이미가 말했다.

그렇다. 통화 내용을 알 수 없는 한, 이는 레이미와 후지누마가 친구나 아는 사이였다는 증거가 될 수 없다. 스토킹을 그만두라는 항의 전화였을 뿐이라고 주장할 수도 있으니까.

"당신은 후지누마에게 데이터 불법 입수와 조작을 시켰을 뿐만 아니라 나와 기요하루를 통제하지 못할 때를 대비한 안전장치로 이용하려고도 했어. 심하게 저항하거나 비밀을 폭로하려고 하면 후지누마를 죽일 생각도 했지. 총과 실탄을 건넨 이유는 힘이 약한 비만 체형 남자니, 강력한 무기라도 없으면 우리에게 맞설 용기조차 내지 못할 테니까.

중범죄가 될 수 있는 불법 물품을 건네도 당신을 믿고 따랐으니 정말로 사랑했었나 봐."

"질 나쁜 망상이네. 어이없어."

"그래 그래, 어이없어하면서 들어. 그런 수준의 이야기니까. 당신도 진심으로 사랑하는 척했어? 그 몸을 몇 번이나 안았어? 모로에를 설득하러 갔을 때는 그렇게나 어설펐는데 남자는 잘 다루나 보네. 하지만 후지누마는 당신에게 푹 빠져 있어도 바보는 아니었어. 자신이 속았고 이용당한 뒤 버려질 거라는 걸 눈치채서 동반 자살을 꾀한 거야. 물론 무라오 구니히로와 당신은 후지누마가 그렇게까지 폭주하리라는 것까지 계산해서 계획했지. 경찰에 제 발로 찾아가기보다 둘이서 죽는 방법을 택하리라는 걸 알았어. 거기에다 경찰과 언론에 알리면 어머니를 죽이겠다고 협박하며 궁지에 몰기라도 했나? 하지만 내가 보기에 가장 추악한 건 동반 자살을 계획할 정도로 후지누마가 당신을 깊이 사랑하는 것조차 기요하루와의 접점을 만드는 데 이용한 점이야."

지난 5월 11일 금요일 밤에 벌어진 일은 전혀 우연이 아니었으며 전부 무라오와 레미의 계략이었다고 말하고 있다.

"그 망상을 들이밀며 날 체포할 거예요? 경시청 동료들이 코웃음 칠 일이네요."

"이걸로는 법적으로 죄를 물을 수 없어. 하지만 당신을 집에서 나오지 못하게 만들 수는 있지. 게다가 누군가가 더욱 놀랄 만한 사실을 찾아낼지도 모르고."

아쓰코는 입수한 증거를 언론에 흘리고 후지누마의 어머니인 노리코에게도 넘기겠다고 협박했다.

"그럼 나는 당신이 살인자라는 증거를 공개하죠. 인터넷에 뿌리는 건 물론 경시청과 각 방송국, 신문사에도 보내겠어요."

레이미도 반격했다.

"그럼 나도 당신과 무라오가 사실은 어떤 관계인지 공개하지. 같이 죽자고."

아쓰코, 그리고 레이미. 두 사람의 시선이 기요하루에게 향했다.

"알아서들 해요."

기요하루가 말했다. 자료를 들고 다른 테이블로 옮긴 뒤 등을 돌리고 앉았다.

그러든지 말든지. 어차피 무슨 말을 해도 두 사람은 귀담아듣지 않는다.

"아쓰코 씨야말로 자신의 비겁함에 자괴감 안 들어요?"

레이미가 말했다.

"나는 무슨 일이 있어도 비밀을 지키겠다고 모로에 씨와 약속했어요. 그런데 배신한 꼴이 되고 말았죠. 당신 때문에."

"난 내 일을 했을 뿐이야."

"일이라니 무슨 소리예요. 경찰은 아무런 단서도 찾지 못했어요. 모로에 씨가 내게 고백한 상황을 가로채다시피 이용해서 사법 거래로 끌고 갔을 뿐이잖아요."

"임의 동행을 요구한 사람은 분명 나야. 하지만 사법 거래를 제안한 사람은 모로에였어. 그 여자는 혼자만 살 길을 찾았고, 당신과 나를 그 수단으로 이용했을 뿐이야. 의리나 책임을 느낄 필요가 없어."

"은근슬쩍 논점 흐리지 마요. 당신이 임의 동행을 요구하지 않았으면 그다음에 아무 일도 일어나지 않았을 텐데."

레이미가 말을 이었다.

"아쓰코 씨가 말했죠, 유족의 억울함을 풀어 주고 싶다고. 그런데 이게 억울함을 풀어 주는 거예요? 오노지마와 시게미쓰는 벌을 받을 거예요. 하지만 사법 거래가 적용된 모로에 씨는 형기가 줄어드는 데다 출소 후에도 경찰의 보호를 받으며 생활하겠죠. 내가 유족이라면 모로에 씨에게 계속 앙심을 품을 거예요. 하지만 아무리 앙심을 품는다고 해도 혼자서 형을 적게 받은 가해자는 법률로 보호받고 그녀의 이름조차 알 수 없게 될 테죠. 그런 식으로밖에 범죄를 입증하지 못한 경찰에게도 실망만 할 거예요."

"그럼 모로에도 엄하게 처벌하면 돼? 나는 유족의 억울함을 백 퍼센트 풀어 주지 못한 것을 후회하면 되겠어?"

"그러니까 은근슬쩍 말 바꾸지 말라고요. 아쓰코 씨가 한 짓은 자기가 멋대로 정한 규칙대로 사건을 처리하고 멋대로 납득했을 뿐이에요. 그걸 유족의 억울함을 풀어 준다는 말로 포장하지 말아요."

두 사람의 목소리가 맞부딪쳤다.

"불합리한 규칙을 들이미는 사람은 당신이잖아. 공의존*하는 상대가 주입한 것을 나한테까지 강요하지 마. 무라오 구니히로 말이야. 무라오가 이해해 주고 다정하게 대해 주니까 기뻤어? 수사 능력을 보고 그가 좋아졌어? 강하고 엄한 아버지 같다고 느꼈어? 하지만 그것도 전부 그놈의 책략이었다면 어쩔 거야?"

"그러니까 논점을——"

"바꿀 건데? 얼마든지. 이건 뭐 더 이상 논의도 아니잖아. 그냥 서로

---

* 인간관계에서 상대에게 존재를 인정받기 위해 과도하게 헌신하는 의존 상태. 자기애와 자존감이 낮은 사람이 상대가 자신에게 의존하는 것에 자신의 가치를 느끼는 현상을 말한다.

욕하는 거지."

레이미가 노려봤다.

"10대 때 생긴 트라우마로 정상적인 연애도 못 하는 중년 여자가 떠들어 봤자 타격 하나도 안 받아요. 남자를 못 믿죠? 전남편이 구애하니 좋아하지도 않으면서 결혼했죠. 무슨 일이 있어도 같은 경찰끼리 결혼하고 싶지 않았으니까? 살다가 사소한 일을 계기로 숨겨 온 악행을 은연중에 느끼게 할까 봐 무서웠어요? 그런 마음가짐으로 시작했으니 실패한 거 아니에요?"

"나도 네 대학 시절 연애 이야기를 알고 있지. 후지누마 사례와 똑같이 전부 거짓으로 점철된 연애지만. 수사에 이용하려고 변호사를 속여서 불륜을 저질렀지? 그 사람 사진도 갖고 있어."

아쓰코가 가방에서 휴대폰을 꺼냈다.

"여기 들어 있지. 하지만 보여 주기 전에 먼저 제안할게. 앞으로 오노지마와 시게미쓰 사건에 이러쿵저러쿵 참견하지 않겠다고 약속하면 당신이 명령한 수사를 지금까지처럼 계속할 거야. 사진도 삭제하고. 어때?"

레이미가 입을 다물었다. 진상에 성큼 다가갔다는 것은 레이미도 물론 느끼고 있을 터였다.

"침묵은 곧 긍정이라던데."

아쓰코가 말했다.

"당신은 모로에 씨의 인생을 망쳤어."

레이미가 말했다.

"진심으로 그렇게 생각해? 그러니까 무라오에게 속은 거야."

아쓰코가 말했다.

레이미가 다시 입을 열려는 그때, 기요하루는 발견했다.

"있다."

소리 내어 말하고 자리에서 일어나 자료를 펼쳐 두 사람에게 보였다. 도가시 요시미가 전화한 시기에 상담을 담당했던 사람 중 한 명의 경력이 기록되어 있었다.

그 이후 세 사람 모두 아무 말도 하지 않은 채 작업에 몰두해서 약 한 시간 만에 조사를 끝냈다.

해당하는 담당 상담원은 다섯 명. 이름과 직업, 당시 연락처를 전부 알아냈다.

'선생' 후보를 이렇게까지 좁혔다. 방금 막 이름을 알아낸 다섯 사람이 기요하루 일행에게 가장 중요한 인물, 가장 유력한 용의자였다.

자료실 문을 닫고 복도로 나왔다.

사무국을 나온 뒤에도 아쓰코와 레이미는 여전히 대립하며 아무 말도 하지 않았다.

"밤에 연락할게."

아쓰코는 기요하루에게만 말하고 빠른 걸음으로 고슈가도를 건넜다.

레이미도 역으로 걷기 시작했다.

"바래다줄게."

기요하루는 나란히 걸었다.

"혼자 돌아갈게."

"아니, 바래다줄게."

"고맙지만 내가 당신에게 원하는 건 친절이나 배려가 아니야."

"그게 아니야. 널 위해서가 아니야, 날 위해서지."

"그렇지."

레이미는 땅을 쳐다보며 숨을 토해 내고 말을 이었다.

"이케부쿠로까지만 바래다줘. 거기서 택시 타고 갈 거야."

신주쿠역에서 처음으로 둘이서 전철을 탔다.

레이미의 시선은 창밖을 향했다.

"용서 못 해."

그곳에 없는 아쓰코를 향해 짓씹듯 말했다.

목소리를 들은 승객 몇 명이 뒤를 돌아봤다. 사랑 싸움을 한다고 생각했겠지. 기요하루와 레이미는 웃으며 바보 같은 커플이 서로 장난치는 척 연기하며 사람들이 시선이 사라지기를 기다렸다.

"모로에 씨 본인이 바라서 그렇게 된 거라고 그 여자가 말했는데."

레이미가 다시 창밖을 바라봤다.

사법 거래 이야기다.

"당신은 어떻게 생각해?"

"아쓰코 씨랑 같은 생각이야. 무라오와 똑같이 본인이 원해서 들어갔어, 그곳이 가장 안전한 장소라는 걸 알고서."

"못 믿겠어."

혼잣말처럼 말했다. 그 옆모습은 분통한 눈물을 필사적으로 참는 초등학생처럼 입술을 깨물고 있었다.

'일곱 살이로군.'

기요하루는 생각했다.

"내가 틀린 거야?"

레이미가 물었다.

"몰라. 네가 옳을지도 모르고."

"진짜 그렇게 생각해? 지금 무슨 생각해?"

"네 마음은 초등학교 1학년인 채로 머물러 있다고 생각하고 바라봤어. 엄마와 언니를 잃었을 때의 감정에 갇힌 채 몸만 어른이 되었다고."

"난 옛날부터 깨달았어. 하지만 아무도 그런 말을 안 해 주더라고."

"보통은 안 하지, 그런 말은. 눈치챘다고 다 말하면 넌 얼마나 잘났느냐는 취급받아."

"굉장히 소중한 말을 들은 것 같아. 그런데……"

레이미는 여전히 창밖으로 흘러가는 풍경을 바라봤다.

"왜 하필 당신이야."

가르쳐 준 사람이 어째서 이런 살인자일까……. 높은 빌딩에 햇빛이 막혀 어두워진 창문에 비친 눈이 그렇게 말하고 있었다.

이케부쿠로역에서 내려 개찰구를 나가자마자 레이미가 다시 입을 열었다.

"환영을 본 적 있어?"

"응."

"봤을 때 어땠어? 기쁘거나 슬펐어?"

"허무했어."

"그래? 나는 괴롭기만 했어. 항상 그 자리에 서서 나를 바라보기만 할 뿐, 아무 이야기도 안 해 주고 아무것도 안 가르쳐 주거든."

"일곱 살 때부터 계속?"

기요하루가 묻자 레이미가 고개를 끄덕였다.

"학교에서도 전철 안에서도 회사에서도. 언제나 가까이에 있어. 이렇게 사람이 붐비는 와중에도. 하지만 계속 괴로워하는 것도 더는 지쳐."

레이미는 소리 없이 웃으며 택시에 탔다.

"집에 도착하면 연락해."

기요하루가 말했다.

레이미가 고개를 끄덕였다.

기요하루는 택시가 출발한 뒤에도 한동안 눈으로 쫓았다. 검은색 차량이 이케부쿠로역 서쪽 출구 앞 오거리를 지나 트럭에 가려 보이지 않고 나서야 다시 이케부쿠로역으로 돌아갔다.

"기요하루 씨."

지하철 마루노우치선 이케부쿠로역 개찰구를 들어가는데 누가 말을 걸었다.

안경을 쓴 덩치 큰 중년 남성이 다가왔다. 뒤를 돌았더니 그곳에도 또 다른 남자가 있었다. 포위당했다. 줄곧 미행한 모양이다. 레이미와 헤어지고 혼자가 되는 순간을 기다렸을 테지.

"함께 가 주시겠습니까?"

안경 쓴 남자가 말했다. 순간 누구인지 몰랐는데 상대가 이름을 밝혔다.

"도가시 요시미입니다."

기타코이와 사건 당시 열네 살이던 다키모토 마야를 유괴한 혐의를 받는 남자. 20대 때의 사진과는 다르지만, 그 모습에 근육을 키워 덩치를 불리고 안경을 씌우니 확실히 이 얼굴이었다.

나머지 한 명도 이름을 밝혔다.

"다도코로 에이타입니다."

다키모토 유코 살해사건의 중요참고인. 키는 작지만 이 사람도 역시 탄탄한 체격이었다. 푸른색 폴로셔츠를 입어도 승모근과 가슴근육을 키웠다는 사실을 알 수 있었다.

"안 가고 싶은데요."

기요하루가 말했다.

"목적지는 같으니까요."

도가시가 웃으며 말했다.

"저희도 27층 이그제큐티브 플로어에 방을 잡았습니다. 당신 방 대 각선 앞에."

'도망갈 구멍도 차단했군.'

"경찰을 부르겠습니다. 큰 소리로."

기요하루가 강하게 말했다.

"소리를 지르는 순간 당신을 찌르겠습니다."

두 사람 모두 백팩과 숄더백 속을 보여 줬다. 두 가방에 칼 여러 개가 칼날을 드러낸 채로 들어 있었다.

"우리는 당신이 사실은 강하다는 걸 알고 있습니다. 훈련받은 적도 없고 전술도 없는 인간이 상처 하나 없이 여섯 건이나 되는 살인을 저 지르고 도망칠 수 있었을 리 없죠. 누나와 싸웠을 때는 정체를 확인할 때까지 손을 댈 수 없다는 커다란 핸디캡이 있어서 부상을 입고 말았 지만 지금 이 자리에서 우리가 손쉽게 죽일 수 있는 상대라고 생각하 지 않습니다."

다도코로가 이어서 말했다.

"그러니까 실패할 각오를 하고 찌르겠습니다."

"같이 가서 뭘 하자는 거죠?"

기요하루는 불퉁하게 물었다.

"우선 저희 누나가 한 일을 사과하고 싶습니다. 우리는 그런 일은 바 라지 않았거든요. 그리고 9년 전에 무슨 일이 있었는지, 우리가 왜 그럴 수밖에 없었는지를 설명하고 싶군요."

주위를 살폈다. 개찰구 밖으로 도망쳐도 금세 따라잡힐 것이다. 오가는 사람은 많지만 인파에 섞여 들어갈 정도로 붐비지는 않았다. 힘으로 쓰러뜨리려고 해도 이 두 사람을 상대로는 승산이 없다. 골절당한 옆구리를 가격당하면 그것만으로도 숨이 턱 막혀 움직일 수 없을 것이다.

"걸으면서 계속 이야기하죠. 어차피 도망 못 가니까."

다도코로가 말했다.

두 사람을 양옆에 끼고 마루노우치선 플랫폼까지 걸어가 전철이 들어오기를 기다렸다.

이케부쿠로에서 호텔까지 전철과 도보를 합쳐 40분. 그사이에 무엇을 할 수 있을지 생각했다.

"빈말이 아니라 정말로 만나서 반갑습니다."

도가시가 웃는 얼굴로 말했다.

"당신이 오이시 가나토와 그의 알리바이를 조작하는 데 협력한 일행을 단죄했다는 걸 알고 저도 매우 용기를 얻었거든요."

"섣부른 상상으로 사람을 평가하지 마세요."

"그럼 내 혼잣말인 셈 치고 들으시겠어요? 나는 어떤 의미로 당신을 동경했습니다. 죗값을 치르지 않고 빠져나간 놈들을 지혜를 활용해 증거를 전혀 남기지 않으면서 단죄했죠. 하지만 정말 유감스럽게도 어떤 시기를 기점으로 당신은 변해 버렸습니다."

도가시의 시선이 기요하루의 옆모습으로 향했다.

"관계없는 여성들까지 해치운 것은 용납할 수 없습니다. 그런 놈들의 아내나 연인이라는 사실만으로 벌을 받아도 싸다고 주장하고 싶을 수도 있지만 역시 인정할 수 없습니다."

"그건 인정 못 하면서 내가 도망치면 죽이는 건 용납이 되고?"

"왜냐면 당신은 죄가 없는 사람까지 죽인 악인이니까."

"일방적으로 단정 짓고 단죄한다니. 정상이 아니야."

"그래, 정상이 아니지. 그러니까 거스르지 않는 게 좋을 겁니다. 하지만 분명 이해할 날이 올 거예요."

"당신과 우리는 같은 사냥터에서 마주친 육식동물이나 마찬가지입니다."

다도코로가 말했다.

"서로의 진짜 모습을 알고서 같은 무리에 들어온다면 문제없이 동화될 수 있지. 당신이 우리를 받아들인다면 그 순간부터 가족이 되는 겁니다. 하지만 끝까지 거부한다면 한쪽이 죽어 없어질 때까지 피 터지게 싸울 수밖에."

"살해 욕구를 품은 인간에게 그 상대와 구실이 주어졌다. 그래서 죽였나. 당신들은 그 정도 인간인 것 같네요."

"어지간히도 미움을 샀군."

도가시가 웃었다.

"우리는 지금까지처럼 평온하게 살고 싶을 뿐인데 말이야."

"나도 당신들의 생활을 무너뜨릴 마음은 없었어요."

"압니다."

도가시와 다도코로가 고개를 끄덕였다.

"잘못한 건 유즈키 레이미지."

"당신들이 그 여자를 빨리 제거했다면 일이 이렇게 커지지는 않았을 텐데."

"원망의 대상이라도 그렇게 쉽게 생명을 빼앗을 수는 없지. 그 사람이 얼마나 죄를 저질렀는지 확인하지도 않고 없애 버리는 건 양심에 반하는 짓입니다."

'양심?'

기요하루는 생각하며 두 사람을 쳐다봤다.

"우리한테도 있습니다."

다도코로가 말했다. 입 밖으로 꺼내지 않았지만 느껴진 듯하다.

세 사람은 전철을 탔다.

"부상자는 앉으시지요."

억지로 앉힌 후 도가시와 다도코로는 앞을 가로막듯 서서 손잡이를 잡았다.

"선생이라는 사람은 누구입니까?"

기요하루가 물었다.

"무슨 말이죠?"

도가시가 말했다.

"조사 결과 이름을 거의 알아냈습니다. 다섯 사람까지 추렸거든요. 메모 볼래요?"

"아니, 아직은 아닙니다. 그 이야기는 나중에 천천히 하자고."

고라쿠엔역에서 내려 전철을 갈아타려고 난보쿠선 플랫폼으로 향했다. 도망칠 방법을 찾았지만 보이지 않았다. 그곳에서부터 다섯 정거장, 다메이케산노역에 내린 뒤에도 두 사람을 앞뒤에 두고 사이에 낀 채로 걸었다.

"언제 날 알았습니까?"

기요하루가 다시 물었다. 어떻게든 대화를 이어가며 도망칠 실마리를 찾으려고 머리를 굴렸다.

"얼마 전에."

"구체적으로 언제?"

모호하게 웃으며 대답하지 않았다.

"미행은 둘이서 했습니까? 잘도 안 놓쳤군요."

"다 함께 계속 지켜보고 있으니까. 앞으로도 당신에게서 눈을 떼지 않을 겁니다."

다도코로가 말했다.

동료는 많고 도망칠 구멍은 없다. 넌지시 말하고 있다. 허세일까? 아니, 사실이겠지. '선생'에게 감화된 사람이 이 두 사람뿐일 리 없다.

총리관저 앞을 지나 호텔로 향했다. 정문으로 들어가려는데 모르는 남자가 다가왔다.

"유즈키 레이미 씨가 사망한 후지누마 신고의 어머니 노리코 씨에게 손해배상청구 민사소송을 당했는데, 알고 계십니까?"

기자다. 비디오카메라로 촬영하자 도가시와 다도코로가 얼굴을 숨기고 겨우 떨어졌다.

기요하루는 곧바로 달리기 시작했다.

다도코로가 기요하루의 가방을 세게 쥐었다. 가방을 내던지고 호텔로 뛰어 들어갔다. 무슨 일이 일어났는지 파악하지 못한 기자는 아연한 상태에서도 계속 촬영했다.

기요하루는 로비로 뛰어 들어가 당황하는 프론트 직원 옆을 돌아 뒤에 난 직원 공간으로 통하는 문을 밀었다.

살풍경한 종업원 복도를 달렸다. 뛰었더니 여전히 옆구리가 아팠다. 뒤에서 문이 다시 열리는 소리가 들렸다. 도가시와 다도코로가 뒤를 쫓아왔다.

오른쪽으로 돌아 늘어서 있는 식품 저장 선반 사이를 지나 계단으로. 오븐의 열기가 흘러나오는 주방 옆을 빠져나와 배관이 드러난 복도를 지났다.

기요하루는 몇 번이나 지나 봤던 경로. 그러나 뒤를 쫓는 인간들은 반드시 헤맬 것이다. 도가시와 다도코로뿐 아니라 두 사람의 동료들이 여러 명 쫓아온다고 해도 증축을 거듭해 온 호텔의 뒷공간을 쉽게 빠져나올 수 있을 리 없다. 기자에게 몇 번이나 감시당하고 잠복당한 것이 이런 형태로 도움이 되리라고는 상상도 못 했다.

호텔 동쪽 주차장으로 난 문으로 빠져나왔다.

젠장, 옆구리가 아프다. 내던진 가방 속에 진통제와 휴대폰이 들어 있는데. 아마도 도가시 일행이 가져갔을 것이다. 면허증과 신용카드가 든 지갑을 몸에 지니고 있었다는 사실 만으로도 감지덕지일지 모르겠다.

우선은 파출소로 가야 한다. 피해 신고를 하고 경찰과 함께 호텔로 돌아가 현장 검증을 받자.

객실에는 다시 돌아갈 수 없다. 그 두 사람의 동료가 숨어 있을 가능성이 크다. 곧장 머물 곳을 바꿔야 한다.

아카사카의 좁은 뒷골목을 걸었다.

도가시와 다도코로의 말이 싫어도 머릿속에 떠다녔다.

히라마 준코와 마찬가지로 역시 그 무리도 알고 있다. 기요하루가 과거에 무엇을 했는지, 현재 아쓰코와 레이미와 함께 무엇을 하고 있는지를.

단둘이서 알아낸 것은 아닐 테다. 누군가가 협조해 알려 주고 있다. 그렇지 않으면 이렇게 짧은 기간에 과거를 조사해서 그렇게나 확신하며 이야기할 리가 없다.

아쓰코가 정보를 흘리고 있다는 생각은 들지 않았다. 그런 짓을 해봤자 그녀에게 득이 될 일이 아무것도 없다. 아쓰코가 아니면 유즈키 레이미밖에 없다.

아니, 한 명 더.

가장 성가신 남자가 담장 안에 있다는 사실을 잊고 있었다.

무라오 구니히로. 지금은 다 죽어가지만 체포되기 전, 아직 그 남자가 몸을 어떻게든 움직이고 있었을 즈음에 무언가 계획해 놓았을 가능성이 크다.

이사야마 히데오 살해 공판 기록에 있던 무라오의 말이 떠올랐다.

―일련의 납치사건을 수사하는 일은 의지와 집념을 넘어서 내가 살아가는 이유 그 자체가 되었습니다. 그리고 오랜 시간 추적하면서 아무도 눈치채지 못한 다른 미제 사건의 흔적도 다수 발견했습니다. 그러나 인력도 없고 살아갈 시간도 얼마 남지 않은 저는 눈을 감는 수밖에 없었습니다.

그 남자는 결코 잊지 않았다. 의료교도소의 침대에서 죽어가는 지금도 심판받지 않은 자들에게 벌을 주고 떠나려고 한다.

어쩔 수 없이 생각이 자꾸 그렇게 뻗었다.

사거리 모퉁이에 아카사카미쓰케 파출소가 보이기 시작했다.

아쓰코는 탁자에 종이가방을 올려놓았다. 딸 미즈키와 약속한 구두가 들었다.

"프랑스 브랜드. 사이즈가 없어서 주문을 넣은 게 드디어 들어왔어."

전남편이 종이가방 속의 리본 달린 상자를 들여다보고는 "비싸 보이네"라고 말했다.

아쓰코는 커피, 전남편은 소이라떼가 든 컵을 들고 한 모금 마셨다.

마루노우치에 있는 오픈 카페였다. 주변이 트여 있고 옆자리의 대화를 들을 수 있는 곳이라 다행이었다. 칸막이가 설치되어 있고 무릎을 가까이 맞대고 이야기해야 하는 장소에서는 금세 감정적인 상태가 되어 서로의 싫은 면이 고개를 들고 만다.

"그러니까."

전남편이 컵을 내려놓았다.

"눈치챘겠지만 재혼하기로 했어."

"그래."

축하한다고 덧붙이는 편이 좋을까 고민했지만 말하지 않았다.

"그 사람에게도 초등학교 3학년 딸이 있어서 미즈키에게는 동생이 생기는 셈이지."

"미즈키, 동생 갖고 싶어 했으니까."

"혼인신고 후에는 본가를 나와서 넷이서 살려고 해. 그 사람은 일을 그만두고 전업주부가 되겠다고 했고."

"잘됐네."

"고마워."

"응?"

"뭐가?"

"아니, 고맙다고 해서 놀랐어."

"나도 당신이 '잘됐네'라고 말하니 놀라서 순간적으로 말이 튀어나왔어."

왜인지 멋쩍어서 시선을 내리깔았다.

"당연한 말이지만 당신이 미즈키의 친엄마라는 사실은 앞으로도 변하지 않으니까. 그리고 이런저런 일이 있었지만 당신이 미즈키를 낳아준 건 진심으로 고맙게 생각해."

전남편은 재혼 의사만 알리고 서로의 아이를 입양한다는 이야기는 하지 않았다. 하지만 이미 생각하고도 남았을 사람이었다. 말하지 않는 이유는 이 자리에서 싸우고 싶지 않아서일까? 아니면 배려일까?

지금 이 순간을 마지막으로 앞으로 우리는 미즈키의 부모가 아니다. 그렇게 느꼈다. 내가 친어머니고 이 사람이 친아버지라는 사실은 변하지 않지만.

그러나 더는 부모가 아니다.

두 사람은 침묵한 채 컵을 들었다.

용건이 끝나면 언제나 지체하지 않고 자리를 떠난 아쓰코도, 전남편도, 여전히 자리에 앉아 있었다. 생각해 보면 이혼한 뒤로 미즈키 없이 둘이서 만난 적은 이번이 처음이었다.

아쓰코의 가방에서 휴대폰이 울렸다.

받지 않을 생각이었다.

"신경 쓰지 말고 받아."

전남편이 말했다.

그 온화한 얼굴이 왜인지 무서워서, 아쓰코는 거스르지 못하고 휴대폰을 쥐었다.

본청 5과 7계에서 온 전화다.

"여보세요."

카페 밖으로 걸어 나오며 작은 소리로 말했다.

히야마 계장이 유즈키 레이미가 행방불명됐다는 소식을 알렸다.

'흔들린다.'

레이미는 생각하며 눈을 떴다. 그러나 여전히 캄캄했다.

아무것도 보이지 않았다.

깜짝 놀라 손으로 더듬어보려고 했는데 팔이 움직이지 않았다. 다리도 움직일 수 없었다.

순간 팔과 다리가 잘려 없어진 건가, 하는 생각이 들었고 다음으로 꿈속에서 가위에 눌리고 있다고 생각했다. 그러나 모두 아니었다.

밑에서 규칙적으로 느껴지는 진동 덕분에 이성을 조금 되찾을 수 있었다.

눈가리개를 씌우고 팔다리를 묶였다. 그 증거로 눈을 깜빡일 때마다 속눈썹이 무언가에 닿아 걸리적거렸다. 손목과 팔꿈치, 발목과 무릎이 꽉 묶여 아팠다.

그래, 납치당했구나.

도움이 되지 않는 추론. 그러나 지금은 이것으로 됐다. 일단 침착하게 생각하자.

이 진동은 아마도 자동차일 것이다. 서지 않고 계속 가는 것으로 보건대 분명 고속도로를 달리고 있겠지. 주변 소리가 들린다. 귀마개나 헤드폰은 씌우지 않았다.

기억을 더듬었다.

이케부쿠로에서 기요하루와 헤어져 택시를 탔다. 간나나 거리가 보이는 순간, 차선을 변경하던 경차와 충돌사고가 발생했다. 나는 앞 좌석에 머리를 부딪쳤다. 택시 기사가 경찰에 전화했고 갈아탈 택시가 오기로 해서 차에서 내렸는데, 머리와 목이 아프고 구토감이 올라와 앉아서 쉴 곳이 없을까 주변을 살피던 중, 여자⋯⋯ 내 또래 여자가 다가와 휘청거리는 몸을 부축해 줬다. 그러다가 얼굴에 가스용기의 흡입구를 들이밀었고, 또 다른 사람⋯⋯ 중년 여성이 내 팔을 붙잡고 정체 모를 주사를 놨다.

나는 의식을 잃었다. 효력이 그렇게나 빨리 나타나다니, 무라오 씨가 이사야마 히데오의 집에 침입할 때 사용한 아산화질소나 디아제팜과 비슷하다. 분명 진짜 의약품일 것이다.

"정신이 들어?"

누군가 말했다. 길에서 말을 걸어온 여자와 같은 목소리였다. 20대 정도?

"아직 더 가야 하니까. 얌전히 있어. 앞으로⋯⋯."

"두 시간쯤."

옆에서 다른 여자가 말했다. 목소리로 추정컨대 4, 50대?

여자가 둘. 나이가 많은 쪽이 운전하고 있다. 어떤 관계일까? 모녀일까? 그보다 현재 위치를 확인해야 한다. 어떻게 해야 차를 멈추게 할 수 있을까?

"화장실."

레이미가 말했다. 무턱대고 시도했다.

"화장실 가고 싶어."

"그냥 싸. 싫으면 참고."

여자가 말했다.

화를 내는 것도, 명령하는 것도 아니다. 친구에게 말하는 말투였다.

그리고 곧바로 음악을 크게 틀었다. 멋진 일렉트로니카. 내 목소리를 차단하려고 음악이라는 커튼을 친 듯했다.

이 여자들은 누구일까? 만나거나 본 적 있는 사람들일까?

공포를 억누르며 생각하는데 불현듯 떠올랐다.

"조심해. 무척 위험한 일을 하고 있으니까."

이케부쿠로에서 모로에 씨와 만났을 때 그녀가 거듭 당부했다.

"정말로 조심해야 해."

'설마 이건가?'

레이미는 다시 생각했다. 만약 이런 일을 경고한 것이라면, 어째서 알고 있었을까? 모로에 씨와 이 두 사람은 어떤 관계일까?

갈피를 잡지 못해 두려운 마음이 드는 와중에 기요하루가 떠올랐다.

무라오 씨의 얼굴을, 목소리를 떠올리지 않은 자신을 나무랐다. 왜 그런 살인자를……. 강한 척 허세를 부려도 의지하고픈 마음을 지울 수 없다.

긴장이 몸을 칭칭 감기 시작했다. 언제나처럼 주문을 외었다. 긴장에서 벗어날 수 없다면 이 긴장감에 익숙해지자. 긴장에서 벗어날 수 없다면…….

그러나 떨리는 몸을 가눌 수 없었다.

기요하루. 누구보다 그가 와 줬으면 했다.

기요하루는 비즈니스호텔 객실 앞에 서서 벨을 눌렀다.

문을 연 아쓰코는 트레이닝복으로 갈아입은 모습이었다.

"적당히 앉아."

덜 마른 머리로 캔맥주를 쥐었다.

한동안 욕조에 몸을 담그지 못했을 것이다. 시바마타에 있는 아쓰코의 아파트에 정체를 알 수 없는 자가 침입한 일은 이미 알고 있다. 유류품으로는 침입자를 특정할 수 없었다고 한다.

"피곤해? 아니면 다친 데가 아픈 거야?"

아쓰코의 물음에 자신이 얼마나 지독한 표정을 짓고 있는지 깨달았다.

"둘 다예요. 경찰서에서 레이미의 부모을 만났어요."

"탓하시던?"

"아뇨. 어머님이 아무 말 없이 노려보기만 하셨어요."

"말로 비난하는 것보다 더 불편하지."

아쓰코가 캔맥주를 내밀었다.

"사정 청취는?"

"아쓰코 씨가 말한 대로 관할서가 아니라 본청 특수수사반에서 나온 남자가 맡았어요."

납치나 인질사건에 대응하는 부서라는 설명과 함께 명함을 건네받았다.

"레이미가 실종된 시각에 어디 있었는지. 왜 연락이 되지 않았는지. 호텔에서 뒤를 쫓던 두 사람에 대해서도 물어봤어요."

"쫓긴 이유는 뭐라고 설명했어?"

"전철 안에서 가방에 부딪친 일로 화가 난 거 아닐까, 라고."

"틀림없이 도가시 요시미와 다도코로 에이타였지?"

아쓰코가 물었다.

기요하루가 고개를 끄덕였다.

"카메라로 찍은 사람이 어디 기자인지 확인해서 영상을 확인한다는 것 같아요."

"임의 조사겠지만 아마 언론사도 귀찮은 일은 피하려고 제출할 거야. 경찰이 그 두 사람이라고 특정하는 데 빠르면 이틀, 늦어도 나흘. 정체를 안 순간부터 시끄러워질 테고, 당신도 다시 불려 가서 어떤 관계가 있는지 집요하게 신문 당할 거야."

"상황이 안 좋나요?"

"꽤. 당신이 그 둘에게 납치당할 뻔한 직후에 유즈키 레이미가 행방불명 됐잖아. 그전에는 나와 셋이서 움직였다는 사실도 알려졌고. 심지어 갔던 곳이 '생명의 전화' 사무국이야. 뒤에서 뭘 조사하고 있었냐며 내부 조사 때 나한테도 꼬치꼬치 캐물었어."

"경찰은 납치사건이라고 확정 지은 건가요?"

"택시와 충돌한 경차는 도난차량이고, 운전한 여자는 신원불명 상태로 도주했어. 그 여자와 함께 있던 중년 여자가 그 계집애를 데리고 사라졌다는 목격 증언도 있고 말이야. 아직 범인에게서 무언가 요구하는 연락이 없어서 공언은 삼가고 있지만, 수사 방침은 완전히 그쪽으로 방향을 잡았어."

아쓰코가 맥주를 마시며 말했다.

"내 생각에 위장은 아닌 것 같아."

레이미의 자작극일 가능성에 대해 말했다.

"당신 의견은?"

"제 생각에도요. 레이미가 이 타이밍에 거짓을 꾸미면서까지 모습을 감출 이유는 없어요. 게다가 도가시나 다도코로와 연관이 있는 사람은 그녀가 아니라 오히려—"

"무라오 구니히로."

아쓰코가 말했다.

역시 아쓰코도 같은 생각을 했다.

"이 납치 수사의 담당자도 결국 레이미가 무라오와 관련 있다는 사실을 눈치채리라 생각해. 하지만 지금 단계에서 가장 의심받는 사람은 후지누마 신고의 어머니와 당신이야."

고개를 끄덕였다. 물론 기요하루 본인도 잘 안다.

"설마 실행범이리라고는 생각 않겠지만 분명 납치한 패거리와 관련이 있을 가능성을 집요하게 조사할 거야. 경찰이 더러운 곳이라는 사실을 잊지 마. 평범하게 살고 있는데 억지로 혐의를 덮어씌우고 몇 번이나 불러내 조사하려고 하거든."

"당분간은 어디 호텔에 처박혀 있을게요."

"아니. 신중하게 행동하길 바라지만 꼼짝 않고 가만히 있는 건 곤란해."

아쓰코가 종이가방에서 책자를 꺼냈다.

"저번에 약속한 유즈키 레이미의 새 신변 조사 결과."

레이미는 도쿄와 아키타에 있는, 전혀 별개의 변호사 사무실 두 군데와 계약을 맺었다. 두 사무실 모두 매주 월요일 오전에 정기적으로 전화로 연락하고 있다.

"이게 그 계집애의 방어 수단이야."

"연락이 끊기면 계약에 따라 순서대로 어떤 행동을 한다……."

기요하루는 침대 머리맡에 놓인 시계를 봤다.

6월 7일 목요일 밤 10시.

월요일 아침이 오기까지 앞으로 사흘 남짓.

"찾아야겠네."

두 사람의 목소리가 겹쳤다.

레이미를 찾아내 구출하고 연락하게 해야 한다.

레이미가 연락을 하지 않으면 도쿄와 아키타에 있는 변호사 사무실에서 아마도 틀림없이 기요하루와 아쓰코의 비밀을 공개할 것이다.

"그런 계약이라는 것까지는 겨우 알아냈는데. 구체적으로 무엇을 하기로 했는지는 역시 입을 열지 않았어."

"변호사 사무실이 억지로 계약 조항에 대해 말하게 한 겁니까?"

"스토커 누명을 쓴 채 죽은 후지누마 신고와 유즈키 레이미의 진짜 관계에 대한 정보를 거래의 대가로 알려 줬으니까."

의뢰인인 레이미가 범죄자로 확정되면 계약을 맺은 변호사 사무실도 수사 대상이 되어 가택수색을 받을 수도 있다.

"살아 있을까요?"

기요하루가 레이미의 현 상태를 물었다.

"반반. 확실하게 죽이려고 납치했을 수도 있고, 협박해서 무언가를 실토하게 하려는 걸지도 몰라. 도가시와 다도코로도 당신을 역에서 갑자기 찔러 죽이려고 하지 않았잖아. 물론 산속으로 끌고 가서 죽인 다음에 바로 묻어 버리고 싶었는지도 모르지만."

"도가시는 대화를 나누고 싶은 것 같았어요. 누나 히라마 준코가 절 죽이려고 했던 걸 사과했어요. 자기들은 바라지 않았다면서."

"도가시가 모르는 사이에 다키모토 마야가 히라마 준코를 속였다는 말이야? 배신한 거야?"

"배신인지 아닌지는 모르겠어요. 하지만 그쪽에 도가시와 다도코로 말고도 동료들이 몇 있고, 반드시 모두의 의견이 일치하는 건 아니라는 방증이지 않을까 싶어요."

"확실히 그러네."

"게다가 분명 이해할 날이 올 거라고도 했으니까 적어도 도가시와 다도코로는 처음부터 날 죽일 생각은 아니었을 거예요."

"놈들은 다키모토 유코를 살해하고 다키모토 마야를 유괴한 것이 정당한 행위였다고 당신을 납득시키려고 했어? 아니면 동료로 끌어들이려고 한 거야?"

"둘 다인 것 같아요."

"처음으로 돌아가서, 그 두 사람이 모습을 드러낸 것과 유즈키 레이미가 납치당한 건 서로 연관이 있어. 떼어놓고 생각하는 게 더 어렵지. 그렇다면 그 계집애도 회유해서 동료로 끌어들이려고 납치한 걸까?"

"가능성은 있지요."

"드디어 미친놈들 냄새가 나기 시작했군."

아쓰코가 새 캔을 따며 혼잣말처럼 중얼거렸다.

"그 이상한 신앙심의 중심에 있는 사람이… ."

기요하루가 꺼낸 말을 아쓰코가 이어받았다.

"선생이라는 존재."

기요하루가 고개를 끄덕이며 휴대폰을 꺼냈다.

오늘 오후에 새 휴대폰을 장만한 뒤 이케부쿠로 경찰서로 사정 청취를 가기 직전까지 인터넷으로 '선생' 후보자 다섯 명을 조사했다.

두 사람은 이미 죽었다. 요미우리, 마이니치, 심지어 각 지방신문의 부고란까지 찾아 대조했으니 틀림없을 것이다.

현재 살아 있는 세 사람 중 한 사람은 지금도 이바라키현 도리데시의 비영리법인에서 간사로 활동하고 있다. 주소도 알아냈다. 다른 한 사람은 나가노현 시오지리시의 실버타운에 사는 것을 조카딸이 SNS에 게시했다.

남은 사람은 한 명.

아쓰코도 휴대폰을 꺼내 검색했다.

"이 사람이에요."

기요하루가 휴대폰 화면을 보여 줬다. 아쓰코도 마찬가지로 화면을 보여 줬다.

두 사람이 추려낸 것은 역시 같은 이름.

마스이 슈스케.

이 남자는 의외로 세간에 알려진 인물이었다.

아이치현 출신. 이비인후과 의사로 나고야시에서 활동했는데, 서른 두 살 때 아내와 세 살 난 아들이 청소년들이 운전한 차에 치이면서 인생이 백팔십도 바뀌었다. 운전한 소년들은 무면허였다. 아내와 아들 모두 목숨은 구했지만, 아들은 중증 장애인이 되었고 아내도 후유증에 시달렸다. 그리고 2년 후, 아내는 아들을 안고 투신자살했다.

충격을 받은 마스이는 약 2년 동안 은둔생활을 한 뒤 도쿄로 나와 오타구에 있는 가마타 중앙병원에서 근무하기 시작했다. 근무한 지 3년째 되는 해에 이비인후과로서는 드물게 시간 외 응급 진료를 시작해 환자 중심 진료를 하는 의사로 조금씩 이름을 알리기 시작했다. 그리고 강연회에서 고통스러운 과거를 계기로 자신이 현재의 환자 친화적인 의사가 되었다고 이야기해 단숨에 유명인사가 되었다. 이 시기에 '생명의 전화'에서 상담원을 시작했다. 그리고 '마스이의 누나'라는 중년 여성이 남편과의 사별을 이유로 딸들과 함께 마스이에게 몸을 의탁하며 함께 살기 시작했다.

마스이는 라디오 프로그램의 인생 상담 코너에 고정 출연까지 맡게 되었고, 강연 횟수도 더욱 늘었다. 자신의 경험과 인생 상담 답변을 엮은 에세이도 세 권 출간했다. 그러나 줄곧 TV 출연은 하지 않고 잡지 취재도 거절했다.

쉰두 살의 나이로 병원을 퇴직한 뒤 가나가와현 후지사와시에 개인 병원을 개업했다.

6년 전, 건강상의 이유로 오랫동안 맡아 온 상담원을 그만두고 후지사와시의 병원도 문을 닫았다.

병명이 무엇인지, 애당초 병 자체가 진짜인지도 밝혀지지 않았다. 이후 거처를 옮겼는데 행방도 알려지지 않았다. 마스이의 아내와 아들을 차로 친 당시 미성년이었던 남자들과 동승자들의 소식도 추적했지만 잡히는 것은 없었다.

"영상과 음성을 조사했지만 찾지 못했어요. 사진은 에세이 뒤표지에 실린 한 장. 이거예요."

안경을 쓴 온화한 중년 남성이었다.

"나도 거처를 추적해 봤는데."

아쓰코가 말했다.

"구청의 호적과 주민등록등본, 납세 증명서, 보험료 납부 문서를 뒤져도 찾을 수 없었어. 내일 좀 더 자세히 알아볼게."

기요하루의 휴대폰이 울렸다.

조금 전 이케부쿠로 경찰서에서 사정 청취를 담당한 형사였다.

"뭐 좀 알아내셨습니까?"

—아뇨, 유즈키 레이미 씨 때문에 전화 드린 게 아닙니다. 괜한 기대를 하게 해 드려 죄송합니다.

형사는 그 건도 최선을 다해 수사 중이라고 덧붙인 뒤 말했다.

—비디오 건으로 전화 드렸습니다.

호텔 앞에서 기자가 촬영한 영상을 벌써 입수한 것이다.

"그쪽이 가져갔군."

새어 나오는 목소리를 듣고 아쓰코가 중얼거렸다.

출판사가 곧바로 영상에 찍힌 인물을 확인했겠지. 특종 가능성을 감지하고 경찰을 배려할 겸 사실을 확인하려고 제출한 듯하다.

—두 사람의 존재를 눈치챈 것은 대략 언제쯤입니까?

형사가 물었다.

"지하철 마루노우치선 전철 안에서였습니다. 하지만 어느 역에서 탔는지는 죄송하지만 기억하지 못합니다. 무슨 문제 있는 사람들입니까?"

—그에 관해서는 직접 뵙고 설명드리겠습니다. 번거로우시겠지만 내일 또, 이번에는 이케부쿠로가 아니라 사쿠라다몬에 있는 경시청 본청으로 와 주실 수 있습니까?

"레이미의 수사와는 전혀 별개의 건으로 말입니까?"

—네. 걱정이 크실 텐데 정말 죄송합니다. 원하신다면 호텔까지 차로 모시러 가겠습니다.

형사는 지나칠 정도로 정중하게 "죄송합니다"라고 반복하면서도 청취에 대해서는 물러서지 않았다.

전화를 끊었다.

"내일 다녀올게요."

기요하루가 맥주 캔을 비웠다.

"그래."

아쓰코도 두 번째 캔을 비웠다.

"마지막으로 하나 더."

복사 용지 한 장을 보여 줬다.

"무라오 구니히로의 재산조사표?"

"그래. 다시 조사했더니 나온 게 있어. 체포되기 4개월 전부터 바로 지난달까지 지급했어."

숫자 중 하나를 가리켰다.

"매달 7천 4백 엔."

"입금 계좌는 굴드&페렐만 법률 사무소."

대기업이 주요 고객인 외국계 유명 법률 사무소다.

"이런 금액으로 고문 계약 따위 말도 안 돼요."

기요하루가 말했다.

"일류 상사맨다운 반응이네. 맞아, 싸도 너무 싸지. 대단한 금액도 아니고 대출대행업체를 통해 보내서, 체포 당시 담당자는 입금 계좌를 특정하지 않고 무언가에 대한 지급이거나 공공요금이겠거니 생각했어. 법에 저촉된 돈도 아니고 말이야."

"약점을 잡아서 이렇게나 적은 금액으로 일을 시켰다?"

"아마도. 굴드&페렐만에 계약 내용을 확인했더니 '서류 보관 및 송부'라더라고. 덧붙여서 이 이상 묻는 건 '소송 대상이 될 수 있습니다'라고. 분명 우리 정보를 보냈을 거야. 무라오는 본인이 체포된 이후에도 우체부 노릇을 시킨 거야."

"누구 앞으로 보냈을까요? 도가시 요시미, 다도코로 에이타, 미야지마 츠카사 다키모토 마야……."

"아니면 '선생' 본인이나……."

"놈들을 시켜 우릴 죽일 심산이었을까요? 아니면 서로 죽이게 만들 목적으로?"

무라오가 재판 중에 했던 말이 기억 속을 다시 비집고 나왔다.

—하지만 체포되지 않고 사람들 사이에 섞여 살아가는 범죄자 모두가 죗값을 치르게 하고 싶습니다.

이 세상에서 없애 버리고 싶습니다. 그 생각은 지금도 변함없습니다.

아쓰코와 시선이 마주쳤지만 말은 나오지 않았다.

그 대신에 살의가 솟구쳤다. 목표를 정하지 못한 살인을 향한 강한 정념이 가슴 속에서 기어 다니고, 날뛰고, 몸부림쳤다.

기요하루는 말을 꺼내려던 이유를 잊은 사람처럼 입을 다문 채 생각에 잠겼다.

12

"역시 모르십니까?"

이케부쿠로 경찰서에서 경시청 본청으로 장소를 옮겼다뿐이지 사각형 얼굴의 덩치 큰 형사는 어제와 똑같이 등을 둥글게 구부리고 작은 소리로 물었다.

6월 6일 금요일. 기요하루는 차가 담긴 종이컵을 앞에 두고 고개를 끄덕였다.

책상 위에 나란히 놓인 사진에는 전부 맨 앞에 기요하루가, 약간 뒤쪽에 도가시 요시미와 다도코토 에이타가 찍혀 있었다. 장소는 지하철 내부, 길, 호텔 정문. 추가로 내민 한 장에는 기요하루에게서 빼앗은 가방을 한 손으로 들고 달리는 도가시의 등이 찍혀 있었다.

형사는 도가시와 다도코로를 '문제 있는 인물들'이라고 말하며, 구체적으로 어떤 인물인지 설명하기를 피했다.

"그건 그렇고 한 달이나 호텔 생활을 하시다니. 그 심정 이해합니다."

"하지만 회사에서도 대기 발령을 받아서 시간은 있습니다. 저도 레이미가 있을 만한 곳이나 관련 있어 보이는 사람들을 찾아볼 생각입니다. 물론 경찰 여러분에게 방해가 되지 않도록 하겠습니다."

"그건 원하시는 대로 하셔도 됩니다. 원래 말할 건 아니지만, 어제 사건 발생 시각에 후지누마 노리코 씨가 어디 있었는지 소재를 확인했습니다."

"적어도 실행범은 아니란 의미입니까?"

"네. 이틀 연속으로 직접 나와 협조해 주셨으니 그 답례입니다. 대단히 감사했습니다."

"이제 끝입니까?"

"네. 저와는요."

오전 9시 약속이었는데, 이제 9시 20분. 실질적으로 조사는 약 15분 만에 끝났는데, "저와는요"라고 말한 의미를 곧바로 알 수 있었다.

복도에서 깡마른 남자가 들어왔다. 머리를 숙인 뒤 멀어져가는 덩치 큰 형사와 교대하듯 깡마른 남자가 기요하루의 앞에 서서 처음 뵙겠다고 인사하며 명함을 내밀었다.

'조직범죄대책 제5과 7계 계장 히야마 슌스케' 노리모토 아쓰코와 같은 부서다.

"상사입니다, 이래 봬도."

입꼬리는 올라갔지만 눈은 웃고 있지 않다.

"저와도 잠시 이야기를 나눌 수 있겠습니까?"

기요하루가 대답하기 전에 히야마는 손짓하며 복도로 나갔다.

지금부터가 본론. 바보라도 알겠다.

엘리베이터에서 내려 1층 식당으로 들어갔다. 아직 문을 열기 전이지만 히야마는 커피 식권을 두 장 사서 배식구 안쪽에 "매번 감사합니다"라고 말한 뒤 창가 테이블에 앉았다.

"온화하고 다정하지만 심지가 굳은 사람. 레이미 씨의 부모님은 기요하루 씨를 그렇게 칭찬하더군요."

"좋게 봐주셨을 따름입니다. 칭찬받을 만한 일도 하지 않았는데."

5분 정도 그런 대화를 나누다가 히야마가 단숨에 화제를 바꿨다.

"도가시 요시미와 다도코로 에이타와는 무슨 이야기를 했습니까? 약속이나 거래를 했습니까?"

"네?"

"실례되는 말을 해서 죄송합니다. 직접 만나서 확인하고 싶었거든요."

"아무 말도 안 했습니다. 시비를 걸더니 따라와서 가방을 훔쳐 갔을 뿐입니다."

"그렇습니까? 그럼 유즈키 레이미 씨가 어디 있는지 정말 모릅니까?"

"모릅니다."

"유즈키 레이미 씨를 여전히 사랑합니까? 사랑하시죠?"

"개인적인 이야기입니다. 대답하고 싶지 않습니다."

"괜찮습니다, 네. 이건 조사도 뭣도 아닌 그냥 잡담이니까요."

그렇게 말하고는 커피를 후루룩 마셨다.

이 남자, 도발하고서 반응을 지켜보고 있겠지. 아쓰코와 닮았다. 상사와 부하라는 관계에서 비롯된 비슷함이 아니라 원래부터 비슷한 부류의 인간인 듯하다.

"반대로 제가 묻고 싶군요. 레이미의 행방에 대해 정말로 경찰은 아직 아무런 단서도 잡지 못한 겁니까?"

히야마는 대답하지 않은 채 기요하루를 똑바로 응시했다.

"유즈키 레이미 씨는 수상해요, 여러 가지로."

"그건. 레이미 본인에게 수상한 점이 있다는 뜻입니까?"

기요하루도 컵을 손에 들었다.

"네. 주변 인물이 아니라."

"구체적으로 어떻게 수상하다는 말입니까?"

"그건 말할 수 없습니다. 하지만 아쓰코를 보면 아시리라 생각하는데, 경찰도 의외로 우수하답니다."

컵에서 조용히 물결치는 커피를 바라보며 말을 이었다.

"당신에 대해서도 당연히 조사했습니다."

기요하루는 침묵했다.

"당신도 수상하더군요, 상당히."

더욱 노골적으로 도발해 왔다. 그러나 상대할 마음은 없다.

이 남자가 머릿속으로 어떤 추리를 했든 그것을 뒷받침할 증거를 가지고 있을 리 없다. 만약 하나라도 쥐고 있다면 임의 동행을 요구하거나, 체포하거나, 검찰의 허가를 받아 진작에 직접적인 행동에 나섰을 것이다.

아무것도 없기에 이렇게 에둘러 말하는 것일 테다.

기요하루는 커피를 한 모금 마신 뒤 히야마의 얼굴로 시선을 돌렸다.

'싫은 눈이다.'

그렇게 생각했다.

도가시와 다도코로와 똑같다. 아무런 망설임도 없이, 자신의 생각에 틀린 점은 전혀 없다고 믿어 의심치 않는 눈이다. 확신에 찬 표정에 기분이 참을 수 없이 더러워졌다.

"마치 정의의 사도……."

기요하루는 실소하며 작은 소리로 말했다.

"아닙니다. 정의 같은 건 생각하지 않아요."

히야마도 작은 소리로 되받아쳤다.

"정직, 정의를 관철하는 마음 같은 건 없습니다. 없는 머리를 쥐어 짜내서 필사적으로 수사하고 범인 체포에 매진하는 건 저와 가족의 생계가 달렸기 때문이죠. 급여와 사회 보장 때문에 일하고 있을 따름입니다."

시선이 도중에 기요하루에게 향했다.

"그래도 말입니다, 저는 그게 오히려 건전하다고 생각합니다. 정의니 선의니 사회적인 대의니, 그런 뜬구름 잡는 이야기만 믿고 행동했다가는, 경찰은 금세 광신도 집단이 되고 말 겁니다. 이 점에 관해서는 기요하루 씨, 당신도 같은 의견이리라 생각합니다."

식당 직원이 차례차례 커튼을 쳤다.

커다란 창문 밖, 사쿠라다보리* 너머로 고쿄의 숲이 펼쳐져 있었다. 우거진 숲은 햇빛을 받아 빛나며 하얗게 타오르는 것처럼 보였다.

"그래서 말입니다. 이렇게 자리를 마련한 이유는 아까처럼 몇 가지 확인 사항이 있기도 하고, 부탁도 드리고 싶어서입니다."

기요하루는 빛나는 숲을 바라봤다. 히야마가 그 옆모습을 응시하며 말을 이었다.

"유즈키 레이미 씨를 찾아서 데리고 돌아와 주시겠습니까? 아쓰코도

* 고쿄(천황의 궁성)를 둘러싼 해자 중 하나.

돕게 하고 저희도 입수한 정보를 드리겠습니다. 대신에 기요하루 씨도 진척 상황을 일일이 알려 주셨으면 좋겠습니다."

히야마가 테이블에 놓인 냅킨에 전화번호와 메일주소를 적었다.

"제 개인 번호입니다. 명함에 적힌 연락처 말고 이쪽으로 부탁드려도 되겠습니까?"

"저는 회사원인데요."

"그런 사정은 접어 두고 가죠. 약간이지만 아쓰코와 함께 수사하는 모습을 봤습니다. 아쓰코의 명예를 위해 말해 두는데 그녀는 아무것도 모릅니다. 오늘 만나는 것도 알리지 않았습니다. 기요하루 씨처럼 본인을 지켜보는 눈이 있다는 사실도 아마 눈치채지 못했을 겁니다."

'또 귀찮은 일이 생겼다. 심지어 이렇게 남는 시간도 없는 와중에.'

"불법이지요?"

기요하루가 뻔한 이야기를 물었다.

"뭐, 그렇습니다."

히야마도 순순히 대답했다.

"현재 파악한 내용을 알려 드리면, 유즈키 레이미 씨는 도난차량을 갈아타며 야마나시 방면으로 끌려갔을 가능성이 큽니다. 그런데 수사관이 관할 구역 밖으로 출장을 나가려면 여러 가지로 번거로워요. 도쿄를 벗어난 수사는 수사5과 과장과 인사과장의 허가, 거기에 출장지의 현경과 관할서의 허가까지 받아야 하거든요. 반드시 그쪽 관할서 사람과 함께 움직여야 하기도 하고."

"비밀이 퍼질 위험성을 극도로 낮추고 싶다. 오노지마 시즈카와 시게미쓰 마도카 사건을 형을 확정 지을 때까지 무사히 끌고 가고 싶다는 말입니까?"

기요하루가 묻자 히야마가 고개를 끄덕였다.

일본 경찰 사상 처음으로 사법 거래로 발각된 살인사건의 수사 과정에 털끝만큼도 흠집을 낼 수 없을 것이다. 사건은 이미 공표되어 세간의 중대한 관심을 받고 있다. 모로에 미나코의 자수와 증언이 없었으면 두 여자를 체포할 수 없었다는 사실도 머지않아 곧 발표될 것이다. 그러면 더욱 큰 뉴스로 다루어질 것이다.

그러나 체포까지의 과정 이면에 이런저런 부정과 거짓이 숨어 있다는 사실을 히야마는 재빠르게 눈치챘다. 행여나 언론에서 부적절한 행위 하나라도 냄새를 맡아 보도한다면 경시청뿐 아니라 경찰청과 법무성에까지 책임 문제가 번진다. 오노지마와 시게미쓰의 죄목을 뒷받침할 증거의 효력도 큰 타격을 입어, 자칫 잘못하다가는 체포 자체가 무효가 될 가능성도 무시할 수 없다.

이 남자는 유즈키 레이미의 납치를 연쇄 살인사건 및 유기사건과도, 모로에의 사법 거래와도 전혀 관계없는 별개의 실종사건으로 취급해 처리할 작정이다.

"기요하루 씨가 유즈키 레이미 씨를 찾아 준다면 어떻게든 될 겁니다. 레이미 씨의 부모님과 언론에 설명할 내용은 물론 저희가 몇 가지 생각해 두었으니까요."

"거절하겠습니다."

"아뇨. 거부는 안 됩니다. 부탁을 안 들어주시면 당신과 아쓰코와 레이미 씨의 신변을 철저하게 수사하겠습니다. 진심입니다. 반드시 뭔가 나오겠죠. 까발리겠습니다."

"아무것도 안 나올 겁니다."

"유죄가 성립할 증거라는 의미에서 말입니까? 그런 건 바라지도 않아요. 기요하루 씨도 잘 알고 있을 텐데요. 주변 사람들이 당신을 믿을 수 없는 수상한 사람이라고 의혹을 품을 만한 단서 정도만 찾아내면 됩니다. 동생분이 결혼을 앞둔 이 시기에 그건 좀 곤란하겠죠."

"협박으로밖에 들리지 않는군요."

"협박입니다. 잘 알고 계시네요."

"같이 죽을 수도 있습니다."

"각오한 바입니다."

"악랄하시네요."

"네. 정의의 사도가 아니니까요. 다만 조직으로서의 처신과 개인적인 욕심만으로 말씀드리는 게 아니라는 건 이해해 주셨으면 합니다. 제 나름대로 정말로 사회에서 격리해야 할 죄인들을 잡아들이는 방법 외에 나머지는 되도록 원만하고 사리에 맞게 매듭짓고자 이렇게 부탁을 드리는 겁니다."

"제가 할 수 있을 리가요."

"목적을 달성할 수 있을지 없을지와는 별개로, 당신은 틀림없는 적임자입니다. 10대 때부터 지금까지 경찰의 수사망에 일절 잡히지 않고 증거도 흘리지 않았죠. 선악을 떠나 자질과 능력 면에서는 역시 훌륭합니다."

"형사님, 경찰 맞아요? 머리가 이상하다고밖에—"

"네. 그런 소리 자주 듣습니다. 다만 사람 보는 눈 하나만큼은 자부합니다. 기요하루 씨의 자질과 재능에, 이번에는 경찰에서 제공하는 정보가 더해지는 거예요. 유즈키 레이미 씨를 데리고 올 수 있을 겁니다. 그리고 당신들은 지금까지처럼 일상을, 다시 아무 일 없는 듯 보낼 수 있게 될 겁니다."

"경찰은."

거기까지 말한 기요하루는 자신도 모르게 실소했다.

"언제나 뒤에서 이런 나쁜 짓을 저지릅니까?"

"아뇨, 거의 하지 않죠. 이번 일이 그만큼 비상사태라고 이해하시면 되겠습니다."

'잘못 걸렸네.'

닛키메이와의 사원으로서 정당한 일만 해오지는 않았다. 히야마는 우선 그 부분부터 들쑤실 것이다. 자잘한 사기나 문서 위조를 들추어 내서 무리해서라도 체포를 강행할 터다. 가벼운 죄라도 검찰에 송치되고 기소되면 열 손가락과 손바닥 지문은 물론 DNA까지 채취당한다.

지금까지 경찰에 그런 일을 당한 적은 없었다.

개인 정보와 과거 사건의 데이터를 대조했을 때, 문제가 없으리라고 장담하기 어렵다. 기요하루가 고등학생, 대학생이었던 십몇 년 전과 비교해 감식 기술도 훨씬 발전했다. 당시 기요하루가 아무것도 남기지 않았다고 확신한 현장에서 새 증거가 발견될 가능성도 있다.

"만약 제가 형사님이 생각하는 그런 인간이라고 한다면 과연 그런 상대를 믿어도 될까요?"

"불법으로 복수를 이룬 인간이라고 한다면? 오해나 엉뚱한 원한이 아닌 한, 복수심이라는 건 잔혹한 현실과 맞닥뜨렸을 때 절망하지 않고 어떻게든 제정신으로 버티기 위한 가장 소중한 요소라고 저는 생각합니다. 뭐, 이런 사고방식 자체가 제정신이 아니라고 하면 할 말 없지만. 그러니까 저는 기요하루 씨를 믿으니 당신도 가능하면 저를 믿었으면 좋겠습니다."

"어떤 보증도 없이요?"

"어차피 지금 대화도 녹음하고 있으시죠? 제게 불리한 증거가 되리라는 걸 알면서도 계속 이야기하는 것이 제 나름대로 최선을 다한 성의입니다. 당신이 그 녹음파일을 가지고 있는 한, 우리는 한배를 탄 운명 공동체죠. 절대로 어느 한쪽만 일방적으로 승리를 챙기고 도망치지 못합니다."

히야마가 벽시계를 보고는 자리에서 일어났다.

"가야겠군요."

"조건이 있습니다. 동생을, 아쿠쓰 유마를 지켜 주십시오. 약혼자도 함께. 이건 협상의 여지가 없습니다. 필수 조건입니다."

"곧바로 경호를 붙이겠습니다. 동생분께도 직접 신변 보호 사실을 알리고 협조를 구해도 되겠습니까?"

"괜찮습니다. 저도 연락해 두겠습니다."

"그럼 계약 성립이군요. 새 정보를 얻으면 아쓰코를 통해 반드시 연락하겠습니다. 기요하루 씨도 뭔가 있으면 제 개인용 전화와 이메일로 연락 부탁드립니다."

히야마가 다시 그 기분 나쁜 미소를 지었다. 기요하루가 자신도 모르는 사이에 그를 노려보고 있던 모양이다.

"분명 그게 본성이겠죠? 정상인의 눈이 아니네요. 신물이 날 정도로 범죄자들을 보아 온 내게도 당신은 역시 특별합니다."

히야마가 뒤돌아 갔다. 기요하루도 뒤를 따랐다.

식당을 나와 사회과목 견학을 온 초등학생들의 긴 줄 옆을 지나갔다. 굴복? 패배감? 어느 쪽이든 선택할 수 있는 길은 단 하나였다.

히야마의 배웅을 받으며 경시청을 나왔다.

햇살은 포근하고 사쿠라다 거리에 부는 바람은 시원했다.

그러나 목덜미가 뜨끔했다. 사람을 찌르려고, 죽이려고 칼을 꽉 쥘 때와 같은 긴장이 온몸을 감쌌다.

아쓰코는 대기실에 있는 자판기에 동전을 넣었다.

야채 주스 팩에 빨대를 꽂고 빨았다. 정말로 빨고 싶은 것은 담배지만 전 구역 금연이었다.

주오구 하루미. 사법 거래 대상자가 잠시 머무는 보호시설이다.

원래는 교통 기동대원용 기숙사로, 지금도 외관은 낡은 기숙사 건물 그대로지만 내부는 완전히 다른 곳처럼 개조되었다. 외부와는 엄중하게 격리되며, 의료용 약품과 식사에 독극물이나 이물질이 섞이는 것을 방지하려고 전용 조제실과 조리시설까지 갖추었다.

모로에 미나코는 이곳에 유치되었다.

사법 거래가 성립한 협조자라고는 해도 모로에 역시 형사피고인이라는 사실은 변함없다. 판결이 날 때까지는 쇠창살 안에 수감되고, 판결이 나온 뒤에도 10년 이상 경찰의 감호를 받으며 생활하게 된다.

아쓰코가 접견(면회)을 신청한 것은 어제.

제도상 일반 면회는 친구와 지인도 만날 수 있다. 그러나 사법 거래 대상자이니 허가를 받을 확률은 거의 제로라고 생각했다. 실제로 거처가 새어나가지 않도록 모로에는 부모와도 간접적으로 편지만 주고받을 수 있을 뿐 면회는 허락되지 않았다.

그래도 '질문 내용을 사전에 문서로 정리해 제출한다'는 조건으로 다섯 시간 후에 모로에의 변호인단으로부터 허가가 떨어졌다. 본인도 만나고 싶어 한다고 했다. 사법 거래 성립까지 수사를 견인한 점을 높이 사 검찰도 승인했다.

지시대로 오전 8시 45분, 시설에 도착했다.

몸 수색을 받고 휴대폰을 맡긴 뒤 약속대로 질문 리스트를 제출했다. 비밀 유지 조항과 관련된 서약서를 일곱 부나 서명한 다음에는 그저 하염없이 기다릴 뿐이었다.

시계는 오전 11시 30분.

이쯤 되면 오전 면회가 아니라고 생각했을 때 접견실 문이 열렸다. 그러나 나온 사람은 유치담당관이 아니었다.

변호사 배지를 단 중년 남성이 명함을 내밀었다. 모로에의 변호인단 중 한 사람이었다.

"접견을 중단하겠습니다."

변호사가 말했다.

"연기된 겁니까?"

"아뇨, 앞으로도 안 합니다. 끝이라는 말씀입니다."

"뭐라고요? 이유가 뭡니까?"

"저희 의뢰인의 뜻이라고밖에 말씀드릴 수 없습니다."

"이건 아니죠. 한번 승낙해 놓고, 너무 경우가 없는 거 아닙니까?"

변호사 특유의 무심한 듯 떨떠름한 표정으로 쳐다봤다.

"적어도 이유는 알려 주세요. 안 알려 줄 거면 약속대로 만나게 해 주시든가요."

왜 이제 와서 모로에가 거부했을까. 문제는 질문 리스트를 제출하기 직전에 추가한 그 항목밖에 없다.

"유즈키 레이미 씨가 행방불명된 일과 관계가 있습니까?"

변호사는 입을 다물고 고개를 저었다. 그러나 달리 짐작 가는 이유가 없었다. 레이미의 실종, 아니 납치에 대해 추궁당하지 않으려고 모로에는 도망쳤다.

'역시 그 여자는 뭔가 알고 있어.'

어떻게든 만나야 한다.

"만날 수 없습니다. 의뢰인이 원하지 않으니까요."

납득할 수 없다며 물고 늘어지는 아쓰코를 변호사가 강한 어조로 제지했다.

"잠시만요. 그 대신 전해 드릴 말이 있습니다."

아쓰코는 격하게 움직이던 입을 다물었다. 변호사가 목소리를 낮추며 말을 이었다.

"'여섯 번째 여행'이라고 했습니다."

"무슨 뜻입니까?"

물었다. 아무리 생각해도 정말 모르겠다.

"저도 모릅니다. 전해 달라는 이야기만 들었습니다."

"다른 건요?"

"없습니다. 그게 다입니다."

다시 쏟아지려는 아쓰코의 질문을 변호사가 다시 제지했다.

"알고 계시죠? 이건 접견이지 취조가 아닙니다. 당사자의 의사가 가장 우선시 됩니다. 이의 신청을 하시려면 문서로 해 주시죠."

할 일을 마친 변호사가 등을 돌려 대기실을 나갔다. 이제 끝이다. 모로에의 마음이 변하지 않는 이상 두 번 다시 만날 수 없다.

쇠창살 너머로 도망친 무라오 구니히로와 똑같다.

'모로에 미나코도 닿을 수 없는 곳으로 사라져 버렸다.'

어쨌든 모로에는 징역 3년 집행유예 5년 정도의 선고를 받을 것이다. 믿기지 않을 정도로 가벼운 형이지만 보석으로 풀려난 뒤에도, 집행유예 기간이 끝난 뒤에도 사법 거래 대상자로서 계속 경찰의 보호를 받을 것이다.

'생명의 전화' 사무국에서 레이미가 말했듯, 모로에는 피해자 유족들의 원한에서 도망치고 세간의 비난을 피하려고 이름을 바꾸고 경력을 위조하며 주소도 바꾼 뒤 이 나라 어딘가에서 완전히 다른 사람으로 계속 살아갈 것이다. 그러나 오노지마 시즈카와 시게미쓰 마도카의 연쇄 살인사건 취조와 재판 진행에 맞춰 경찰, 검찰, 변호인단의 청취 요청을 거부하지 않고 전부 받아들여야 할 의무도 있다.

그녀는 보호라는 이름의 부드러운 감시 속에서 죽을 때까지 벗어날 수 없다.

"여섯 번째 여행."

아쓰코는 모로에가 마지막으로 남긴 말을 읊조렸다.

보호시설을 나와 지하철 쓰키시마역으로 향했다.

길을 걸으며 생각했다. 모로에가 전한 말이 상황을 모면하기 위한 임시방편일 리 없다. 어떤 의미일까?

갑자기 그늘진 벽에서 아는 얼굴이 나타났다.

수사1과 8계 소속 이노하라.

아쓰코가 가장 싫어하는 남자다. 걸음을 재촉해 멀어지려고 했지만, 이노하라가 성큼성큼 뒤따라오는 바람에 나란히 걷게 됐다.

"누구한테 들었습니까?"

"탐문 수사 중에 우연히 마주친 것뿐이야."

"누설한 인간이 누군지 알려 주시죠. 조사할 의무가 있습니다. 말하지 않으면 선배도 징계대상입니다."

"모로에와 무슨 이야기를 했는지 알려 주면 나도 알려 주지."

"아무 이야기도 안 했습니다."

"웃기지도 않는 거짓말 마."

"진짜입니다. 접견을 거부당했기든요."

"왜? 어제 허가했다가 오늘 갑자기 거부한다니 이상한데? 이유를 설명해."

"모로에의 변호사에게 물어보시죠. 저도 알고 싶습니다."

"애당초 모로에를 만나러 온 이유가 뭐야? 오노지마와 시계미쓰 사건까지 해서 이미 너희 5과 7계의 손을 떠난 사건들일 텐데?"

"사법 거래를 제안한 사람으로서 그 이후에 어떻게 지내고 있는지 마음이 쓰여 만나러 갔을 뿐입니다."

"빤히 보이는 거짓말을 하는군. 진짜 찾고 있는 게 뭐지? 작작하고 말해."

아쓰코의 휴대폰이 울렸다.

"받지 마. 어서 대답해."

무시하고 가방을 뒤적였다. 5과 7계 히야마 계장의 전화였다.

"계장님입니다."

화면을 보여 줬다. 이노하라가 혀를 차며 고개를 저었다.

아쓰코가 전화를 받았다.

"네, 이미 현장을 벗어났습니다. 아뇨, 직전에 거부당했습니다. 네, 오늘 갑자기요. 그런데 지금 이노하라 선배가…… 아뇨…… 알겠습니다."

휴대폰을 내밀었다.

"계장님이 바꾸라십니다."

휴대폰을 받아들고 등을 돌린 뒤 말하는 이노하라의 목소리가 뾰족

했다.

자신의 휴대폰이 이놈 피부에 닿는 것도, 침이 튀는 것도 몹시 역겨웠지만 지금은 어쩔 수 없다. 곧바로 닦아낼 요량으로 가방에서 소독용 휴지를 꺼냈다.

이노하라가 다시 돌아서며 휴대폰을 돌려줬다. 통화가 금방 끝났다.

"먼저 돌아간다. 오후 3시 제5로 와."

제5 소회의실로 오라는 뜻이다.

"우리 계장과 나, 히야마 계장과 너, 넷뿐이야. 갖고 있는 정보를 서로 내놓고 앞으로의 일에 대해 논의한다."

'멋대로 정하기는.'

"그리고 내일 일정을 메모해서 들고 와. 당분간 나랑 너 둘이 팀으로 움직인다. 그렇게 이야기됐다."

"싫습니다."

즉시 대답했다.

"싫어도 명령이야. 내가 아니라 히야마 계장의 명령."

이노하라가 쓰키시마역 계단으로 내려갔다.

아쓰코는 휴지로 휴대폰을 박박 닦고 나서 곧바로 히야마에게 전화를 걸었다. 항명할 수 없다는 것은 안다. 그래도 불평까지 참을 수는 없었다.

전화가 연결되자마자 속사포처럼 쏟아냈다.

—나중에 분이 풀릴 때까지 들어줄게. 그러니까 일단 입 다물어.

그러나 아쓰코는 멈추지 않았다. 그러자 히야마가 거칠게 말했다.

—중요한 일이야. 방금 아쿠쓰 기요하루와 이야기했어.

갑자기 입이 굳었다. 당황스러운 심정을 들키지 않도록 할 말을 찾았지만 입 밖으로 나오지 않았다. 히야마가 기요하루와 어떤 이야기를 하고 어떤 합의를 했는지 설명했다.

—유즈키 레이미의 수색은 기요하루가 맡을 거야. 우리도 가능한 한 인력을 나눠서 행방을 찾고 그 정보를 기요하루에게 전달한다. 네가 중개 역할을 해.

대답 정도는 해야 했지만 도저히 나오지 않았다.

—과장님, 부장님도 동의하셨어. 그 윗선에 대응할 방법도 물론 마련해 뒀다.

경시청 전체가 가담한 공작, 아니, 불법행위라는 것을 인지하고 있다는 뜻이다.

다만 세세한 내용까지 아는 사람은 부장까지일 테지. 이는 난처한 상황에 처했을 때 히야마와 아쓰코가 모든 책임을 진다는 의미이기도 하다.

—이건 내 돌머리를 풀가동해서 생각해 낸 최선책이야. 무슨 일이 있어도 따르도록 해.

"협박입니까, 아량입니까?"

아쓰코가 겨우 목소리를 짜내 말했다.

—좋을 대로 생각해. 그래도 거부한다면 네 오빠 유서에 적혀 있던 사체 유기 건으로 다시 끔찍한 경험을 시켜 줄 테니까. 너한테 불리한 증거를 늘어놓고 1과에 재수사를 의뢰할 거야. 전부 새 증거야.

'무라오 구니히로뿐 아니라 계장에게까지.'

자신이 어설프게 은폐했다는 사실을 뼈저리게 깨닫게 했다. 그러나 고등학생이었던 자신에게는 그것이 최선이자 한계였다.

"언제부터 제 뒤를 캐셨습니까?"

—5년 전. 그 사건으로 너를 송치하지 않기로 은밀하게 결정됐을 무렵에 다른 시점에서 다시 조사해 보라는 명령이 있었어.

"내부 조사도 했겠네요."

—아니, 내부 조사에서 다루지 않는 자잘한 것들을 찾는 역할이었어. 그 결과 미심쩍은 걸 발견했지만 다시 시끄럽게 굴 정도는 아니라고 판단해서 내 선에서 멈췄지. 그리고 너를 무리해서 우리 계로 데려온 거야.

"다른 곳에서 다 안 받겠다고 해 처치 곤란이 돼 밀어 넣은 줄 알았어요."

—아니야. 능력을 평가한 결과야. 그런 시답잖은 사건으로 널 매장하면 안 된다고 생각했어. 진짜다.

"절 조사해서 뭘 알아내셨어요?"

—솔직하게 말할 리 없잖아. 다만 너도 알다시피 도요다 하지메, 우리 팀 그 녀석은 보기와는 다르게 일을 잘하지.

확실히 7계는 유능하다. 그러나 동료의 탈을 쓰고 뒷조사를 하고 있었다는 사실을 아는 것은 역시 기분 좋은 일이 아니다. 동료들이 자신에게 조금이라도 호감이 있다고 믿은 스스로가 부끄러웠다.

'그렇단 말이지. 그동안 내 구린 부분을 찾아 훔쳐보고 있었어.'

"비난하지 않으시네요."

—오노지마와 시게미쓰 사건 말인가? 이미 호랑이 굴에 들어갈 각오는 했어. 이만큼이나 재미 볼 수 있는 왕건이가 아무런 수작도 없이 그냥 굴러들어올 리 없지.

"하지만 결과적으로 7계 전체를 위험에 노출시키고 말았어요."

—반성하고 있으면 그걸로 됐어. 왜, 소리라도 질러 줘야 마음이 편

한가?

"아뇨, 그냥 열불만 나니까 아무 말씀도 마세요."

—그럼 쓸데없는 건 신경 끄고 지시한 대로 움직여. 지금, 도요다랑 애들이 데이터 분석 결과를 기다리는 상황이야. 진전 있으면 곧바로 연락할게.

"저도 알아보고 싶은 게 있습니다. 우선 마스이 슈스케요."

마스이의 한자 표기와 이력을 설명했다.

"하나 더, 여섯 번째 여행이요."

—노래 이름이야, 작품 이름이야? 아니면 은어나 유행어야?

"모르겠어요. 범위를 좁히지 말고 알아봐 주실 수 있습니까?"

—모로에 미나코가 한 말이야?

"네. 변호사를 통해서 전했습니다."

—마스이는?

"제가—"

—너와 아쿠쓰 기요하루가 찾아낸 이름이로군.

대꾸할 말을 찾지 못했다. 솔직하게 "네"라고 대답할 수는 없었다.

—됐어, 억지로 대답하지 않아도 돼. 하지만 네 동료는 아쿠스 기요하루만이 아니라는 걸 잊지 마. 지금 7계는 일반 업무는 모두 일시 중지 상태라고. 몰래 무슨 짓을 하는 거냐며 주변의 압박을 받으면서도 전원이 불법 임무에 매진하고 있어. 이 작업의 선봉장이 너야. 다르게 말하면 뒤에서 지지해 주는 사람들이 있다는 말이다.

"그건 격려입니까?"

—아니, 책임의 무게를 통감하라는 말이야. 아쿠쓰 기요하루와 네가 실수하면 다들 타격을 입을 수밖에 없어. 네가 어떤 부류의 인간이고

무슨 짓을 했든, 네 능력을 인정하고 운명을 맡기는 녀석들이 조금이라도 있다고.

"한배를 탔다 이건가요?"

—아니, 한잔을 마셨지. 우리는 일미신수*다. 지금까지도, 그리고 앞으로도 말이지.

"저는 그런 물 마신 기억 없는데요."

—너도 마셨어. 너 자신도 모르는 사이에. 지금이…… 12시 반인가. 난 밥 먹으러 갈 테니 너도 한숨 돌리고 돌아와. 1과 놈들에게 어떻게 말할지 의논하자고.

"알겠습니다."

—그리고 말이야, 무라오 구니히로가 죽었다.

"그렇습니까?"

가볍게 대답하고 나서 손끝이 떨리는 것을 느꼈다.

기다리고 기다리던 순간이라서? 아니다. 앞으로 벌어질 또 다른 무언가의 전조처럼 느껴졌기 때문이다.

—오늘 아침께. 발표는 내일 한다는 듯해. 오늘은 모로에 건으로 정신이 없다더군.

오늘 오전 11시. 오노지마와 시게미쓰 체포는 사법 거래를 통한 고발에서 비롯됐다고 발표했다.

가뜩이나 보도가 과열된 와중에 새 연료를 투하하는 꼴이 된다. 당분간은 모든 매체가 이 살인의 고백자를 찾으려고 혈안이 되겠지. 그

---

* 단결을 맹세하는 사람들이 기청문을 작성해 서명한 후 그것을 태워 신에게 바친 물인 신수에 섞어 돌려 마시던 의식.

틈에 유즈키 레이미를 찾아내고, 그 여자가 부탁한 귀찮은 일도 정리해야 한다.

공복이지만 식사 전에 한 대 피우고 싶었다.

담배를 막 물었을 때야 깨달았다. 주오구는 보행 중 흡연 금지 지역이잖아. 바로 옆이 아동공원이라서 어린아이를 돌보는 엄마들의 눈총이 따가웠다.

저 멀리 편의점이 눈에 들어왔다. 가게 앞에서 회사원들이 연기를 내뿜고 있었다.

아쓰코는 나는 듯한 속도로 편의점으로 향했다.

기요하루는 오이마치역 근처 비즈니스호텔에 체크인한 다음 바로 그곳을 나왔다.

양복 차림이 아닌 청바지에 스웨터. 이 복장이 도가시, 다도코로, 미야지마의 눈에 잘 띄지 않는다고 생각했다. 익숙하지도 않은 변장을 할 속셈으로 도수 없는 안경도 꼈다.

아쓰코는 아직 연락이 없다. 지금 당장 가능한 한 준비를 해두고 싶었다.

우선 아키하바라 전기부품상을 돌자. 잔꾀이기는 해도 살아남을 방책은 조금이라도 더 많이 준비하는 편이 낫다.

솔직히 두려웠다.

치명적인 비밀을 약점으로 잡은 사람은 무라오와 레이미만이 아니다. 경시청의 히야마까지도 드러나지 않은 범죄의 낌새를 느끼고 냄새를 맡아 돌아다니기 시작했다.

태어나서 처음으로 파멸의 의미를 진지하게 생각하며 게이힌도호쿠선 전철을 탔다.

이전보다 더 경계하며 문 옆에 서서 휴대폰 화면을 보는 척 주위를 살폈다.

뉴스를 확인하자 오노지마 시즈카와 시게미쓰 마도카가 저지른 살인사건 관련 기사가 넘쳐났다.

<본 사건은 개정형사소송법 합의제도를 적용한 사건>

경찰이 발표한 내용으로, 벌써 사법 거래를 한 인물 찾기가 시작됐다.

오노지마는 체포 당시에는 범행을 부인했지만 현재는 묵비권을 행사하고 있다고 한다.

반대로 시게미쓰는 죄를 인정하고 취조에도 협조적이라고 한다. 자택에 사체를 매장한 만큼, 사체가 발견되면 도망칠 곳이 없다고 각오를 한 모양이다. 그러나 시게미쓰도 자신과 오노지마, 사법 거래를 한 인물 셋이서 저지른 범행이라고 주장하며 그 외 인물의 개입을 부인하고 있다.

선생에 대해서도 일절 언급하지 않았다.

시게미쓰의 타로점 살롱의 단골손님들이 그녀를 구제하려고 움직이는 귀찮은 일까지 벌어졌다. 개중에는 유명한 여성 경영자와 배우의 아내 등 돈 많은 손님이 많아서 공동으로 실력 있는 변호사를 여럿 고용했다고 한다. 현재 시게미쓰 담당 국선변호인과의 교체 절차를 밟고 있다.

그야말로 신도 같다.

자신들을 구해 준 시게미쓰를 이번에는 자신들이 구하려는 것이다. 과연 그들이 움직이는 이유는 시게미쓰가 무죄라고 믿는 순수한 마음 때문일까, 아니면 자신들의 의지처를 잃고 싶지 않다는 이기적인 마음 때문일까. 알 수 없다. 그러나 분명한 사실은 시게미쓰가 손님들의 마음을 그만큼 강렬하게 사로잡았다는 것이다.

아키하바라역 개찰구를 나와 전기부품상을 돌았다.

콘덴서, 마이크로컨트롤러, 저항기, 가변저항기, 다이오드, 주석 도금선, 동선, 모스펫(MOSFET), 전원용 리튬 폴리머 배터리. 예비 배터리를 빼내는 용으로 중고 휴대폰도 구입했다. 대못에 금속 야스리, 예비용 알루미늄 원기둥도 준비해야지.

휴대폰이 울렸다. 메이와 푸드 시스템즈의 도카노 과장이다.

—지금 통화 가능해요?

"네."

보도 가장자리에 멈춰 섰다. 금요일 저녁. 도로를 달리는 차 때문에 전화 소리가 잘 들리지 않았다.

—우리 회사랑 닛키메이와 본사 양쪽에 후지누마 노리코 측 변호사가 조사 협조를 요청했어요. 기요하루 씨의 작년도 근무기록을 공개해 달라고. 그리고 유즈키 레미 씨가 근무하는 가메지마구미에도 같은 요청을 한 것 같아요.

후지누마 신고의 근무기록과 대조해 세 사람의 동선 중 수상하게 겹치는 부분이 있거나 공모했을 가능성은 없는지 원점으로 돌아가 다시 한번 검토하려는 목적일 테다.

"철저하게 싸우겠다는 의사 표명이라고 생각합니다."

—그건 알아요. 까딱하면 우리 회사도 휘말릴 수 있다고 판에 박힌 압력을 넣고 싶었겠지. 본사 법무팀에서는 당연히 거부했어요. 문제는 그쪽에서 민사뿐 아니라 형사에서 다툴 수 있는 증거를 진지하게 모으고 있다는 거예요. 법무팀은 그 부분을 우려하는데, 유즈키 레이미 씨

329

는 정말 괜찮은 건가요?

"어떤 점이 불안한지 말씀해 주시겠습니까?"

기요하루는 슬쩍 떠봤다. 도카노와 회사 측이 얼마나 진지하게 의심하느냐가 아니라 후지누마의 모친이 고용한 변호사가 어디까지 알고 있는지 확인하고 싶었다.

—그쪽 변호사가 제출한 보고서에 따르면 친모의 죽음에 대한 진상을 파헤치고 실종된 언니를 찾으려고 꽤 오래전부터 여러 홍신소와 조사기관에 의뢰했다는 사실이요. 거기에 여러 단체에도 참가했다면서요. 범죄피해자구제 펠리컨 네트워크, 범죄피해자 원조 단체 모임, 피해자 인권을 생각하는 네트워크…… 단서를 찾는 데 집착해서 위법단체에도 발을 담근 거 아니에요?

보고서에 펠리컨 네트워크는 적혀 있지만 유즈키 레이미와 무라오 구니히로의 관계까지는 언급하지 않았다. 두 사람이 자신들의 관계가 알려지지 않도록 교묘하게 처신했던 것일까? 아니면 후지누마 노리코 쪽 변호사가 정보를 입수하고서도 현 단계에서는 숨기는 것일까?

"확실히 예전에는 그 사건 때문에 심한 트라우마를 겪었지만, 최근에는 진정된 것처럼 보였습니다."

—기요하루 씨와 만나고서부터?

"그런 거라면 좋겠네요."

—레이미 씨, 지금은 많이 회복했어요?

"네. 집에서 요양하고 있습니다. 사건 직후에 많이 당혹스러워했는데 지금은 상당히 회복했습니다. 소송 건도, 법정에서 있는 사실 그대로 이야기하면 해결될 거라고 본인이 말했고요."

—그럼…… 뭐 할 수 없군요.

도카노는 납득하지 못한 듯했지만 그래도 추궁의 말을 목구멍으로 삼켰다.

—일이 복잡해질 것 같으면 곧바로 연락 줘요. 나한테 말하기 어려우면 다노우에 과장한테라도 좋으니. 일이 밖으로 드러나기 전이라면 어떻게든 불을 끌 수 있을지도 모르니까.

"감사합니다. 신세를 지네요."

—설교 같은 말은 하고 싶지 않지만, 기요하루 씨는 여자에 빠질 타입도 아니고, 정에 휘둘릴 부류도 아니죠. 고작 한나절 같이 있어 본 나도 알 정도로요. 알겠어요? 자신의 본모습을 잃지 않길 바라요.

"알겠습니다."

큰일이다. 꿰뚫어보고 있다.

통화가 끝났다. 갑자기 피로가 몰려왔다. 동아리 담당 교사의 엄격한 시선에서 겨우 풀려났을 때와 같은 기분이었다. 왜일까? 아마도 도카노 과장의 선의가 두려웠기 때문이라고 생각했다.

기요하루 본인을 포함한 수많은 사람의 동정심이 폭주한 결과, 지금의 이 꼴을 낳았다. 모두가 품은 선의라는 이름의 자기 혼자만의 욕심이 주변에 상처를 입히고 사람까지 죽여 왔다. 그렇게 누구도 행복하지 않은 상황을 5월 11일 금요일, 그날 밤부터 고작 3주 동안 지겨울 정도로 봤다.

한숨을 쉬는데 휴대폰이 다시 울렸다.

아쓰코였다.

'받기 싫은데.'

이대로 두 번 다시 돌아오지 않을 작정으로 외국으로 여행이라도 가버릴까. 진심으로 생각하면서 통화 버튼을 눌렀다.

—히야마 계장한테 들었어. 그렇게 됐으니까.

"참 모호하게도 말하네요. 구체적으로 어떻게 된 겁니까?"

—나한테 따지지 마.

"아쓰코 씨만 비난할 생각은 없어요. 아쓰코 씨가 꾸민 일이 아니라는 것도 알고요. 하지만 모로에, 오노지마, 시게미쓰. 이 하나의 사건을 당신이 반강제로 경찰의 일로 끌고 간 결과 불똥이 튀었다는 사실은 틀림없잖습니까."

—그건 사과할게. 하지만 변명하려는 건 아니지만 상황이 크게 변한 것도 아니잖아. 명령하는 인간이 바뀌었을 뿐, 반쯤 노예 신세인 건 변하지 않아.

"그게 반쯤이에요?"

—자신의 의지로 지금 당장 죽을 자유는 있잖아. 완전한 노예는 아니지.

지나치게 적확한 표현에 헛웃음이 비져 나왔다.

"히야마 계장은 어디까지 알고 있어요?"

—나에 대해서는 지금은 덮어 두고 있어. 당신에 대해서는 구체적인 증거는 정말로 아직 아무것도 잡지 못한 것 같아. 나도 네가 뭘 했는지 아직 듣지 못했고. 나만 빼놓고 나머지 7계 사람들끼리는 들었을지 모를 일이지만.

"히야마 계장의 부하인 아쓰코 씨가 방금 한 말이 진짜라는 증거는요?"

—없어.

기요하루는 수화기 너머까지 들리도록 크게 혀를 찼다.

—어쩔 수 없잖아, 반노예 신세니까.

아쓰코가 퉁명스럽게 말했다.

—일단 유즈키 레이미에 대해 보고할게.

레이미를 납치한 일당이 야마나시·시즈오카 방면으로 도주했다는 사실은 확정이지만 그 외에 이렇다 할 진전은 없었다. 그러나 자동차 번호판 자동판독 장지인 N시스템으로 전국 규모로 검색하고 있다. 공표되지 않은 사실이지만, 번호뿐 아니라 차종, 운전자와 동승자의 얼굴까지 판독해서 주행 차량의 내비게이션에서 빼낸 정보를 바탕으로 경로와 주행시간을 특정할 수 있다. 다만 데이터의 양이 방대하고 호스트컴퓨터가 구식인 탓에 처리하는 데 상당히 오래 걸린다고 한다.

—조금만 더 기다려. 목적지를 반드시 현縣 단위까지는 좁힐 테니까.

모로에 미나코의 말도 전했다.

—여섯 번째 여행, 이라고 하더라고.

"한자로는 어떻게 써요?"

—모르겠어. 그러니까 물어보는 거잖아.

"경찰이 총력을 다하면 알아낼 수 있잖아요."

밉살스러운 말을 하자마자 떠올랐다.

그러나 단편적인 것뿐.

기억을 더듬었지만 흐릿했다. 사진을 찍었는데 파일이 저장된 휴대폰은 도가시와 다도코로에게 빼앗기고 말았다.

사진을 찍어서 마음이 느슨해져 기억이 흐릿해지는 나쁜 버릇이 나왔다. 아, 정말. 머리와 얼굴을 스스로 세게 때렸다.

"시간 좀 주실 수 있어요?"

—짐작 가는 데가 있어?

"네. 확신은 못 하지만."

—오늘 중에는 알아낼 수 있어?

"두 시간 안에 연락할게요."

—기대할게.

"기대하지 마세요."

대꾸하기 전에 전화가 끊어졌다.

'결국 가야 하나.'

지금 가장 가기 싫은 곳이지만 어쩔 수 없다. 전철이 빠르겠지만 저녁 붐비는 시간대에 탈 용기는 없었다. 전철에서 칼에 찔려 죽을지도 모른다.

정체된 도로를 바라봤다. 아무리 밀려도 한 시간이면 도착하겠지.

결심이 서자마자 손을 들어 택시를 잡았다.

13

레이미는 눈을 떴다.

벽이 보였다. 오랜 세월을 거친 하얀 페인트가 칙칙한 크림색으로 퇴색되어 있었다. 벽을 멍하니 바라보다가 자신이 누워 있다는 사실을 깨달았다.

시트의 감촉. 케이블타이로 묶인 손으로 만져 보니 역시 침대 위였다. 머리도 몸도 무겁다. 수면제를 과도하게 투여했을 때 자주 나타나는 부작용이었다.

침대 옆에는 유리창이 있었다. 잠겨 있다. 창 너머로 철망과 창문 가림판이 이중으로 설치되어 외부 상황도 알 수 없었다. 틈새로 어렴풋이 보이는 하늘이 캄캄한 것으로 보아 밤인 듯했다.

어두운 창문 유리에 자신의 얼굴이 보였다.

'내 옷이 아니야.'

환자복 같은 베이지색 원피스를 입고 있었다.

화들짝 놀라 황급히 옷자락을 들췄다. 브래지어를 하고 있지 않았다. 아래는…… 팬티는 입고 있었다. 디자인과 색상을 확인했다. 자신의 것이 틀림없다. 허벅지와 허리도 확인했다. 멍이나 찰과상은 없었다. 일단 강간의 흔적은 보이지 않았다. 그래도 심장은 계속 빠르게 뛰었다. 당하지 않았다고 확신할 수 없으니까?

아니다. 부끄러워서다. 몸을 더럽혔을지도 모른다고 놀라 당황했다. 마음은 이렇게나 더러워졌으면서. 무엇을 희생해도 상관없다고 그토록 각오했는데도.

'계산대로야. 그렇잖아?'

스스로에게 말을 걸어 달랬다. 납치당할 가능성이 크다고 무라오 씨도 말했다. 오히려 그것이 지름길이라고도 생각했다.

하지만 몸이 딱딱하게 굳었다.

'지울 수 없는 긴장감에 익숙해지는 기술은 진작에 익혔잖아?'

두려움에 익숙해지기만 하면 된다. 시간이 흐르면 자연스럽게 익숙해진다. 그래, 당황하지 말자. 두려워해도 좋으니 우선 이곳이 어디인지부터 확인하자.

거울이 달리지 않은 세면대. 천장의 형광등에는 투명한 안전용 플라스틱 커버가 달려 있다. 벽에 산소공급과 흡인용 튜브를 연결하는 접속구도 있다.

여기는, 병실이다.

문은 두 개. 하나는 열면 아마도 샤워실과 화장실이 있겠지. 나머지

하나는 분명 복도로 나가는 문일 테다.

조금 추웠다. 침대 가장자리에 있는 담요를 끌어와 어깨에 걸쳤다.

크게 소리를 질러서 반응을 살필까? 그전에 뭐라도 마시고 싶다. 목이 말랐다.

양손과 발을 묶인 채로 침대에서 내려와 기다시피 세면대로 갔다. 낡은 수도꼭지를 돌렸지만 아무것도 나오지 않았다.

그와 동시에 노크 소리가 울렸다. 레이미는 깜짝 놀라서 문 쪽을 쳐다봤다.

문을 열고 들어온 사람은 머그컵을 손에 든 모르는 여자였다. 나이는 레이미 또래. 깔끔한 인상에 가슴까지 기른 머리. 블라우스에 청바지 차림으로 웃었다.

"마셔요."

컵을 내밀었다.

이 목소리, 납치당했을 때 차에서 들은 목소리와 같다. 레이미는 손을 내밀지 않았다.

"그냥 물이에요. 아무것도 안 넣었어, 괜찮아."

그래도 마시고 싶지 않았다.

"옷이랑 가방은 우리가 보관하고 있어요."

여자가 말을 이었다.

"위치 추적 기능이 달린 게 섞여 있을지도 모르니까 혹시 몰라 소지품은 전부 맡아 뒀어."

"여긴 어디야? 당신 누구야?"

레이미가 물었다.

당연한 질문을 하고는 쏘아보았다.

"내가 대답할 건 아닌 것 같아. 언니가 말해 줄 테니 조금만 더 기다려요."

"언니?"

"그래요. 우리의."

"우리라니?"

"당신과 나의 언니."

그 말을 들은 순간 가슴을 찔린 듯한 느낌이 들며 속이 뜨거워졌다. 몸속 깊은 곳에서 쥐어 짜내듯 불쾌한 것이 치밀어올랐다.

참을 수 없었다. 세면대에 기대 속을 게워 냈다. 바짝 마른 목구멍으로 올라온 쓰고 진한 액이 세면대에 쏟아지며 누런 얼룩을 만들었다.

"괜찮아?"

여자가 물었다.

메스꺼웠다. 다시 구토했다. 쓰러질 것 같아서 묶인 양손으로 세면대 가장자리를 꽉 잡았다.

'당신과 나의.'

그 소리가 머릿속을 계속 울렸다. 입에서는 위액과 침이, 눈에서는 눈물이 흘렀다. 목구멍이 아프다. 여자의 손이 레이미의 등을 쓸었다. 부드럽고 다정한 감촉. 그러나 그마저도 역겨웠다.

괴롭고, 아프고, 무서워서 레이미는 고개를 들 수 없었다.

레이미의 부모가 집 현관 앞에서 기다리고 있었다.

"갑작스럽게 죄송합니다."

고개를 숙이며 택시에서 내린 기요하루에게 레이미의 아버지가 고개를 까닥하며 인사했다.

레이미의 어머니는 아무 말 없이 응시했다.

아버지는 출근하지 않았다. 경찰은 납치범이 주시할 가능성을 고려해 평소처럼 생활하라고 강조했지만, 당연히 일이 손에 잡힐 리가 없다.

경찰은 보이지 않았다. 그러나 가죽구두가 두 켤레가 현관에 가지런히 놓여 있었다. 거실에서 대기하는 모양이다.

2층 레이미의 방으로 올라갔다.

아버지는 금세 아래층으로 내려갔지만 어머니는 방에서 나가지 않았다.

"함께 보시겠어요?"

기요하루가 묻자 문가에 선 채로 고개를 끄덕였다.

'여긴 내 집이거든, 내가 하고 싶으면 하는 거지.'

피로로 주름이 두드러진 얼굴이 그렇게 말했다.

기요하루는 옷장을 열고 보석함을 꺼냈다. 서랍을 꺼내고 이중덮개를 벗겨낸 뒤 숨겨놓은 사진과 봉투를 침대 위에 늘어놓았다.

매년 언니 나나미의 생일마다 도착한 친어머니와 언니와의 추억을 찍은 발신인 불명의 사진들.

레이미의 어머니는 깜짝 놀랐다. 레이미가 스무 살이 된 이후로 더는 편지가 오지 않았다고 믿었기 때문일 테지. 그러나 봉투는 불행의 상징처럼 여전히 찾아오고 있었다.

게다가 딸은 그 사실을 숨겼다.

기요하루는 한 장씩 확인했다. 그리고 발견했다.

여섯 번째.

언니 나나미가 실종되고 6년 뒤, 언니의 생일에 받은 봉투였다.

수족관을 주제로 한 사진이 들어 있었다.

사진 몇 장을 오려내 늘어놓고 콜라주처럼 찍은 사진이었다. 사진은 외국의 씨 파크나 수족관 홈페이지에서 가져온 것이었다. 커다란 수조 속에서 바다 생물인 듀공이 헤엄치고 있었다. 그 주위는 연꽃들이 장식하고 있었다.

레이미는 말했다.

"내가 다섯 살, 유치원에 다닐 적에 가족 셋이서 도바 수족관으로 여행을 갔어. 엄마의 대학 시절 친구가 쓰시市에 사는데 놀러 오라고 했거든. 전철을 탔는데 시간이 오래 걸려서 심심했어. 엄마한테 보채서 혼난 기억이 나. 수족관은 중간까지는 즐거웠는데 듀공을 보고 굉장히 무서워서 나 혼자 엉엉 울고 말았어."

해조를 먹을 때 갑자기 입을 옆으로 크게 쩌억 벌려 변한 모습이 무서웠다고 했다.

"순한 얼굴로 헤엄치다가 갑자기 청소기 같은 모양으로 입을 벌리며 기분 나쁜 생물로 변해 버렸다고 생각했어. 그날은 쓰시에 있는 호텔에 묵었는데 듀공을 떠올리고는 훌쩍이며 우는 내게 직원이 핑크빛 연꽃을 줬지. 그 직원은 베트남 사람이었는데 '우리나라 말로 연꽃을 센이라고 한단다'라고 했어. 탁한 물속에서 매우 아름다운 꽃을 피운다는 것도 가르쳐 줬지."

모로에 미나코가 전한 '여섯 번째 여행'. 넘쳐나는 가족의 추억 사이에 끼어 있던 유치한 암호.

모로에는 어째서 알고 있을까? 그리고 왜 가르쳐 줬을까? 속죄하려고? 레이미를 향한 연민 때문에? 조직적으로 매복하려고?

일단 생각하기 전에 연락부터 하자. 망설이다가 히야마가 아닌 아쓰코에게 전화를 걸었다.

—알아냈어?

통화연결음이 울리자마자 아쓰코의 목소리가 들렸다.

기요하루는 발견한 사진에 대해 자세하게 이야기했다.

—미에현 도바시와 쓰시라. 그 주변을 중점적으로 뒤져 볼게. 증거 사진은 그 집에서 대기하는 수사관에게 넘겨. 이쪽에서 파일을 받을 테니까. 당신이 직접 건네줄 수 있어? 특히 그집 어머니를 주의해. 발작해서 사진을 망가뜨리거나 태우지 않도록.

아쓰코도 양어머니의 심리를 꿰뚫어 봤다.

통화를 끝냈다. 잠자코 통화를 듣고 있던 어머니의 눈초리가 여전히 매서웠다.

기요하루는 모로에가 듀공 사진을 알고 있다는 사실이 그다지 놀랍지 않았다. 오히려 사진에 새겨진 일화가 벌어졌던 때의 일이 거슬려 기분이 나빠졌다.

레이미의 친어머니가 죽고 언니가 실종되기 1년 전, 즉 20년 전에 도바시와 쓰시로 여행을 오라고 제안한 사람은 정말로 친어머니의 친구였을까?

모녀 세 명의 평범한 추억. 그마저도 의도된 일처럼 느껴지기 시작했다.

그래, 아마도 계획된 일이었을 것이다.

생각에 잠겼는데 아래층에서 전화가 울렸다. 아쓰코가 수사관에게 한 연락이었다.

레이미의 아버지가 2층으로 올라와 수사관 대신 보석함을 받아 계단을 내려갔다. 그 뒤를 따르려던 기요하루를 어머니가 붙잡았다.

"지금 누구한테 뭘 알려 준 거죠?"

"그 사진에 대해 레이미가 무슨 말을 했는지 경시청 형사님께 말했습니다. 행방을 찾을 단서일지도 모른다고요."

"그래서 레이미는 어디에 있죠?"

"아직 모릅니다. 지금 전달한 정보를 참고해서 계속 수색한다고 합니다."

"경찰은 왜 집에 있는 우리가 아니라 일부러 기요하루 씨에게 연락했죠? 게다가 당신은 아직도 사진을 보내 오고 있다는 사실도 알고 있고. 우리는 열아홉 살 생일에 온 게 마지막인 줄 알았는데. 어째서? 부모인 우리에게는 아무것도 안 알려 주고."

"말하지 않은 건 레이미의 배려라고 생각합니다."

"저기요, 당신들 사실은 뭘 하고 있는 거죠? 레이미 곁에 있는 이유가 뭐예요?"

"레이미에게 끌려서입니다. 좋아하니까요."

"미안한데, 나도 믿고 싶어요. 하지만 당신은 걱정스러운 표정이기는 하지만, 괴롭거나 슬퍼하는 눈빛은 아니에요. 우리 부부는 피부색도 눈동자 색도 다른 그 아이를 줄곧 정성을 다해 애정으로 키워 왔어요. 말이나 표정과 정반대인 타인의 차가운 시선에는 다른 사람들보다 배로 민감하다고요."

가슴이 아팠다. 위선이 아니라 정말로 괴로웠다.

"당신의 눈은 레이미를 진심으로 사랑하는 사람처럼 보이지 않아요. 정말 미안해요."

"그럼 지금은 믿지 않으셔도 괜찮습니다. 하지만 한시라도 빨리 레이미를 찾고 싶으시면 붙잡지 말아 주세요."

어머니는 붙잡는 대신 "아무것도 못 믿겠어"라며 글썽거렸다.

아래층에는 아버지가 기다리고 있었다. 흘러나오는 목소리를 들은
듯했다.

"차로 바래다줄게요."

"아뇨, 택시를 잡겠습니다. 안 보이면 휴대폰으로 부르면 되니까요."

"무사히 돌아오기만 하면 다 괜찮습니다. 그러기만 한다면 더는 바
랄 게 없습니다."

현관에서 신발을 신는 기요하루의 등에 대고 아버지가 속삭이듯 말
했다.

기요하루는 정중하게 고개를 숙이며 레이미의 집을 나왔다.

주위를 경계하며 걸음을 재촉해 오이즈미 거리로 향했다. 손을 흔들
어 빈 택시를 잡아탔다.

우선 신주쿠 근처까지 가서 미행에 주의하며 두 번 정도 택시를 갈아
탄 뒤 오이마치에 있는 비즈니스호텔로 돌아갈 생각이었다.

혼잡한 도로 상황을 설명하는 택시 기사에게 길잡이를 맡기고 시트
에 몸을 묻자마자 다시 휴대폰이 울렸다. 아쓰코였다.

—지금 어디야?

"집에서 나왔어요. 방금 택시 탔습니다."

—마침 잘됐네. 어디로 가?

"신주쿠요."

—도쿄역으로 바꿔. 이유는 가는 동안 설명할게.

기요하루는 마루노우치 북쪽 출구 개찰구로 들어갔다.

금요일 밤, 사람들로 붐비는 도쿄역 내부를 걸었다.

오른손에는 약간 커다란 합성 가죽 가방을. 복장은 양복 차림으로

갈아입었다. 이 시간대에 신칸센을 탄다면 가장 눈에 띄지 않을 차림 새였다.

플랫폼에서 계단을 내려온 승객들이 넓은 중앙 홀에서 뒤섞였다가 다시 흩어졌다.

휴대폰이 울렸다. 동생 유마의 문자였다.

무사하다는 보고였다. 약혼자도 평소처럼 퇴근했다고 했다. 거실에 두 사람이 나란히 있는 사진도 함께 보냈다.

유마가 웃고 있어서 아주 조금 마음이 놓였다. 일부러 지어 보인 웃음이라는 것을 알지만 그래도 기쁘다. 경찰의 보호가 붙는다고 연락했을 때는 당황했지만 지금은 침착을 되찾은 듯했다.

—나도 평소와 같음.

답장을 보냈다. 거짓말이지만 이것으로 만족한다. 코와 갈비뼈가 부러진 일도 아직 유마에게 알리지 않았다.

다시 문자가 왔다. 누가 보낸 문자인지 순간 알지 못했지만 알아차렸을 때는 한숨이 새어 나왔다. 5월 밤, 레이미의 스토커 사건에 휘말리기 직전에 결혼을 축하한 닛키메이와의 선배였다.

—언제라도 환영이야.

일본을 떠나 멕시코에서 함께 일하자는 제안을 받았다. 전 동료에게 '기요하루가 전출 명령을 받았다'는 소식을 들었다고 했다.

'하필 이럴 때.'

문자에는 현지 상황도 상세히 적혀 있었다. 마약과 불법 이민 비즈니스와 엮이지 않으면 사업상 위험한 일을 당하는 경우는 거의 없다는 듯했다.

솔직히 솔깃했다. 멕시코라서가 아니라 지금 상황에서 벗어날 수만 있다면 어디라도 상관없는 기분이었다. 만약 여권을 갖고 있었다면 이대로 지하 플랫폼으로 가 나리타 익스프레스*를 탔을지도 모른다.

그러나 마지막 한 줄이 현실로 되돌렸다.

—일단 여자 친구와 한번 놀러와.

레이미를 가리키는 말이다.

함께 가고 싶을 리가. 할 수만 있다면 두 번 다시 얼굴도 보고 싶지 않다.

아무 관계 없는 남남으로 돌아가려면 지금 한시라도 빨리 그 여자를 찾아야 한다.

기요하루가 탈 '노조미'는 저녁 8시 20분에 출발한다. 좌석은 그린 8호 차 5C.

데이터를 해킹당해서 상대가 길목을 지키는 일이 없도록 휴대폰으로 온라인 예약을 하지 않았다. 역의 티켓 판매기에서 구매한 뒤 다시 한번 창구에 줄을 서 좌석을 변경했다.

아쓰코는 나고야로 가라고 지시했다. 오늘 밤에 아이치현으로 들어가 내일은 미에현 쓰시로 가라고.

쓰시에 마스이 슈스케가 매입한 토지가 30년도 더 전에 등기되었다는 사실을 알아냈다. 토지는 임대를 놓아, 주민등록표상으로는 20년 전부터 전혀 다른 가족이 살았으며 지금은 이비인후과 의원을 개업한 상태였다.

그곳에 레이미가 있을 가능성이 크지만 확실하지는 않다. 현재 경시청

---

* 나리타 국제공항과 도쿄 도심을 연결하는 특급 열차.

이 레이미의 실종에 관해 미에현경에 수사 협조를 요청하지도 않았다.

아쓰코는 내일, 토요일 밤에 합류할 예정이다.

오노지마 시즈카와 시계미쓰 마도카가 벌인 연쇄 살인사건과 사체유기사건의 향후 취조에 대비해 내일 아침부터 경시청, 각 현경, 경찰청, 검찰청에 법무성까지 참석하는 전체 협의가 열리는데 아쓰코도 참석 요청을 받았다고 한다.

"끝나고 바로 갈게"라고 말했다.

출발 10분 전. 북적이는 계단을 재빨리 올라가 8호 차 안으로 들어갔다. 좌석을 찾거나 짐을 선반에 올리는 승객들로 통로가 붐볐다. 기요하루도 천천히 통로를 지나가는 행렬에 섞였는데 뒤에서 누군가 말을 걸었다.

"실례지만 이 자리는 어디—"

마스크를 쓴 초로의 여인이 표를 들고 물었다.

"일본어 못합니다."

도중에 말을 자르며 중국어로 대답했지만 끈질기게 "저기요"라며 말을 걸었다. 쌀쌀맞게 고개를 돌렸는데도 여자는 포기하지 않고 "이 좌석이요"라며 몸을 들이댔다.

기요하루는 곧바로 몸을 떨어뜨리고 눈앞에 있는 인파를 좌우로 밀어 헤쳤다. 도망치려고.

그러나 여자가 허리를 붙잡고 늘어지기 시작했다. 그리고 틈을 두지 않고 순식간에 얼굴에 쓰고 있던 마스크를 벗은 다음 크게 소리치기 시작했다.

"아파, 아파요!"

코와 입 주변이 빨갛게 물들어 있었다.

"하지 마요, 하지 마!"

갓 흘린 진짜 피. 직전에 스스로 베었는지 입술과 입 근처에 쩍 벌어진 상처에서 진한 붉은색 액체가 뚝뚝 흘러 떨어졌다.

노골적인 방해.

고함이 차 안에 울려 퍼지며 시선이 일제히 집중됐다.

"도와주세요!"

초로의 여인은 팔을 놓지 않은 채 같은 말만 되풀이하며 그 자리에 주저앉았다.

승객 대부분이 상황을 파악하지 못한 와중에 통로 앞뒤에서 남자와 여자가 소리높여 말했다.

"괜찮습니까?"

짙은 남색 정장을 입은 젊은 여자가 소리쳤다.

"저 사람 잡아요!"

가로줄 무늬 티셔츠를 입은 덩치 좋은 남자가 고함을 질렀다. 여자는 스무 살 전후, 남자는 20대 중반. 두 사람 모두 붐비는 통로 앞뒤에서 기요하루를 포위하듯 좁혀 왔다.

놈들은 정의감이 흘러넘치는 제삼자 따위가 아니다. 피를 흘리며 소리치는 이 여자와 한패다.

기요하루는 여자가 붙잡은 손을 있는 힘껏 떼어 낸 뒤 좌석 팔걸이를 발로 딛고 뛰어올랐다. 그리고 나란히 줄지어 있는 좌석들의 등받이와 등받이를 밟아 건너며 고개를 숙이고 달렸다.

앉아 있는 승객들이 깜짝 놀라 소리를 질렀다.

"멈추세요!"

짙은 남색 정장 차림의 여자가 끈질기게 소리쳤다.

"잡아요!"

젊은 여자의 호소에 마음이 움직인 승객들이 기요하루를 향해 팔을 뻗었다. 앞을 가로막는 여러 사람의 팔을 간신히 피하며 좌석 등받이를 연달아 밟고 뛰었다.

출발을 알리는 벨이 울리기 시작했다. 차량 뒤쪽에 있는 문 앞 통로로 꼬꾸라지듯 뛰어내렸다. 우왕좌왕 뒤섞인 승객들이 소리를 지르며 피하는 바람에 공간이 생겼다.

차량 밖까지 조금만 더. 그러나 문으로 뛰어나가기 직전에 목덜미를 잡혔다. 뒤를 돌아보니 가로줄 무늬 티셔츠를 입은 남자였다. 따라잡혔다. 힘이 센 데다 가까이에서 보니 목도 굵었다. 옷깃을 잡고 끌어당겼다.

"나는 함정이다! 마스이는 현경에 체포됐다!"

기요하루가 소리쳤다. 순간 남자가 당황한 틈을 타 코를 머리로 들이받았다. 두 번, 세 번 머리로 들이받자 남자의 코피가 이마에 묻었다. 들고 있던 가방으로 후려치자 마침내 남자가 손을 놓았다.

벨이 울리는 사이에 굴러떨어지다시피 차량을 빠져나왔다. 바로 뒤에서 문이 닫혔다.

차량에 나란히 난 창문 안으로 수많은 얼굴들이 이쪽을 보고 있었다.

기요하루는 어깨가 들썩일 정도로 숨을 쉬면서 플랫폼 계단을 내려갔다. 걸음을 재촉해 야에스 방향 개찰구로 나와 역을 벗어났다. 손님이 줄을 선 택시 승강장 옆을 지나 횡단보도를 건너 오피스 빌딩가에 있는 유료주차장으로 향했다.

만약의 상황에 대비해 준비해 둔 렌터카 좌석에 앉았다.

초로의 여인, 정장 차림의 젊은 여자, 가로줄 무늬 남자. 세 사람 모두 본 적 없고 경찰 자료에도 없던 사람들이다. 외모가 서로 닮아서 혈연 관계가 아닐까 추측했다. 돈을 받고 고용된 사람들도 아니다. 그 나이든 여자의 정상이 아닌 눈은 이해관계가 얽힌 인간의 것과는 확연하게 달랐다.

분명 그런 놈들이 역 곳곳에 포진해 있을 것이다. 녀석들은 이쪽의 정보를 입수한 것 아니라 다음 행동을 예상하고 인해전술을 써서 여러 장소에 덫을 놓은 것이다.

다도코로 에이타의 말이 떠올랐다.

—다 함께 계속 지켜보고 있습니다. 앞으로도 당신에게서 눈을 떼지 않을 겁니다.

'이건 정보전이 아니다. 속 뒤집히는 게릴라전이다.'

다도코로와 도가시에 여자, 노인, 어린아이, 순교를 각오한 놈들에게 쫓기고 있다. 그 봉사를 넘어선 헌신은 누구를 위한 것일까? 역시 마스이 슈스케겠지.

피곤한 탓인지 이런 상황에서 선하품이 나왔다.

가본 적도 없는 멕시코의 풍경이 머릿속에 떠올랐다. 머리를 거칠게 흔들어 생각을 털어 낸 뒤 시동을 걸었다.

"구라치."

작게 목소리를 내어 불렀다. 조금 기다렸지만 환청은 들리지 않았다. 환각도 보이지 않았다.

허무할 뿐이었다.

기요하루는 조용히 액셀을 밟아 주차장을 빠져나왔다.

아쓰코는 통화를 끝내고 휴대폰을 책상에 올려놨다.

의자에 앉은 채 양손으로 얼굴을 감쌌다.

"기요하루야?"

히야마 계장이 물었다.

"네."

곧바로 얼굴을 들고 대답했다.

"지금 하마마쓰를 지났다고 합니다. 나고야에서 호텔이 정해지면 다시 연락하기로 했습니다."

"도쿄역 쪽은 협의해 뒀어."

기요하루가 휘말린 차내 난투극을 가리키는 말이다. 철도경찰과 합의해서 잘못된 신고로 처리했다고 한다.

기요하루를 놓친 세 남녀는 바로 다음 역인 시나가와역에서 내려, 플랫폼에서 보호차 대기하던 역무원을 따돌리고 달아났다. 기요하루가 스스로를 지킬 방책으로 가방에 넣어 몰래 찍은 영상을 보냈는데, 초로의 여인이 흘리던 피는 명백한 자작극이라는 사실을 알 수 있었다.

세 사람이 찍힌 영상은 지금 경찰청에서 관리하는 전국 규모의 데이터 뱅크 자료들과 대조하고 있다. 가해자뿐 아니라 피해자 측 등록 자료까지 검색하려니, 한 세대는 지난 경찰의 오래된 컴퓨터 시스템으로는 아무리 빨라도 내일 아침은 되어야 결과가 나온다.

밤 11시 30분. 5과 7계 사무실에는 아쓰코와 히야마만 남아 있었다.

기요하루가 약속한 대로 경과를 보고하고 있다.

도쿄역에서는 신칸센을 타지 못했지만, 렌터카로 신요코하마역으로 이동해 밤 10시 18분에 출발하는 '히카리'에 탑승했다. 아직은 차내에 방해자는 없다.

오노지마 시즈카와 시게미쓰 마도카 사건을 의제로 주최하는 전체 회의는 분명 내일 토요일에 열리지만, 아쓰코는 참석하지 않는다. 히야마가 참석하지 말라고 명령했다.

내일은 본청 안에서 대기하라는 지시를 받았다.

유즈키 레이미의 거처가 쓰시 주변이 아니라고 판명됐을 때 급히 내보낼 요원을 확보하겠다는 이유지만, 그것은 핑계에 지나지 않는다.

이 사건은 기요하루와 레이미의 개인적인 일로 처리하기로 했다. 경찰로서는 두 번 다시 관여하지 말라고 못 박았다. 실제로 두 사람이 부상을 당하거나 사망했을 경우에 어떻게 대응하고 처리할지 구체적인 절차도 이미 히야마에게 들었다.

아쓰코는 양심의 가책을 느꼈다.

있는지 없는지도 모를 정의감과는 별개의 무언가 때문에 그런 느낌이 들었다. 그동안 자신을 귀찮게 하던 일에서 드디어 벗어날 수 있을 듯한데, 속이 시원하기는커녕 어딘가 쑤시는 듯도, 얼얼한 듯도 한 통증을 느꼈다.

"아까 이야기, 도요다가 설명했지?"

히야마가 의자에서 기지개를 켜며 물었다.

"나한테도 알려 줘."

도요다를 비롯한 같은 5과 7계 소속의 젊은 후배들이 찾아낸 가능성에 대해 물었다.

"간단하게 설명하면 마스이가 소유한 토지와 건물에 마스이 본인이 전혀 다른 사람으로 가장해 세입자로 살고 있다는 이야기입니다."

"그건 알아. 문제는 주민등록표를 조작할 수 있느냐야."

"가능하다고 합니다. 그 시대 상황은 자기네들보다 계장님 세대가 훨씬 더 잘 아실 거라고 하더라고요. 데이터가 전자화된 요즘 바꿔치기한 게 아니라 7, 80년대에 작업한 듯하다고."

"빚 때문에 야반도주했거나 일가가 뿔뿔이 흩어진 사람들한테 돈을 주고 호적을 사들여 그걸 위장 결혼과 입양으로 위조해 그럴듯한 가족을 만들었다는 말인가."

"네. 보험점수*와 확정신고 기록으로 볼 때 적어도 12년 전에는 그곳에 개원했다는 것 같습니다. 다만 개원 때부터 마스이 본인이 환자를 진료했는지는 모릅니다."

"본인은 경영자나 원장을 하고 현장은 다른 의사에게 맡기고 일주일에 한 번 정도 출근해 진료했을지도 모르지."

"그런 식으로 지역 주민들과 유대를 다졌을 가능성이 크다고 봅니다."

"만에 하나의 상황이 닥쳤을 때, 본인과 가짜 가족이 이사해서 사는 피난처로 삼고 싶었던 걸까? 아니면 나중에 마지막을 보낼 거처로 삼으려고 했던 걸까?"

"신빙성은 희박하지만 인터넷 병원 평가 사이트에 올라온 글을 조사했습니다—"

그 순간, 말이 나오지 않았다. 자신도 영문을 알 수 없었다.

"정이라도 들었나?"

히야마가 물었다.

"아뇨. 감정 때문에 주저한 게 아닙니다. 그냥 행동력과 분석력이 뛰어나서."

---

* 병원에서 진료를 받을 때 모든 진찰 내용에 점수를 매겨 산정하는 방식을 가리키는 일본의 의료보험 용어.

기요하루의 이야기다.

"같이 움직이면서 얻은 것도 있었나. 하지만 상사 회사 직원이지 경찰이 아니야. 예기치 않게 접점이 생겼지만, 두 번 다시 엮이는 일은 없을 거야."

여전히 말이 나오지 않았다. 공백을 메우듯 히야마가 말을 이었다.

"이번 일에 관해서 넌 이미 제삼자야. 그걸 잊지 마. 여기서 더 깊이 관여해 봤자 네 가족도 우리도 누구 하나 득 보는 사람 없어. 행복해질 수 없다는 뜻이다. 생각지도 않게 똥 밟는 사람은 기요하루만으로도 충분해."

아쓰코는 잠자코 듣고만 있었다.

"특히 너라면 더 잘 알잖아. 이번 일은 절대 사건으로 공론화되면 안돼. 재판받아야 할 놈들은 진작에 재판을 받고 있어. 만약 현 상황에서 욕먹어야 할 사람이 있다면 이런 평온한 일상에 억지로 풍파를 일으킨 유즈키 레이미와 무라오 구니히로다."

맞는 말이다. 이의는 없다. 그러나 마음에 걸리는 감정도 찜찜한 기분도 지울 수 없다. 지우지 못하겠다. 아쓰코는 참지 못하고 담뱃갑을 쥐고 자리에서 일어났다.

"죄송합니다. 한 대 피우고 오겠습니다."

아쓰코의 등에 대고 히야마는 다시 한번 말을 던졌다.

"우리는 법을 지키는 사람이 아니야, 사람을 지키는 사람이지. 정말로 지켜야 할 대상은 가정 폭력이나 가정 내 성폭력에서 자신을 지키는 방법을 모르는, 힘없고 무지한 주부나 젊은 여자나 아이들이야. 융통성 없는 꼴통 짓은 경찰청 녀석들에게 맡기고 우리는 우리의 신의를 관철하면 돼."

절전으로 어둑한 복도를 걸었다.

기요하루에 대한 생각을 지울 수 없다. 떨쳐 버릴 수 없다.

어떤 과거와 비밀을 품고 있다고 해도 함께 수사하는 동안에는 한 번도 배신하지 않았다. 옆에 있어도 거슬리지 않았다. 그리고 뛰어난 판단력과 분석력에는 당연히 마음이 끌렸다.

이런 감정을 정이나 호의라고 부르는지는 모르겠다.

그렇지만 단 하나 확실하게 말할 수 있는 사실, 기요하루는 최고의 파트너였다.

흡연실에 도착했지만 아직 한 모금도 피우지 않고, 불조차 붙이지 않았다.

그런데 혀가 마르고 목구멍이 따끔거렸다.

견딜 수 없이 괴로웠다.

─우리 열차는 잠시 후, 마지막 역인 나고야역에 도착하겠습니다.

기요하루는 안내방송을 듣자마자 자리에서 일어났다.

한 손에는 검은색 나일론 배낭을 들었다. 도쿄역에서 신요코하마까지 차로 이동하는 길에 매장에서 샀다. 처음 들고 있던 인조 가죽 가방은 버리고 내용물은 전부 옮겨 담았다.

그린석 칸을 빠져나와 일반석 칸으로 이동해 곧바로 화장실로 들어갔다.

양복을 벗고 치노 팬츠와 커버올 재킷을 입은 뒤 워크캡 모자를 썼다. 양복은 종이봉투에 담아 쓰레기통에 밀어 넣었다.

4분 만에 모든 준비를 마쳤을 때 신칸센이 나고야역에 도착했다. 급조한 변장이지만 이만하면 인상을 상당히 바꿀 수 있다.

신칸센에서 내리자 그린석 차량 문 근처에 철도 경찰관이 서 있었다. 승무원의 설명을 들으며 내리는 승객들의 얼굴을 확인하고 있었다.

역시 누군가가 사건을 조작해 신고한 모양이다. 걸음을 재촉해 자리를 떠나 신칸센 남쪽 출구 개찰구를 빠져나간 뒤 중앙 홀로 향했다.

그리고 그대로 다이코도리구치 출구로 나가 택시를 타려는데 누군가 "기요하루 씨"라며 자신을 불렀다.

남자 두 명이 서 있었다. 두 사람 모두 20대로 보였다.

한 명은 아는 얼굴이다. 바로 약 세 시간 반 전에 도쿄역 신칸센 안에서 기요하루가 머리로 들이받은 그 남자였다. 퉁퉁 부은 코를 마스크로 가리고 가로줄 무늬 티셔츠를 하얀 셔츠로 갈아입었지만 틀림없다. 한발 앞서 나고야에 도착한 듯하다.

옆에 있는 남자는 마스크를 쓴 남자와 얼굴이 닮았는데 조금 연상 같아 보였다. 형이겠지. 사이즈가 큰 바람막이 점퍼를 껴입었는데 그 밑에 기요하루에게만 보이도록 숨긴 헌팅 나이프가 보일락 말락 했다. 동생 쪽도 감추다시피 한 오른손에 송곳을 쥐고 있었다.

두 사람 모두 운동화를 신고 있는데 불룩한 발끝에 철판을 넣은 안전화였다. 저 발에 걷어차이기라도 한다면 타박상으로 끝나지는 않으리라.

"가실까요?"

형이 웃는 얼굴로 말했다.

"어디로?"

기요하루가 물었다.

"가 보면 압니다."

동생이 말했다. 눈꼬리를 내리며 온화해 보이는 표정을 지었지만, 분명 마스크 아래에 있는 입은 웃고 있지 않을 것이다.

기요하루가 다음 말을 꺼내기 전에 동생이 환영을 가장한 손놀림으로 배낭을 빼앗았다. 형도 포옹하듯 어깨와 허리를 껴안았다. 몸을 수색하려는 속셈이겠지. 기요하루도 형의 옷 아래 근육을 가늠할 수 있었다. 동생과 마찬가지로 평소에 몸을 단련하는 사람이다. 목이 굵직하고 가슴이 두껍다. 운동선수에 적합한 몸일지도 모른다.

"자."

동생이 기요하루의 팔을 잡아당겼다.

중앙 홀을 지나 가쿠라도리구치 출구로 향했다. 걸으면서 주위에 이 형제의 동료들이 대기하고 있는지 확인했다. 지금 단계에서는 두 사람뿐인 것 같다.

"이름 정도는 가르쳐 줬으면 좋겠는데."

기요하루가 말했다.

"싫습니다."

형이 말했다.

도쿄역에서 한 번 놓친 탓일 테다. 형제는 잔뜩 긴장한 상태였다.

타워 주차장이라고 적힌 안내를 따라 걸었다.

역 내부와 주변 지도는 머릿속에 넣어 뒀지만 사실 기요하루는 지리 감각이 제로다. 그에 비해 형제는 익숙한 듯했다. 금요일 밤 12시에 가까운 시간에 붐비는 터미널 역을 헤매지 않고 걸었다. CCTV에도 찍히고 싶지 않은 듯했다. 카메라 사각지대를 적확하게 골라 걷는 점은 기요하루도 달가웠다.

양팔을 잡힌 채 주차장 엘리베이터에 탔다. 목적지는 9층.

"내가 나고야에서 내릴 거라는 건 어떻게 알았지? 계속 미행했어?"

기요하루가 물었다.

"목적지가 정해져 있으니까 잠복할 장소도 좁혀지죠."

형이 말했다.

"우리는 나고야. 나머지는 다른 사람들이 도쿄, 신오사카에 대기하고 있었어요."

동료들이 더 있다고 겁을 주려는 의도로 하는 말이겠지.

"도요하시나 마이바라에서 내렸을 수도 있는데?"

"당신은 그렇게 멀리 돌아갈 사람이 아닙니다."

분명히 맞다. 성격과 행동 패턴도 이미 파악했다.

"당신들은 죽인 쪽이야? 죽이는 방법을 알려 준 쪽이야? 아니면 둘 다인가?"

연달아 물었지만 두 사람은 대답하지 않았다.

엘리베이터 문이 열렸다. 늦은 밤에도 주차장은 40퍼센트 정도 차 있었다. 두 사람은 이곳에서도 CCTV에 주의하면서 있는 힘을 다해 카메라에 찍히지 않도록 왜건과 밴 사이를 걸었다.

조금 전에 지난 하얀색 스테이션 왜건 근처에 사람이 보였다. 도쿄역 신칸센에 있던 짙은 남색 정장 차림의 여자였다. 주차장의 어두한 조명 아래에서 봐도 역시 어려 보였다. 짙은 갈색 숄더백을 멨는데 직장인보다는 취업 활동을 하는 대학생 같아 보였다.

"한 번 더 부탁하는데."

자동차 사이를 걸어가며 기요하루가 말했다.

"목적지를 알려 줘."

"뭐라고?"

형이 쳐다봤다.

"알려 주면 나 혼자 알아서 갈 테니까. 이름도 모르고 뭔 짓을 할지 알 수 없는 당신들과 함께 가기 싫어."

"허세가 심하네."

동생이 노려봤다.

"손대지 않는다고 약속하면 차에 같이 탈 수도 있어."

"싫은데."

동생이 말했다.

"당한 만큼 갚아 줘야지."

"그건 나도 싫거든."

기요하루가 대꾸했다.

"그만하고 걸어."

옆에서 형이 말했다.

"넌 닥쳐."

기요하루가 형을 쳐다봤다. 무시하듯 고개를 절레절레 저으며 도발했다.

"까불지 마."

동생이 한층 더 강하게 노려봤다.

"마음에 안 들면 찌르면 되잖아."

기요하루가 더욱 도발했다.

"찔러 봐."

위협하는 것이 아니라 타이르는 말투로 동생에게 말했다.

"빨리 걸어."

형이 재촉했다.

"넌 닥치라고."

기요하루는 다시 한번 형에게 말한 다음 동생을 노려봤다.

동생이 들고 있던 기요하루의 배낭을 내던지며 공구인 사각 송곳을 쥐고 자세를 잡았다.

그러나 동생보다 더 빨리, 형이 헌팅 나이프로 기요하루의 옆구리를 찔렀다.

그런데 베인 것은 회색 커버올 재킷뿐. 칼끝은 몸에 닿지 못하고 방검복에 막혔다.

기요하루는 틈을 두지 않고 치노 팬츠와 가죽벨트 사이에 숨겨 놓았던 교통카드를 빼냈다. 날카롭게 갈아 만든 카드 모서리로 형의 왼쪽 목에서 귀 방향으로 베었다. 그와 동시에 사타구니를 걸어찼다.

기요하루가 신은 가죽부츠 앞코에도 납으로 만든 커버가 장착되어 있었다.

경악한 형은 "흑!"하고 비명이라고도 할 수 없는 작은 소리를 내더니 베인 목을 손으로 눌렀다. 그리고 무릎을 꿇고 무너져 내렸다.

기요하루는 바닥에 떨어진 배낭을 낚아챘다.

동생이 사각 송곳으로 등을 노렸지만 그보다 빨리, 주저앉은 형의 왼쪽을 스쳐 지나가 옆에 주차된 버건디 색상 미니밴 뒤에 숨었다. 동생이 뒤쫓았다. 기요하루는 차 사이로 도망가며 배낭을 뒤지다가 동생이 등 뒤까지 바싹 쫓았을 때 뒤돌았다.

동생이 사각 송곳으로 찔렀다.

기요하루는 재빨리 배낭에서 꺼낸 T자 모양 등산용 지팡이로 팔을 때렸다.

동생의 팔이 맥없이 늘어졌다. 그러나 기세가 멈추지 않은 지팡이는 바로 옆에 있는 하얀 차와 부딪혔고, 차는 쾅 하는 소리와 함께 무참히 찌그러졌다.

기요하루는 다시 지팡이를 휘둘렀다.

동생의 어깨와 등을 쉬지 않고 두드려 팼다. 바닥에 몸을 웅크린 동생. 사각 송곳을 쥔 손을 지르밟고 빼앗은 뒤 형이 있는 곳으로 돌아갔다.

짙은 남색 정장 차림의 여자는 무서워하는 것도 잊은 모습으로 서 있었다.

형은 목을 누르면서도 칼을 쥐었다. 그러나 이미 겁먹은 눈빛이었다.

형이 칼을 휘두르자 기요하루의 커버올 재킷의 왼쪽 팔이 잘리며 그 아래 있던 피부도 약간 베였다. 그리고 기요하루가 휘두른 지팡이는 형의 왼쪽 어깨뼈를 부쉈다.

엉거주춤하게 선 형을 발로 차며 연신 때렸다. 기요하루보다 키도 크고 어깨도 넓은 몸이 바닥에 쓰러져 웅크렸다. 때려서 칼을 떨어뜨리고 움직일 수 없게 만들었을 때 즈음 형의 목에 난 베인 상처에 거즈 손수건을 대고, 질식하지 않을 정도로 덕트 테이프를 둘렀다.

완전히 포기하지 못한 형이 몸부림치려고 하자 머리카락을 잡고 "지혈하려는 것뿐이야"라고 귓가에 대고 말했다. 형이 몸에 힘을 빼고 저항하지 않자 옷과 주머니를 확인했다.

1만 엔 남짓한 현금뿐 휴대폰도 없다. 신원을 알 수 있는 물건은 전혀 없었지만 역시 차 키만큼은 갖고 있었다.

여자를 쳐다보자 숄더백을 뒤적이며 하얀색 스테이션 왜건으로 달려가 운전석 문 앞을 가로막고 섰다.

"가방에서 최루 스프레이를 꺼내 뿌려 네 얼굴에 평생 지워지지 않는 흉터를 남겨 주겠어. 하지만 얌전히 비키면 아무 짓도 안 할 거야."

기요하루는 서서히 다가가면서 말했다.

"나쁜 놈, 살인자. 나는 안 무서워."

여자가 스스로를 타이르듯 주문처럼 반복했다.

"저 두 사람은 괜찮아. 아직 살아 있고 그냥 내버려 두면 죽지는 않을 거야. 게다가 나는 모로에 미나코가 알려 줘서 여기까지 온 거라고. 너희 중 몇 명쯤은 마스이가 있는 곳으로 나를 부르고 싶어 한다는 뜻 아닐까?"

"안 믿어."

그렇게 말하면서도 여자의 눈빛이 흔들렸다.

"넌 누구에게서 벗어나 살아난 거야?"

기요하루는 지팡이를 배낭에 넣으며 양손을 보였다.

"친엄마, 엄마의 애인, 의붓아버지—"

친아빠라고 말하는 순간 여자가 노려보며 입을 열었다.

"술만 마시면 때리고 안 마실 때는 가족 다 같이 동반 자살할 생각만 한 인간이야. 그 지옥에서 구해줬어."

아버지는 중증 알코올 중독이었을 것이다.

"우리처럼 고통받는 가족을 구하는 데 너 따위가 방해하게 두지 않을 거야. 마침내 찾은 지금의 평온한 생활도 반드시 망가뜨리게 두지 않을 거야."

"너희를 방해할 생각도 없고, 조용히 말만 해주면 너희 중 누구도 다치지 않아. 내가 원하는 건 유즈키 레이미를 무사히 되돌려 받는 것뿐이다."

"안 보내 준다면? 만약 그 사람이 돌아가고 싶지 않다고 한다면?"

"아니, 반드시 데리고 갈 거야. 유즈키 레이미를 무사히 집으로 돌려보낼 거다. 단, 이번 한 번만으로 충분해. 도가시 씨나 다도코로 씨와 만날 기회가 있으면 말 좀 전해 주겠어? 6월 11일 월요일 아침까지 무

사히 돌려 보내 준다면 설령 반년이나 1년 뒤에 그녀가 다시 실종된다
고 해도, 그리고 두 번 다시 돌아오지 않는다고 해도 신경 끄겠다고."

멀리서 대화 소리가 울렸다. 차를 빼러 온 손님인 듯했다.

"거기서 비켜. 너도 빨리 도망가는 게 좋을 거야. 사람들 눈에 띄면
저 형제 때문에 경찰이 이것저것 물을 테니까."

여자가 살며시 문 앞에서 멀어졌다.

"고마워."

기요하루는 운전석에 앉았다. 시동을 걸고 겁을 집어먹고서도 노려
보는 여자를 남겨 두고 출발했다.

주차장을 빠져나오자 '중앙우체국' 표지판이 보였다. 길은 전혀 모른
다. 완치되지 않은 옆구리가 아팠다. 베인 왼쪽 팔도 피로 물들었다.

진작에 날짜가 바뀌어 6월 9일 토요일이었다.

남은 시간은 앞으로 이틀. 깊은 밤, 모르는 도시를 달리면서 조용히
숨을 내쉬며 초조한 마음을 가라앉혔다.

14

매우 따뜻하다.

살짝 뜬 눈이 빛에 적응해 갔다. 천장에 달린 낡은 실링팬이 돌아가
고 있었다. 누워 있는 레이미의 몸으로 부드러운 바람이 내려앉았다.

커튼이 처진 창문으로 햇살이 들어왔다. 아침이었다. 옆집 지붕도
보였다. 어제와는 다른 방인 듯했다.

두려운 시선을 천천히 움직였더니 침대 옆에 앉아 있는 머리 긴 여자

가 보였다. 연한 회색 롱니트 원피스에 베이지색 카디건. 진주 귀고리.

아름다운 사람이다. 친엄마와도 언니와도 닮은 그 얼굴로 자신을 바라보며 미소지었다.

레이미도 웃었다. 그러나 기분 좋은 온기 속에서 자신의 오른쪽 손목만은 조금 차가웠다. 금속 감촉이 느껴졌다. 그리고 아름다운 사람의 배가 크게 부풀어 있다는 사실도 눈치챘다.

수갑, 임신.

'꿈이 아니야.'

분명하게 깨달은 순간 눈물이 흘렀다.

"언니."

레이미가 말했다. 각오는 했는데 무서워서 눈물이 멈추지 않았다.

"무서운 꿈이라도 꿨어?"

틀림없다. 귀에 익은, 언니의, 마쓰하시 나나미의 목소리.

"진짜네. 진짜 언니지?"

레이미는 같은 말만 반복했다.

언니는 웃는 얼굴로 고개를 끄덕였다. 가장 좋아했던 그 다정한 미소. 어떡하지, 몸이 떨렸다. 침대 난간과 연결된 오른손에 채운 수갑도 덩달아 찰캉찰캉 흔들렸다.

"뭐 좀 마실래?"

언니가 물었다.

그래. 나, 계속 토하고 열나고 탈수 증상을 일으켰지.

"이제 괜찮아. 링거 맞혔으니까. 너 계속 잤어."

묻고 싶은 것이, 말하고 싶은 것이, 셀 수 없을 정도로 한꺼번에 떠올라 정리가 되지 않았다. 차분하게, 냉정하게, 하나씩 꺼내야 한다. 언

니와 만나겠다는 이유 하나만이 아니라 모든 일의 진상을 밝히려고 나
는 여기까지 왔으니까.

누운 채로 목소리를 쥐어 짜냈다.

"왜 사라진 거야? 지금까지 뭐 했어? 어째서 날 만나러 오지 않은 거야?"

멈추지 않는 눈물이 입으로 흘러 들어갔다. 목이 쉰 듯 긁히는 소리
가 났다.

"엄마는 누가 죽였어?"

계속 말하고 싶은데 말이 나오지 않았다. 목이 메고 코가 막혔다. 19
년 전, 죽어도 학교에 가기 싫다고 울면서 엄마의 치마에, 언니의 팔에
매달렸던 그날 아침처럼.

"괜찮아."

언니가 말했다.

"쉬, 레이미. 다 괜찮아."

미소지으며 가느다란 팔을 뻗었다. 레이미도 바로 상체를 일으켜 언
니를 껴안았다.

몹시 따뜻하다. 그러나 언니의 부푼 배가 닿자 레이미는 현실로 돌
아왔다. 언니의 머리와 살에서 좋은 향기가 났다. 무척 행복해 보이는
향기. 하지만 그것이 진짜 행복이라는 생각은 들지 않았다.

"한꺼번에는 대답 못 하지만 레이미가 함께 산다고 하면 궁금해하는
것을 앞으로 하나씩 알려 줄게."

"여기서 살자고?"

"응. 다 함께. 그러면 전부 말해 줄게."

'다 함께?'

"같이 안 살면 안 가르쳐 줄 거야?"

"응."

"하지만 아무것도 안 알려 주면 같이 살지 말지 못 정해."

"그럼 몇 개는 대답해 줄게. 그때처럼. 둘이서 퀴즈 놀이하던 거 기억하지?"

어렸을 적에 엄마가 퇴근하기를 기다릴 때, TV를 보다가 질리면 퀴즈 놀이를 했다. 힌트는 일곱 개. 처음에는 다섯 개였는데 레이미가 좀처럼 정답을 찾지 못하자 언니는 "나나미*니까 일곱 개"라며 늘려 주었다.

잊었을 리 없다. 도영 아파트 벽에 붙인 종잇조각도, 브라운관 TV도, 늦게까지 돌아오지 않는 엄마를 기다리던 조바심도, 전부 머릿속에 선명하게 남아 있다.

"어떤 질문이든 일곱 개 대답해 줄게. 물어봐."

"그 배. 임신한 거지?"

레이미가 말했다.

"첫 번째 질문이지? 그래, 7개월이야. 여자아이래."

"아이 아빠는 누구야?"

"두 번째 질문. 레이미 너도 아는 사람이야."

언니는 기쁜 듯이 말했다.

도가시일까 다도코로일까. 아마도…….

"도가시 요시미 씨?"

"맞아."

다시 눈물이 흘렀다. 눈물이 볼을 타고 흘러 좋은 향기가 나는 언니

---

* 숫자 '7'을 일본어로 '나나'라고 발음한다.

의 머리칼 위에 뚝뚝 떨어졌다.

"누가 언니를 납치했어? 왜 이런 곳에 있는 거야?"

다시 쉰 목소리가 났다.

"세 번째. 아니야, 내 의지로 왔어."

'스스로.'

등줄기가 저릿하며 몸이 떨렸다. 언니를 안은 손도 떨렸다.

"괜찮아. 속아 넘어간 거 아니야."

레이미의 마음속 목소리에 답하듯 언니가 말했다.

"사람들과 만나면 이해할 거야. 있잖아, 우선 나를 여기로 데리고 와
준 사람을 소개할게."

언니가 레이미를 안고 있던 팔을 풀며 니트 주머니에서 열쇠를 꺼냈
다. 수갑 중 침대 난간에 묶여 있던 쪽을 풀었다.

레이미는 언니가 가지런히 놓아 준 울 슬리퍼에 발을 넣었다. 언니
도 붉은 꽃 자수가 놓인 바부슈*를 신고 있었다. 언니가 레이미의 팔을
잡아당기며 일으켜 세웠다. 그리고 그 손목에 수갑을 채웠다. 양손이
묶였다. 묶은 사람은 자신이 평생을 그리워한 언니다.

둘이서 방을 나와 왼쪽으로 문이 늘어서 있는 복도를 걸었다. 문에
는 202, 203, 205라고 방 번호가 적혀 있었다. 조용했고 다른 사람의
기척은 느껴지지 않았다.

"의사야?"

"네 번째네. 응. 이비인후과."

* 중동이나 북아프리카 등에서 신는 슬리퍼풍 실내화.

언니가 말했다.

"하지만 오늘은 레이미가 왔으니까 진료를 쉬어."

"언니가 진찰해?"

"이건 보너스로 알려 줄게. 나랑 남편이 진찰해. 그리고 대학병원에서 매일 다른 선생님이 와 주시고."

언니를 데리고 사라진 사람이 누구인지 조금씩 알 것 같았다. '생명의 전화' 사무국에서 발견한 다섯 사람 중 이비인후과 의사가 한 명 있었다.

언니는 의대에 다녔을까? 도가시는 의사 행세를 하는 걸까? 가명으로 대학에 입학해 의사면허를 취득했을지도 모른다.

복도 가장 안쪽에 있는 커다란 철문을 열고 어둑한 계단을 올라갔다. 또 한 번 문을 열자 넓은 거실로 이어졌다.

"기운 좀 차렸어요?"

어젯밤에 본 여자가 소파에 앉아 있었다.

레이미는 아무 대답도 하지 않았다. 그녀보다 그 옆의 커다란 간호용 침대에 누워 잠들어 있는 노인에게 시선을 빼앗겨 꼼짝도 하지 않았다.

흰머리가 겨우 남아 있는 머리. 홀쭉하게 여위어 쪼글쪼글한 목덜미. 코에 산소 튜브를 연결하고 눈을 살짝 뜨고 있었다. 가끔 미약하게 움직이는 눈꺼풀만이 살아 있다고 느낄 수 있는 증거였고, 그저 목조 열반상처럼 옆으로 누워 있을 뿐이었다.

"우리 아버지야."

언니가 말했다.

"마스이 슈스케."

'역시.'

"뇌경색으로 쓰러지고 6년째야. 그사이에 심근경색을 일으켜서 치매 증상도 나타났어."

임신. 병원을 즐겨 찾는 환자들. 이런저런 이유가 있겠지만, 집요하게 행방을 쫓는 사람들이 있어도 언니와 이 사람들이 도망치지 않고 이 집에서 계속 살아가는 가장 큰 이유는 여기 누워 있는 노쇠하고 병든 노인일 테다.

소파에 앉아 있는 여자의 휴대폰이 울렸다. 청바지 주머니에서 휴대폰을 꺼내 "응. 깨어났어"라고 짧게 대답한 뒤 금방 끊었다.

한 명 더 올 모양이다.

"뭐라도 마셔요. 차 우릴게."

여자가 말했다. 거실 안쪽에 있는 부엌으로 걸어갔다.

"저 사람은?"

레이미가 언니에게 물었다.

언니가 "다섯 번째"라고 대답했을 때 청바지를 입은 여자가 뒤를 돌아봤다.

"다키모토 마야."

본인이 소개했다.

예상은 했지만 레이미는 놀랐다. 자신이 기분 나쁜 것과 마주친 표정을 짓고 있다는 사실을 알았다. 그러나 그녀는 개의치 않았다.

"내가 가르쳐 주지 않았으니까 이것도 덤으로 칠게."

언니가 말했다.

"이제 질문은 세 개 남았어."

9년 전, 열네 살에 실종된 마야. 교살당한 다키모토 유코의 딸도 이곳에 있다.

"아버지, 레이미 왔어요."

언니가 커다란 간호용 침대 끝에 앉았다.

"제 동생 마쓰하시 레이미, 기억하세요?"

언니가 레이미를 손짓해 부르자 담요 밑에서 썩은 나뭇가지 같은 마스이의 손이 슬며시 나왔다.

"잡아 드려."

레이미는 바닥에 무릎을 꿇고 수갑을 찬 양손으로 마스이의 손을 쥐었다.

누렇게 변한 손톱, 검버섯이 잔뜩 핀 손등. 골판지처럼 메마르고 차가워서 살아 있는 사람 같지 않았다.

"안녕하세요. 처음 뵙겠습니다."

말을 걸었지만 반응은 전혀 없었다.

"아버지한테는 처음이 아니야."

언니는 움직이지 않는 마스이를 바라봤다.

"너무 걱정한 나머지 몇 번이나 우리를 보러 오셨거든."

옛날에 도영 아파트에서 엄마와 셋이서 살 때의 이야기.

언니는 낮에도 밤에도 빼꼼히 열린 커튼 사이로 창밖을 바라봤다. '거기는 길 건너편에 있는 맨션의 비상계단과 벽밖에 보이지 않는데'라고 레이미는 생각했다.

그러나 그 계단 중간쯤에 사람이 있었던 것이다. 전혀 눈치채지 못했다.

언니는 늘 희망을 담은 눈빛으로 이 남자를 바라봤다.

살짝 열린 마스이의 눈은 천장의 한 지점만을 바라봤다.

그곳에는 액자에 끼운 그림이 있었다. 이콘. 마리아와 예수의 성모 자상. 문외한인 레이미로서는 진품인지 명화의 모작인지 알 수 없다.

"언니들이 은혜를 입었지요?"

레이미는 마스이의 손을 잡은 채 말했다.

"우리뿐만이 아니야. 친구들도 매일 찾아와. 다들 아버지가 구해 준 사람들이야. 밤낮없이 지켜봐 줘서 오히려 우리가 없어도 괜찮을 정도야."

"도움을 받은 사람들이라니?"

"나 같은 아이들 여러 명과 여러 가족들, 아버지가 구원해 줬어."

"구원해 줬다고……."

'살인의 성자.'

레이미는 이해했다. 해악을 끼치는 존재를 죽여 없애서, 고통받는 수많은 사람에게 희망을, 새로운 인생을 마스이 슈스케는 선사해 왔다. 성자라고 부르고 싶지 않지만 구원받고 해방된 사람들에게는 분명히 그런 존재다. 이렇게 늙어 몸져누운 노인은 그에게 구제받은 모든 사람의 마음속 의지처가 되었다.

살인의 성자는 지금도 숭배받고 있다.

그래서 아직 죽음을 허락하지 않는 것이다. 상징을 잃으면 구제의 비밀을 지켜온 자들의 유대에 틈이 생기고 알려져서는 안 되는 사실이 밖으로 새어나갈 수도 있다.

레이미는 점점 이성이 돌아오는 것을 느꼈다.

언니와 재회하면서 흥분한 마음은 여전했다. 그러나 언니는 어렸을 적 자신이 알던 사람과는 전혀 다른 사람이 되었다는 사실도 깨달았다.

"언니들과 도가시 씨 말고, 또 누가 살아?"

"그거, 다섯 번째야. 다도코로 에이타 씨. 그리고 지금은 돌아가셨지만 숙모님이 계셨어."

"언니는 4학년 때 사라지고 나서 주욱 여기서 지냈어?"

"여섯 번째. 예전에는 아버지가 가나가와현의 후지사와에 개업해서 우리도 그곳에서 살았어. 그런데 아버지가 쓰러지고 여기서 병원 운영을 맡고 있던 의사 부부도 연세가 많아 은퇴해서, 다 같이 이사 온 거야. 나는 아직 대학생이었으니까 조금 더 후지사와에 남아 있었지만."

"그 의사 부부도 마스이 씨에게 구원받은 분들이지?"

언니가 고개를 끄덕였다.

"가족 중에 중증 시판 진통제 중독환자가 있었어. 두 분은 매일 폭력에 시달리고 돈을 빼앗겼지. 체포당해도 시설에 보내도 금방 돌아와서 같은 짓을 반복했어. 그런 지옥에서 아버지가 구해 냈고 그 이후에 아버지와 그 부부는 친척 관계가 됐어. 지금은 두 분 다 고령자용 케어 하우스에서 한적하게 지내고 계셔."

"앉아서 이야기해."

마야가 찻주전자를 쟁반에 받쳐 들고 왔다.

세 사람은 소파에 앉았다. 수갑을 찬 레이미 앞에는 양쪽에 손잡이가 달린 도기잔을 놓고 호지차를 따랐다.

덜컹 소리가 나며 문이 열렸다.

"안녕하세요."

다른 여자 한 명이 들어왔다.

조금 전 마야와 통화한 여자 같다.

"저기, 니키 이치카 씨예요."

마야가 소개하자 웃는 얼굴로 머리를 숙여 인사하고 소파에 앉았다.

다도코로 에이타가 대학생이었을 당시에 가정 학대를 당하다 구출된 초등학생이다. 이후에 소재를 알 수 없게 되었는데 그녀도 역시 이곳에 있었다.

레이미는 이제 놀라지 않았다. 그보다도 어쩐지 소름이 끼쳤다.

나이 순으로 정리하면 언니, 이치카, 마야. 세 사람 모두 매우 아름답고 온화하며 같은 곳에서 세월을 함께 보낸 진짜 자매 같은 분위기를 풍겼다.

그러나 전부 가짜다. 거짓을 진실이라고 억지로 믿으려는 세 사람, 언니를 포함한 모두가 기분 나쁠 정도로 무서웠다.

"마야 씨와 이치카 씨는 언제 마스이 씨의 가족이 되었나요?"

"9년 전이요."

"나는 13년 전."

마야와 이치카 순으로 대답하자 두 사람은 서로를 바라보며 키득키득 웃었다.

"죄송해요. 오랫동안 쓰지 않은 이름으로 불려서 긴장했어요."

이치카가 말했다.

"나도 아까 이름을 말했을 때 느낌이 이상했어."

마야도 말했다.

"여기서는 다들 쭉 모리와카라는 성으로 살았으니까."

"이름도 옛날과 달라요. 지금 이름이 오히려 진짜 나라고 생각해요."

"하지만 오늘은 특별해. 레이미가 왔으니까 옛날 이름으로 돌아가자."

언니도 말했다.

"온 게 아니야. 억지로 끌려온 거지."

레이미가 대꾸했다.

"하지만 오고 싶었잖아?"

마야가 물었다.

"난 언니와 만나고 싶었을 뿐이야. 무사하다는 것을, 살아 있다는 것을 확인하고 데리고 돌아가고 싶었을 뿐이라고."

"안 돌아가, 나는. 내 진정한 집은 옛날부터 쭉 여기거든. 게다가 돌아간다니 어디로?"

언니가 호지차를 한 모금 마시며 말했다.

"언니. 우리가 돌아갈 곳은 왜 없어진 거야? 엄마는 누가 죽였어?"

레이미가 언니를 바라봤다. 다시 눈물이 쏟아졌다.

"아까 질문으로 일곱 개 힌트는 끝났어. 다음 질문은 함께 산다고 말하면……."

"안 돼. 대답해."

레이미가 말을 끊었다.

"규칙을 바꾸지 마."

언니가 웃었다.

"그런 규칙, 나는 따른다고 한 적 없어. 게다가 이건 퀴즈도 아니야. 나의, 우리 가족의 가장 큰 의문을 밝히기 위한 절차라고. 이런 식으로 말하고 싶지는 않은데. 언니는 아무것도 모른 채 혼자 남겨진 내 마음을 생각해 본 적이나 있어?"

"미안해."

언니는 레이미의 손을 꼭 잡았다. 수갑이 찰랑하며 작은 소리를 냈다.

"하지만 네게 아무것도 알리지 못하고 갑자기 사라져야 했던 내 마음을 생각해 본 적 있니?"

"그런 식으로 말하는 거 치사해. 정말 교활하다고."

"미안. 그래도 그 시절 어린 나는 고통스럽고 괴로워서 어쩔 줄 몰랐던 나날에서 벗어나는 방법을 달리 생각해 낼 수 없었어."

"그게 무슨 말이야?"

"이미 눈치챘잖아. 전부 이야기해야만 하니?"

"말해 줘."

레이미가 말했다.

"알겠어."

언니는 자리에서 일어나 등을 돌린 다음 원피스를 들추고 임부용 타이즈와 속바지를 내렸다.

등에서 엉덩이까지 멍과 흉터 자국으로 가득했고, 부연 물을 쏟아놓은 듯 검붉게 물들어 있었다. 여러 번 생겼다가 아물었던 찢어진 흉터와 지렁이처럼 구불구불한 자국. 오랜 기간 반복된 폭력에 시달리면서 되돌릴 수 없을 정도로 변질된 피부.

이보다 더할 수 없는 학대의, 아니, 고문의 증거⋯⋯.

레이미는 눈을 질끈 감았다.

"똑똑히 봐. 이거 전부, 엄마가 한 짓이야."

언니가 말했다.

"늘 엄마를 화나게 하고 혼나고 맞은 건 나였는데⋯⋯."

"그래. 레이미는 엉덩이나 팔을 맞았지. 하지만 내게는 엄한 목소리로 화내지도 혼내지도 않았어. 엄마는 항상 입을 다문 채 손톱으로 할퀴거나 피가 날 때까지 쥐어뜯었지."

"그럴 리가."

"그랬어, 나한테. 어렸을 때부터 계속 상처를 내면서 유치원 때까지 엄마는 알레르기나 습진 때문이라고 속였어. 하지만 초등학교에 입학했을 무렵에는 숨길 수 없을 정도로 상태가 심각해서 여름방학에 수영 수업에 못 가게 했어. 체육 시간에도 옷을 갈아입어야 하니까 거의 견학하라고 했지. 운동회처럼 무슨 일이 있어도 꼭 나가야 할 때는 습포를 여러 장 붙여 숨기고 속옷도 절대 벗지 말라고 귀에 못이 박히도록 말했어."

레이미도 기억을 더듬었다.

어린 시절 엄마는 자주 "나나미는 피부가 약하니까"라고 말하고는 했다.

레이미가 다섯 살인가 여섯 살이 되자 레이미는 엄마와 둘이 목욕했는데, 먼저 나온 레이미의 몸을 언제나 언니가 닦아 준 다음 잠옷을 입혀 줬다. 그리고 엄마가 나온 뒤, 초등학생이 된 언니는 혼자서 목욕했다. 수건으로 몸을 닦고 머리를 말리던 언니의 모습을 기억한다. 하얀 피부의 가슴과 배는 여러 번 봤다. 그러나 등을 본 기억은 없다. 언니인데, 그 비좁은 집에서 함께 살았는데. 지금 이 순간까지 그 사실이 이상하다는 생각을 전혀 하지도 못했다. 언니는 다시 타이즈를 올려 신고 원피스를 내린 다음 소파에 앉았다.

"나도 최선을 다했어. 엄마를 화나게 하지 않으려고. 안간힘을 다했단 말이야. 하지만 엄마는 글러 먹었다고 했어. 나쁜 아이라고. 왜 그랬을 것 같아?"

"모르겠어."

레이미의 눈에서 다시 눈물이 흘렀다. 슬퍼서가 아니다. 두려움에 흐느꼈다.

"내가 유즈키 나오토와 닮았으니까, 그래서 글러 먹었대."

"뭐라고?"

"친아빠와 얼굴과 말투와 행동이 똑같으니까 도저히 용서할 수 없다

고. 엄마는, 마쓰하시 미사토는 아빠를 진심으로 사랑했어. 이혼한 뒤
에도 그 마음은 변하지 않았지. 그래서 아빠를 진심으로 증오했어. 엄
마를 사랑하지도 않으면서 다른 여자를 잊으려고 결혼해서는 결국 그
여자를 잊지 못해서 엄마를 버렸잖아. 나중에 알았는데 엄마가 나를
키우기로 한 것도 아빠를 향한 복수심 때문이었대. 아빠가 사랑하는
존재를 빼앗고 싶었다고. 그렇게 나를 빼앗고서 지우지 못하는 분노를
터뜨리며 매일매일 상처입힌 거야."

언니는 분노하지도 슬퍼하지도 않았다.

레이미는 이치카와 마야를 봤다. 두 사람의 표정도 변함없었다.

이런 이야기, 믿고 싶지 않다. 하지만 언니의 말에는 한 치의 거짓도
없었다. 그래, 알 수 있다.

'이게 바로 내가 그토록 알고 싶어 한 진실이다.'

방은 따뜻했다. 그러나 몸은 차갑게 식었다.

"그런데 그게 다가 아니야. 또 다른 이유가 있어. 듣고 싶어? 들을 거지?"

언니가 말했다.

레이미는 아주 잠깐 망설인 뒤 고개를 끄덕였다. 언니의 얼굴 너머
로 마스이의 침대 위에 있는 이콘이 보였다.

몹시 춥다. 손끝의 떨림을 멈추려고 수갑을 찬 양손을 꽉 쥐었다. 혼
자라는 사실이 무서워서, 의지할 것을 찾고 싶어서, 죽을힘을 다해 마
음속을 뒤적였다.

마음속에 보이기 시작한 건 역시 기요하루였다.

러브호텔에서 밤을 보낸 기요하루는 뒷골목으로 난 자동문으로 나
왔다.

6월 9일, 오전 10시.

오늘은 워크캡 모자를 쓰지 않고 치노 팬츠에 남색 바람막이 점퍼를 입었다. 그대로 골목을 따라 큰길을 피해 걸었다. 전철을 갈아타 미에현 구와나시나 오부시까지 나가 렌터카를 빌리려고 했는데, 백 미터도 채 못 가 미행을 눈치챘다.

처음에는 경찰을 의심했다. 어젯밤 형제에게 입힌 상해로 수배 중일지도 모른다고 생각했다. 그러나 2백 미터, 3백 미터 큰길을 피해 계속 걸어도 불심 검문을 하지 않았다. 아닌 모양이다.

후시미 대로의 미쓰쿠라라는 교차로를 건너 상공회의소 빌딩 뒤로 향했다. 지도와 거리뷰는 머리에 욱여넣어 뒀다. 미행은 정장 차림의 회사원 같은 사람에서 중년 여자로 바뀌었다. 상당히 많은 사람이 뒤쫓고 있다.

어디에서 숙소가 새어나갔을까. 어젯밤, 호텔에 들어갈 때까지 미행에 상당히 주의를 기울였다.

역시 그 짙은 남색 정장 여자인가.

지근거리까지 접근해서 와이파이가 아니라 블루투스로 그 러브호텔의 검색 기록이나 예약 전화의 통화 발신 기록을 빼냈을지도 모른다. 눈치채지 못했다. 호텔에 들어간 뒤에도 확인했지만 외부에서 휴대폰에 불법 접속한 흔적은 전혀 남아 있지 않았다.

배낭을 옆에 끼고 내용물을 바로 꺼낼 수 있도록 지퍼를 열었다.

날씨 좋은 토요일 오전, 어느 길이든 지나다니는 사람이 많았다. 대로로 나와 인파에 섞일까? 시라카와 공원으로 들어갈까?

궁리하며 뒷길을 빠져나가기 직전, 어젯밤 그 여자가 앞을 가로막았다. 정장에서 갈색 스키니에 스웨터 차림으로 바뀐 모습이었는데, 기요하루와 마찬가지로 어깨에 멘 가방 속에 오른손을 감추고 있었다.

뒤를 돌아보니 그곳에도 모르는 중년 남자가 두 명 있었다. 그러나 남자들의 얼굴에 긴장을 뛰어넘는 공포가 어렸다. 마스이 슈스케가 쌓아 올린 안식을 깨려는 자가 있다는 사실을 알고 급히 뛰쳐나왔지만, 전쟁이나 치고받고 싸운 경험은 없는 아마추어이리라.

'승산이 있다.'

"비켜요. 스기시타 지레 씨."

기요하루가 눈앞에 있는 여자에게 말했다.

"노리모토 아쓰코 씨에게 들었나 보죠?"

여자가 말했다.

스기시타의 아버지는 6년 전에 야마구치현 히카리시의 용수지에서 죽은 채 발견됐다. 후두부, 경추, 어깨가 크게 손상됐지만, 중증 알코올 중독자로 사망 당일 밤에도 만취 상태로 걸어가는 모습이 목격돼서 사법 해부 없이 사고사로 처리됐다.

"어젯밤에도 말했듯이 날 방해하면 용서는 없습니다."

"대화를 나누고 싶을 뿐입니다."

여자가 말했을 때, 기요하루의 휴대폰이 울렸다.

"받으세요."

발신 번호 표시 제한. 기요하루는 통화 버튼을 눌렀다.

—전화를 받아 줘서 감사합니다.

도가시 요시미였다.

—역시 강하군요.

형제에게 중상을 입힌 것을 지적했다.

—평소에도 빼놓지 않고 단련하는가 보네. 격투기나 근육을 키우는

운동도 아니고 사람을 해치는 기술이라니 훌륭해요. 그래서 당신이 선택됐지.

"무라오가 나를 지명한 이유 말입니까?"

—그래. 범죄자로서의 후각 때문이 아니었습니다. 사람을 죽이는 능력을 높이 샀죠.

'드디어 확실하게 알았다.'

명백하게 드러나지 않았던 진실을 도가시가 알려 줬다.

—그런데 미안하지만 피해 신고를 했어요. 당신 혼자 거리를 돌아다니기 더 힘들어질 겁니다.

"내가 아니라 오노지마와 시게미쓰 쪽을 더 신경 써야 하지 않습니까? 동료잖아요? 실력 있는 변호사를 붙여 준다든지 여론을 조성한다든지, 분명 두 사람을 위해 해야 할 일이 있을 텐데요."

—아무 일도 안 합니다. 그 두 사람은 멋대로 너무 오버했어요. 그런 짓은 그냥 살인일 뿐, 아무도 구하지 못하지.

"가르침을 무시하고 극단적인 생각에 매몰된, 구할 가치 없는 배신자입니까?"

—과장된 표현이지만 뭐, 틀린 말은 아니군.

"그래서 모로에 미나코를 부추겨서 사법 거래를 이용해 그 두 사람을 체포시켰군."

—부추겼다, 는 표현은 심하군요.

"새로운 길을 제시했다고 바꿔 말해 줄까요? 오노지마와 시게미쓰가 연쇄살인을 저지른 것에 책임을 느끼지 않습니까?"

—날 화나게 하려는 건가?

"아뇨, 이런 상황에 이르렀으니 전부 묻고 싶을 뿐입니다. 당신들은 오노지마, 시게미쓰, 모로에 세 사람에게 살인으로 약자를 구하는 새로운 기쁨을 알려 줬죠. 그러나 그와 동시에 모로에를 제외한 나머지 두 사람에게 강한 열등감도 심었습니다."

—그 설교 같은 말투, 조금 짜증 나는데.

"미안합니다. 고치죠. 아무튼 오노지마와 시게미쓰도 나나미 씨처럼 마스이 슈스케의 딸이, 그의 가족이 되고 싶어 했습니다. 하지만 10대 때 구출된 소녀들과 달리 그 두 사람은 성인이 된 이후에 마스이와 만났기 때문에 호적을 슬쩍 바꿔 치우거나 인생을 고치기에는 이미 너무 늦었던 거죠. 그 열등감이 두 사람을 과잉 살인, 아니, 그 여자들 입장에서는 선행으로 내몬 거 아닙니까. 딸이 될 수 없는 두 사람은 다른 형태로 누구보다 마스이에게 가까이 다가려고 했습니다."

—상상은 자유지. 계속해 보시죠.

"체포돼서 마스이에게 다가갈 길이 완전히 끊긴 지금, 오노지마와 시게미쓰야말로 당신들이 지금까지 무엇을 해 왔는지, 그 비밀을 경찰에게 술술 불 거 아닙니까."

—그럴 일 없습니다, 절대로. 그 누구보다 마스이 씨의 인격과 가치관에 심취한 사람들이니까. 자신들이 죽어서 우리의 행위와 마스이 씨가 쌓아 올린 업적을 영원히 지킬 수 있다면 그야말로 바라마지않는 일이라고 생각하겠지. 이제 물리적인 거리는 가까워질 수 없지만 앞으로 그들은 살아가는 방식으로 마스이 씨와의 정신적인 거리를 얼마든지 좁힐 수 있어요. 오노지마와 시게미쓰는 만족할 겁니다. 물론 우리도 말이죠.

"순교한 배신자들은 성인 대접을 받으며 모두의 환영을 받겠죠. 누구 한 사람도 정상이 아니군요. 말 그대로 광신적이에요."

―당신치고는 평범한 견해군요. 밖에서 보는 사람들은 본인들이 이해하지 못하는 사정에 대해서는 그렇게 말하고 싶겠지.

"아니, 단 한 명, 모로에만은 어느 정도 정상이었습니다. 본인만 살았다는 가책과 유즈키 레이미까지 납치한 당신들의 독선적인 방식에 반발해 레이미가 있는 곳을 가르쳐 줬죠. 비겁하지만 속죄를 구하는 나약한 면도 있습니다. 자기 자신을 완전히 잃지는 않았습니다."

―과연 그럴까? 그냥 나약하고 어리석은 인간일 뿐입니다. 자기 혼자서만 약간의 마음의 짐을 덜려고 많은 사람을 끌어들이고 위험에 빠뜨렸지.

"모로에의 나약함과 어리석음을 간파하지 못한 당신들의 책임은?"

―그렇게 생각하시든지요. 자, 지금까지의 책임론은 이쯤 하고 앞으로 우리의 일에 관해 대화를 나누고 싶은데 말이죠.

"우리가 바라는 건 전해 들었겠죠. 유즈키 레이미를 일단 한번 돌려보내 주시죠. 두 달 정도의 유예 기간을 두고 싶습니다."

―안 되겠는데. 놓아주면 유즈키 레이미는 다시 쓸데없는 짓을 할 거야. 언론을 이용해 시끄럽게 만들지도 모르고. 그전에 레이미 씨 본인이 돌아가고 싶어 하지 않을 수도 있죠.

"레이미가 벌써 나나미 씨와 만났습니까?"

―아마 지금쯤 만나고 있을 겁니다. 아 참, 그것도 이미 꿰뚫어 봤나.

"이만큼이나 힌트를 주면 나 같은 바보라도 압니다. 만났으면 돌아올 겁니다. 레이미는 당신들이 거둬들일 만한 사람이 아닙니다."

―그런 사람이니까 위험해서 돌려보내지 못하는 겁니다.

"그럼 내가 곤란합니다."

―곤란하면 당신이야말로 지금의 생활을 버리고 이쪽으로 올래요?

진심으로 제안하는 겁니다. 우리와 함께 움직이는 게 싫다면 떨어져서 혼자 살아도 돼요. 외국에 가고 싶으면 여권 준비와 비자 준비까지 귀찮은 건 전부 우리가 맡지.

아무것도 모르는 아이와 젊은 엄마가 길 위에 선 기요하루와 나머지 세 사람의 옆을 스쳐 지나갔다. 엄마와 아이의 모습이 사라지는 것을 확인하고 기요하루는 다시 말을 이었다.

"싫습니다. 내 이름을 버리고 싶지 않고 다른 사람으로 둔갑할 마음도 없습니다. 당신들처럼 생사도 알 수 없는 유령이 되고 싶지는 않습니다. 지금까지 살아온 내 인생을 앞으로도 나 자신으로 살아가고 싶으니까."

—그게 무슨 의미가 있죠? 자신이 바라는 자유와 인생을 얻는다면, 가장 바라는 염원을 이룬다면, 어떤 이름으로 불려도 상관없잖습니까. 세속적인 공명심과 인정욕구에 관심 없는 당신이라면 이해하리라 생각했는데.

"이해 못 합니다. 나는 흔히들 말하는 속물이거든요. 게다가 당신들도 결코 단단한 조직은 아닙니다. 지금 내 앞에 있는 남자들은 당신만큼 자신의 목숨을 희생할 뜻은 없어 보이는군요."

—저마다 신념의 강도가 다른 것은 어쩔 수 없는 일이지. 그래도 그들은 할 수 있는 만큼의 일을 해 주고 있어, 감사한 일이죠.

"동료에게 목숨을 걸도록 강요하는 조직에 미래는 없습니다."

—비난하는 건가?

"아뇨. 개인적인 감상입니다. 이제 슬슬 이야기를 끝내도 되겠습니까?"

—아니, 잠깐만 더. 당신이 묻고 싶은 것만 말하고 볼일 다 봤다는 태도는 치사하지 않나.

"난 치사한 인간이니까요."

전화를 끊고 휴대폰을 버린 뒤 그 손을 배낭에 넣었다.

여자와 남자 모두 최루 스프레이를 쥐었다.

그러나 그것을 뿌리기도 전에 한발 앞선 기요하루가 가느다랗게 빛나는 물건을 꺼내 들었다. 지름 1미리미터짜리 와이어 로프였다. 남자와 여자의 얼굴과 팔을 옆에서 세게 후려쳤다. 끝에 황동을 달아서, 휘두르면 성인 두세 사람은 충분히 위협하고 타격을 줄 수 있다.

몸을 날려 들이받자 겁먹은 여자가 나가떨어졌다. 여자가 스프레이를 뿌렸지만 최루액은 전혀 다른 방향으로 날아갔다.

기요하루는 그대로 뛰어 골목을 뛰어 나갔다.

시라카와 거리를 가로질러 공원으로 들어갔다. 또 다른 남자들이 따라붙었다.

나고야시 과학관 뒤쪽으로 돌아 경비원이 있는 출입구를 피해, 자판기 업자들이 과학관 안으로 들어가느라 반쯤 열어놓은 셔터로 들어갔다.

직원용 통로를 찾아 이동했다. 오른쪽 문이 열리며 여직원이 나왔다. 여직원은 기요하루보다 앞서 걸으며 아무 일도 없는 듯 통로 오른쪽으로 돌아 걸어갔다. 그때, 뒤에서 발소리가 들렸다.

돌아보기도 전에 몸을 날려 계단을 내려온 남자가 뒤에서 기요하루의 목을 잡았다. 그리고 또 다른 남자가 기요하루의 허리와 다리를 잡았다.

저 앞에 있는 남자 화장실로 끌고 들어갈 생각이다.

서로 뒤얽혀 싸우는 와중에 남자 한 명이 기요하루의 목에 전기 충격기를 가져다 댔다. 몸부림을 치며 남자의 손을 막고 나머지 한 손으로 배낭에서 알루미늄 자를 꺼내 남자의 얼굴을 힘껏 때렸다.

"으윽!"

남자가 신음을 흘렸다. 뺨과 귀가 칼로 베인 듯 찢어졌고 피가 사방으로 튀었다. 45센티미터 알루미늄 자 두 개 사이에 얇은 철판을 끼어 붙여 단단하게 만들었다.

기요하루는 하체에 매달린 남자의 머리도 내려친 뒤, 다시 두 사람을 번갈아 때렸다.

"아악!"

"아파!"

머리를 감싸는 팔과 옷이 자 모서리에 찢겨나가며 붉은 상처가 벌어졌다.

통로 끝에 새 남녀가 나타났다. 이 두 사람의 동료다. 남자는 손에 해머를 들고 있었다. 그러나 피투성이가 되어 쓰러진 두 사람을 보자 여자는 뒷걸음질 치고 남자는 입을 막았다. 흉측하게 변한 동료들의 얼굴에 구역질이 났으리라.

"따라오지 않으면 아무 짓도 하지 않겠다."

기요하루가 남자와 여자에게 말했다.

"하지만 다가오면 너희들도 피투성이로 만들어 주지."

남자의 손가락 사이로 토사물이 새어 나와 뚝뚝 떨어졌다. 여자는 고개를 돌리면서 휴대폰을 꺼냈다. 다급한 목소리로 어딘가에 연락했다.

아무도 따라오지 않으리라는 것을 확인한 기요하루는 계단을 뛰어 올라갔다.

문을 열고 전시물이 즐비한 과학관 2층으로 늘어갔다.

아이를 동반한 부모뿐 아니라 커플이나 성인 관람객도 많아 북적였다. 그 속에 섞여 전시 구역을 빠져나와 과학관을 나온 뒤 시라카와 공원도 벗어났다.

혼마치 거리 교차로를 건너 야바초 거리를 걸었다. 낯선 거리. 오가는 사람은 많은데 겉모습만 봐서는 적인지 아닌지 구분이 되지 않았다.

오쓰 거리를 돌아 지하철 사카에역 계단을 내려갔다.

지하철 히가시야마선 차내는 서 있는 승객들의 어깨가 가볍게 닿을 정도로 붐볐다.

신사카에마치역, 지쿠사역을 지나 이마이케역에서 내리려 할 때, "아직이에요"라며 오른팔을 붙잡혔다.

"여기 아니에요, 내릴 거예요?"

오른쪽에 서 있는 소녀였다.

왼쪽의 여자도 웃으며 팔을 붙잡았다. 아마 소녀의 엄마겠지. 얼굴이 닮았다.

"앞으로 얼마나 더 가야 하지?"

기요하루가 물었다.

"일곱 정거장이요."

소녀와 여자가 동시에 대답했다. 가미야시로라는 역이다.

가쿠오잔역을 지나 모토야마역과 가까워졌다. 전철이 속도를 줄였고 플랫폼 끝이 보였다.

"삐빅, 삐빅."

그때 소리가 울리기 시작했다. 소리는 점점 커져 온 전철 안에 울려 퍼졌다. 목표 역에 내리지 못했을 때를 대비해 기요하루가 바닥에 떨어뜨려 놓은 카드 모양 알람 장치였다. 좌석 틈이나 혼잡한 발밑에 놓아도 눈에 띄지 않을 정도로 얇지만 상당히 큰 소리를 냈다.

승객들이 술렁이기 시작했다. 기요하루의 팔을 잡고 있던 여자와 소녀도 긴장해서 소리가 난 방향으로 고개를 돌렸다. 소리가 더욱 커졌다. 전철이 플랫폼에 정차했다. 소리의 정체를 알지 못한 채 약간 혼란에 빠진 승객들이 문 근처로 몸을 밀며 몰려들었다.

그 순간 기요하루는 팔을 잡고 있던 힐을 신은 여자의 발등을 힘껏 짓밟았다.

문이 열리는 순간, 크고 날카로운 알람 소리에 여자의 비명이 섞여들었다. 기요하루는 팔에 매달린 소녀를 질질 끌고 가면서 황급히 내리는 승객들에 섞여 재빨리 전철에서 내렸다.

곧바로 소녀의 뺨을 때리며 팔을 흔들어 떨쳐 냈다.

"움직이면 죽는다."

귓가에 소곤거리며 개찰구로 달렸다.

야마노테선 전철 안에서 아쓰코의 가방에 있는 휴대폰이 또다시 울렸다.

히야마 계장, 1과 8계의 이노하라, 두 사람이 계속 전화를 걸고 문자를 보냈다. GPS로 현재 위치를 파악하고 목적지도 알고 있으면서. 마치 우리는 몇 번이나 경고했다고 말하기라도 하듯 아쓰코의 개인용 휴대폰과 업무용 휴대폰, 두 대 전부 번갈아 가며 울렸다.

도쿄역에 도착해 신칸센 플랫폼으로 향했다.

히야마의 명령을 지킬 수 없었다.

역시 내버려 둘 수 없다. 과거를 도저히 덮어 감출 수 없다면 미래만큼은 스스로 새로운 길을 개척하고 싶다. 그 누구에게 의지하지도, 맡기지도 않고.

그러지 않으면 두 번 다시 대등한 입장에서 그와 만나지 못한다.

'이런 풋내 나는 생각을 버리지 못하니까 내가 안 되는 거야.'

수갑과 접이식 경찰봉은 가방에 챙겨 두었다. 그리고 담배와 라이터가 세 개. 하나는 평범한 백 엔짜리 라이터, 나머지 두 개는 치수가 더 큰 버너 라이터. 정체를 알 수 없는 자가 아파트를 침입한 날 밤, 기요하루가 호신용으로 건네준 것이다.

6월 9일. 토요일 낮 도쿄역은 몹시 혼잡해서 걷는 것도 힘들었다. 약간 초조해하며 걷는데 다시 휴대폰이 울렸다. 그러나 이번에는 진동이 아니었다. 개인용 휴대폰의 무료 통화 애플리케이션, 딸 미즈키였다.

—아사카.

메시지는 그뿐이었다. 어정쩡한 세 글자.

몸이 떨렸다. 서둘러 미즈키에게 전화를 걸었다. 오늘은 그 중요한 식사 모임이 있는 날이다. 시간은 11시 30분을 지나고 있었다. 네 사람은 벌써 테이블에 앉았겠지. 전남편은 화낼 테지만 상관없다. 통화연결음이 계속됐다. 아직 받지 않는다.

'아사카'는 미즈키와 정한 긴급 메시지인 '아사가오'를 채 다 쓰지 못한 것이 분명했다.

아쓰코처럼 지독하게 파고드는 경찰관의 딸인 이상, 원한을 품은 전과자의 표적이 되는 것은 결코 터무니없는 일이 아니다. 그래서 전화도 걸 수 없을 정도로 긴급한 상황이 벌어지면 주저하지 말고 이 단어를 보내라고 신신당부했다.

지금까지 한 번도 보낸 적 없었는데. 이런 날, 이런 순간, 잘못된 연락일 리가 없다.

통화연결음이 계속 울리다가 부재중 서비스로 넘어갔다. GPS로 미즈키의 휴대폰 위치를 추적했다. 분쿄구 혼고에 있는 레스토랑 구사카테 위에서 아이콘이 반짝거렸다.

이번에는 구사카테에 전화를 걸었다. 통화연결음이 이어지고 부재 중 서비스로 넘어가지도 않는다. 토요일 점심시간, 레스토랑이 아무리 정신없어도 점원이 전화를 받지 않을 리는 없다.

아쓰코는 개찰구로 뛰었다. 행인들과 어깨가 부딪쳤다. 지하철 마루노우치선을 탈 생각도 했지만, 역에서 걸어가는 거리까지 계산하면 차를 타는 편이 더 빠르다. 마루노우치 남쪽 출구를 뛰어나와 택시를 잡아탔다.

"혼고 2번가, 병원 뒤 레스토랑 구사카테요. 아세요?"

아쓰코가 물었더니 택시기사는 "압니다"라고 곧바로 대답했다.

"빨리 가주세요."

1만 엔짜리 지폐를 던지다시피 건넸다.

택시에서 내리기 전부터 사람들이 길 위에 꼼짝 않고 주저앉아 있는 모습이 보였다.

문이 열리자마자 뛰어내린 아쓰코는 그대로 레스토랑 안으로 들어가려고 했지만 저지당했다.

"안 됩니다. 위험해요."

레스토랑 매니저라는 여성이 같은 말을 반복했다.

"경찰입니다."

신분증을 보였다.

"무슨 일입니까?"

인질극이었다. 총을 든 남성이 갑자기 난입했다고 한다.

"남아 있는 사람이 있습니까?"

2층의 개별실 세 개를 사용하는 손님 중에 가족 한 팀의 모습이 아직 확인되지 않았다. 미즈키와 전남편 일행이었다.

신고는 했지만 경찰차도 자전거를 탄 경관도 아직 도착하지 않았다.

아쓰코는 대피한 손님들의 숫자를 다시 한번 확인하고 모두를 되도록 레스토랑에서 멀리 보낸 뒤, 행인들도 접근하지 못하게 통제해 달라고 매니저에게 요청했다. 그 후 혼자서 문 안으로 들어갔다.

정면 현관이 아니라 뒤뜰을 돌아 주방 입구로 들어갔다. 예전에 즐겨 찾던 레스토랑, 구조가 아직도 머릿속에 남아 있었다.

조심스럽게 문을 열고 그 틈으로 내부를 살핀 다음 자세를 낮춰 진입했다. 머리를 숙이고 무릎을 바닥에 끌면서 넓고 오래된 주방을 기어갔다. 그리고 밑에 육수 냄비들을 늘어놓은 작업대 구석으로 빠져나오자마자 가슴이 철렁했다. 대형냉장고 옆에 중년 여자가 쭈그리고 앉아 있었다. 검은색 유니폼에 스타킹, 얼굴을 가리고 있는 손에 피가 묻어 있었다. 이마를 다쳤다.

"도와주세요."

여자가 떨리는 목소리로 말했다.

"총을 든 남자를 봤어요?"

여자가 고개를 끄덕였다.

"지금 어디 있어요?"

"저기…… 계단 쪽에. 아마 2층에요."

여자가 떨면서 손님용 테이블이 나란히 놓인 홀로 나가는 통로를 손가락으로 가리켰다.

아쓰코는 그녀가 가리킨 방향으로 고개를 돌렸다. 그와 동시에 불현

듯 뇌리를 스쳤다.

'이 여자, 알고 있다.'

즉시 도망치려고 했지만 뒤통수에 충격이 덮쳤다.

당했다. 몸이 흔들리고 시야가 뒤틀렸다. 기어서 도망쳤다. 눈을 부릅뜬 여자가 숨겨 놓았던 해머로 후려갈기기 시작했다. 다리를 맞았지만, 몸을 틀어 가지고 있던 가방을 방패 삼아 막았다.

"거짓말쟁이 살인자!"

여자는 해머를 연신 휘둘렀다.

"절대 용서 못 해!"

"그만."

아쓰코가 말했다.

"그만해!"

발로 걷어찼다.

여자가 몸을 뒤로 젖혔고, 아쓰코는 더욱 거세게 발길질했다. 나가 떨어진 여자는 곧바로 일어나 반격하지 않고 달아났다. 홀 방향으로 뛰며 벽 모퉁이로 돌아 사라졌다. 아쓰코는 뒤쫓으려 했지만 모퉁이에서 라이플 총을 든 남자가 모습을 드러냈다.

황급히 오른쪽으로 몸을 날렸다. 순간 총성이 울렸다.

한 발 쏜 남자는 즉시 몸을 숨겼다. 계단을 뛰어 올라가는 두 사람의 발소리.

남자는 분명 미야지마 츠카사였다.

그리고 그 여자, 올케였다. 자살한 오빠의 아내. 당시 임신 7개월이었는데 남편을 잃은 충격과 스트레스로 조산하는 바람에 남자아이는 태어나자마자 죽었다. 오빠의 장례식 이후에는 한 번도 만난 적 없다.

몇 번인가 만나려고 했지만 거절했고 아이의 조의금도 되돌려 보냈으며, 그사이에 연락처도 알 수 없게 됐다. 그래서 자신을 피한다는 것도 미워한다는 것도 알고 있었다. 그러나 죽이고 싶을 정도로 증오하리라고는 생각도 못 했다.

목과 어깨가 떨렸다. 상처를 짚은 손에 피가 끈적하게 묻어났다.

'하지만 서둘러야 한다.'

저들의 목표는 자신과 미즈키를 죽이는 것. 그 외에 돈처럼 거래할 만한 수단은 없다.

그러니 오히려 미즈키가 살아 있을 가능성도 컸다. 미야지마와 올케는 자신에게 그 아이가 죽는 순간을 보여 주려고 아직 죽이지 않았을 터다. 게다가 미즈키를 인질 삼아 자신이 아쿠쓰 기요하루와 만나지 못하도록 이곳에 붙잡아 둬야 한다. 미즈키가 살아 있지 않다는 사실을 알면 건물 전체에 불을 지르고 자신도 그 두 사람과 함께 불타 죽을 것이다. 자신이 반드시 그렇게 행동하리라는 것도 이미 파악했겠지.

서두르면 구할 수 있다.

그리고 미야지마와 올케, 마스이 슈스케를 둘러싼 일당은 틀림없이 서로 거래했을 것이다. 자신의 개인 정보와 오늘 이 순간에 복수를 개시하는 조건을 서로 맞바꾸었겠지. 그렇지 않으면 이렇게 알맞은 타이밍에 겹칠 리 없다.

아쓰코의 아파트에 숨어들어 미즈키의 사진에 칼을 꽂아 놓은 사람은 올케다. 현장에서 유즈키 레이미의 납치에 가담한 중년 여자 또한 그녀일 것이다.

경찰의 포위나 지원 인력을 기다릴 여유는 없었다. 주방을 나와 난간이 설치된 목제 계단 밑에서 위를 살폈다. 그러자 미야지마가 2층에서 다시 상체를 쑥 내밀었다.

그러고는 주저 없이 쐈다.

"원하는 게 뭐야!"

몸을 숙이며 벽 뒤로 숨은 뒤 소리쳤다. 그런 것은 없다는 것을 알지만 계속 말했다.

"돈? 이혼한 아내와 아이와 만나는 거?"

상대의 주의를 끌었다.

미야지마도 뭐라고 소리쳤지만 내용 따위 관심 없었다.

"나보고 사과하라고? 그럼 얼마든지 사과하지!"

되는대로 대답하며 상대의 말을 유도해서 위치를 파악했다. 미야지마의 목소리가 점점 격양됐다.

"오빠한테도! 아기에게도!"

올케에게도 소리쳤다.

"죽은 건 다 내 탓이에요. 미안해요."

"네 목숨으로 사죄해!"

올케도 흥분한 목소리였다.

"네 가족을 빼앗을 거야. 나랑 똑같이 겪어 봐!"

이만하면 됐다. 이성적으로 생각할 시간을 주면 점점 자신이 불리해진다.

곧바로 결심했다.

미야지마와 올케 두 사람의 목숨, 나 한 사람의 목숨. 미즈키를 구해 희생을 2 대 1로 끝내는 것으로 만족하자.

수갑과 경찰봉을 준비하고 화장품 파우치에서 눈썹 칼도 꺼내 주머니에 넣었다.

손수건으로 목에서 흐르는 피를 닦았다. 현기증이 났지만 정신이 들도록 뺨을 때렸다.

그리고 벽 뒤에서 튀어나갔다.

몸을 날려 계단을 뛰어 올라갔다. 미야지마도 벽 뒤에서 나와 총을 겨눴다. 아쓰코는 몸을 크게 좌우로 흔들면서 날 듯이 올라가며 총구를 응시해 탄도를 계산했다. 그리 쉽게 급소를 맞지는 않으리라 믿으며 오른손에 쥔 라이터를 던졌다.

총성이 울려 퍼지며 다리에 총을 맞았다.

왼쪽 무릎부터 그 아래로 마치 얼어붙은 듯 감각이 사라졌다. 그리고 동시에 라이터가 포탄처럼 터졌다.

폭음이 울렸고, 미야지마가 비명을 지르며 쓰러졌다.

확실하게 얼굴 앞에서 폭발했다. 아쓰코도 파편에 찔렸다. 가솔린을 섞어 점화 부분을 기폭기로 교체한 라이터였다. 기요하루에게 들었던 설명보다 위력이 셌다.

미야지마가 일어나서 장전손잡이를 당겼다. 그가 자세를 잡기 전에 2층으로 뛰어 올라가서 경찰봉으로 후려갈겼다. 미야지마도 총으로 때리며 덤벼들었다. 아쓰코는 손으로 막으며 경찰봉으로 그를 더욱 격하게 때렸다. 올케도 덤벼들며 해머를 휘둘렀다. 그러나 아쓰코는 감각이 없는 왼쪽 다리를 억지로 허리까지 끌어올려 올케를 힘껏 차 날려버렸다.

뒤엉켜 싸우는 중에 총성이 울리며 천장에 구멍이 뚫렸다. 경찰봉으로 올케의 머리와 얼굴을, 라이플을 쥔 미야지마의 손을 자비 없이 연신 후려 팼다. 복도 끝, 가장 안쪽에 열린 문 너머로 녹나무 가지가 흔들리는 창문과 바닥에 쓰러져 있는 몇 사람의 다리가 보였다.

미야지마의 손이 순간 헐거워진 틈을 타 라이플을 빼앗았다. 곧바로 자세를 잡으며 두 사람에게 총구를 겨눴다. 미야지마는 몸을 날리며 옆에 있는 개별실로 숨었지만, 올케는 여전히 공격해 왔다. 그 오른쪽 허벅지를 지근거리에서 주저 없이 쐈다. 비명을 지르며 쓰러졌다.

아쓰코는 왼쪽 다리를 질질 끌며 서둘러 안쪽 방으로 향했다.

미야지마가 반쯤 열린 문 뒤에서 자동권총을 내밀었다. 그가 쏘기 전에 위협성으로 한 발 발포하고 안쪽 방으로 쓰러지다시피 뛰어들며 문을 닫았다.

"엄마."

의자에 묶인 미즈키가 아쓰코를 불렀다.

'역시 살아 있었어.'

"미안."

눈썹 칼로 케이블타이를 끊었다.

"엄마가 정말 미안해."

울면서 달려 들어 안기는 미즈키를 부둥켜안았다.

전남편의 케이블타이도 푼 뒤 눈썹 칼을 건넸다.

"다들 데리고 도망쳐."

전남편의 목에서 넥타이를 풀며 말했다. 창문을 통해 지붕으로 나가 녹나무 가지를 이용해 내려갔다. 뛰어내린다고 해도 골절 정도로, 죽을 정도의 높이는 아니다.

전남편이 여자 친구와 그 딸의 케이블타이를 풀었다. 여자는 울며 떨리는 몸으로 딸을 끌어안았다.

"서둘러."

아쓰코가 창문으로 나가라고 재촉하며 총상을 입은 다리를 넥타이로 묶었다.

그러나 미야지마가 닫힌 문 밖에서 총을 쏘기 시작했다.

방 안으로 총알이 빗발치며 창문이 깨졌다. 지붕으로 나간 네 사람이 비명을 지르며 몸을 숙였다. 방 안에 있는 아쓰코도 총을 한 발쏘며 몸을 반으로 접고는 총탄으로 찢어진 문틈 사이로 그 너머를 살폈다.

허벅지에서 피가 흐르는 올케가 파충류처럼 바닥을 기어서 계단을내려갔다. 미야지마의 모습은 보이지 않았다. 사이렌 소리 여럿이 점점 가까워졌다.

아쓰코는 라이플에 남아 있는 총알을 확인했다. 앞으로 한 발. 물론미야지마도 알고 있을 터였다.

목덜미가 아팠다. 순간 소강상태가 찾아오자 다리 통증도 느껴지기시작했다. 총에 맞으면 이런 느낌인가. 엄청나게 아프잖아.

복도에서 발소리가 났다. 미야지마가 자동권총을 겨누며 이쪽으로점점 다가왔다.

"쏴."

동시에 쏘자며 도발했다.

"쏴 보라고, 노리모토 아쓰코!"

저놈은 살아서 이곳을 나갈 생각이 없다.

창문으로 도망칠 생각도 했지만 그전에 등에 총을 맞으리라. 문 옆으로 이어진 벽에 몸을 딱 붙이고 라이플을 겨눴다.

미야지마가 문틈으로 총구를 들이밀었다.

속임수다. 저것은 평범한 검은색 가죽 홀스터*다. 아쓰코는 그 사실을 알고서도 총을 쐈다.

아쓰코의 탄창이 비었다는 사실을 안 미야지마가 문을 발로 차 열었다. 그러나 발을 들여놓기 전에 아쓰코가 라이터 하나를 던졌다.

또다시 미야지마의 눈앞에서 폭발했다. 놈은 한 손으로 얼굴을 짚으면서도 자동권총을 쐈다. 아쓰코도 라이터 파편을 온몸으로 맞으며 달려들어 의자로 미야지마를 후려갈겼다.

퍽 소리를 내며 자동권총을 든 미야지마의 팔이 팔꿈치 바깥 방향으로 꺾였다. 틈을 주지 않고 후려쳤다. 놈도 계속 총을 쐈지만 맞히지 못했다. 맞아도 그만, 미즈키를 밖으로 내보냈으니 이미 각오는 했다. 부러진 미야지마의 오른팔 피부가 비정상적으로 뒤틀렸다. 의자가 박살이 나며 잡고 있던 다리 부분만 남았지만 그것으로 계속 때렸다.

미야지마가 권총을 떨어뜨린 뒤 바닥에 몸을 웅크리며 쓰러졌다.

발로 걷어차 올리며 위를 향해 눕혔다. 그리고 몸 위에 올라타 권총을 주워 방구석으로 던져 버리고 멱살을 잡았다.

얼굴을 후려갈기려고 했는데 누군가 자신의 이름을 불렀다.

"노리모토 아쓰코."

이노하라였다.

"이제 됐어, 그만해."

계단을 뛰어 올라왔다.

아쓰코는 무시하고 때렸지만 두 번째 때리려고 할 때 팔을 잡혔다.

* 총집.

"잘했어. 하지만 이제 끝났다."

"아직 덜 팼는데."

"허세하고는."

이노하라는 미야지마를 굴려 바닥에 뒤집어엎고는 짓누르며 수갑을 채웠다.

"괜찮아?"

이노하라가 손을 내밀었다.

아쓰코가 고개를 저었다.

"고집 그만 부려, 어깨 정도는 빌려줄게. 정말 잘했어."

"신경 쓰지 마요."

몽롱한 가운데 말을 내뱉자마자 목이 꽉 조였다. 뭐지? 숨 막혀. 정신이 번쩍 들었을 때는 이미 나일론 테이프가 목을 죄어들고 있었다.

장갑을 낀 이노하라가 뒤에서 목을 세게 졸랐다.

'당했다.'

미야지마와 올케는 모두 덫이었다. 두 사람이 자신을 죽이지 못했을 때 마지막 카드가 이 자식……. 이노하라가 마스이 쪽 인간이라고는 생각도 못 했다. 경찰 중에 끄나풀들이 있어도 이상하지 않지만 이렇게나 가까이에 있었다니.

팔을 휘둘렀지만 닿지 않았다. 수가 없다. 분하다, 혐오하는 놈에게 살해당하다니.

그다음 순간, 몸이 경련하기 시작했다. 죽음의 문턱에 들어선 줄 알았는데 아니었다. 이노하라의 몸도 경련을 일으키며 목을 조르던 힘이 느슨해졌다.

서둘러 몸을 뗐지만 괴로워서 서 있을 수조차 없었다. 무슨 일이 일어났는지 힘을 짜내 쳐다보니 전남편이 있었다. 뒤에서 이노하라의 턱에 전기 충격기를 들이민 채였다.

'못 이길 텐데.'

아쓰코의 생각대로 이노하라는 전남편을 흔들어 떼어냈다. 그런데 전남편은 비틀거리며 넘어지고도 벌떡 일어나 양복 허리춤에서 총을 꺼내 겨눴다.

미야지마가 들고 있던 자동권총이었다.

'뭐 하는 짓이야, 미쳤어!'

저 사람도 대학 때 사격부원이었다. 최소한 총을 다루는 법은 안다. 하지만 당시에도 경기성적은 말할 거리도 못 됐다.

"쏴 봐!"

이노하라가 도발했다.

그 말대로 전남편은 지체하지 않고 쏐다. 게다가 두 발. 이노하라가 총에 맞은 아랫배와 허벅지를 짚으며 몸을 앞으로 구부렸다. 아쓰코도 깜짝 놀라며 이노하라의 등 뒤로 달려갔다.

앞으로 넘어뜨리며 얼굴을 바닥에 누르고 팔을 뒤로 꺾었다. 그러고는 자신의 허리에 걸어 놓은 수갑을 채웠다. 혀를 깨물지 못하도록 신음하는 이노하라의 입에 손수건을 욱여넣었다. 전남편은 "움직이지마"라고 떨리는 목소리로 여전히 총을 겨누고 있었다.

"왜 돌아왔어?"

아쓰코는 이노하라를 제압하면서 전남편에게 물었다.

"네가 걱정되니까. 총에 맞아서 너무 아파 보이기도 했고. 게다가 이거."

떨리는 손으로 휴대폰을 보여 줬다. 동영상 촬영 모드였다.

"도망치기 전에 숨겨 뒀어. 저 안쪽 방 테이블 밑에. 하지만 범인에게 들키는 바람에 부서져서 가지고 도망쳐도 필요 없다고 생각했거든."

"다시 가지러 왔다는 말이야?"

전남편이 고개를 끄덕였다.

"증거가 없으면 또 너 혼자 나쁜 사람 취급을 받을 테니까."

오빠가 자살했을 때 사건을 말했다.

"왜 미즈키 곁에 안 있어 주고."

"미즈키도 엄마가 걱정되니까 가 보랬어."

"제정신이 아니야. 진짜 바보라니까."

힘주어 말한 아쓰코는 바닥에 떨어진 전기 충격기를 턱으로 가리켰다.

"저건 뭐야."

"네 상태가 이상해서 비상용으로 사 뒀어. 별로 도움이 되지는 않았지만."

누군가 시바마타의 아파트에 침입한 흔적을 발견한 아침에 난데없이 걸려온 전화가 신경 쓰였겠지. 쓸데없는 일까지 예단해서 대비하고 싶어 하는 버릇은 정말 변하지 않는다.

"오랜만에 방아쇠를 당겼어. 나도 체포당하겠네."

허탈한 목소리로 말했다.

"절대 그럴 일 없어. 줄곧 얼간이에 꼴사나운 모습만 보인 주제에 왜 이제 와서 이런 순간에 가장 멋있는 모습을 보여 주는 거야."

아쓰코가 말했다.

눈물이 나왔다.

주르륵 흐르는 눈물이 멈추지 않았다.

"클리어."

"알겠다."

목소리와 함께 계단을 뛰어 올라오는 소리가 들렸다. 진압대가 왔다.

"총 내려 놔."

방탄조끼를 입은 녀석들이 말했다.

전남편이 떨리는 손으로 바닥에 권총을 내려놓았다. 그와 동시에 수많은 무장경관이 아쓰코와 전남편에게 달려들어 제압했다.

15

기요하루는 택시에서 내리자마자 에스컬레이터를 타고 2층으로 올라갔다.

센트레아 나고야 주부국제공항.

안내판을 확인했다. 표시에 따라 여행객과 마중나온 인파로 붐비는 터미널 빌딩에서 액세스 플라자로 향했다. 걸어갈수록 연결통로를 오가는 사람이 점점 줄어들었다.

오후 1시 30분. 조사한 대로 토요일 이 시간대라도 예약할 필요는 없어 보였다.

이곳에서 고속선을 탄다.

이세만*을 가로질러 쓰시의 나기사마치 항구까지 45분.

바다 냄새가 나며 여객선 터미널이 보이기 시작했다. 대합실도 심하

* 아이치현과 미에현 사이에 위치한 만(湾).

게 북적이지 않았다.

그러나 승선권 판매소 앞에 짧은 줄을 섰을 때, 두 남자가 바로 뒤에 섰다. 벤치에 앉아 있던 남녀 몇 명도 이쪽을 쳐다봤다. 포위당했다.

곧이어 다도코로 에이타도 들어왔다. 상대는 적어도 아홉 명. 대합실 출입구는 두 개. 창문을 깨고 도망칠 수도 있어 보였지만 대합실에는 아이를 동반한 가족과 단체관광을 하는 노인 그룹도 있었다.

"그대로 있어요."

다도코로가 작은 소리로 말했다. 배낭 속 무기를 찾는 기요하루의 손을 응시했다.

"그런데."

기요하루가 티켓 판매 창구를 봤다.

"샀습니다."

다도코로가 두 사람 몫의 승선권을 보여 줬다.

"앉죠."

자신의 옆에 있는 벤치를 권했다. 배낭을 빼앗기고 억지로 앉히자 다도코로의 동료들이 주변 좌석으로 곧바로 옮겨왔다.

"내 말에 따라줘서 고마워요."

다도코로가 말했다.

"이길 것 같지 않아서."

"역시. 옳은 판단입니다. 어젯밤 주차장과 아까 과학관에서의 모습을 보고, 솔직히 몇 사람은 당황하고 겁을 먹었죠. 그래서 더는 실패할 수 없습니다."

"여기엔 정예부대만 모였다는 말입니까?"

"네. 전직 경찰에 현역 자위대원도 있습니다."

"공안 관계자 동료도 많습니까? 예컨대 현역 경시청 직원 같은?"

기요하루가 물었다.

뻔히 들여다보이는 유도 신문.

다도코로는 그 질문에 굳이 대답하듯 웃어 보였다.

'그래서 내 동선을 손바닥 보듯 했군.'

"당신을 납치하는 것에 대한 약간의 속죄라고 생각하시죠."

다도코로가 말했다.

"그리고 당신이라면 벌써 눈치챘을 테고."

"인재가 이렇게 많은데 처음부터 이 사람들을 쓰지 않고?"

"비장의 무기는 되도록 쓰지 않고 숨겨 두는 법이니까. 그들은 소중한 정보원이기도 하고요. 그리고 가능하면 원만하게 마무리하고 싶었습니다. 그런데 당신이 거부했죠."

출항 시간 안내방송이 흘러나오고 다도코로 일행이 자리에서 일어섰다.

기요하루도 일어섰다. 일어서고 싶지 않았지만 도리가 없었다. 화장실에 가겠냐고 물었지만 입을 다물고 고개를 흔들었다.

고속선 안에서도 둘러싸여 창가에 떠밀리듯 앉았다.

호송당하는 기분이다. 그런데 창밖은 화창하고 파도는 반짝거렸다.

"쓰시에 도착하면 차를 타고 도쿄로 이동합니다. 사오일쯤 저희가 마련한 곳에서 머무시죠."

"곤란한데. 직장을 잃고 지금 집에서도 못 살게 될 수도 있습니다."

"그것도 나쁘지 않을 것 같군요."

"무슨 일이 있어도 당신들한테 가담하지는 않을 겁니다. 난 그렇게 숭고한 일은 못 하고, 하고 싶지도 않거든요."

"그렇게 무턱대고 싫어하지는 마세요. 그럼 죽을지 동료가 될지 묻는다면 어떻습니까?"

"16세기 해적 같네."

기요하루가 고개를 저었다.

"둘 다 싫습니다."

"일전에 도가시 씨가 '당신과 우리는 서로를 이해할 수 있을 것이다'라고 말했는데, 저도 같은 생각입니다. 정말로 동료가 된다면 좋겠습니다. 죽여 버리는 게 더 낫겠다고 생각하는 사람은 오히려 다키모토마야 씨와 나나미 씨들이죠. 그래서 도가시의 누나 준코 씨를 전화로 부추기고 도가시가 모르는 사이에 가짜 편지까지 준비해서 당신을 제거하려고 했습니다."

"뜻에 따르지 않으면 레이미도 죽습니까?"

"그렇겠죠."

"가차 없네."

"레이미 씨에 관해서는 어쩔 수 없네요. 그건 어떤 의미로는 나나미 씨가 책임져야 할 결과니까. 본인의 여동생이 만들어 낸 구멍 때문에 이제껏 숨겨온 일들이 드러나면 겨우 평안을 얻은 여러 가족의 삶이 다시 무너져 버리고 말 겁니다."

"선생의 뜻을 계승한 자로서의 판단, 입니까?"

"뭐, 그렇습니다."

잠시 침묵한 뒤 기요하루는 다시 입을 열었다.

"지금 삶은 행복합니까?"

"네. 나쁘지 않습니다."

"가족은?"

"현재 가족을 묻는 겁니까? 곧 결혼합니다."

"상대는 니키 이치카 씨입니까?"

다도코로가 고개를 끄덕였다.

"축하합니다."

"고맙습니다."

"하지만 너무 극단적이고 지나치게 고상해서 역시 함께 가지는 못하겠군요."

"당신이 그런 말을 할 줄은 몰랐네요."

다도코로가 웃었다.

"평범하게 살아가면서 아주 드물게 다른 사람을 도와주는데 그 과정에서 극단적인 방법을 쓸 때도 있다. 그뿐입니다. 당신과 별반 다르지 않습니다."

"아니, 전혀 다릅니다."

기요하루도 웃었다.

예정대로 출발 45분 뒤, 고속선은 쓰시 나기사마치항 터미널에 정박했다.

다른 승객들을 먼저 내보낸 뒤 마지막으로 하선했다.

또 다른 동료 다섯 명이 이쪽에서 기다리고 있었다. 연락을 받고 합류한 모양이다. 몇 사람이 호송용 차량을 꺼내러 갔고, 기요하루는 터미널 빌딩 앞에서 다도코로 일행에 둘러싸인 채 기다렸다.

썬팅 필름을 붙인 밴 다섯 대와 왜건 한 대가 조용히 다가와 섰다.

다도코로의 안색이 변했다. 기다리던 차량이 아니었다.

기요하루의 팔을 잡고 그 자리를 벗어나려고 했지만, 늦었다. 밴의 문이 열리고 두 사람을 선두로 남자들이 우르르 내렸다.

브이넥 스웨터에 가죽바지를 입은 중년 남자와 후드 집업에 트레이
닝복을 입은 젊은 남자. 도쿄도 가쓰시카구 호리키리에 있는 쓰지부동
산 회사의 직원이자 사이타 다케히코가 운영하는 잇신회의 조직원들.

야쿠자였다.

두 사람의 뒤에 있는 남자 열 명도 야쿠자. 티셔츠 소매로 비어져 나
온 문신과 덩치를 보면 누구라도 알 수 있었고, 그들도 일부러 그 사실
을 과시했다. 물론 다도코로 일당을 위협하기 위해서.

"기다렸습니다."

브이넥을 입은 중년 남자가 말했다.

"이렇게 먼 곳까지, 감사합니다."

기요하루가 인사했다.

다도코로가 눈을 부라렸다. 본인들이 잠복해서 기요하루를 데리고
온 것이 아니라 반대로 기요하루가 자신들을 이곳으로 유인했다는 것
을 깨달은 모양이었다.

"차 가지러 간 놈들, 다시 불러."

후드 집업이 말했다.

"나머지는 밴에 타고."

"시키는 대로 하면 아무 짓도 안 합니다."

기요하루가 말했다.

"늦어도 월요일에는 풀어 드리죠."

저항하려던 동료 두 사람을 다도코로가 곧바로 저지했다. 전화를 걸
어 주차장으로 간 동료에게도 돌아오라고 지시했다.

고속선 승객들과 터미널 직원들이 저 멀리서 지켜보고 있었다. 질
나쁜 무리와 보기에는 평범한 남자와 여자들이 말없이 모여 있는 광경

은 확실히 이상해 보이리라.

다도코로가 거느린 마스이 슈스케의 신도들은 지시에 따라 야쿠자의 밴에 차례대로 탔다.

사이타는 기요하루의 요청대로 무력 행동파 조직원들을 모아서 브이넥과 후드 집업에게 딸려 보냈다. 밴도 특별 개조한 것으로 경찰 차량처럼 차 안에서 멋대로 문을 열 수 없는 구조였다.

그러나 야쿠자를 이용하면 막대한 돈을 지급해야 하는 것은 물론, 의리라는 빚을 지고 약점도 잡히게 된다. 성가신 짐을 짊어지겠지만 지금 이 상황에서 살아남으려면 부탁하는 수밖에 없었다.

"이런 더러운 인간들과 붙어먹다니. 내가 사람을 잘못 봤군."

다도코로가 말했다.

"아니요. 처음부터 보는 눈이 없었습니다, 당신은."

기요하루도 다도코로에게 말했다.

더럽다는 말을 들은 후드 집업은 표정 하나 변하지 않고 고리가 여러 개 달린 몽둥이로 다도코로의 배를 때렸다. 평소에 몸을 단련한 다도코로가 얼굴을 일그러뜨리며 몸을 웅크렸다. 그 모습을 본 동료들의 표정이 더욱 딱딱하게 굳었다.

본보기가 됐다. 하지만 다치게 하지 말라고 극구 부탁했는데 벌써 어겼다. 야쿠자가 아니라는 정보 외에 다도코로 일행의 정체가 무엇인지 브이넥과 그 부하들에게는 전혀 알리지 않았다. 감금 장소는 사전에 협의했지만 말썽 없이 데리고 간다는 보장도 없었다. 기요하루와 헤어진 뒤 브이넥 무리가 다도코로에게 거래를 제안할 가능성도 제로는 아니다.

브이넥의 휴대폰이 울렸다. "받아요"라며 기요하루에게 휴대폰을 내밀었다.

물론 누구의 전화인지 안다.

―여어, 형제님.

사이타가 말했다.

"쉽게 그렇게 부르는 건 곤란하잖습니까."

―술잔*과는 관계없어. 나 혼자 멋대로 그렇게 느끼는 거야.

"약속대로 움직여 주셔서 감사합니다."

―우리도 선금 입금을 확인했어. 아무튼, 바쁜데 연락한 이유는 잔금 때문인데. 그건 입금 안 해도 돼.

"아뇨, 보내드리겠습니다."

기요하루가 즉시 대답했다.

―매정하게 딱딱 끊지 말고.

사이타의 목소리에 웃음기가 어렸다.

"상대의 마음을 무시하는 사람은 당신입니다."

―이해력이 달리나? 내가 돈은 필요 없다잖아. 그런 점이 마음에 들었어. 위험한 곳에 아무렇지 않게 쳐들어와서는 5분 만에 거래를 하려던 점 말이야. 그 배짱과 수완을 내가 좀 써보고 싶어.

"지금 상황만으로도 벅찹니다."

―지금 말고, 나중에. 그 인사 겸 제안을 검토해 달라는 뜻에서, 우리 쪽 성의로 이번에는 반값에 일을 처리해 주지. 물론 그렇다고 해서 일 처리가 허술하지는 않을 거야. 확실하게 처리해서 우리의 신의를 보여

---

* 야쿠자 사회에서 형제의 연을 맺을 때 술을 마신 후 술잔을 서로 주고받는다.

주겠어. 대신에 우리가 부탁할 때는 그쪽 신의를 보여 줘.

사이타가 빠르게 말을 이었다.

─빚 지게 해서 잡아 두겠다는 그런 쩨쩨한 생각은 안 해. 당신은 제값에 살 테니까. 그 정도로 가치가 있다고 평가한다고. 그러니까 잘 부탁해. 그럼 바쁜데 미안했수다.

전화가 끊어졌다.

생각보다 더 나쁜 전개다. 이런 결과라면 차라리 싼 값에 일하는 편이 낫다. 야쿠자와 대등하게 관계를 맺는다는 것은 항상 목숨을 걸어야 한다는 것을 의미한다.

모든 사람이 밴 다섯 대에 탑승했다. 다도코로의 동료들은 차창 너머로 기요하루를 노려봤다.

"출발해도 됩니까?"

후드 집업이 물었다.

"네, 부탁드리겠습니다."

마지막으로 기요하루가 브이넥에게 왜건 차키를 건네받았다.

후드 집업이 웃으며 손을 흔들었고, 밴이 출발했다. 기요하루는 자동차 행렬이 보이지 않을 때까지 기다렸다가 남겨진 밴에 탔다.

"아아."

한숨 나오는 심정이 소리가 되어 나왔다. 오늘은 살아남았다지만 성가신 일들이 앞으로도 산더미지 않은가.

그러나 진저리나 치고 있을 만큼 한가하지 않다. 지금은 절망에 잠길 만큼 만만한 상황이 아니다.

쓰시 시내까지 소요시간은 13분, 내비게이션이 알렸다. 기요하루는 모리와카 이비인후과의 위치를 확인하고 출발했다.

"이야기를 계속해도 괜찮을까?"

언니, 마쓰하시 나나미가 다시 진실을 풀어내기 시작했다.

"내 친아빠, 유즈키 나오토는 엄마가 죽였어."

레이미는 고개를 떨구고 눈을 감았다. 언니의 얼굴을 볼 수 없었다. 증거는 있냐며 따져 묻고 싶어도 말이 나오지 않았다.

"네가 아직 아기였을 때의 일이야. 나도 어렸지만 기억해. 엄마는 아빠가 차를 운전해서 우리에게 오는 밤길에 숨어 있다가 레이미를 안은 채 내 손을 잡아끌며 뛰어들었어. 아빠가 틀림없이 피하리라는 것을 알고 있었지. 차는 중앙선을 넘어 마주 오던 차와 정면으로 부딪쳤어. 마주 오던 차에 타고 있던 50대 부부도 사망했지."

"엄마가 세 명을 죽였단 말이야?"

레이미가 목소리를 쥐어짜 냈다.

"그래. 증오에 불타 복수하려고 관계없는 사람들까지 희생시켰어. 마스이 씨가 나중에 알려 준 건데 그날은 아빠가 나를 만나러 오는 면접일이었대. 그런데 엄마는 아빠가 시간을 착각했다고 우기며 일부러 싸움을 걸고는 오늘은 못 만나게 하겠다고 짜증을 부렸어. 아빠는 당시에 살던 사이타마현 아게오시로 돌아갔어. 밤이 되고 엄마는 도쿄의 집에 있는 척하며 낮의 싸움을 들먹이며 '나나미와 자살하겠다'고 전화해서 말리러 오게 했지. 사실 나를 데리고 아빠 집 근처까지 갔으면서. 어둡고 주변에 논밖에 없는 아게오의 국도. 그리고 바라던 대로 엄마가 가장 사랑하고 가장 미워한 아빠는 사고로 죽었어."

"엄마는 그걸 '생명의 전화'에 털어놓았고?"

언니가 고개를 끄덕였다.

"처음에는 양육의 고단함을 이야기하다가 회를 거듭할수록 '가끔 손을 대고 만다'고 조금씩 심각한 고백을 꺼내 놨어. 마스이 씨는 엄마의 말이 어디까지 진실인지 확인했지. 상담사에게 비밀을 지킬 의무가 있다는 것도 엄마는 알고 있었어. 교회에서 고해성사하는 기분으로 고백하고 죄를 씻으려고 했지. 걱정된 마스이 씨가 나를 만나러 왔어. 학교가 끝나고 아동복지관에서 방과 후 보육을 받는 레이미를 데리러 가는 도중에 내게 말을 걸었지. 잠깐 대화를 나눠 보고서 마스이 씨가 전부 알고 있는 사람이라는 걸 깨달았어."

"둘이서 죽였어?"

"결정한 사람은 나야. 마스이 씨는 몇 번이나 물었어. 죽일지, 그냥 헤어져서만 살지. 헤어져도 반드시 날 데리러 오리라는 걸 알았어. 심지어 엄마는 울면서 '이렇게 잔인한 짓을 하는 자신을 용서할 수 없어. 죽고 싶어'라고 나한테도 마스이 씨한테도 여러 번 말했거든. 하지만 죽지는 않았지."

"그래서 소원을 들어줬다는 말이야?"

"아니. 자책하고, 울고, 그걸로 다시 죄를 던 기분에 도취된 걸 보고 어린아이였던 나도 역시 이 사람은 죽어야 한다고 생각했어. 그리고 엄마가 진짜 죽고 마스이 씨가 내 아빠가 되었지."

"엄마 사체 주머니에 들어 있던 '나나미도 데리고 갑니다'. 그것도 언니가 썼지?"

"응. 엄마는 자기 글씨를 따라 쓰라며 꼬집고 할퀴면서 그렇게 엄하게 가르쳤으니까. 똑같이 쓸 수 있게 됐지."

"저기, 엄마랑 살면서 괴로운 기억밖에 없었어?"

눈물도 말라 버릴 정도로 지친 레이미가 물었다.

"아름다웠던 기억이나 즐거웠던 기억은 정말 없었어?"

"기쁜 일도 있었어. 레이미의 친아빠 나말 자얄랏과 함께 살게 되면서 나는 성적 학대를 당했어. 고작 네 살이었던 내 입과 질, 항문을 핥았지. 그 자식이 페니스를 넣지 않은 이유는 순전히 내 몸이 너무 어려서 넣을 수 없어서야. '엄마한테 말하면 네가 혼나고 더 많이 꼬집힐 거야. 아빠한테도 혼난다'라고 협박하기에 무서워서 말하지 못했어. 그자식은 학대와 상처를 아는 유일한 타인이었지만 보고도 못 본 척했지. 하지만 손가락을 넣는 게 너무 싫어서 엄마한테 살려달라고 말했더니 그때만큼은 정말로 구해 줬어. 엄마는 굉장히 화를 내면서 나와 그 자식이 둘이서만 있지 못하게 했어. 그 자식이 '나나미의 착각이야'라고 지껄인 변명도 믿지 않았고. 그저 여자로서 용서할 수 없었을 뿐일지도 모르지만."

"미안. 정말 미안해."

같은 말만 반복했다.

"레이미는 잘못 없어."

"하지만 나도 미웠잖아."

"미워하지 않아. 정말 사랑했고 귀여워했지. 하지만 싫어하기도 했어."

"그래서 그런 사진을 매년 보냈어?"

"글쎄. 절반은 내가 살아 있다는 사실을 알리고 싶어서였어. 하지만 절반은 괴롭히고 싶었던 마음도 있었겠지, 역시. 엄마는 레이미를 혼내도 결국 마지막에는 꼭 안아 줬잖아? 장난이나 잘못을 해도 '나말처럼 글러 먹은 남자의 피를 물려받았으니까. 그 인간의 딸이니까'라는 이유로 용서해 줬지. 나한테는 용서 따위 없었어. 그 어린 마음에도 옹졸한 이유라고 생각했어. 아빠가 다르니까 나는 사랑받지 못하고 미움받아도 어쩔 수 없다는 생각은 들지 않았지. 네가 부러웠어. 넌 아무 잘못 없는데 말이야."

"아무것도 몰랐다는 이유로 내가 용서받아도 될까? 어린아이니까 어쩔 수 없었다는 이유로 나는 아무 죄가 없을까?"

"응, 없어."

언니는 다정하게 대답하고는 이치카에게 물었다.

"없지?"

이치카는 고개를 끄덕인 다음 타이밍을 재고 있던 사람처럼 새 차를 내왔다.

이 향, 오렌지필을 넣은 허브차.

"마셔."

언니가 권해서 억지로 입에 댔다. 은은하게 달콤한 맛이 순식간에 사라지고 고통만이 입속에 퍼졌다.

"엄마가 내 친아빠에게 버림을 받은 일이나 나말이 도망간 일을 주변 사람들에게 얼마나 잘 숨겼는지, 레이미도 나중에 조사해서 알게 됐지?"

레이미는 고개를 끄덕였다.

"어른들도 전혀 눈치채지 못했어. 초등학생이 알 리가 없지. 레이미야말로 날 미워해도 돼."

"안 미워해."

레이미가 대답했다.

언니는 엄마의 죽음을 바랐고, 그럴 만한 충분한 이유가 있었다. 무엇 하나 납득하지도, 공감하지도 못하지만, 누구를 비난해야 좋을지도 모르겠다. 유일하게 비난받아야 할 엄마는 이미 오래전에 살해당했다. 살해한 마스이도 죽음의 문턱에 있다.

기요하루. 그를 생각했다. 경멸하고 이해하고 싶지도 않다고 생각했던 그의 마음을 알 것도 같았다.

"금방 사이가 좋아질 수 없을지도 모르고 역시 원망이 솟구칠지도 몰라. 그래도 괜찮으니까 함께 살자. 우리의 새 가족이 돼서."

"아니, 될 수 없어. 여긴 좋은 곳이라고 생각해. 멋지고 따뜻하고 온화한 곳. 하지만 망가졌어, 미쳤어."

"난 망가졌을지도 모르지. 그런데 망가진 사람은 레이미의 친엄마와 친아빠야. 그 두 사람이 망가뜨려서 이렇게 된 거야. 이렇게 될 수밖에 없었어."

"언니 말이 맞아. 그래도 나는 돌아가고 싶어. 여기서 본 것, 들은 것, 절대 아무에게도 말 안 할게. 가끔 언니를 만나러 오고 싶겠지만 그것도 안 된다고 하면 포기할게."

"못 돌아가. 전부 알아 버렸잖아, 이제 예전처럼은 못 살아. 넌 고집이 세고 성실하고 답답할 정도로 융통성이 없는 아이잖니. 어렸을 때뿐 아니라 지금까지 널 지켜봐 왔으니 잘 알아."

"역시 보고 있었구나. 날 쭈욱."

"응. 그러니까 알아, 널 돌려보내면 여기서 보고 들은 것들을 다른 사람에게 말하리라는 걸. 뒤틀렸다고 굳게 믿고 바로잡으려고 하겠지. 그런데 말이야 우리가 보기에는 네가 더 뒤틀렸어. 함께 있어 주지 않으면 또다시 교활한 누군가에게 속아 넘어갈지도 몰라."

"기요하루 이야기야?"

"아니. 우리가 어떻게 아쿠쓰 기요하루와 노리모토 아쓰코를 아는지, 진작에 눈치챘잖아? 널 지켜봐서 안 게 아니야. 무라오 구니히로가 가르쳐 준 거지."

레이미는 두 눈을 질끈 감았다. 가슴을 찔린 듯 아팠다.

"진심으로 사랑했지? 하지만 그 사람이야말로 진짜로 비열한 인간이야."

"그런 식으로—"

"말 안 했으면 좋겠니? 하지만 그 사람은 살인을 저지르고도 평온하게 살아가는 인간들이 있다는 사실을 알고 어떤 이유로든 용납할 수 없었을 뿐이야. 살인자가 약자의 유일한 구원자가 되는 것을 도저히 믿고 싶지 않아 했지. 그래서 살인으로 구원해 준 사람도, 구원을 받은 사람도, 그 사람이 멋대로 정한 규범에 따라 처벌하려고 했어. 그래서 레이미를 속여서 움직이게 했지. 널 끌어들이고 사람까지 죽이게 했잖아. 후지누마 신고 말이야."

레이미가 침묵했다.

조금 전과는 다른 고통이 가슴을 옥죈다.

"아쿠쓰 기요하루도 피해자야. 왜 그 사람을 선택했는지 제대로 물어봤어? 범죄자 특유의 시점과 사고방식으로 반드시 밝혀낼 수 있다고 하기라도 했니? 냉혹하고 살인 기술이 뛰어난 아쿠쓰 기요하루를 빼놓을 수 없다고, 바람 넣었니? 그 사람의 진정한 무서움을 알고 있으니 둘이서 있을 때는 무서웠겠지? 믿고 사랑하는 무라오의 명령이니까 필사적으로 참았지?"

"나는—"

속지 않았어, 라고 말을 잇고 싶은데 입이 움직이지 않는다.

"아쿠쓰 기요하루는 확실히 예리하고 잔인하며 강하지만 결코 유일한 존재는 아니었어. 그런데도 굳이 억지를 부려 기요하루를 선택한 이유는 무슨 일이 있어도 그를 벌하고 싶었기 때문이야. 지금의 너라면 무슨 말인지 이해하지?"

슬픔이나 고통과는 다른 눈물이 뚝뚝 떨어졌다.

"살인자는 절대 행복해지면 안 된다고 생각하는 마음이 무라오를 움직였는데, 마지막에는 본인도 살인자가 돼서 불행 속에 죽었어."

'죽었다고?'

"사실이야. 뉴스에 나왔어. 어제 아침에 갔대. 그 사람이야말로 타고난 비정상인이야. 인생에서 자신을 가장 능욕한 연쇄 납치범을 고발하지도 체포하지도 못하고 결국 본인 손으로 죽이고 나서야 만족했지. 논리도 정의도 일관되지 않는데 자신만이 옳다고 믿었어. 듣기 괴로워? 미안. 이해는 하지만 레이미의 머릿속에서 그 남자를 몰아내야 해. 무라오는 미쳤다거나 망가졌다기보다 이 세상에 존재해서는 안 될 인간이야."

"미안, 언니. 그래도 난 여기 있고 싶지 않아. 나는 언니들처럼 순수하고 곧게 살지 못하고, 그렇게 살고 싶지도 않아."

"안돼, 떨어져 살겠다면—"

"나도 죽일 거야?"

그날 밤, 기요하루에게 했던 것과 똑같은 질문.

언니는, 나나미는 망설이지 않고 고개를 끄덕였다.

그 순간, 멀리서 유리를 깨는 소리가 들렸다.

기요하루는 모리와카 이비인후과 입구 유리문을 깼다.

오래된 느낌의 나무문에 끼워진 색유리가 깨지며 사방으로 튀었다.

바로 앞에는 턱이 없는 현관과 어둠이 옅게 깔린 대기실이 이어졌다.

경비 회사 종이가 붙어 있지만 역시 경보기는 울리지 않았다. 일부러 요란한 소리를 냈는데 사람이 나와 보는 기색도 없다.

현재 오후 3시. 아직 날이 환하지만 어두워질 때까지 기다릴 여유는 없었다.

병원은 주택가 깊숙한 곳의 언덕 위에 있었다. 4층 건물로 문과 출입문 사이에는 예쁘게 손질한 정원이 있다. 뒤쪽에는 환자용 주차장과 오래된 신사로 이어지는 숲이 펼쳐졌다.

정원을 둘러보니 낡은 백엽상*과 화단, 커다란 칠엽수가 있었다. 1층 창문은 셔터를 내린 채 잠겨 있었고 2층 창문에는 철망과 창문 가림판이 설치되어 있었다. 외부에서 타고 올라갈 만한 턱이나 대들보도 없다.

위쪽에서 사람 그림자가 보였다.

옥상에서 상체를 내밀고 총을 겨누고 있다. 라이플 총. 아니, 총성 없이 총구에서 길고 가느다란 무언가가 튀어나왔다. 가스총이다. 곧바로 우거진 칠엽수 밑으로 몸을 숨겼다.

몸을 빗겨 발 바로 근처 잔디에 꽂힌 것은 다트. 가스식 마취총용 주사였다.

그런데 양옆에서도 공격해 왔다.

한 발은 배낭으로 막아 피했지만 나머지 한 발을 오른쪽 어깨에 맞았다. 총을 쏜 무리가 건물 뒤로 달아났다. 기요하루도 곧바로 병원 출입문으로 뛰어 들어가 낡고 커다란 신발장 뒤에 숨고는 주사를 빼냈다.

어떤 약물이지? 순식간에 정신을 잃게 만드는 마취제인 케타민은 아니다. 아자페론**도 아니다.

순간 흥분했다가 금세 휘청거리기 시작했다. 이곳은 이비인후과다. 그렇구나, 아드레날린과 페노티아진계 약물을 혼합했구나. 혈압이 떨

---

* 작은 집 모양으로 만들어 기상 관측용 기구를 설비해 놓은 나무 상자.

** 동물용 진정제.

어지고 최면에라도 걸린 듯 몸이 무거웠다.

놈들은 산 채로 포획할 심산이다. 베거나 목을 졸라서 몸에 눈에 띄는 상흔을 남기지 않으려고 한다. 자살로 위장해 처리할 계획이겠지. 약물도 사체에 남아 있어도 의심받지 않을 것을 선택했다.

몸이 한층 더 무거워졌다. 배낭을 뒤져 알약 케이스를 꺼내 모다피닐'과 카페인 알약을 입에 털어 넣었다.

역시 이대로 정면 출입문으로 돌파하는 방법밖에 없어 보였다. 햇빛 아래서 저격당하는 것보다는 낫다. 신발장 뒤에서 동태를 살폈다. 어두운 대기실에 사람의 모습은 보이지 않았다. 그러나 숨어 있는 사람이 없을 리 없다.

서둘러야 한다. 시간을 끄는 소모전으로 이어지면 영락없이 이쪽이 불리하다.

병원 내부에 있는 인원을 추측했다. 레이미를 포함한 여자가 최소 네 명, 도가시 요시미를 포함한 남자가 서너 명 정도. 야쿠자들이 다 도쿄로 일당을 가두고 있는 지금, 이렇게 닥치는 대로 동원할 수 있는 인력은 이제 분명 얼마 남지 않았다.

절연 장갑을 끼고 혈흔이 남은 등산용 지팡이를 벨트에 꽂았다. 발연통을 세 개 던졌다. 시간이 지나면 병원 밖으로 새어나간 연기를 발견한 누군가가 신고하리라. 상대에게도 기요하루에게도 남은 시간은 소방대원이나 경찰이 출동할 때까지다.

연기가 자욱한 대기실로 들어갔다.

---

* 과도한 졸음 증상을 나타내는 환자에게 각성 효과를 주는 약물.

바닥을 기어가 늘어서 있는 긴 의자 뒤에 숨었다. TV와 접수대, 조제 약을 받는 곳. 연기를 내뿜는 발연통이 세 개. 오래된 괘종시계가 똑딱 똑딱 울렸다.

안쪽 진료실로 이어지는 문손잡이가 소리를 냈다. 문을 열고 누군가 나온다.

기요하루는 일어나서 곧장 달렸다. 문이 열리고 안으로 흘러 들어가는 하얀 연기 속에서 사람이 마취총을 겨눴다. 다트가 푹 소리를 내며 기요하루의 방검복에 꽂혔다. 기요하루는 다트가 날아온 궤적을 거슬러 따라가 틈을 주지 않고 배낭에서 총을 꺼내 쐈다.

희미한 소리가 울리며 플라스마가 번쩍였다.

"윽!"

연기 속 사람이 신음 소리를 내며 총에 맞아 쓰러졌다.

상대도 방검복을 입고 있겠지만 분명 상당한 충격을 받았을 것이다. 진료실로 들어가 연기로 자욱한 바닥에 쓰러진 안경 쓴 남자를 향해 한 발을 더 쐈다. 다시 플라스마가 번쩍이며 대못을 변형시킨 총탄이 오른쪽 허벅지에 꽂혔다. 비명을 지르는 안경남의 사타구니를 납을 넣은 부츠로 즈려밟고 오른손을 등산용 지팡이로 후려쳐 칼을 떨어뜨렸다.

그런데 진료실 구석에서 또 다른 사람이 총을 쐈다.

기요하루는 오른쪽 허벅지에 꽂힌 다트를 곧바로 뺐다. 몸속으로 또다시 들어온 약물 탓에 몹시 어지러웠다. 연기 속에서 빠르게 달리는 모습을 뒤쫓았다. 흡입치료기 옆에 숨으려는 순간에 기요하루가 총을 쐈다.

등에 대못이 명중했고 신음소리를 흘리며 무너져 내렸다. 기요하루는 그 뒤에서 가차 없이 발로 찼다. 앞으로 엎어지며 쓰러진 남자는 피부가 갈색이었다. 중동이나 동남아시아계. 어떤 인종이든 쓰러뜨려야 하는 존재임은 변함없다. 머리카락을 잡고 얼굴을 바닥에 내리찧었다.

기요하루가 쏜 총은 레일 건*.

아키하바라에서 구매한 부품을 조립했고, 주전원은 리튬 폴리머 배터리다. 예전에도 여러 번 만들었는데, 검고 큰 초등학생용 필통을 세로로 나란히 놓은 듯 볼품없게 생겼지만 콘덴서**는 4백 볼트다. 알루미늄 캔이나 3센티미터 두께의 나무판 정도는 쉽게 관통한다.

남자의 얼굴을 때리자 무언가 말했다.

"……디어 응욱."

베트남어? 말을 채 다 하지 못하고 기절했는데 지옥에나 떨어지라고 말하고 싶은 듯했다.

진료실에서 2층으로 이어지는 계단의 문손잡이를 돌렸다. 잠겨 있다.

콩콩, 두드리는 소리가 났다. 문 너머에서 낸 소리다.

"기요하루 씨."

도가시가 큰소리로 불렀다.

"마지막 부탁입니다. 이만 끝내죠."

"내 부탁을 들어줄 겁니까?"

기요하루도 큰소리로 물었다.

"그게 아닙니다. 계속 저항하면 당신을 정말로 죽이겠습니다."

"그러면 해보시든가. 딱 소방대원들이 들이닥칠 때 당신들 앞에 나와 레이미의 사체가 누워 있겠죠."

---

* 전기의 힘으로 탄환을 발사하는 무기.

** 많은 양의 전기를 모으는 장치.

"그만 뻗대. 유즈키 레이미와 변호사 사무실이 맺은 계약을 파기시
켜서 당신을 자유의 몸으로 만들어 주지. 협박이든 회유든 뭐라도 해
서 유즈키 레이미의 생각을 바꿔놓을 테니까. 무라오 구니히로의 계략
에 놀아나 우리끼리 이렇게 서로 죽이면 안 되지."

"임시방편으로밖에 들리지 않는데요. 레이미를 설득한다고 했는데
그럼 왜 여태껏 안 했을까요?"

목소리를 크게 내면서도 마취약 효과 때문에 기요하루의 정신은 점
점 흐릿해졌다. 부러진 갈비뼈 부근을 세게 치며 억지로 정신을 차리
며 말을 이었다.

"그건 바로 설득하는 건 가망이 없다는 걸 알기 때문이죠. 언니 나나
미와는 다르게 절대 다른 누군가에게 사육될 부류가 아닙니다. 레이미
는 전리품은 되지 않을 강한 의지를 지닌 사람입니다."

"무슨 뜻이지?"

"나나미도 다키모토 마야도 니키 이치카도 트로피에 지나지 않는다
는 말입니다."

"말도 안 되는 억지군. 마스이 슈스케는 쾌락살인자와는 달라."

"아뇨, 같습니다."

"같지 않다고. 상대에게서 목숨 외에 다른 건 아무것도 빼앗지 않아."

"머리카락, 손가락, 목, 가슴, 그런 사체 일부가 아닙니다. 마스이 슈
스케가 빼앗은 것은 살아 있는 인간이었을 뿐입니다. 자라나는 딸들을
바라보며 마스이는 자신이 저지른 살인과 그 결과를 떠올리며 감미로
운 기억을 음미했습니다. 그놈은 부인과 자식을 잃고 선행의 깨달음을
얻은 의사 따위가 아닙니다. 마음속의 억누를 수 없는 증오와 살의를
불합리한 이 세상에 터뜨렸을 뿐입니다."

"그 생각에는 공감할 수 없군. 도무지 이해할 수 없어."

"그러니까 몇 번이나 말했잖습니까, 우리는 절대로 서로를 이해할 수 없다고."

"유감이군."

도가시의 말과 함께, 보이지 않는 문 너머에서 총성이 울렸다.

가스총이 아니다. 진짜 라이플 총이다. 물론 기요하루도 경계를 늦추지 않고 문 앞에 접이식 환자 운반 침대를 이중으로 나란히 놓은 뒤 몸을 낮춰 자세를 잡고 있었다.

그러나 총탄은 문과 환자 운반 침대를 뚫고 오른쪽 어깨에 박혔다. 장애물을 관통하면서 위력이 줄었다고는 하나 근육이 갈기갈기 찢어진 것처럼 아팠다.

젠장. 생포한다는 계획을 그 자리에서 살처분한다로 변경했나. 기요하루는 비틀거리면서도 벽을 따라 몸을 붙이고 움직였다.

도가시가 문을 발로 차 날려버리고 발연통 연기로 가득한 진료실로 뛰어들었다.

그런데 도가시가 방아쇠를 당기기 직전에 기요하루가 먼저 도가시의 옆얼굴에 레일 건을 쐈다.

연발한 대못이 뺨과 가슴에 꽂혔다. 기요하루는 배터리가 다한 레일 건을 내던졌다. 도가시가 팔을 저어 막았다. 그 틈을 타 공격했다. 사격 범위 안으로 들어간 기요하루를 도가시가 라이플로 내려찍었다. 기요하루도 등산용 지팡이로 후려쳤다.

쓰러진 도가시는 다시 문밖으로 기어나간 다음 2층으로 이어지는 계단을 뛰어 올라갔다. 기요하루도 뒤를 쫓았다. 도가시가 휙 뒤돌며 총을 겨눴다. 기요하루가 몸을 숙이지 않고 더욱 속도를 붙여 덤벼들었다. 두 사람은 뒤엉켜 라이플과 지팡이를 서로 빼앗으며 계단으로 굴러떨어졌다. 기요하루는 바닥으로 미끄러진 도가시의 어깨를 위에서 거세게 걷어찼다. 도가시가 등과 팔로 막으며 몸을 굴려 피했다. 라이플이 폭발하고 벽이 뚫렸다.

첫 번째보다 더 가까운 곳에서 울려 퍼진 두 번째 총성에 언니들이 몸을 떨었다.

창밖에 흐르는 희미한 연기가 레이미의 시야에 들어왔다. 정말로 불이 났는지는 모른다. 하지만 틀림없이 기요하루가 꾸민 일일 테다.

움직이지 않는 마스이를 환자용 침대에서 휠체어로 옮긴 마야가 구석에 있는 옷장에서 산탄총을 꺼냈다. 이치카도 칼을 잡았다. 세 사람의 눈이 2층으로 올라오는 문에 집중됐다.

그 찰나에 레이미가 눈앞에 놓인 도기잔을 낮은 탁자에 내리쳤다. 수갑을 찬 손으로 파편을 꽉 쥐고 소파를 뛰어넘었다.

"움직이지 마!"

휠체어에 앉은 마스이의 목에 파편을 바싹 들이댔다. 날카로운 도기 파편 끝이 메마르고 거무죽죽해진 노인의 피부를 지그시 파고들었다.

마야가 산탄총 총구를 레이미에게 겨눴다.

"죽어도 같이 살기 싫은 거지?"

언니가 물었다.

"아버지를 죽이려고?"

"날 안 돌려보내 주면, 죽일 거야."

"죽여도 돼. 아버지가 말을 할 수 있다면 그렇게 말씀하셨을 거야. 그 대신 레이미도 반드시 죽이라고."

언니도 수납장에서 날이 기다란 등산용 칼을 꺼내 들었다.

기요하루가 3층으로 날 듯이 뛰어 올라가 잠긴 문을 발로 차 부쉈다. 여자들의 시선이 쏟아졌다. 나나미, 이치카, 마야다. 휠체어에 앉은 다 죽어가는 노인이 마스이 슈스케라는 사실도 금세 파악했다.

"돌아가자."

기요하루가 말했다.

레이미가 고개를 끄덕였다.

기요하루를 쫓아 라이플을 겨눈 도가시도 방으로 뛰어들어 왔다.

"총을 내려 놔."

레이미가 도기 파편으로 마스이의 목을 누르며 말했다. 그러나 도가시는 여전히 총을 겨눈 자세였다.

모두가 움직이지 않았다.

갑자기 마스이가 낮게 신음했다. 움직일 기색이 없었던 말라 비틀어진 팔이 목에 파편을 들이민 레이미의 손목을 잡았다. 당황하고 놀란 레이미가 손목에 힘을 주었다. 마스이냐 레이미냐, 누구의 의지인지는 알 수 없었다. 그러나 노인의 목을 벤 곳에서 피가 쏟아졌다.

"아아."

마스이가 유언과 같은 신음을 한 번 남겼고, 그 소리를 들은 마야가 본능적으로 방아쇠를 당겼다.

총성과 함께 레이미와 마스이에게 총알이 쏟아졌다.

레이미가 무릎부터 무너져 내리고 마스이는 휠체어에서 미끄러져 떨어졌다. 기요하루와 나나미가 두 사람에게 달려갔다. 그러나 기요하루는 레이미를 안아 들지 않고 등산용 칼을 쥔 나나미의 팔을 꽉 잡았다.

그대로 뒤로 돌아 들어가 나나미의 손에 들린 칼을 목에 가져다 댔다.

"구급차를 불러."

기요하루가 말했다.

"어서."

레이미는 눈을 부릅뜬 채 쓰러져 거친 숨을 내쉬었다. 마스이는 눈과 입을 크게 벌리고 다시 움직이지 않았다.

"구급차."

기요하루가 다시 말했다.

"전화해!"

나나미의 목에 칼을 누르며 피를 냈다.

"아니, 싫어."

마야는 산탄총을 기요하루에게 겨누며 말했다.

"미안, 언니."

나나미에게 동의를 구했다.

"으응. 괜찮아."

나나미는 목에 피를 흘리며 대답했다.

"그래, 틀리지 않았어."

도가시도 라이플을 겨눴다.

"아버지도 슬퍼하실 거야."

이치카만이 손에 쥔 칼을 버리고 움직이지 않는 마스이를 부둥켜 안았다.

"아버지."

눈물을 흘렸다.

"총을 버려."

기요하루가 말했지만 두 사람은 듣지 않았다.

"빨리 도망가."

나나미가 말했다.

"괜찮아, 건강한 아이를 낳을 테니까."

"둘이서 기다려."

이치카와 마야가 문으로 뒷걸음질 쳤다. 그리고 "편히 쉬세요, 아버지"라고 인사했다. 나나미도 눈물을 흘렸다.

두 사람은 마스이 슈스케의 시신을 남기고 문 너머로 점점 사라졌다.

"레이미."

기요하루가 불렀다.

레이미는 움직이지 못했다. 그래도 입을 열었다.

"기요하루, 부탁이 있어."

마치 속삭이듯 작은 목소리.

"다 죽여 줘. 도가시도, 다도코로도, 마야도, 이치카도, 언니도. 언니가 낳을 아이가 나와 같은 일을 겪었으면 좋겠어. 약속하면 당신에게 비밀을 넘길게."

"약속할게. 모두 죽일게."

"못 죽여."

나나미가 끼어들었다.

"그렇죠, 아버지."

기요하루가 나나미의 뒤에서 겨드랑이 아래로 팔을 넣어 조른 상태에서 절연 장갑을 낀 손으로 입을 막고 칼자루로 때렸다. 예쁜 코가 깨진 나나미는 입을 다물었다. 부푼 배를 덮고 있는 연한 회색의 롱니트 원피스가 코에서 흘러내린 피로 점점 물들었다.

"변호사 사무실 두 군데는 이미 조사했지?"

레이미의 목소리는 꺼져가듯 더욱 희미해졌다.

"비밀번호와 당신 이름을 말하면 전부 받을 수 있어. 걱정 마. 지금은 아직 아무것도 알려지지 않았으니까. 서류를 개봉하기 전에, 반드시 월요일 낮까지 연락해야 해."

"닥쳐!"

라이플을 겨눈 도가시가 소리쳤다.

"잠깐 기다려."

기요하루가 도가시에게 말한 뒤 다시 칼자루로 나나미를 쳤다.

"닥치지 않으면 더 때린다."

나나미의 얼굴이 빨갛게 붓고 입술이 찢어지자 도가시는 입을 다물었다.

"비밀번호는?"

"당신 집에 갔을 때 두고 왔어."

레이미가 말했다.

"왜?"

기요하루가 물었다.

"분명 이렇게 될 줄 알았으니까."

레이미가 쓰러진 바닥에 피 웅덩이가 점점 커졌고, 출혈이 심한 레이미의 몸이 떨렸다.

"부탁해, 기요하루."

"안심해. 죽일 테니까."

"고마워. 처음 만났을 때는 경멸했어. 하지만 지금은 좋아해."

"나도 처음보다는 좋아졌어."

레이미가 고개를 끄덕였다.

"이제 죽는 건가, 싫다⋯⋯."

눈과 입이 가느다랗게 열린 채 더는 움직이지 않았다.

"레이미."

기요하루가 불렀다. 그러나 대답하지 않았다.

"잘 가, 레이미."

입술이 찢어진 나나미가 어눌하게 말했다.

기요하루는 라이플 총구와 도가시를 쳐다봤다.

"총을 내려놔."

"놀고 있네."

도가시가 되받아쳤다.

"역시 당신은 해로운 존재야. 내가 틀렸어. 나나미의 말대로 좀 더 빨리 제거해야 했는데."

"됐으니까 일단 총부터 내리라고. 나나미를 놔 줄 테니."

"뭐라고? 무슨 소리야?"

"총을 바닥에 내려놔. 내려놓는 것과 동시에 나나미를 풀어 주겠다."

"너, 방금 약속했잖아."

도가시의 목소리가 거칠어졌다.

"그랬으면 좋겠어? 원흉은 죽었어. 계속 서로 으르렁거리고 싸우고 더 죽이고 싶어?"

"못 믿겠어."

"거짓말 안 해."

"지금 바로 거짓말을 하고 있잖아."

"아직 안 했어. 내가 제안한 교환이 성립되면 비로소 거짓말이 시작될 거야."

도가시의 두 눈에서 점점 살기가 빠졌다. 그리고 라이플을 내려놓았다.

기요하루도 나나미의 목에서 칼을 뗐다.

도가시가 라이플을 바닥에 놓자 동시에 기요하루도 나나미를 도가시 쪽으로 떠밀었다.

얼굴이 피로 범벅이 된 나나미가 도가시의 품에서 무너져 내렸다.

"제발 부탁이니까 관심 좀 꺼 줘."

기요하루가 말했다.

"또 따라오면 오늘 녹음한 걸 뿌릴 거야. 너희들이 구한 가족들의 이름도 공개한다. 그리고 너희를 모두 죽이겠어. 태어날 아이도."

그러고는 움직이지 않는 레이미를 단 한 번 바라본 뒤 걷기 시작했다.

"가만히 놔두면 아무 짓도 안 해……."

멀리서 수많은 사이렌 소리가 울려 퍼졌다. 연기를 발견한 누군가가 신고한 모양이다.

문을 나와 싸우며 올라왔던 계단을 내려갔다.

참을 수 없이 졸렸다. 자신의 발이 뿌옇게 번져 보였다.

목적지도 안갯속이었다.

16

노리모토 아쓰코는 시바마타의 아파트를 나섰다.

올케가 침입했지만 결국 이곳에 남아 살고 있다. 이사가 귀찮다기보다 애착이 생겨 벗어나고 싶지 않다는 기분이 들어 스스로도 놀랐다.

이곳에는 이혼 후 무언가 결핍된 나날을 보낸 기억밖에 없는데.

7월 19일, 목요일. 6시 35분.

지팡이를 짚고 역을 향해 걷기 시작했다.

총에 맞은 다리가 아직 완전히 낫지 않았다. 담당의는 "포기하지 말고 꾸준히 재활 치료를 하면 언젠가는"이라고 완치가 어렵다는 말투로 이야기했지만, 반드시 원상태로 돌려놓을 생각이다.

장마가 끝났다는데 날이 흐리다.

6월 9일 구사카테에서 인질사건이 벌어진 이후, 미야지마 츠카사와 올케는 체포되어 지금도 분쿄구 모토후지 경찰서에 구류된 상태다.

이노하라도 용의자로서 감시를 받으며 분쿄구 내 병원에 있다.

당초 경시청 수사1과에서 사건의 신빙성을 강하게 의심하는 목소리가 터져 나왔다. 조작이나 함정에 빠진 것 아니냐는 주장이었다. 그러나 전남편이 촬영한 동영상을 공개하자 태도가 돌변하며 이번에는 회유하기 시작했다.

대화 끝에 이노하라는 사건 직전에 사표를 제출하고 퇴직한 상태였던 것으로 마무리하기로 했다. 사건은 떠들썩하게 보도되었는데 보도 내용에도 '전직 형사'로 되어 있었다.

이노하라는 여전히 묵비권을 행사하고 있다. 그래도 히야마 계장을 비롯한 5과 7계의 수사로 마스이 슈스케와의 연결고리를 찾아냈다.

마스이의 아내가 아들과 함께 동반 자살한 원인이 되었던 교통사고.

이 사건의 가해자인 미성년자가 운전한 차에 함께 타고 있던 친구 중 한 명이 이노하라였다. 당시 열여섯 살로 아이치현에 살았다. 부모가 이혼하기 전이어서 성도 지금과는 달랐다. 사고 후 세간의 시선을 의식해서인지 어머니와 누나와 함께 나가노로 이사했다.

언제 마스이와 접점을 만들었는지는 알 수 없으나 자신을 용서한 마스이에게 감화되어 수족이 되었을 가능성이 컸다. 경시청 내에서는 이노하라가 마스이와 외부 일당에게 내부의 비밀을 얼마나 흘렸는지도 조사하고 있다.

문제는 누설에 가담한 인간이 이노하라 외에도 여럿 있을 가능성이 발견된 점이다. 마스이에게 홀린 자가 아직도 경시청 내에 숨어 있을지 모른다. 자료 분석을 중심으로 한 내사가 계속 진행되고 있지만, 아직 피의자를 특정하지는 못했다.

전남편은 여전히 1부 상장 기업에서 근무한다. 경찰에서 사정 청취는 받았지만 물론 체포되지는 않았다. 회사에서는 용감하다며 놀림을 받고 있다고 한다.

사건에 함께 휘말린 여성과는 계속 사귀고 있다. 다만 결혼 이야기는 보류됐다. 그녀와 딸에게는 미안한 마음밖에 없다. 만나서 직접 사과하고 싶다고 부탁했지만 거절당했다. 당연한 일이다. 딸과 함께 상담 치료를 받고 있다고 했다.

진심으로 미안하다.

미즈키와는 매일 문자를 주고받으며 일주일에 한 번은 전화 통화를 한다. 내년에는 도쿄도에서 에스컬레이터식 중고등학교의 입학시험을 보겠다고 한다. 아이는 깊이 상처받았고 지금도 몹시 두려움에 떨고 있다. 그러나 그런 모습을 보이려고 하지 않는다. 그 배려심에 도리어 가슴이 미어졌다.

아쓰코와 전남편이 목숨을 걸고 진심으로 미즈키를 지키려 한 사실을, 자신이 그만큼 깊이 사랑받고 있다는 사실을, 미즈키는 이해했다.

그래, 그 아이를 위해서라면 무엇이든 할 것이다. 앞으로도 영원히.

드디어 시바마타역에 도착했다.

6월 9일 이후, 기요하루와는 전화로 단 한 번 짧게 통화했을 뿐이다.

그러나 그날, 미에현 쓰시의 모리와카 이비인후과에서 무슨 일이 있었는지는 히야마 계장에게 자세히 들었다.

레이미의 시신은 상황을 확인하러 들어간 소방대원에게 발견됐다.

사인은 여러 발의 총상과 출혈로 인한 다발성 장기부전. 미에현경과 경시청의 합동수사본부는 레이미를 납치 감금치사 사건의 피해자라고 발표했다.

지역에서 유명한 의사 일가가 일으킨 기이한 사건으로, 매체에서 오노지마 시즈카와 시게미쓰 마도카의 연쇄 살인사건과 견주며 주목했다. 유족인 양부모는 레이미와의 특수한 가정환경과 더불어 TV 와이드쇼에서 억지로 요란하게 보도하는 바람에 비극의 상징이 되어 나쁜 의미로 화제의 인물이 되었다.

장례에도 무수히 많은 보도진이 몰려들었다.

아쓰코도 참석하려고 했지만 허락받지 못했다. 양부모, 특히 어머니 쪽은 원한을 품었다. 자신의 기분 탓이 아니라 전화로 분명하게 말했다.

후지누마 신고의 어머니 노리코가 제기한 민사소송은 피고 사망으로 성립되지 않았다. 노리코는 '천벌'이라고 SNS에 글을 게시했고, 지나치게 경술하다며 비난받았다.

나나미, 이치카, 마야, 도가시, 다도코로는 다시 행방이 묘연해졌다.

병원에 남아 있던 것은 치열하게 싸운 흔적과 레이미와 마스이 슈스케의 시신뿐. 수사본부는 나나미 일당의 정체를 파악하지 못한 채 전부 모리와카 일가가 일으킨 사건이라고 보고 있다.

그만큼 신분 위조가 완벽했다. 치밀한 바꿔치기와 호적 옮기기를 거듭한 결과, 구청의 모든 공문서와 데이터상으로도 마스이 슈스케 일당은 완벽한 모리와카 일족으로 탈바꿈했다.

수사 자체도 난항을 겪었다.

몸값을 노린 납치. 이상 성욕에 기인한 납치 감금. 두 가지 측면에서 수사를 했지만 어느 쪽도 확실한 증거를 찾아내지 못했다. 과열된 보도와는 정반대로 실정은 아무 결과도 내지 못한 상태였다. 수사본부는 레이미의 양어머니가 주장하는 19년 전 친언니의 실종과의 연관성도 쫓고 있지만, 무게를 두지는 않았다.

전철에서 내린 아쓰코는 지하철 유라쿠초선 환승 플랫폼으로 향했다.

그날, 모든 것을 지켜본 사람이 한 명 더 있다.

아쿠쓰 기요하루.

그러나 기요하루는 현장에 없었던 것으로 처리됐다. 분명한 거짓이지만 그 거짓을 사실로 뒤바꾸는 작업을 지시한 것은 경시청 윗선이고, 실제로 움직인 사람은 다른 누구도 아닌 아쓰코와 히야마 계장, 바로 수사5과 7계였다.

어떤 방법을 썼는지는 모르지만 기요하루는 레이미에게 비밀을 건네받았다.

그 결과 사람들에게 알리고 싶지 않은 기요하루와 아쓰코의 과거에 관한 정보는 세상에 공개되지 않았다. 기요하루가 단 한 번 걸어온 전화는 그 비밀에 대한 확인이었다.

회수한 아쓰코의 서류를 일절 확인하지 않고 그대로 건네겠다. 그 대가로 아쓰코는 6월 9일 기요하루의 알리바이 증언을 무슨 일이 있어도 관철할 것. 앞으로 서로의 신변에 무슨 일이 벌어져도 절대로 캐고 들지 않을 것. 접점을 만드는 일도 전력으로 피할 것.

이견은 없었다. 그것으로 충분하다.

아쓰코는 다만 질문을 하나 했다.

"날 경멸해?"

"아뇨."

그가 대답했다.

그리고 아쓰코의 개인용 휴대폰에 스파이웨어를 설치했다고 고백했다.

그날 망설이지 않고 도쿄역으로 향한 일을, 기요하루가 있는 곳으로 가려던 사실을 알고 있었다.

"고마워요."

그가 마지막으로 남긴 말에 눈물이 떨어졌다. 더 이상 말이 나오지 않아 아무 대답도 하지 않고 전화를 끊었다.

자료는 그 이후에 약속한 대로 우편으로 보내 왔다. 진작에 찢어 불태워 버려서 지금은 남아 있지 않다. 히야마 계장도 아쓰코의 과거를 수사한 자료를 눈앞에서 파기했다.

이제 자신을 위협하는 것도, 무서워할 것도 없다. 그렇다고 믿고 싶다. 하지만 레이미의 죽음만은 도저히 가슴에서 지울 수 없었다.

친구도 동료도 아니었다. 슬프지도 않고 다시 만나고 싶다고 생각하지도 않는다. 그러나 그녀를 떠올리면 두려워진다. 아마도 머지않은 미래의 아쓰코 자신의 모습과 겹쳐 보이기 때문일 테다.

사쿠라다몬역 개찰구를 나왔다.

엘리베이터도 에스컬레이터도 타지 않고 계단을 걸어 올라갔다. 올려다본 시선 끝에 닿은 흐린 하늘과 경시청 본청 청사. 평소와 다름없는 하루가 다시 시작됐다.

기요하루는 엘리베이터에서 내려 복도를 걸어갔다.

닛키메이와 본사 6층, 법무팀 층으로 들어가는 입구에서 도가노가 기다리고 있었다.

그녀는 이미 본사로 돌아왔다. 그리고 기요하루도 복귀하기로 결정됐다. 결국 발령 예정이었던 메이와 푸드 시스템즈에는 하루도 정식으로 출근하지 않았다.

취소가 아닌 발령지 변경이라는 듯한데, 그런 사례는 들어본 적이 없다.

"인사발령 허가가 났으니까 찾아보면 그런 선례가 있겠지."

도가노가 말했다.

도가노는 본사에서 관리부 법무팀 제2법무과장을 맡았다. 기요하루는 그 제2법무과 내에 증설된 제2조사계로 발령받았다.

다시 불러들인 사람은 도가노.

그러나 기요하루는 대학에서 경제학을 전공했고 전문 법률 지식은 제로였다.

"그런 업무가 아니야."

도가노는 기요하루를 제2법무과장실로 안내했다. 문을 닫고, 일반 사무 공간과 분리된 창의 블라인드까지 내렸다.

"경찰 흉내를 좀 내줘야겠어."

사내 집행부나 계열사의 이사회, 더불어 대기업 클라이언트의 요청으로, 일반적인 조사 회사나 흥신소에는 의뢰할 수 없는 사항이 또는 한층 더 수준 높은 조사를 필요로 하는 현안을 처리하는 부서가 있다.

그러나 자신과는 관계없다고 생각해 특별히 염두에 둔 적은 없었다.

"화려하지는 않지만 결과를 남기면 반드시 보상이 따르는 곳이야.

아시아 인프라섹션 8과의 다노우에 과장의 허가도 받았어요."

어떤 설명을 하든 거부권은 없다. 그래서 그 대신 물었다.

"왜 저입니까?"

"능력이 있고 교활하기까지 한 사람이 필요하니까. 간사하기만 해서도 똑똑하기만 해서도 안 돼요. 이겨도 져도 안 되는 협상이 필요할 테니까. 머리를 맞고 나서도 일부러 다시 배를 맞아 줄 수 있을 정도로 비굴해질 수 있는 사람을 원해요."

"칭찬받는 기분이 안 드네요."

"칭찬하는 거 아니에요. 기요하루 씨의 능력 중 하나를 언급했을 뿐. 그리고 경시청 수사 5과 7계의 히야마 계장도 강력하게 추천하더군요. 아는 사이죠?"

'그 새끼가.'

기요하루는 침묵했다. 자신이 언짢은 표정을 짓고 있다는 것을 알았다.

"법무2과는 좋은 곳이야. 그런 얼굴 해도 상사가 자르지 않으니까."

도카노가 곁눈질하며 웃었다.

"2주 후에 출근하면 돼요. 이번 주말에 동생 결혼식이지? 오빠로서 듬직하게 동생을 보내 주고 느긋하게 쉬어요. 아, 한동안 휴직하고 싶다면 의사를 존중할게요."

레이미가 죽은 일을 배려했다.

"아뇨, 2주 후에 출근하겠습니다."

도카노가 고개를 살짝 끄덕였다.

"책임님과 부장님께는 내가 이야기해 둘게요. 그때까지는 제2조사계 체제도 정리될 테니까. 다시 정식으로 출근하면 우선 나랑 같이 경시청에 인사를 돌러 갑시다."

기요하루는 머리를 숙여 인사한 뒤 과장실 문을 닫았다.

빨리 회사를 벗어나고 싶었다. 예전에 있었던 아시아 인프라섹션 8과에 들러 인사도 하지 않고 출입문으로 걸음을 재촉했다. 아는 사람과 스쳐 지나갈 때마다 하나같이 위로하는 바람에 정말 곤혹스러웠다.

사람들은 모두 자신을 여자 친구를 잃은 비극의 남자라고 생각한다. 지금의 기요하루는 연기하지 않아도 그런 남자 같은 표정을 지을 수 있었다. 그래, 정말로 슬펐다.

유마의 결혼식에도 참석하지 않을 생각이다. 축하하는 자리에 불필요한 위로나 애도를 끌고 들어가고 싶지 않았고, 호기심 어린 시선을 받기도 싫었다. 그러나 기요하루가 당일에 결혼식장에 있어 주기를 그 누구보다도 신랑 신부가 열렬히 바랐다.

레이미의 장례식과 고별식에 참석했다. 그러나 레이미의 양부모와는 일절 대화를 나누지 않았다. 얼굴을 마주할 기회도 없었지만 상관하지 않았다. 식장은 애도의 장이 아니라, 마치 양어머니가 품은 비통함, 원망, 의심을 호소하는 장 같았다. 그날의 주인공은 관 속에 누운 레이미가 아니라 모든 것을 의심하고 원망하는 양어머니였다.

레이미가 "당신 집에 두고 왔어"라고 털어놓은 비밀번호는 금세 발견했다.

레이미에게 대접한 레몬차 컵 밑에 메모지가 깔려 있었다.

February 5th, February 5th.

2월 5일은 기요하루와 레이미에게 같은 의미를 지닌 날이다.

기요하루는 그날 납치되는 구라치 마나미를 놓쳤고, 레이미는 친어머니 마쓰하시 미사토의 사체를 발견했다는 소식을 전해 들었다.

기요하루는 변호사 사무실 두 곳에서 자신과 아쓰코의 비밀을 회수했다.

무라오 구니히로의 수사는 천재적이었다. 사건 발생 수개월 후가 아니라, 사건 직후 감식반이 철수한 시점과 거의 차이를 두지 않고 현장을 샅샅이 조사해 수사관과 감식원이 놓친 모든 것을 회수하고 사진으로 남겼다. 감식반에서 전혀 조사 대상으로 삼지 않았던 장소에서 입수한 물증도 많았다.

그러나 전부 불태워 이제 남아 있지 않다.

레이미는 확실히 약속을 지켰다.

기요하루가 가장 알고 싶어 한, 무라오 구니히로가 찾아낸 나머지 진실 하나도 가르쳐 줬다.

그 유산을 물려받아 복수를 끝내겠다.

그 누구를 위해서도 아닌, 자신을 위한 복수를……

종장

기요하루는 지하철 미타선 전철에서 손잡이를 잡고 멍하니 서 있었다.

달리는 전철 창문. 꺼진 TV 화면. 밤길. 그런 어둠 속에서 최근에는 레이미가 보이기 시작했다.

마지막 소원을 등지고 도가시, 다도코로, 마야, 이치카, 그리고 나나미를 죽이지 않은 것을 비난하지도 않고 그저 저만치 서서 기요하루를 바라보고 있다.

귀찮다는 생각은 하지 않는다. 오히려 레이미가 죽고 나서야 마침내 조금은 서로를 이해한 기분이 들었다. 설령 그것이 잘못된 이해의 형태일지라도.

스가모역 개찰구를 나와 지상으로 올라갔다.

오이시 가나토와 함께, 아니, 오이시를 이용해서 구라치 마나미를 유인해 폭행하고 살해한 주범은 아직도 살아 있다.

그 남자는 현재 쉰두 살. 20년 전 사건 당시 기요하루와 구라치가 다니던 수영 클럽에서 주임 코치를 맡았던 사람이다.

기억을 더듬어 찾아봤지만 기요하루의 기억에는 없었다. 직접 지도를 받은 적은 없는 듯했다.

경찰 수사 대상도 아니어서 조사도 받지 않았다.

그러나 틀림없다. 무라오 구니히로가 찾아낸 증거와 수사기록을, 기요하루도 철저하게 추적해서 검증했는데, 여러 번 반복해도 같은 결과에 도달했다.

가장 증오하는 남자가 남긴 증거로 가장 용서할 수 없는 남자를 찾아냈다.

구라치뿐만 아니라 다른 소녀들을 성폭행한 흔적도 발견했다. 그러나 모두 입을 다물고 고소하지 않아서 어떤 사건도 드러나지 않았다.

남자는 1990년대에 성행하던 택배 불법 비디오 부업을 통해 자신과 취향이 같은 인간을 찾았다. 택배 불법 비디오는 우편함 등에 넣은 목록을 고객이 보고 모자이크 처리를 하지 않은 불법 성인 비디오를 전화로 주문하면 업자가 집으로 보내 주는 방식이다. 남자는 소아성애와 엽기 비디오를 몇 번이나 구매한 오이시의 주변을 철저하게 조사하고 말을 걸고 꾀어내어 범죄에 끌어들였다.

무라오는 그 남자가 당시에 살던 아파트와 오이시의 집을 수차례 불법 침입하고, 남자가 전 여자 친구에게 저지른 폭력행위 등을 청취했으며, 심지어 남자에게 피해를 입은 소녀 두 명을 억지로 탐문해 이 사실을 밝혀냈다.

무라오가 얼마나 추악한 인간인지, 새삼스레 통감했다.

심지어 자신이 인생을 걸고 쫓던 연쇄 납치범과는 관계가 없다는 사실을 깨닫자 이 범죄 사건들을 전부 내팽개쳤다. 기요하루의 인생에서 가장 중요한 사건이 무라오에게는 하잘것없는 사건 가운데 하나에 불과했다.

'유즈키 레이미만 그런 게 아니야. 나도 아직 여덟 살이다.'

그렇게 생각했다. 초등학교 2학년 어느 순간의 감정을 가두어 둔 채 몸만 어른이 되었다는 사실을 이제야 겨우 스스로 분명히 깨달았다.

구라치의 목숨을 빼앗은 남자는 현재 미나미오쓰카에 있는 스포츠 센터에서 부소장으로 근무한다. 집은 사이타마현 니자시. 아내, 차남까지 세 가족이 함께 산다. 장남은 독립했다. 출퇴근 경로, 휴일 동향, 교우 관계도 이미 파악했다.

기요하루가 센터에 그 남자를 관찰하러 가는 것은 오늘로 세 번째. 마치 애타게 사랑하는 존재를 만나러 가는 기분으로 오가며 주체할 수 없는 흥분을 억누르며 자세한 동선을 캐냈다.

지금은 아직 웅크리고 있다. 확실하게 뜻을 이룰 수 있는 그 순간을 노리며.

"좋은 아침."

야채 주스와 아이스커피가 담긴 비닐 봉투를 한 손에 든 아쓰코가 본청에 출근했다.

"덥네요."

후배 도요다가 인사 대신 말했다.

"그러게."

아쓰코도 영혼 없는 대답을 하고 자리에 앉았다. 절전을 철저하게 지키는 경시청 본청 안은 언제나 아침부터 약간 더웠다.

탁상달력을 봤다. 9월 11일, 화요일인가. 너무 한가해서 요일 감각도 이상해졌다.

최근에 맡은 일은 압수품 점검과 과거 자료 정리다. 한마디로 해도 그만 안 해도 그만인 일이다. 히야마 계장은 "당분간 얌전히 지내"라고 했다.

여자 두 명이 저지른 연쇄 살인 및 사체 유기사건과 그 발단이 된 사법 거래. 경시청 소속 경찰관이 가담한 인질사건. 대형사건들에만 엮인 탓에 질투 어린 시선도 쏟아지는 시기인 만큼 작은 실수로 꼬투리 잡히고 싶지 않으리라.

총상을 입은 다리의 재활 치료에 집중할 수 있으니 아쓰코 본인도 빈둥거리자고 생각했다.

그런데 하루가 너무 길다. 아직 오전 8시 50분. 무엇을 할까.

뉴스라도 확인할까. 빨대로 야채 주스를 마시며 휴대폰으로 사건 관련 항목을 확인했다. 실제로는 쳐다보기만 하는 것이지만.

그런데 화면을 스크롤하던 손이 멈췄다.

〈아카바네 폐건물에서 칼에 찔린 사체〉라는 제목.

오랫동안 방치된 빌딩 안에서 칼에 찔려 죽은 52세 남성의 사체가 발견됐다.

이것만으로는 아직 모른다. 더욱 자세한 기사를 검색했다.

기타구 니시가오카의 사용하지 않는 빌딩에서 여러 차례 칼에 찔린 남자의 시신이 발견됐다. 이 건물에서는 20년 전에도 소녀의 시신이 발견되어, 경찰은 두 사건의 연관성을 수사하고 있다.

'기요하루.'

퍼뜩 생각이 들었다. 그 외에는 달리 생각할 수 없었다.

경시청 데이터 베이스로도 검색했다. 20년 전 피해자 소녀의 이름은…….

구라치 마나미.

첫 번째 부검 감정서에 따르면 남자는 빈사 상태로 다른 장소에서 폐건물로 옮겨진 다음 스물여덟 군데 찔려 살해당했을 가능성이 크다고 했다. 현장에는 살점이 튀고 내장 일부도 드러나 있었다.

남자의 사체는 그녀에게 바친 진혼의 꽃다발.

솔직히 기뻤다. 다만 그 감정은 크게 두 가지로 나뉘었다.

목표를 이룬 그를 침묵과 함께 축복하고 싶다. 한편으로는 정상이 아닌 이 살인범을 제멋대로 굴게 두고 싶지 않다.

본성이 고개를 내민 듯 느껴졌다. 이 두 가지 감정 모두 자신의 솔직한 사랑 방식이라는 사실을 마침내 깨달았다. 뜻이 같은 동료와 사냥감. 전부 기요하루고, 어느 쪽이든 매력적이었다. 마음이 끌렸다.

억지로 답을 낼 필요는 없다. 그러나…….

멀리서 지켜볼까? 아니면 목숨을 건 사냥을 시작할까?

마음이 고요하게 흔들렸다.

옮긴이의 말

불온한 소설 속에서 찾는 정의의 의미

우리 주변에 평범한 척 섞여 살아가는 살인자가 있다면 어떨까요?

상사맨 아쓰쿠 기요하루는 회식을 마치고 집으로 돌아가던 어느 날 밤, 스토커에게 습격을 받고 도움을 요청하는 여자를 구하게 됩니다. 그녀의 이름은 유즈키 레이미. 레이미는 기요하루에게 말합니다. 당신이 살인자라는 사실을 안다고. 기요하루의 과거를 약점으로 잡은 레이미는 자신이 어렸을 때 실종 후 사체로 발견된 어머니 사건의 진상을 밝히고 여전히 행방이 묘연한 언니를 찾아 달라고 부탁합니다. 그런 기요하루와 파트너로 움직이게 되는 또 다른 살인자 노리모토 아쓰코. 어두운 과거를 간직한 경시청 소속 형사 아쓰코 역시 레이미에게 약점을 잡혀 이 수사에 가담하게 됩니다. 미묘한 관계로 얽혀 함께 과거 사건을 파헤치는 세 사람. 그리고 점점 드러나는 사건의 진실과 숨겨진 존재들. 아슬아슬한 비밀 수사 끝에 기다리는 결말은 과연 무엇일까요?

『머더스(Murders)』는 제목에서부터 불온한 기운을 숨기지 않습니다.

단순하고 투박하게 느껴지는 제목이지만 한편으로는 내용에 몹시 충실한 제목이기도 합니다. 살인을 저지르고도 들키지 않고 사회에 숨어들어 평범하게 살아가는 살인자들의 이야기니까요. 그리고 그 불온한 분위기는 자욱하게 낀 안개처럼 소설 시작부터 끝까지 걷히지 않습니다.

이 작품은 '법이 심판하지 못한 자들을 단죄하는 존재'에 대한 이야기입니다. 이 문장만 보면 선악 대결 구도로 이어지는 히어로물 같지만 사실은 전혀 다릅니다. 소설 속 등장인물들은 모두 '법이 심판하지 못한 자'일뿐, 일방적으로 선하지도 악하지도 않으며 그저 제각각 자아를 표출할 뿐입니다. 옳고 그름이 아니라 집념과 이기심으로 움직이는 인물들. 살인자에 철저하게 자신의 이익을 위해 움직이는 인물이 주인공인 점도 매력적이고 착한 인물 하나 등장하지 않는 점도 참신합니다.

소설 『머더스』의 배경은 우리 사회를 떠올리게 하는 부분이 있습니다. 법의 사각지대에서 괴로워하는 피해자들, 강력 범죄를 저지르고도 법망을 빠져나가 죗값을 치르지 않는 가해자들. 뉴스를 접하며 때로는 판결이 불합리하다고 느끼는 사건도 있고, 인면수심 범행이라며 분노하는 사건도 있습니다. 우리는 그럴 때마다 사법제도 대신 그들을 심판할 무언가가 있으면 좋겠다는 생각도 하곤 합니다. 바로 이 작품에 등장한 가해자를 직접 처단하는 자경단 같은 존재들 말입니다. 실제로 우리 사회에서 개인의 신상을 공개하는 사이버 자경단이 문제가 된 적도 있습니다. 그러나 우리는 사적 제재가 금지된 법치주의 국가에 살고 있습니다. 사사로운 보복이 정의가 되어 법이라는 가치 위에 설 수 없습니다. 그러한 의미에서 이 작품이 그리는 그릇된 정의에서 비롯된 비뚤어진 행복에 대해 고민해 볼 가치가 있다고 생각합니다. 그러한 슬픔이 발생하지 않고 우리 사회가 더욱 건강하고 정의로운 곳이 될 수 있도록 죄를 지은 사람은 합당한 벌을 받기를 바랄 따름입니다.

이 작품으로 국내에 처음 소개되는 작가 나가우라 교는 『붉은 칼날』로 제6회 소설현대장편신인상을 수상하며 2012년에 데뷔했습니다. 나가우라 교는 병과 함께 사는 작가입니다. 방송작가로 활약하던 그는 30대 후반에 난치병 궤양성 대장염 진단을 받고 일을 그만두고 투병을 시작했습니다. 일상생활이 어려울 정도로 고된 투병 생활 중 매일 이어진 하혈을 보고 소설을 쓰기로 마음먹었다고 합니다. 그렇게 발표한 작품이 데뷔작 『붉은 칼날』입니다. 이후 후속작을 집필하던 중 다시 대장암 초기 선고를 받고 항암 치료를 받았습니다. 무엇 하나 할 수 없는 투병 생활 중에 유일하게 할 수 있는 일은 글쓰기였고, 글을 쓸 때만큼은 모든 것을 잊을 수 있었다고 합니다. 결국 두 번째 작품이 완성되기까지 4년이라는 시간이 걸렸습니다. 이것이 마지막 작품이 되겠지 라는 생각으로 모든 아이디어를 쏟아부어 집필한 두 번째 작품이 바로 『리볼버 릴리』입니다. 국가의 특수기관에서 스파이 훈련을 받은 여성 주인공이 활약하는 이 작품은, 뛰어난 액션 묘사와 박진감 넘치는 스토리로 호평을 받았으며 만장일치로 제19회 오야부 하루히코상을 수상, '2017 이 미스터리가 대단해!' 6위, '2017 미스터리가 읽고 싶다!' 3위에 올랐습니다. 그리고 세 번째로 발표한 작품 『머더스』는 긴장감 넘치는 전개와 액션으로 현지 독자들의 호평을 받으며 2020년 제73회 일본추리작가협회상 후보작으로 선정되었고, '2020 미스터리가 읽고 싶다!' 6위에 올랐으며 제2회 호소야 마사미쓰상을 수상했습니다. 가장 최근인 2020년에 발표한 네 번째 작품 『언더독스』는 중국 반환 직전의 홍콩에서 벌어지는 첩보전을 그린 작품으로 제164회 나오키상 후보작에 올랐습니다. 나가우라 교는 발표하는 작품마다 주요 문학상을 수상하거나 후보에 오르면서 명실상부한 새로운 시대의 하드보일드 작가로 주목받고 있습니다.

『머더스』는 마치 영화를 보는 느낌을 주는 작품으로, 방송작가였던 작가의 이력을 충분히 느낄 수 있습니다. 비단 이 작품뿐 아니라 작가의 작품 대부분이 이러한 특징을 보여 줍니다. 특히 속도감 넘치는 액션 영화를 보듯 생생하게 느껴지는 액션 장면은 독자들의 마음을 끌어들이기에 충분합니다.

오랜 투병 생활 동안 아프고 고통스러웠던 기억을 가슴속에 새기면서 삶과 죽음이 격렬하게 부딪치는 뛰어난 엔터테인먼트 작품을 세상에 내놓는 나가우라 교. 작가가 또 어떤 박진감 넘치는 작품으로 독자를 매료시킬지 매우 기대됩니다.

2021년 봄
문지원

머더스

1판 1쇄 인쇄 2021년 4월 23일
1판 1쇄 발행 2021년 4월 28일

지은이 나가우라 교 **옮긴이** 문지원
책임편집 민현주 **디자인** 강수정 **제작** 송승욱 **발행인** 송호준

발행처 블루홀식스 **출판등록** 2016년 4월 5일 제 2016-000100호
주소 경기도 파주시 회동길 483-1 **전화** 031-955-9777 **팩스** 031-955-9779
이메일 blueholesix@naver.com

ISBN 979-11-89571-46-7 03830